诗经

珍藏版

陈毓文 注析

哈尔滨出版社
HARBIN PUBLISHING HOUSE

图书在版编目（CIP）数据

诗经 . 风 / 陈毓文注析 . -- 哈尔滨：哈尔滨出版社，2024.6
　ISBN 978-7-5484-7744-0

Ⅰ . ①诗… Ⅱ . ①陈… Ⅲ . ①《诗经》 Ⅳ . ① I222.2

中国国家版本馆 CIP 数据核字（2024）第 091110 号

书　　名：诗经 . 风
　　　　　SHIJING. FENG

作　　者：陈毓文　注析
责任编辑：赵宏佳　孙　迪
封面设计：周　飞
内文排版：周　飞

出版发行：哈尔滨出版社（Harbin Publishing House）
社　　址：哈尔滨市香坊区泰山路 82-9 号　　邮编：150090
经　　销：全国新华书店
印　　刷：三河市龙大印装有限公司
网　　址：www.hrbcbs.com
E-mail：hrbcbs@yeah.net
编辑版权热线：（0451）87900271　87900272
销售热线：（0451）87900202　87900203

开　　本：880mm×1230mm　1/32　印张：24　字数：650 千字
版　　次：2024 年 6 月第 1 版
印　　次：2024 年 6 月第 1 次印刷
书　　号：ISBN 978-7-5484-7744-0
定　　价：148.00 元（全三册）

凡购本社图书发现印装错误，请与本社印制部联系调换。
　服务热线：（0451）87900279

前 言

　　《诗经》最初称《诗》或"诗三百",其成书大约在春秋时期,西汉时被尊为儒家经典,故得名《诗经》。《诗经》是我国第一部诗歌总集,收录了从西周初期到春秋中叶大约五百年间的诗歌,总共305首,另有6篇"笙诗"(只存题目而无内容)。这305首诗歌按音乐的不同分为《风》《雅》《颂》三大类,其中《风》有160篇,《雅》有105篇,《颂》有40篇。

　　《风》包括周南、召南、邶、鄘、卫、王、郑、齐、魏、唐、秦、陈、桧、曹、豳等十五个地区的民歌,故又称"十五国风"。在"国风"中,我们可以真切感受到古代人民的生活与情感:他们用民歌来歌唱劳动的欢乐,讴歌纯真美好的爱情;用民歌来表达徭役的繁重,思乡怀人的痛苦;用民歌来反对不正义的战争、反抗剥削压迫、揭露统治者的恶行。因它们来源于民间,是老百姓的集体歌唱,所以最能反映当时社会的真实面貌,也最具思想与艺术价值,成为中国现实主义诗歌的源头。

　　《雅》是王畿地区的乐歌,又分《大雅》《小雅》。《大雅》有31篇,其创作时间大约在西周前期,作者一般是贵族大臣,故其诗歌内容多为歌功颂德,描写宴飨集会的欢乐,也有少数抨击厉王、幽王暴政的作品。《小雅》有74篇,大多为西周初年至末年的作品,尤以反映周厉王、周宣王、周幽王时期的政治与生活的作品为多。《小雅》中有一部分诗歌与《风》风格相近,以反映战争与徭役为主要内容。

《颂》主要是王室宗庙祭祀或举行重大典礼时演奏的乐歌。其中《周颂》有31篇，创作时间大约以西周初年为多，每篇只有一章，句数不等。《鲁颂》中的作品多产生于春秋中叶，4篇均为赞颂鲁僖公之作。《商颂》有5篇，大约创作于殷商中后期，主要内容是歌舞娱神和对商部族祖先的赞颂。

《诗经》的主要表现手法为赋、比、兴，与风、雅、颂合称"诗经六义"。赋就是铺陈叙述，把思想感情和相关事物平铺直叙地表达出来。赋是《诗经》中最常见也是最基本的表现手段。比就是比喻。《诗经》中的比喻多以日常生活的常见事物或自然现象来比喻人事，有明喻、暗喻、借喻、博喻等多种形式。兴是先言他物以引起所要歌咏的内容，根据诗歌表达内容的不同，有单纯起兴、兴中含比两种基本形式。《诗经》在形式上主要以四言句式为主，间或杂有二言至九言的各种句式；结构上多采用重章叠句的形式加强抒情效果；语言上多双声叠韵、叠字连绵词；押韵方式多种多样，有隔句押韵，有一韵到底，有中途转韵，而以一韵到底为主。韵脚一般放在偶句上，这也是后世诗歌常见的押韵方式。

《诗经》较为全面地反映了西周初年到春秋中叶的历史发展和社会生活情况，其内容几乎涵盖了社会的全部方面，举凡政治、经济、军事、民俗、文化、文学、艺术等等无所不包，具有重要的研究价值。但在《诗经》形成的那个年代，语言还处于发展阶段，诗中多用通假字、借字来表情达意，因此不少诗歌在字词和语意理解方面还存在较多分歧，前贤今哲多各抒己见，这也造成了阅读上的障碍。本书之注释、简析率以通达顺畅为旨，或沿前说，或立己意，聊备一说，希望能给读者的阅读带来一些方便。

陈毓文
2023.6.18

目录

周　南

关　雎 / 002
葛　覃 / 004
卷　耳 / 006
樛　木 / 008
螽　斯 / 009
桃　夭 / 010
兔　罝 / 012
芣　苢 / 013
汉　广 / 015
汝　坟 / 017
麟之趾 / 018

召　南

鹊　巢 / 020
采　蘩 / 022
草　虫 / 024
采　蘋 / 026
甘　棠 / 027
行　露 / 029
羔　羊 / 031
殷其雷 / 032
摽有梅 / 033
小　星 / 035
江有汜 / 036
野有死麕 / 037
何彼襛矣 / 039
驺　虞 / 041

邶　风

柏　舟 / 044
绿　衣 / 046
燕　燕 / 047
日　月 / 049
终　风 / 051
击　鼓 / 053
凯　风 / 055
雄　雉 / 057
匏有苦叶 / 059

谷　风　/ 061
式　微　/ 064
旄　丘　/ 065
简　兮　/ 067
泉　水　/ 069
北　门　/ 071
北　风　/ 072
静　女　/ 074
新　台　/ 075
二子乘舟 / 076

鄘风

柏　舟　/ 078
墙有茨　/ 080
君子偕老 / 082
桑　中　/ 084
鹑之奔奔 / 086
定之方中 / 088
蝃　蝀　/ 090
相　鼠　/ 091
干　旄　/ 093
载　驰　/ 095

卫风

淇　奥　/ 098

考　槃　/ 100
硕　人　/ 101
氓　　　/ 105
竹　竿　/ 109
芄　兰　/ 111
河　广　/ 112
伯　兮　/ 113
有　狐　/ 115
木　瓜　/ 117

王风

黍　离　/ 120
君子于役 / 121
君子阳阳 / 123
扬之水　/ 124
中谷有蓷 / 126
兔　爰　/ 128
葛　藟　/ 130
采　葛　/ 131
大　车　/ 133
丘中有麻 / 134

郑风

缁　衣　/ 138
将仲子　/ 139
叔于田　/ 140
大叔于田 / 141

清　人　/ 143

羔　裘　/ 145

遵大路　/ 146

女曰鸡鸣 / 147

有女同车 / 149

山有扶苏 / 151

萚　兮　/ 153

狡　童　/ 154

褰　裳　/ 155

丰　　　/ 156

东门之墠 / 157

风　雨　/ 158

子　衿　/ 159

扬之水　/ 160

出其东门 / 161

野有蔓草 / 162

溱　洧　/ 163

齐风

鸡　鸣　/ 168

还　　　/ 170

著　　　/ 171

东方之日 / 172

东方未明 / 173

南　山　/ 175

甫　田　/ 177

卢　令　/ 179

敝　笱　/ 180

载　驱　/ 181

猗　嗟　/ 183

魏风

葛　屦　/ 186

汾沮洳　/ 188

园有桃　/ 190

陟　岵　/ 191

十亩之间 / 192

伐　檀　/ 193

硕　鼠　/ 196

唐风

蟋　蟀　/ 198

山有枢　/ 200

扬之水　/ 203

椒　聊　/ 205

绸　缪　/ 207

杕　杜 / 209
羔　裘 / 211
鸨　羽 / 212
无　衣 / 215
有杕之杜 / 216
葛　生 / 217
采　苓 / 219

秦　风

车　邻 / 222
驷　驖 / 224
小　戎 / 226
蒹　葭 / 229
终　南 / 231
黄　鸟 / 233
晨　风 / 235
无　衣 / 239
渭　阳 / 241
权　舆 / 242

陈　风

宛　丘 / 244
东门之枌 / 245
衡　门 / 247
东门之池 / 248

东门之杨 / 250
墓　门 / 252
防有鹊巢 / 253
月　出 / 255
株　林 / 256
泽　陂 / 257

桧　风

羔　裘 / 260
素　冠 / 261
隰有苌楚 / 262
匪　风 / 263

曹　风

蜉　蝣 / 266
候　人 / 268
鸤　鸠 / 270
下　泉 / 272

豳　风

七　月 / 274
鸱　鸮 / 284
东　山 / 286
破　斧 / 290
伐　柯 / 291
九　罭 / 292
狼　跋 / 294

周南

关 雎

关关雎鸠①，在河之洲②。窈窕淑女③，君子好逑④。

参差荇菜⑤，左右流之⑥。窈窕淑女，寤寐求之⑦。

求之不得，寤寐思服⑧。悠哉悠哉⑨，辗转反侧⑩。

参差荇菜，左右采之。窈窕淑女，琴瑟友之⑪。

参差荇菜，左右芼之⑫。窈窕淑女，钟鼓乐之。

注释

① 关关：形容雄鸟与雌鸟鸣叫应和的声音。雎（jū）鸠：水鸟名。

② 洲：水中的陆地。

③ 窈窕（yǎo tiǎo）：文静而美好的样子。淑：好，善。

④ 君子：女子对男子的尊称。逑（qiú）：配偶。

⑤ 参差（cēn cī）：长短不齐的样子。荇（xìng）菜：一种水草，叶子可食。

⑥ 流：用作"求"，求取。

⑦ 寤（wù）：睡醒。寐（mèi）：睡着。

⑧ 思：语助词。服：思念。

⑨ 悠：忧思长久的样子。

⑩ 辗转反侧：形容心中有事，躺在床上翻来覆去地不能入睡。

⑪ 琴瑟：两种弦乐器名。友：亲近。

⑫ 芼（mào）：择取。

简析

作为《诗经》第一篇,《关雎》的主旨历来众说纷纭,古代以歌咏后妃之德、思贤才、君子思淑女等观点影响较大,现代则一般理解为爱情诗。艺术手法上赋、比、兴兼用,而以兴寄为主。韵脚的频繁变化及双声叠韵词的使用,既增强了音韵美,又具有很强的动作性,形象生动地刻画了男子思慕心理的变化过程。

葛　覃

葛之覃兮①，施于中谷②，维叶萋萋③。

黄鸟于飞④，集于灌木，其鸣喈喈⑤。

葛之覃兮，施于中谷，维叶莫莫⑥。

是刈是濩⑦，为絺为绤⑧，服之无斁⑨。

言告师氏⑩，言告言归⑪。薄污我私⑫，薄澣我衣⑬。

害澣害否⑭，归宁⑮父母。

注释

① 葛：植物名，即葛藤，纤维可织布。覃（tán）：长。

② 施（yì）：蔓延。中谷：谷中。

③ 维：语助词。萋萋：枝叶繁茂的样子。

④ 黄鸟：黄雀。于：语助词。

⑤ 喈（jiē）喈：禽鸟鸣声。

⑥ 莫莫：茂密的样子。

⑦ 刈（yì）：用刀割。濩（huò）：用水煮。

⑧ 絺（chī）：细葛布。绤（xì）：粗葛布。

⑨ 服：穿。无斁（yì）：心里不厌弃。

⑩ 言：语助词。师氏：负责教导女子的长辈。

⑪ 归：回娘家。

⑫ 薄：语助词。污（wū）：洗去（衣服上的）污垢。私：内衣。

⑬ 澣（huàn）：同"浣"，清洗。

⑭ 害（hé）：通"曷"，何，意思是"什么"。否：不。

⑮ 宁：问安。

简析

　　此诗主旨历来有多种说法，对女主人公的身份也有不同观点，但从诗意来看，主人公的一切行为全都聚焦于最后一句"归宁父母"，因此不妨将主人公当作一位思家情切的出嫁女子。此诗在艺术上以比兴见长，先以葛覃起兴，暗示女子成长，又以黄鸟集于灌木比女子出嫁，婚后生活和谐。再以葛覃引出女子出嫁后采葛织布，任劳任怨的生活，刻画出一位勤劳、节俭、孝顺的女性形象。写法上即情写景，即景叙事，即事传情，景、情、事浑然一体。首章写景动静结合，情景相融；次章实写女子收割、煮覃、织布、做衣，虚写其勤劳、孝顺，虚实结合；末章写女子得到归家允许后收拾行装，节奏急促，情感欢快，事与情谐。

卷 耳

采采卷耳①,不盈顷筐②。

嗟我怀人③,寘彼周行④。

陟彼崔嵬⑤,我马虺隤⑥。

我姑酌彼金罍⑦,维以不永怀⑧。

陟彼高冈,我马玄黄⑨。

我姑酌彼兕觥⑩,维以不永伤⑪。

陟彼砠矣⑫,我马瘏矣⑬。

我仆痡矣⑭,云何吁矣⑮!

注释

① 采采：采了又采。卷耳：又叫苍耳，草本植物。

② 盈：满。顷筐：一种斜口竹筐。

③ 嗟：叹息。怀：思念。

④ 寘（zhì）：放置。周行（háng）：大路。

⑤ 陟（zhì）：登。崔嵬（wéi）：有石的土山。

⑥ 虺隤（huī tuí）：疲乏而病。

⑦ 姑：姑且。金罍（léi）：青铜制成的酒杯。

⑧ 维：语助词。永怀：长久地思念。

⑨ 玄黄：马匹生病的样子。

⑩ 兕觥（sì gōng）：兽形酒器。

⑪ 永伤：长久地思念。

⑫ 砠（jū）：有土的石山。

⑬ 瘏（tú）：马因疲劳而生病。

⑭ 痡（pū）：人因生病而无法走路。

⑮ 云：语助词。何：多么。吁（xū）：忧愁、哀愁。

简析

诗歌以采卷耳起兴，抒写了女子对行役在外的男子的思念和伤悯其劳苦的哀婉之情。此诗在结构上对后世同类题材作品有较大影响。诗歌首章从女子角度写对男子的思念，接下来三章则采取对写法，想象男子在外的辛劳困苦，写足了双方的思念之情。艺术手法上则善于以对客观景物的描写烘托情感，崎岖不平的山路、高峻的山岗、疲病的马匹与仆人，无不渲染着浓厚的思念之愁。

樛 木

南有樛木^①，葛藟累之^②。乐只君子^③，福履绥之^④。

南有樛木，葛藟荒之^⑤。乐只君子，福履将之^⑥。

南有樛木，葛藟萦之^⑦。乐只君子，福履成之^⑧。

注释

① 樛（jiū）：长势弯曲的树木。

② 葛藟（gé lěi）：葛，一种藤蔓类植物，茎可做绳，纤维可织布。藟似葛，也是一种藤蔓。累：攀援或缠绕。

③ 只：语助词。

④ 福履：福禄或幸福。绥（tuǒ）：安稳、稳妥。

⑤ 荒：覆盖。

⑥ 将：扶助。朱熹《诗集传》："将，犹扶助也。"

⑦ 萦（yíng）：此处指缠绕。

⑧ 成：成就。

简析

本诗可以理解为一场婚礼上的唱词，也可以理解为妻子对丈夫说的祝词。《樛木》很好地表现了西周时期的社会状况和纯朴的民风。以樛木得到葛藟的缠绕比拟君子常有福禄相随，非常生动、形象。

螽 斯

螽斯羽①,诜诜兮②。宜尔子孙③,振振兮④。

螽斯羽,薨薨兮⑤。宜尔子孙,绳绳兮⑥。

螽斯羽,揖揖兮⑦。宜尔子孙,蛰蛰兮⑧。

注释

① 螽(zhōng)斯:古代指蝗虫。羽:翅膀。
② 诜(shēn)诜:同"莘莘",众多貌。
③ 宜:多。
④ 振振:繁盛貌。
⑤ 薨(hōng)薨:很多蝗虫齐飞时发出的声音。
⑥ 绳绳:延绵不绝貌。
⑦ 揖揖:会聚貌。
⑧ 蛰(zhé)蛰:聚集貌。

简析

《毛诗序》:"《螽斯》,后妃子孙众多也,言若螽斯。不妒忌,则子孙众多也。"现一般认为本诗的主题是劳动人民借民歌的形式表达内心的不满,讽刺剥削者子孙众多,就像蝗虫一样侵夺劳动人民的成果。

桃　夭

桃之夭夭①，灼灼其华②。

之子于归③，宜其室家④。

桃之夭夭，有蕡其实⑤。

之子于归，宜其家室。

桃之夭夭，其叶蓁蓁⑥。

之子于归，宜其家人。

注释

① 夭夭：形容桃树枝叶生长茂盛。
② 灼灼：花开得鲜明、美丽。华：花。
③ 之子：这女子。归：指女子出嫁。
④ 宜：和顺。室家：此处指夫家。
⑤ 蕡（fén）：果实很多的样子。
⑥ 蓁（zhēn）蓁：树叶茂盛的样子。

简析

这是一首对姑娘出嫁的祝福诗。朱熹《诗集传》："然则桃之有华（花），正婚姻之时也。"一首简单朴实的歌，只寥寥数语就唱出了人们对婚姻的美好祝福，《周礼》云："仲春，令会男女"。在周代，姑娘出嫁一般选在阳光明媚、桃花盛开的春季，故诗人以桃花起兴，用桃树的枝叶茂盛、果实累累来象征婚姻生活的幸福、美满。诗中并无浓墨重彩，也没有夸张铺垫，平淡自然。简单质朴是至高的境界，既是人生的一种境界，也是艺术的一种境界，反映了先秦人民朴实的人生观。

兔罝

肃肃兔罝①，椓之丁丁②。赳赳武夫③，公侯干城④。

肃肃兔罝，施于中逵⑤。赳赳武夫，公侯好仇⑥。

肃肃兔罝，施于中林⑦。赳赳武夫，公侯腹心⑧。

注释

① 肃（suō）肃：细密整齐的样子。罝（jū）：捕兽用的网。

② 椓（zhuó）：打击。丁（zhēng）丁：击打之声。指布网捕兽前必在地上打桩。

③ 赳赳：威武雄健之貌。

④ 公侯：周代的爵位，周代分公、侯、伯、子、男五爵，公侯是较尊贵的爵位，文中泛指统制者。干：盾牌。城：城池。干城，比喻捍卫。

⑤ 逵（kuí）：四通八达的路。中逵，指道路中间。

⑥ 仇（qiú）：同"逑"。

⑦ 林：古代牧外称为野，野外称为林。中林，指林中。

⑧ 腹心：指可信赖的人。

简析

先秦时代，狩猎本是习练行军、布阵指挥作战的武事之一，这点在《周礼·大司马》中有所记载，《兔罝》就是一篇歌颂狩猎的诗歌，在咏唱中还有炫耀的成分。因为对于西周贵族来说，能有这些勇猛的部下，是非常高兴的事。但在另一方面，《诗经》"国风"中一些为背井离乡、久役不归或葬身异域之人而咽泣、歌哭的诗作，也许更能透露出：在这种夸耀背后掩盖着怎样一种悲哀！

芣 苢

采采芣苢①，薄言采之②。

采采芣苢，薄言有之③。

采采芣苢，薄言掇之④。

采采芣苢，薄言捋之⑤。

采采芣苢，薄言袺之⑥。

采采芣苢，薄言襭之⑦。

注释

① 芣苢（fú yǐ）：即车前子，种子和全草可入药。

② 薄言：发语词。

③ 有：采取。

④ 掇（duō）：拾取。

⑤ 捋（luō）：用手握住条状物向一端滑动。

⑥ 袺（jié）：用手拉着衣襟兜东西。

⑦ 襭（xié）：把衣襟别在腰间用其来兜东西。

简析

这首诗的主旨有多种说法，一般理解为古代人民的劳动歌谣。整首诗结构非常简单，每章基本相似，只更换了几个动词，但劳动的过程、劳动的辛劳、劳动的欢欣却在简单的重复歌唱中得到很好的传达。清代方玉润在《诗经原始》中说："读者试平心静气，涵咏此诗，恍听田家妇女，三三五五，于平原旷野、风和日丽中群歌互答，余音袅袅，若远若近，忽断忽续，不知其情之何以移而神之何以旷"。其中虽然以文人的想象、联想居多，却也不无道理。

汉 广

南有乔木，不可休思①。汉有游女②，不可求思。汉之广矣，不可泳思③。江之永矣④，不可方思⑤。

翘翘错薪⑥，言刈其楚⑦。之子于归，言秣其马⑧。汉之广矣，不可泳思。江之永矣，不可方思。

翘翘错薪，言刈其蒌⑨。之子于归，言秣其驹。汉之广矣，不可泳思。江之永矣，不可方思。

注释

① 休：休息。思：语助词。
② 汉：汉水。游女：在汉水岸边游玩的女子。
③ 泳：游泳。
④ 江：长江。永：很长的水流。
⑤ 方：一作"舫"，小舟或木筏，这里指乘船渡江。
⑥ 翘（qiáo）翘：树枝挺出状。错薪：杂乱的柴草。
⑦ 楚：灌木名，荆属。
⑧ 秣（mò）：喂（马）。
⑨ 蒌（lóu）：一种植物，即蒌蒿。

简析

此诗抒写男子对女子的思慕与求之不得的痛苦。全诗三章，首章前两句以乔木之下树荫稀少不宜休息起兴，表达对意中人的思慕之情，三四句又以汉水、长江的宽阔绵长比喻追求不得的怅惘，"不可"的四次重复更将这种情感化为深深的痛苦。二、三两章反复咏叹男子的爱情幻想，砍柴喂马象征着男子为迎娶女子做好了各种准备，然而现实是伊人犹在又宽又长的江水那端，可望而不可即！可与《蒹葭》《关雎》诸篇并读。

汝坟

遵彼汝坟^①，伐其条枚^②。未见君子^③，惄如调饥^④。
遵彼汝坟，伐其条肄^⑤。既见君子，不我遐弃^⑥。
鲂鱼赪尾^⑦，王室如燬^⑧。虽然如燬，父母孔迩^⑨。

注释

① 遵：沿着。汝：汝水。坟（fén）：指水堤。
② 条枚：山楸树。一说树干（枝曰条，干曰枚）。
③ 君子：指在外的丈夫。
④ 惄（nì）：饥。一说忧愁。调（zhōu）：早晨。调饥：早上挨饿。
⑤ 肄（yì）：树被砍后再生的小枝。
⑥ 遐（xiá）：远。
⑦ 鲂（fáng）鱼：鳊鱼。赪（chēng）：红色。
⑧ 燬（huǐ）：火。
⑨ 孔：甚。迩（ěr）：近。

简析

对于此诗，历来有教化、劝夫、思夫等多种观点。从诗意来看，主要抒发了女子对丈夫的思念与挽留之情。首章描写辛勤劳作的女子对丈夫的思念，次章刻画女子终于见到丈夫回来时的复杂心理，末章抒发女子对丈夫又将离家的哀伤与挽留之情。末句"父母孔迩"四字可谓道尽了女子无法独自奉养公婆的满腹辛酸！

周南

麟之趾

麟之趾①，振振公子②，于嗟麟兮③。

麟之定④，振振公姓，于嗟麟兮。

麟之角，振振公族，于嗟麟兮！

注释

① 麟：麒麟，传说中一种祥瑞之兽。它有蹄不踏，有额不抵，有角不触，被古人看作至高至美之兽。趾：足，麒麟的蹄。

② 振（zhēn）振：诚实仁厚的样子。公子：与下文的公姓、公族皆指贵族的子孙。

③ 于（xū）：通"吁"，感叹词。于嗟：叹美之声。

④ 定：同"颠"，额。

简析

朱熹《诗集传》云："文王后妃德修于身，而子孙宗族皆化于善，故诗人以'麟之趾'兴公之子。"从诗意来看，此诗是对公子仁德的赞美之歌。麒麟是古人心中寓意天下太平的仁兽，诗歌以其比德公子，每章均以对麒麟的大声颂赞收结，句式虽无变化，却自然形成节节攀高之气势，营造出一种热烈、欢乐的情感氛围。

召南

鹊 巢

维鹊有巢①,维鸠居之②。

之子于归,百两御之③。

维鹊有巢,维鸠方之④。

之子于归,百两将之⑤。

维鹊有巢,维鸠盈之⑥。

之子于归,百两成之⑦。

注释

① 维:发语词。鹊:喜鹊。

② 鸠:杜鹃鸟。部分种类的杜鹃自己不筑巢,侵占其他鸟的巢。

③ 两:同"辆"。百两:指很多车辆。御(yà):同"迓",迎接。

④ 方:占据。

⑤ 将:护送。

⑥ 盈:满,充满。

⑦ 成:完成婚礼仪式。

简析

　　同是写女子出嫁,《桃夭》活泼明亮,富有生活气息,《鹊巢》则是场面隆重,气氛热烈。诗歌以"性慈而多子"的鸠住进鹊巢比男女婚配,表达了对新人的祝福,更以三幅浓重盛大的婚庆画面渲染喜庆氛围,"御""将""成"的变化则暗指婚礼的过程。

采　蘩

于以采蘩^①？于沼于沚^②。

于以用之？公侯之事。

于以采蘩？于涧之中。

于以用之？公侯之宫。

被之僮僮^③，夙夜在公^④。

被之祁祁^⑤，薄言还归^⑥。

注释

① 于以：表询问，到哪儿去。蘩：即白蒿。

② 沼：沼泽地。沚：水中的小洲。

③ 被（pī）：披。之：指女子佩戴的首饰。僮（tóng）僮：形容首饰佩戴光洁整齐的样子。

④ 夙夜：早晚。

⑤ 祁祁：舒缓、松散的样子。

⑥ 薄言：急忙的样子。

简析

从诗意来看，主人公的地位不高，应该是供役使的宫女或百姓。她们为公侯家采集祭祀用的白蒿，操劳祭祀事务。第一、二章述说采蘩的目的，第三章则描写了参加祭祀的忙碌辛苦，以及祭祀结束后匆忙归家的迫切之情。艺术上，前两章采用一问一答的形式，活泼生动，第三章通过女子首饰由整齐到松散的变化刻画主人公劳作的辛苦和归家的迫切心情，非常形象自然。

草 虫

喓喓草虫①,趯趯阜螽②。
未见君子,忧心忡忡③。
亦既见止④,亦既觏止⑤,我心则降⑥。
陟彼南山,言采其蕨⑦。
未见君子,忧心惙惙⑧。
亦既见止,亦既觏止,我心则说⑨。
陟彼南山,言采其薇⑩。
未见君子,我心伤悲。
亦既见止,亦既觏止,我心则夷⑪。

注释

① 喓(yāo)喓:昆虫鸣叫之声。草虫:即蝈蝈。
② 趯(tì)趯:草虫跳跃的样子。阜螽(fù zhōng):蚱蜢。
③ 忡(chōng)忡:心神不定的样子。
④ 止:语助词。
⑤ 觏(gòu):相遇。
⑥ 降:内心平静。
⑦ 言:语助词。蕨:一种野菜,春天长嫩叶,可食。
⑧ 惙(chuò)惙:忧愁的样子。
⑨ 说(yuè):同"悦",高兴。
⑩ 薇:一种野菜,可食。
⑪ 夷:安定。

简析

　　这是一首思妇诗，可与《卷耳》同读。第一章以秋虫和鸣起兴，引发思念之情。第二、三两章进一步写秋去春来，主人公登高远望，所思念的人仍未归来。三章末尾均以幻想中相见的场景结束。正如清代方玉润《诗经原始》云："本说'未见'，却想及'既见'情景，此透过一层法也。"在时序的变化中，幻想场景的一次次重复将主人公的思念之愁表达得浓烈而又蕴藉，极有感染力。

采 蘋

于以采蘋①？南涧之滨；于以采藻②？于彼行潦③。

于以盛之？维筐及筥④；于以湘之⑤？维锜及釜⑥。

于以奠之⑦？宗室牖下⑧；谁其尸之⑨？有齐季女⑩。

注释

① 于以：在哪里。蘋：在浅水处生长的植物。

② 藻：藻类植物，古代专指水藻。

③ 行潦（xíng lǎo）：沟中的积水。行：水沟；潦：路上的积水。

④ 筥（jǔ）：圆形的筐。

⑤ 湘：烹煮（供祭祀用的牛羊牲畜）。

⑥ 锜（qí）：三足的锅。釜：无足的锅。

⑦ 奠：放置。

⑧ 宗室：宗庙、祠堂。牖（yǒu）：窗户。

⑨ 尸：主持。古人祭祀用人充当神，称尸。

⑩ 有：助词。齐（zhāi）：同"斋"，美好而恭敬的样子。季：少（shào）或小。

简析

这首诗可以看作劳动歌。三章均采取一问一答的形式，展现了一场完整的祭祀活动，包括祭品的采集、盛放、烹煮，祭祀的具体场地，主祭的少女等，表现了人们对祭祀活动的庄严肃穆的情感态度。

甘 棠

蔽芾甘棠①，勿翦勿伐②，召伯所茇③。

蔽芾甘棠，勿翦勿败④，召伯所憩⑤。

蔽芾甘棠，勿翦勿拜⑥，召伯所说⑦。

注释

① 蔽芾（fèi）：树木茂盛。甘棠：棠梨树，一种落叶乔木，果实可食。

② 翦：同"剪"，修剪。

③ 召伯：召公奭，此人是西周的开国元勋。茇（bá）：本义草屋。这里指召伯曾在树下停留，甘棠树像草舍一样遮蔽他。

④ 败：破坏。

⑤ 憩（qì）：休息。

⑥ 拜：拔除。

⑦ 说（shuì）：休息。

简析

召伯是周武王、成王、康王三朝大臣。《史记·燕召公世家》载:"召公之治西方,甚得兆民和。召公巡行乡邑,有棠树,决狱政事其下,自侯伯至庶人,各得其所,无失职者。召公卒,而民人思召公之政,怀棠树,不敢伐,歌咏之,作《甘棠》之诗。"诗歌以茂密的甘棠树比喻召伯的美德,通过人们爱护甘棠树,不去砍伐、攀折甘棠的行为,形象表达出人们对召伯的爱戴与拥护。

行 露

厌浥行露①，岂不夙夜②？谓行多露③。

谁谓雀无角④？何以穿我屋？谁谓女无家⑤？

何以速我狱⑥？虽速我狱，室家不足⑦！

谁谓鼠无牙？何以穿我墉⑧？谁谓女无家？

何以速我讼？虽速我讼，亦不女从！

注释

① 厌浥（yè yì）：潮湿。行（háng）：道路。行露：道路上的露水。

② 夙夜：天没亮的时候。

③ 谓：同"畏"，畏惧。

④ 角：喙。

⑤ 女：同"汝"，你。无家：没有家室。这里指尚未成家。

⑥ 速：招致。狱：诉讼。

⑦ 不足：指为家室的理由不充足。

⑧ 墉：墙壁。

简析

对这首诗的理解，历代注家众说纷纭，有强暴之男不能侵凌贞女说、夫礼不备说、寡妇拒嫁说、贫士拒婚说等。从诗歌内容来看，主要写女子拒绝成婚，被诉公堂。诗歌以行露起兴，以雀、鼠作比，表达了女子对男方不仅礼法简慢，还将自己告上公堂的愤慨。

羔羊

羔羊之皮,素丝五紽^①。
退食自公^②,委蛇委蛇^③。
羔羊之革^④,素丝五緎^⑤。
委蛇委蛇,自公退食。
羔羊之缝^⑥,素丝五总^⑦。
委蛇委蛇,退食自公。

注释

① 五:指缝制细密。五,同"午",交错之意。紽(tuó):古代量词,五缕丝为一紽,引申为缝。
② 食(sì):公家为卿大夫常备的膳食。
③ 委蛇(wēi yí):庄重而悠闲自得的样子。
④ 革:裘里。
⑤ 緎(yù):量词,丝二十缕为緎,引申为缝。
⑥ 缝:皮、革。
⑦ 总:与"紽""緎"同义。

简析

此诗有赞美与讽刺两种解读。羔羊皮制成的衣服一般为士大夫所穿。一种理解是这身衣服已经穿了很久,缝补之处很多,但主人仍不以为意,怡然自得,所以主旨是赞美士大夫的贤德。另一种理解则侧重这些穿着羔羊皮裘的士大夫享受着公家提供的餐食,扬扬自得,所以主旨是对那些尸位素餐之人的讽刺。两种理解都有道理。

殷其雷

殷其雷①,在南山之阳②。何斯违斯③?莫敢或遑④。振振君子⑤,归哉归哉!

殷其雷,在南山之侧。何斯违斯?莫敢遑息⑥。振振君子,归哉归哉!

殷其雷,在南山之下。何斯违斯?莫或遑处⑦。振振君子,归哉归哉!

注释

① 殷(yǐn)其雷:一说雷声阵阵,一说形容车子离开时发出的声音,以后者为宜。殷,雷声。

② 阳:山的南面。

③ 何斯违斯:为什么在这个时候离开这里。违,离去。

④ 遑(huáng):闲暇。

⑤ 振振:勤奋的样子。

⑥ 息:休息。

⑦ 处:居住。

简析

这是一首思妇诗。诗歌每章先以雷声比喻车子离去时发出的响声,凸显出男子离去的匆促,再以问句引出女子的埋怨,揭示出男子奔波在外,忙于公事的事实。继以"振振君子"传达出女子对丈夫的理解和支持,最后以期盼丈夫早日还家作结。长短不一的句式、重章叠句的形式很好地将这种复杂情感表达得层层深入,抑扬起伏。

摽有梅

摽有梅①,其实七兮②。

求我庶士③,迨其吉兮④!

摽有梅,其实三兮。

求我庶士,迨其今兮⑤!

摽有梅,顷筐塈之⑥。

求我庶士,迨其谓之⑦!

注释

① 摽（biào）：坠落。有：助词。梅：梅树，这里指梅子。

② 七：七成。

③ 庶：众多。士：指未婚的青年男子。

④ 迨（dài）：及，等到。吉：吉日。

⑤ 今：指现在。

⑥ 顷筐：即"倾筐"。塈（jì）：拾取。

⑦ 谓：对……说。

简析

这是一首含蓄而大胆的求爱诗。诗歌借梅起兴，以梅子的逐渐掉落比喻女子年岁渐长，却无人前来求婚，"迨其吉兮""迨其今兮""迨其谓之"的重复表达，细致展现了女主人公由含蓄到焦虑再到急切的心理变化，情感真挚自然，具有很强的感染力。

小 星

嘒彼小星①,三五在东②。

肃肃宵征③,夙夜在公,寔命不同④。

嘒彼小星,维参与昴⑤。

肃肃宵征,抱衾与裯⑥,寔命不犹⑦。

注释

① 嘒(huì):明亮的样子。

② 三五:参宿三星,昴宿五星。

③ 肃肃:奔走忙碌的样子。宵:夜晚。征:行走。

④ 寔:即"实",确实。

⑤ 维:语助词。参、昴:星宿名,二十八宿中的两宿。

⑥ 抱:抛弃。衾(qīn):被子。裯(chóu):被单、床帐。

⑦ 犹:如,一样。

简析

这是一首抒愤诗。从"夙夜在公"来看,主人公的身份也许是底层小吏。他在一次深夜赶路途中,见天上小星微明、大星明亮而触景伤情,遂以小星自比,抒写了命运不公的感慨。这首诗以星辰光亮之不同比喻不同阶层的处境,以小见大,揭示了阶级社会劳逸不均的不合理现象,具有深刻的现实意义。

江有汜

江有汜①,之子归,不我以②。不我以,其后也悔。
江有渚③,之子归,不我与④。不我与,其后也处⑤。
江有沱⑥,之子归,不我过⑦。不我过,其啸也歌⑧。

注释

① 汜(sì):江水离开主流后又复归。
② 不我以:不带着我。
③ 渚(zhǔ):水中小洲。
④ 与:交往。不我与:不同我相聚。
⑤ 处:忧愁。
⑥ 沱:江的支流,一说同"汜"。
⑦ 不我过:不来看望我。
⑧ 其啸也歌:闻一多《诗经通义》:"啸歌者,即号哭。"这里指大声哭。

简析

这是一首弃妇诗。方玉润《诗经原始》云:"此必江汉商人远归梓里,而弃其妾不以相从……妾乃作此诗以自叹而自解耳。"女主人公是否为商人妇还值得商榷,但"自叹自解"四字却道出了女主人公内心的复杂状态。女主人公以江水最终汇聚在一起比丈夫终有一天会回来与自己团聚,但现实是男子回来了却没来找她,于是巨大的痛苦化为带有发泄意味的直抒:你不要后悔,不要忧愁,不要哭泣!这种情感变化随着三章的复沓越来越深,越来越浓。

野有死麇

野有死麇①,白茅包之②。

有女怀春,吉士诱之③。

林有朴樕④,野有死鹿。

白茅纯束⑤,有女如玉。

舒而脱脱兮⑥,无感我帨兮⑦,

无使尨也吠⑧。

注释

① 麇(jūn):獐。

② 白茅:一种草名。

③ 吉士:古时对男子的美称。诱:挑逗。

④ 朴樕(sù):指小树。

⑤ 纯(tún)束:包裹或捆扎。

⑥ 舒:慢慢地或徐缓地。脱(duì)脱:缓慢的样子。

⑦ 感(hàn):同"撼",动摇。帨(shuì):女子的佩巾。

⑧ 尨(máng):一种长毛的狗。

简析

　　这是一首大胆而热烈的爱情诗。全诗三章,前两章叙事,生动地展现了爱情发生的过程。男子可能是一名猎人,他先后将猎取到的獐和鹿用白茅草捆绑好送给女子以证明自己的优秀,而女子也被男子的行为打动。第三章则以女子的视角和口吻叙说男女幽会时的情景,男子的大胆热情和女子的含蓄羞涩得到侧面呈现。全诗语言质朴自然,情感热烈,人物心理刻画细致,表达了先民对自由美好的爱情的追求。

何彼襛矣

何彼襛矣①？唐棣之华②！

曷不肃雍③？王姬之车④。

何彼襛矣？华如桃李！

平王之孙⑤，齐侯之子。

其钓维何？维丝伊缗⑥。

齐侯之子，平王之孙。

注释

① 襛（nóng）：美盛貌。

② 唐棣（dì）：郁李，木名。

③ 曷（hé）：何。肃雍（yōng）：严肃雍容。

④ 王姬：周王的女儿，因其姬姓，故称王姬。

⑤ 平王：东周第一代君主。

⑥ 缗（mín）：合股丝绳，喻男女合婚；一说钓绳。

简析

　　这是一首赞美王侯之家婚嫁的诗歌。全诗三章均以一问一答的形式展开。首章以唐棣花的繁盛比喻王女出嫁场面的盛大；次章以桃李繁盛比喻结婚双方的地位和容貌；末章再以钓绳起兴，颂赞男女双方门当户对，琴瑟和谐。古人解此诗多认为在颂赞的背后隐含讽刺之意，可备一说。

驺　虞

彼茁者葭①，壹发五豝②。
于嗟乎驺虞③！
彼茁者蓬④，壹发五豵⑤。
于嗟乎驺虞！

注释

① 茁（zhuó）：草木茁壮茂盛的样子。葭（jiā）：古时指芦苇。

② 壹：发语词，一说射满十二支箭为一发。发：射箭。豝（bā）：雌性野猪。

③ 于嗟：感叹词。驺虞（zōu yú）：指猎人。

④ 蓬：一种蒿草。

⑤ 豵（zōng）：公野猪。一说小猪。

简析

这是一首田猎诗。关于"驺虞"，历代有仁兽、掌鸟兽之官、猎人等多种说法。从诗意来看，以猎人田猎为是。诗歌两章分别以茁壮的芦苇、蓬蒿起兴，渲染春天的勃勃生机。次句描写猎者箭无虚发，"五豝""五豵"不一定理解为五只野猪，更多是泛指猎者射中很多猎物。末句收结，以"于嗟乎驺虞！"引出对猎者高超技艺的赞叹。

邶风

柏 舟

汎彼柏舟①，亦汎其流②。耿耿不寐③，如有隐忧④。微我无酒⑤，以敖以游⑥。

我心匪鉴⑦，不可以茹⑧。亦有兄弟，不可以据⑨。薄言往愬⑩，逢彼之怒。

我心匪石，不可转也。我心匪席，不可卷也。威仪棣棣⑪，不可选也⑫。

忧心悄悄⑬，愠于群小⑭。觏闵既多⑮，受侮不少。静言思之，寤辟有摽⑯。

日居月诸⑰，胡迭而微⑱。心之忧矣，如匪澣衣⑲。静言思之，不能奋飞。

注释

① 汎 (fàn)：同"泛"，随着流水漂浮。柏舟：柏木制成的小船。

② 流：中流。

③ 耿耿：心中忧愁不安的样子。

④ 隐：深处。

⑤ 微：非，无。

⑥ 敖：出游。

⑦ 匪：非。鉴：镜子。

⑧ 茹：容纳，包容。

⑨ 据：依靠。

⑩ 愬（sù）：同"诉"，倾诉。

⑪ 威仪：庄严的容貌举止。棣棣：雍容闲雅的样子。

⑫ 选（suàn）：通"算"。屈挠退让。一说算计。

⑬ 悄悄：忧愁的样子。

⑭ 愠：动怒。群小：众多奸邪的小人。

⑮ 觏（gòu）：遭受。闵：痛苦，忧伤。

⑯ 寤：醒悟。辟：同"擗（pǐ）"，捶胸。摽（biào）：捶胸的样子。

⑰ 居、诸：语助词。

⑱ 胡：为什么。迭：更换，改动。微：昏暗无光。

⑲ 澣：同"浣"，洗。

简析

这是一首抒愤诗。对诗中的主人公主要有仁臣与女子两种说法。从诗意来看，主人公大约是一位关怀国事的士大夫。全诗五章，第一章以飘荡之柏舟起兴兼自比，抒写欲借酒消愁而不得的愁苦。第二章写找兄弟倾述而不可得，第三章则反躬自问，表达坚定之心志。第四章进一步交代愁苦之由来，抒写无能为力的痛苦。第五章以埋怨日月不明收结，愁苦之情到达顶峰。五章就是五个层次，层层递进，极为细致地刻画了主人公内心无法排解之愁。

绿 衣

绿兮衣兮,绿衣黄里①。心之忧矣,曷维其已②。
绿兮衣兮,绿衣黄裳。心之忧矣,曷维其亡③。
绿兮丝兮,女所治兮④。我思古人⑤,俾无訧兮⑥。
絺兮绤兮⑦,凄其以风⑧。我思古人,实获我心。

注释

① 里:衣服的衬里,这里指黄色的衬里。
② 曷:何,怎么。维:语助词。已:止息,停止。
③ 亡:用作"忘",指忘记。
④ 女:同"汝",你。治:纺织。
⑤ 古人:故人,这里指作者的妻子。
⑥ 俾(bǐ):使。訧(yóu):同"尤",过错。
⑦ 絺:细葛布。绤:粗葛布。
⑧ 凄:寒意或凉意。

简析

这是一首悼亡诗。《毛诗序》云:"妾上僭,夫人失位,而作是诗也。"认为是卫庄姜伤己之作。从诗意来看,更宜视为悼亡之作。诗歌前两章以衣物起兴,触景伤情,反反复复表达了对亡人的思念。第三、四章诗人则陷入对亡妻美好德行的回忆之中,想起了妻子对自己行为的规劝,使自己免于过失,想起了妻子对自己无微不至的照顾。如今秋意渐浓,在翻找衣服时又看到了妻子穿过的衣物,不禁悲从中来。诗歌在结构上形成一个闭环,眼前的"绿衣"与对往日的回忆循环不已,悲悼之情极深极浓。

燕　燕

燕燕于飞①，差池其羽②。之子于归③，远送于野。瞻望弗及，泣涕如雨！

燕燕于飞，颉之颃之④。之子于归，远于将之。瞻望弗及，伫立以泣！

燕燕于飞，下上其音。之子于归，远送于南。瞻望弗及，实劳我心！

仲氏任只⑤，其心塞渊⑥。终温且惠⑦，淑慎其身⑧。先君之思，以勖寡人⑨！

注释

① 燕燕：指燕子。

② 差（cī）池：参差不齐的样子。

③ 归：大归，指回不复返。卫庄姜夫人无子，以卫庄公妾戴妫子完为己子。后完为州吁所杀，戴妫归陈不再回卫，故称。与《桃夭》诗中的"之子于归"意思不同。

④ 颉（xié）、颃（háng）：鸟儿上下翻飞。

⑤ 仲：排行第二。氏：姓氏。任：信任。只：语助词。

⑥ 塞：充实，这里指心性诚实。渊：深，这里指内心深处。

⑦ 终：既。温：温柔。惠：柔顺。

⑧ 淑：善良。慎：谨慎。

⑨ 勖（xù）：勉励。寡人：古时国君对自己的谦称。诗中是卫庄姜夫人自称。

简析

《毛诗序》认为此诗是卫庄姜送归妾之作。诗歌前三章以燕子翻飞起兴，反复陈说依依惜别之情，"瞻望弗及"的重复极为生动地刻画出送别者伫立远望，黯然神伤的形象。末章写送别后，主人公还沉浸在离别的伤感之中，想起了临别时的劝勉之语，想起了仲氏的贤良淑惠，更增痛苦之情。全诗情景交融，注重细节刻画，于"之子于归"的反复咏叹中抒发了极为真切的送别之情。

日 月

日居月诸①,照临下土②。乃如之人兮③,逝不古处④。胡能有定⑤?宁不我顾⑥。

日居月诸,下土是冒⑦。乃如之人兮,逝不相好。胡能有定?宁不我报⑧。

日居月诸,出自东方。乃如之人兮,德音无良⑨。胡能有定?俾也可忘⑩。

日居月诸,东方自出。父兮母兮,畜我不卒⑪。胡能有定?报我不述⑫。

注释

① 居、诸:语助词。

② 下土:在下面的地方,指大地。

③ 如之人:像这样的人。

④ 逝:语助词。古处:像从前那样相处。一说以古道相处。

⑤ 胡:何,怎么。定:止,心定。

⑥ 宁:岂,难道。我顾:顾我,照顾我。

⑦ 冒:覆盖,普照。

⑧ 我报:回报我,回答我。

⑨ 德音:动听的话语。无良:不好。

⑩ 俾（bǐ）：使。

⑪ 畜：养育。卒：终，到底。

⑫ 述：循，依循。报我不述：即不述报我，对我没有情义。

简析

这是一首弃妇诗，全诗四章。前三章作者以日月起兴，反复陈说男子言行不一、抛弃自己的行为，充满哀怨。在哀怨之中却又有着希冀，"宁不我顾""宁不我报""俾也可忘"的哭诉隐含对男子能继续照顾自己、不忘自己的希望。末章由自怨自艾转向父母哭诉，埋怨父母不能终养她一生，对她没有情义。这一埋怨看似无理，却是女子痛苦绝望之情的进一步传达。诗歌情感至此达到高潮，又戛然而止。

终 风

终风且暴①,顾我则笑,
谑浪笑敖②,中心是悼③。
终风且霾④,惠然肯来⑤,
莫往莫来⑥,悠悠我思。
终风且曀⑦,不日有曀⑧,
寤言不寐⑨,愿言则嚏⑩。
曀曀其阴⑪,虺虺其雷⑫,
寤言不寐,愿言则怀⑬。

注释

① 终风:终日刮风。暴:猛烈。
② 谑:调戏。浪:放荡。敖:放纵。
③ 中心:心中。悼:伤心,害怕。
④ 霾(mái):指扬尘天气。
⑤ 惠然:顺心的样子。
⑥ 莫往莫来:不再往来。
⑦ 曀(yì):阴云密布且有风。
⑧ 不日:不见太阳。有:同"又"。
⑨ 言:助词。
⑩ 嚏(tì):打喷嚏。

⑪ 曀曀：天色阴暗的样子。

⑫ 虺（huǐ）：雷声。

⑬ 怀：思念。

简析

《毛诗序》云："《终风》，卫庄姜伤己也"。现在一般认为《终风》是一首弃妇诗。诗歌以终风起兴，狂风、霾、乌云、响雷共同营造了压抑的情感氛围，也成了男子负心绝情的象征。在这样的情境中，我们又体会到了被弃女子心中的悲伤、思念与希望。诗歌四章层层递进，第一章回忆与男子的交往，对男子的行为产生担忧，第二章写被抛弃后心中的思念，第三、四章进一步写思念的痛苦愈来愈深，日不能忘，夜不能寐。全诗比、兴兼用，情景交融，心理刻画复杂而深入。

击 鼓

击鼓其镗①,踊跃用兵②。

土国城漕③,我独南行。

从孙子仲④,平陈与宋⑤。

不我以归,忧心有忡。

爰居爰处⑥,爰丧其马。

于以求之?于林之下。

死生契阔⑦,与子成说⑧。

执子之手,与子偕老。

于嗟阔兮⑨,不我活兮⑩。

于嗟洵兮⑪,不我信兮⑫。

注释

① 镗(tāng):击鼓声。

② 兵:借指兵器。

③ 土国城漕:泛指修筑工事。土:挖土。国:国都。城:修城。漕:地名。

④ 孙子仲:公孙文仲,卫国将领。

⑤ 平:调停,使和好。

⑥ 爰:语助词,在这里。

⑦ 契阔:离散聚合。

⑧ 与子成说（shuō）：和你立下约定。
⑨ 于嗟：即"吁嗟"，感叹词。阔：指远离。
⑩ 活：同"佸（huó）"，相聚。
⑪ 洵：远。
⑫ 信：守信，遵守诺言。

简析

这是一首战争诗，也是一首思乡诗。诗中的主人公是一位士兵，因跟随卫将公孙文仲出征长期不得归乡，内心充满忧愤和思乡之情。全诗五章，分两个层次。前三章表达久役他乡的愤懑，以"我独南行"为抒情中心，通过战马跑失与寻回的细节表达对身死战场，不能回乡的忧惧。后两章则进一层揭示出心中所念，担心不能实现当初与妻子立下的白头到老的誓言。归期无望，盟誓难成，思念的痛苦遂与常年征战的悲叹交织相融。

凯 风

凯风自南①,吹彼棘心②。

棘心夭夭③,母氏劬劳④。

凯风自南,吹彼棘薪⑤。

母氏圣善,我无令人⑥。

爰有寒泉,在浚之下⑦。

有子七人,母氏劳苦。

睍睆黄鸟⑧,载好其音。

有子七人,莫慰母心。

注释

① 凯风:南风,和风。

② 棘心:酸枣树的嫩芽。酸枣树初生即有刺。

③ 夭夭:嫩弱的样子。

④ 劬(qú):辛苦。

⑤ 棘薪:可以为薪的酸枣树。

⑥ 令:美好。此句当为儿子的自责之语,意为母亲这么圣明善良,我们做儿子的却还没达到善人。

⑦ 浚:卫国地名。

⑧ 睍睆(xiàn huǎn):形容声音清和圆转。

简析

　　这是一首对母爱的颂诗。全诗四章,分两个层次表达对母亲辛劳养育孩子的赞颂。前两章以凯风起兴,作者用温暖的南风吹拂着棘树成长比喻母亲对孩子的辛勤付出,以母亲的完美和自己的不够孝顺作对比,传达出自责之情。后两章继以寒泉、黄鸟起兴,母亲像泉水一样哺育七个孩子长大,而孩子做得还不好,不能使母亲欣慰、放心,进一步传达出孝子对母亲的赞美之情。诗歌比喻贴切,情感真挚。受《凯风》影响,凯风、寒泉成了母爱的象征。

雄　雉

雄雉于飞①，泄泄其羽②。

我之怀矣，自诒伊阻③。

雄雉于飞，下上其音。

展矣君子④，实劳我心。

瞻彼日月，悠悠我思。

道之云远，曷云能来⑤？

百尔君子⑥，不知德行。

不忮不求⑦，何用不臧⑧？

注释

① 雉（zhì）：野鸡。

② 泄（yì）泄：缓缓地飞。

③ 诒：同"贻"，遗留。伊：这。阻：忧愁。

④ 展：诚实。

⑤ 曷：何时。云：与上一句的"云"同为语助词。

⑥ 百尔：众多。君子：这里指统治者。

⑦ 忮（zhì）：忌恨；残害。求：指贪心。

⑧ 用：凭。臧：善，好。

简 析

  这是一首思妇诗。雄雉求偶时常通过舒展其漂亮的羽毛和发出动听的声音吸引雌雉,故而诗歌前两章比、兴兼用,主人公看到眼前的雄雉,想起了离家的丈夫,心中充满思念与忧愁。第三章则以丈夫离家岁月之久,道路之远来进一步抒发盼望良人早日归家的思念之情。末章语气一变,四个入声字"不"短促激烈,转向了对统治者的强烈批评,让自己心中有着完美形象的丈夫离家远去的罪魁祸首是谁?正是那些不能体恤民情的统治者。这一变化使得诗歌的主旨得到了深化,具有了强烈的现实批判意义。

匏有苦叶

匏有苦叶①,济有深涉②。深则厉③,浅则揭④。
有弥济盈⑤,有鷕雉鸣⑥。济盈不濡轨⑦,雉鸣求其牡。
雝雝鸣雁⑧,旭日始旦。士如归妻,迨冰未泮⑨。
招招舟子⑩,人涉卬否⑪。人涉卬否,卬须我友⑫。

注释

① 匏(páo):葫芦。

② 济:济水,发源于今河南省济源市。涉:可以踏着水渡过的地方。

③ 厉:穿着衣服渡河。

④ 揭(qì):提着衣服渡河。

⑤ 弥:水深满的样子。盈:满。

⑥ 鷕(yǎo):雉的叫声。

⑦ 不:语助词。濡:被水浸湿。轨:大车的轴头。

⑧ 雝雝:鸟和鸣声。

⑨ 迨:及,等到。泮(pàn):冰融化。

⑩ 招招:指船夫招手的样子。舟子:指摇船的人。

⑪ 卬(áng):我。卬否:我不愿走。

⑫ 须:等待。友:指爱侣。

简析

  这是一首爱情诗。诗中的女子一大早就来到济水河畔等待意中人的到来。诗歌前三章以葫芦成熟、济水满盈、雌雉鸣叫、雁声和鸣作比,形象传达了女子心中盼望意中人早点到来的急切之情,而"士如归妻,迨冰未泮"则点明了这场等候的最终目的,原来女子是在等意中人前来商谈婚事。末章则以一颇具戏剧性的场面收结,启人遐想。来自对岸的船儿已经靠岸,船夫向女子频繁招手唤她上船,而女子则是不好意思地连连解释,"卬"就是北方俚语"俺","人涉卬否"这一带有浓厚口语特点的重复,生动刻画出一个语含羞涩而又略带娇憨的女性形象。

谷 风

习习谷风①,以阴以雨。黾勉同心②,不宜有怒。采葑采菲③,无以下体④。德音莫违⑤,及尔同死。

行道迟迟⑥,中心有违⑦。不远伊迩⑧,薄送我畿⑨。谁谓荼苦⑩,其甘如荠⑪。宴尔新昏⑫,如兄如弟。

泾以渭浊⑬,湜湜其沚⑭。宴尔新昏,不我屑以⑮。毋逝我梁⑯,毋发我笱⑰。我躬不阅⑱,遑恤我后⑲。

就其深矣,方之舟之⑳。就其浅矣,泳之游之。何有何亡,黾勉求之。凡民有丧㉑,匍匐救之㉒。

不我能慉㉓,反以我为雠㉔。既阻我德㉕,贾用不售㉖。昔育恐育鞫㉗,及尔颠覆㉘。既生既育,比予于毒㉙。

我有旨蓄㉚,亦以御冬。宴尔新昏,以我御穷。有洸有溃㉛,既诒我肄㉜。不念昔者,伊余来塈㉝。

注释

① 习习:和暖舒适的样子。一说连绵不断的样子。谷风:指东风。一说来自山谷的猛烈的风。

② 黾(mǐn)勉:努力。

③ 葑(fēng)、菲:指蔓菁、萝卜一类的蔬菜。

④ 无以:不用。下体:指根部。

⑤ 德音:指丈夫曾说过的好话。违:背弃。

⑥ 迟迟:缓慢。

⑦ 违：怨恨。

⑧ 伊：是。迩：近。

⑨ 薄：语助词。畿（jī）：门槛。

⑩ 荼（tú）：苦菜名。

⑪ 荠（jì）：芥菜。

⑫ 宴：乐，安乐。

⑬ 泾：泾水，其水清澈。以：因为。渭：渭水，其水浑浊。

⑭ 湜（shí）湜：水清澈的样子。沚：底，一说水中小洲。

⑮ 不我屑以：不愿意同我亲近。屑：顾惜。

⑯ 逝：去，往。梁：河中为捕鱼垒成的水坝。

⑰ 发：打开。笱（gǒu）：古代捕鱼用的竹篓。

⑱ 躬：自身。阅：容纳。

⑲ 遑：来不及。恤：顾念。后：指被弃以后的事。

⑳ 方：木筏，这里指用木筏渡河。舟：指用船渡河。

㉑ 民：指邻居。丧：灾祸。

㉒ 匍匐（pú fú）：爬行。这里指尽力。

㉓ 慉（xù）：爱惜。

㉔ 雠（chóu）：同"仇"。

㉕ 阻：拒绝。

㉖ 贾（gǔ）：卖。用：货物。不售：卖不掉。

㉗ 育：长，生长。恐：恐惧。鞠（jū）：贫穷。

㉘ 颠覆：患难。

㉙ 毒：毒虫。

㉚ 旨蓄：储藏的美味蔬菜。

㉛ 洸（guāng）、溃：原指水流湍急，这里形容男子发怒的样子。

㉜ 既：尽。诒：遗留下。肄（yì）：辛劳。

㉝ 伊：惟，只。余：我。来：语助词。塈（xì）：休息，这里指爱惜，照顾。

简析

这是一首弃妇诗。首章以谷风、阴雨起兴，比喻男子的暴躁易怒，又用采集萝卜蔓菁而丢弃其根比喻男子喜新厌旧，抛弃自己，并揭示了被弃的原因。次章抒发被弃离家的不舍之情，并以丈夫新婚之乐反衬自己被弃之苦，甚于苦菜。第三章再以泾水自比，暗喻丈夫不辨清浊，表达了被弃的哀怨和家业被丈夫所夺的痛苦。第四章回顾自己辛勤持家，德行无亏，反衬出被弃的无辜与无奈。第五、六两章将丈夫对自己的不同态度作对比，责备丈夫的无情。诗歌在艺术表现手法上多用比、兴和对比，情感凄楚悲凉，风格怨而不怒，塑造了一个痴情而又善良的女性形象。

式 微

式微式微①，胡不归②？
微君之故③，胡为乎中露④？
式微式微，故不归？
微君之躬，胡为乎泥中？

注释

① 式：语助词。微：幽暗不明。
② 胡：为什么。
③ 微：非，不是。故：缘故。
④ 中露：露水中。一说"露"同"路"。

简析

这首诗一般被认为是老百姓苦于劳役之繁重而作，表达了主人公盼望归乡的急切之情。"式微"二字在后世逐渐演化成"归隐"的代名词。诗歌内容很简单，但在艺术上却颇有特色。首先，整首诗四句均为问句，在一次又一次的发问中复叠出浓郁的悲苦与愤恨之情。其次，句式上三、四、五言交错使用，句句押韵，又不断换韵，很好地传达出主人公起伏激荡的情绪变化，颇有一唱三叹之韵致。

旄 丘

旄丘之葛兮①,何诞之节兮②!

叔兮伯兮③,何多日也?

何其处也?必有与也④!

何其久也?必有以也!

狐裘蒙戎⑤,匪车不东⑥。

叔兮伯兮,靡所与同⑦。

琐兮尾兮⑧,流离之子⑨。

叔兮伯兮,褎如充耳⑩。

注释

① 旄(máo)丘:前高后低的土山。

② 诞(dàn):广阔。节:葛藤的茎。

③ 叔、伯:这里指高层统治者。

④ 与:相与,一说同"以",原因。

⑤ 蒙戎:多毛,蓬松。

⑥ 匪:非。

⑦ 靡:没有。

⑧ 琐:细小。尾:指卑微。

⑨ 流离:离散。

⑩ 褎(yòu)如充耳:充耳不闻的样子。

简析

  这首诗的主旨有臣民指责卫伯、弃妇诗、思妇诗、兵士登高怀乡诗等说法。一般被认为是流寓卫国之人表达对卫伯不满的讽刺诗。首章以长长的葛藟起兴,对卫伯久久不至提出疑问。次章转而替对方着想,猜测对方迟来必然有原因。第三章以狐裘暗示已经入冬,表明这场等候之漫长。末章感慨漂泊者是如此渺小,处境是如此艰难,而卫国君臣对此却是视若不见,充耳不闻。整首诗的结构非常清晰,主人公的情感变化刻画细致,人物形象立体鲜明,末章更通过对比手法展现了流寓之人的无助凄苦和卫国君臣的冷漠无情,进一步揭示了诗歌主旨。

简 兮

简兮简兮①,方将万舞②。
日之方中③,在前上处④。
硕人俁俁⑤,公庭万舞⑥。
有力如虎,执辔如组⑦。
左手执龠⑧,右手秉翟⑨。
赫如渥赭⑩,公言锡爵⑪。
山有榛⑫,隰有苓⑬。
云谁之思⑭,西方美人⑮。
彼美人兮,西方之人兮。

注释

① 简:鼓声。一说形容舞师勇武之貌。

② 方将:将要。万舞:古代一种舞名。舞者先拿着兵器表演武舞,然后换成羽毛和乐器表演文舞。

③ 方中:正中,指正午。

④ 在前上处:在队伍前面。

⑤ 硕人:身材魁梧的人。俁(yǔ)俁:大而美。

⑥ 公庭:卫公的庭院。

⑦ 辔(pèi):马的缰绳。组:用丝织成的宽带子。

⑧ 龠(yuè):古时一种管乐器。

⑨ 秉：持。翟（dí）：野鸡尾部的毛。

⑩ 赫：红色。渥：厚。赭（zhě）：红褐色的土。

⑪ 锡：赐。爵：酒器。

⑫ 榛：树名。

⑬ 隰（xí）：低湿之地。苓：植物名，大苦。

⑭ 云：语气词，无实义。

⑮ 美人：容貌或品德好的人，这里指舞师。

简析

旧说这首诗的主题是讽卫君不能用人，现在一般认为是表达倾慕之情。全诗四章，首章一开场就推出了一位勇武的舞师。他站在队伍的正前方，准备开始表演万舞。第二、三章细致描绘了武舞和文舞的场景，不断渲染舞蹈场面的盛大和舞者矫健的身姿，气氛热烈。末章突然一转，节奏放缓，转入情思的抒发。"山有榛，隰有苓"两句兴中有比，引出了观看舞蹈表演的女子对舞师的倾慕之情。结尾四句几乎全用平声，在"西方美人"与"美人西方"的复沓中传递出悠长的爱慕与相思之情。

泉 水

毖彼泉水①,亦流于淇②。有怀于卫,靡日不思③。娈彼诸姬④,聊与之谋。

出宿于泲⑤,饮饯于祢⑥。女子有行⑦,远父母兄弟。问我诸姑,遂及伯姊⑧。

出宿于干⑨,饮饯于言⑩。载脂载舝⑪,还车言迈⑫。遄臻于卫⑬,不瑕有害⑭?

我思肥泉⑮,兹之永叹⑯。思须与漕⑰,我心悠悠。驾言出游,以写我忧⑱。

注释

① 毖(bì):泉水涌流的样子。

② 淇:河名。

③ 靡:无。

④ 娈(luán):美好的样子。诸姬:同行的姬姓女子。

⑤ 泲(jǐ):卫国地名。

⑥ 饯:指饯行。祢(nǐ):卫国地名。

⑦ 行:出嫁。

⑧ 伯姊:姐妹中的年长者。

⑨ 干:卫国地名。

⑩ 言：卫国地名。

⑪ 载：语助词。脂：给车轴涂上润滑油。舝（xiá）：把车轴上的金属键弄紧。

⑫ 还：返回或回转。还车：掉转车头。迈：行。

⑬ 遄（chuán）：迅速。臻：到达。

⑭ 遐：同"瑕"，何。不瑕有害：不会有什么祸患吧？

⑮ 肥泉：卫国一水名。

⑯ 兹：更加。

⑰ 须、漕：卫国地名。

⑱ 写：同"泻"，宣泄。

简析

这是一首怀乡诗，旧说主人公是许穆夫人。全诗以虚写实，表达了一位远嫁他乡的卫国女子的思乡之愁。首章以泉水流入淇水起兴，引出"有怀"的思乡主旨。次章转入回忆，怀想当年出嫁时与家人话别的场景，反衬现在的思乡之苦。第三章进一步写思乡之情极浓极深，主人公产生了幻觉，还乡画面衬托出归宁的喜悦。末章从幻想落入现实，浓重的哀愁化为一声长叹，道不尽悠悠思乡之苦！

北 门

出自北门,忧心殷殷^①,终窭且贫^②,莫知我艰。已焉哉^③!天实为之,谓之何哉!

王事适我^④,政事一埤益我^⑤。我入自外,室人交遍谪我^⑥。已焉哉!天实为之,谓之何哉!

王事敦我^⑦,政事一埤遗我^⑧。我入自外,室人交遍摧我^⑨。已焉哉!天实为之,谓之何哉!

注释

① 殷殷:忧愁深重的样子。
② 终:既。窭(jù):贫寒。
③ 已焉哉:算了吧。
④ 王事:王室的差事。适(zhì):扔。
⑤ 一:都,全部。埤(pí)益:增加。
⑥ 交遍:轮番。谪(zhé):指责。
⑦ 敦:逼迫。
⑧ 遗:给,交给。
⑨ 摧:讥讽。

简析

这是一首怨诗。诗歌以第一人称口吻,全用赋体,塑造了一位不堪繁重事务的劳苦而又不被理解、满腹辛酸的小官吏形象。每章末尾"已焉哉!天实为之,谓之何哉!"的重复呼告逐层强化出下层官吏的悲愤之情,具有浓厚的现实主义色彩。

北 风

北风其凉,雨雪其雱①。惠而好我②,携手同行。其虚其邪③?既亟只且④!

北风其喈⑤,雨雪其霏⑥。惠而好我,携手同归⑦。其虚其邪?既亟只且!

莫赤匪狐⑧,莫黑匪乌。惠而好我,携手同车。其虚其邪?既亟只且!

注释

① 雨(yù)雪:下雪。其雱(páng):即"雱雱",形容雪下得很大。

② 惠而:顺心的样子。好我:与我友好。

③ 其虚其邪:岂能慢吞吞地前行。其:语气词。虚、邪:缓慢的样子。

④ 既:已经。亟(jí):急。只且(jū):语助词,不译。

⑤ 喈(jiē):风迅疾的样子。

⑥ 霏:雨雪纷飞的样子。

⑦ 同归:一起到其他地方。

⑧ 莫:没有。匪:非。此句中的狐狸与后一句中的乌鸦均有比喻坏人之意。

简析

　　这是一首逃难诗。《毛诗序》云:"《北风》,刺虐也。卫国并为威虐,百姓不亲,莫不相携持而去焉。"诗歌前两章均以呼啸的北风、漫天的大雪起兴,暗示当时动乱的社会现实,展现了一幅百姓匆急奔逃的逃难画面。末章以赤狐、黑乌比喻坏人当政,揭示了百姓逃难的原因。诗歌在艺术上以比、兴为主,起兴之景物既是实景,又是当时社会现实的比喻性表述,兴中有比,虚实结合。三章结尾复沓手法的运用又将逃难的真实场景再现出来,同行之人"其虚其邪"的徘徊犹豫,主人公"既亟只且"的焦急催促,仿佛就在眼前!

静女

静女其姝①,俟我于城隅②。爱而不见③,搔首踟蹰④。静女其娈,贻我彤管⑤。彤管有炜⑥,说怿女美⑦。自牧归荑⑧,洵美且异⑨。匪女之为美,美人之贻。

注释

① 静女:淑女。姝(shū):美好。
② 俟(sì):等候。城隅:城角隐蔽处。
③ 爱:同"薆",躲藏。见:发现。
④ 踟蹰(chí chú):徘徊不定。
⑤ 贻:赠。彤管:一种红色的小草。
⑥ 有:语助词。炜:鲜明的样子。
⑦ 说怿(yuè yì):喜爱。
⑧ 牧:野外。归:赠送。荑(tí):初生之白茅。这里有象征婚姻之意。
⑨ 洵:实在。异:奇特,别致。

简析

这是一首爱情诗。第一章叙事,一对青年男女约好在城角相见,可是女子却与男子玩起了躲藏游戏。"爱而不见,搔首踟蹰"刻画男子找不到女子时的神态与心理,一位痴情人形象跃然纸上。第二、三章转入抒情。男子想起了女子送给他的"彤管"与"荑",陷入了甜蜜的爱情回忆之中:"彤管"映射的是女子美好的容颜,而女子从郊外采来的初生的白茅就好像两人的爱情,正在不断地成长壮大。诗歌在艺术上采用倒叙和比、兴手法,叙事和抒情并重,虚实相生,谱写了一段美丽而缠绵的爱情故事。

新　台

新台有泚①，河水瀰瀰②。燕婉之求③，籧篨不鲜④。
新台有洒⑤，河水浼浼⑥。燕婉之求，籧篨不殄⑦。
鱼网之设，鸿则离之⑧。燕婉之求，得此戚施⑨。

注释

① 新台：台名，卫宣公为纳宣姜而筑。有泚（cǐ）：鲜明的样子。
② 河：黄河。瀰（mǐ）瀰：水满的样子。
③ 燕婉：指夫妇和好。
④ 籧篨（qú chú）：指身有残疾不能俯视的人。鲜：年少。此句讽卫宣公年老体衰，身体僵硬。
⑤ 有洒（cuǐ）：高峻的样子。
⑥ 浼（měi）浼：水势盛大的样子。
⑦ 殄（tiǎn）：美好。
⑧ 鸿：水鸟名。一说"蛤蟆"。离：同"罹"，遭受。
⑨ 戚施：蟾蜍的别名。

简析

这是一首讽刺诗。《毛诗序》云："《新台》，刺卫宣公也。纳伋之妻，筑新台于河上而要之。国人恶之而作是诗也。"伋是宣公的世子，宣公为伋娶齐女为妻，听说齐女很美，便自己娶了齐女，称宣姜。诗歌前两章以渲染新台的高大盛丽、黄河水的盈满奔腾象征卫宣公的权势，反衬卫宣公夺子之妻的丑行。第三章进一步以渔网捕鱼却捕获了吃鱼的水鸟作比，表达宣姜遇人不淑的郁闷愁苦之情。诗歌在艺术上除了比、兴外，在每章的后半部分还运用了对比的手法，揭示出"燕婉之求"与"得此戚施"之间的尖锐矛盾，具有一定的现实意义。

二子乘舟

二子乘舟,泛泛其景①。愿言思子②,中心养养③。
二子乘舟,泛泛其逝④。愿言思子,不瑕有害⑤。

注释

① 泛泛:水波荡漾的样子。景:影。一说同"憬",远行。
② 愿:思念的样子。言:语助词,相当于"焉"。
③ 中心:心中。养养:忧愁不安的样子。
④ 逝:往。
⑤ 遐:同"遐",何。

简析

　　对这首诗的主旨,旧说认为是卫人悯卫宣公两个儿子兄弟情深,争相赴死而作。今人则有多种看法,或怀人,或送别。我们不妨将这首诗与《新台》连读。卫宣公夺子之妻后,宣姜生寿、朔二子。《诗三家义集疏》云:"寿之母与朔谋,欲杀太子伋而立寿也,使人与伋乘舟于河中,将沉而杀之。寿知不能止也,固与之同舟,舟人不得杀伋。方乘舟时,伋傅母恐其死也,闵而作诗,《二子乘舟》之诗是也。"诗歌在艺术上以荡漾之流水比送别者之内心,融情入景,情景交融,而"愿言思子"的复叠,"中心养养"的不舍,"不瑕有害"的担心,又进一步传达出对乘舟二子悠悠不尽的送别之情,故此诗也可作单纯的送别诗来读。

邶风

柏 舟

泛彼柏舟①,在彼中河。

髧彼两髦②,实维我仪③。

之死矢靡它④!母也天只⑤,不谅人只⑥!

泛彼柏舟,在彼河侧。

髧彼两髦,实维我特⑦。

之死矢靡慝⑧!母也天只,不谅人只!

注释

① 泛:船漂浮的样子。

② 髧(dàn):头发下垂的样子。髦(máo):即刘海。古代未成年男子头发齐眉,分向两边梳。

③ 实:确实。维:是。仪:配偶。

④ 之:到。矢:誓。靡它:无他心。

⑤ 也、只:语助词。

⑥ 谅:相信。

⑦ 特:同"仪",配偶。

⑧ 慝(tè):同"忒",差错,引申为变心。

简析

　　这是一首爱情诗。诗歌以两章叠咏的形式表达了女主人公追求自由爱情的强烈愿望，以及爱情受到阻挠的痛苦之情，反映了先秦时期青年男女的爱情问题，颇有现实意义。那个年代虽然崇尚恋爱自由，但是"父母之命、媒妁之言"已成为婚姻的准则，而当二者发生矛盾时，爱情的痛苦就产生了。诗中"之死矢靡它"的爱情誓言与"母也天只，不谅人只"的现实之间的矛盾，使大胆追求自由爱情的女主人公既表现出了强烈的反抗意识，又充满了不被认可，无法达成愿望的沉痛。

墙有茨

墙有茨①,不可埽也②。
中冓之言③,不可道也。
所可道也,言之丑也。
墙有茨,不可襄也④。
中冓之言,不可详也⑤。
所可详也,言之长也。
墙有茨,不可束也⑥。
中冓之言,不可读也⑦。
所可读也,言之辱也。

注释

① 茨（cí）：植物名,即蒺藜。
② 埽（sǎo）：同"扫",扫除,去除。
③ 中冓（gòu）：宫中深密之处。这里有影射宫中丑闻之意。
④ 襄：消除。
⑤ 详：详细地讲述。
⑥ 束：捆扎。这里指打扫干净。
⑦ 读：宣扬。

简析

　　这是一首讽刺诗。《毛诗序》云:"《墙有茨》,卫人刺其上也。公子顽通乎君母,国人疾之,而不可道也"。诗歌以"墙有茨"起兴,兴中见比。"茨"有刺,附着在墙上很难清理,这就好像宫里发生的丑闻很难消除影响一样。对此,诗中连用了六个"不可",来强调宫中丑闻的恶劣程度,表达出人们的强烈愤慨。同时,每章结句的"所可"又与"不可"形成一种语意上的转折,看似舒缓,实则将人们对宫中龌龊事感到"丑""长""辱"的情感变化一层层展现出来,正如清代牛运震《诗志》所评:"正申明不可道之义,却用转语,意味便自深长。"

君子偕老

君子偕老①,副笄六珈②。委委佗佗③,如山如河,象服是宜④。子之不淑⑤,云如之何⑥?

玼兮玼兮⑦,其之翟也⑧。鬒发如云⑨,不屑髢也⑩。玉之瑱也⑪,象之揥也⑫,扬且之皙也⑬。胡然而天也⑭?胡然而帝也⑮?

瑳兮瑳兮⑯,其之展也⑰。蒙彼绉绤⑱,是绁袢也⑲。子之清扬⑳,扬且之颜也㉑。展如之人兮㉒,邦之媛也㉓!

注释

① 君子:指卫宣公。

② 副笄(jī):首饰名。六珈(jiā):发簪上的玉饰。

③ 委委佗(tuó)佗:举止庄重雍容的样子。

④ 象服:绘有各种图形作为装饰的礼服。宜:(衣服)合身。

⑤ 子:指宣姜。淑:善。

⑥ 云:句首发语词。如之何:奈之何。

⑦ 玼(cǐ):指服饰鲜明。

⑧ 翟(dí):画翟羽用为装饰的衣服。

⑨ 鬒(zhěn):黑发。

⑩ 髢(dí):假发。

⑪ 瑱（tiàn）：冠冕上垂在两侧的装饰物。

⑫ 象：象牙。揥（tì）：一种可用于搔头的首饰。

⑬ 扬：眉毛及其上下部分，即额头。且：助词。晳（xī）：白。

⑭ 胡：怎么。然：这样。而：如。天：天神，天仙。

⑮ 帝：同"天"，这两句形容庄姜之美。

⑯ 瑳（cuō）：玉色鲜明洁白的样子。

⑰ 展：展衣，指礼服。

⑱ 绉（zhòu）：细葛布。

⑲ 绁袢（xiè fán）：夏天穿的贴身内衣。

⑳ 清扬：指眼神明亮。

㉑ 颜：容貌美丽。

㉒ 展：确实，的确。

㉓ 媛（yuàn）：美女。

简析

这是一首讽刺诗。全诗三章十一句，有十句是在描写卫宣公夫人宣姜的美貌。诗歌以"君子偕老"发端，从头饰、服装、容貌、神态等角度对宣姜进行了形容，称道其"胡然而天""邦之媛也"，塑造了一个容颜艳丽、仪态万方、宛若天仙的"小君"（王后）形象。然而这一形象却因一句"子之不淑，云如之何"而轰然崩塌。本诗正是运用这种对比的方式将宣姜外美里丑、德行有亏的本质揭示出来，令人恍然诗歌发端"君子偕老"的强烈讽刺意味。

桑　中

爰采唐矣？沫之乡矣①。

云谁之思？美孟姜矣②。

期我乎桑中，要我乎上宫，送我乎淇之上矣③。

爰采麦矣？沫之北矣。

云谁之思？美孟弋矣。

期我乎桑中，要我乎上宫，送我乎淇之上矣。

爰采葑矣？沫之东矣。

云谁之思？美孟庸矣。

期我乎桑中，要我乎上宫，送我乎淇之上矣。

注释

①爰：于焉的合音，在哪里。唐：植物名，女萝。一说"棠"，梨的一种。沫（mèi）：卫邑名。乡：郊外。

②孟：排行居长。姜与下文中出现的弋、庸均是贵族姓氏。

③桑中：地名。一说桑林中。要（yāo）：邀请。上宫：楼名。淇：淇水。

简析

  这是一首情诗。旧说多认为是讽刺卫国宫室淫乱不堪的生活,因为诗中出现了姜、弋、庸等多个女子。近人或将姜、弋、庸女当作同一个人,认为这是一首表现青年男女炽热爱情的作品。两种理解都不无道理。从艺术上看,诗歌以采集植物起兴,借自问自答的形式抒发了一个年轻小伙子对恋爱情事的迷恋和回味。各章末句均不作任何改动,反复吟唱,更将这种情感体验抒发得淋漓尽致。

鄘风

鹑之奔奔

鹑之奔奔①，鹊之彊彊②。

人之无良，我以为兄③。

鹊之彊彊，鹑之奔奔。

人之无良，我以为君④。

注释

① 鹑:鹌鹑。奔奔:鸟类雌雄相随的样子。
② 鹊:喜鹊。彊(jiāng)彊:鸟群飞相随的样子。
③ 无良:不善。我:人称代词。一说"何"之借字。
④ 君:与首章的"兄"均暗指卫宣公。

简析

这是一首讽刺诗。《毛诗序》云:"《鹑之奔奔》,刺卫宣姜也,卫人以为宣姜鹑鹊之不若也。"而《诗三家义集疏》认为是刺卫宣公。从诗意来看,似以后者为宜。诗歌以鹑、鹊之雌雄相随起兴,与无良之人形成对比,暗讽男子连禽兽都不如,不能再以兄、君待之。诗歌以重章叠句的方式反复表达这一主旨,而鹑、鹊在前后两章的位置变化使这一表达重复中又有变化,形成一种错落的音韵之美。

定之方中

定之方中①,作于楚宫②。

揆之以日③,作于楚室。

树之榛栗,椅桐梓漆④,爰伐琴瑟⑤。

升彼虚矣,以望楚矣⑥。

望楚与堂⑦,景山与京⑧。

降观于桑,卜云其吉,终然允臧⑨。

灵雨既零⑩,命彼倌人⑪。

星言夙驾⑫,说于桑田⑬。

匪直也人⑭,秉心塞渊⑮。騋牝三千⑯。

注释

①定:星宿名,即营室星。古人通过观察定星确定方位,造宫室。秋冬之交,营室星出现在黄昏时天空正南方,此时农事已经结束,天气又不冷,正是建房的好时机,故名。

②于:为。楚:楚丘,地名。

③揆(kuí):度量,这里指根据日影确定方向。日:日影。

④榛、栗、椅、桐、梓、漆:皆树名。

⑤爰:于是。

⑥ 虚（qū）：同"墟"，指荒废了的漕邑。望：眺望。

⑦ 楚与堂：楚丘与堂邑。

⑧ 景山：大山。京：高丘。

⑨ 允臧：确实好。

⑩ 灵雨：好雨。零：落下。

⑪ 倌：驾车的人。

⑫ 星言：星焉，犹言"披星"，泛指趁早赶路。夙：早上。

⑬ 说（shuì）：同"税"，停止，歇息。

⑭ 匪：犹"彼"。直：特。

⑮ 秉心：用心。塞渊：诚实深沉。

⑯ 騋（lái）：高七尺以上的马。牝（pìn）：指母马。三千：泛指数量众多。马匹数量在古代是衡量一个国家武力强弱的重要指标，故此句以马多暗示卫国的强大。

简析

这是一首颂诗。卫懿公时，卫国为狄所灭。齐、宋援卫，复立卫国。公元前658年，齐桓公率诸侯助卫迁都至楚丘。之后，卫国在卫文公的带领下日渐强盛。诗歌围绕对卫文公"秉心塞渊"的赞美，采用赋体铺叙了卫文公的巨大贡献。全诗三章，首章叙述建都的准备和整体规划，展现卫国人民在卫文公带领下重建卫都的劳动热情。次章具体描写卫文公如何为建都勘测地形、占卜吉凶。末章进一步描写卫文公为建都夙兴夜寐、重桑劝耕，树立起卫文公高大的人物形象。结尾一转，看似与主旨无关，实则反映了卫国在卫文公带领下逐渐走向强盛的事实，表达了人民对他的赞颂。

蝃蝀

蝃蝀在东①,莫之敢指②。女子有行③,远父母兄弟。
朝隮于西④,崇朝其雨⑤。女子有行,远兄弟父母。
乃如之人也⑥,怀昏姻也⑦。大无信也⑧,不知命也⑨!

注释

① 蝃蝀(dì dōng):彩虹。古人认为彩虹的产生是因为阴阳不谐,视其为淫邪之气。

② 莫:没有人。指:指指点点。

③ 有行:指出嫁。

④ 隮(jì):一说升云,一说彩虹。

⑤ 崇朝(zhāo):终朝,整个早晨。

⑥ 乃如之人:像这样的人。

⑦ 怀:同"坏",败坏,破坏。昏姻:婚姻。

⑧ 大:太。信:贞洁。一说无信为无媒妁之言。

⑨ 命:父母之命。

简析

对于这首诗,《毛诗序》《诗集传》等旧说多以讽刺诗视之。诗歌以早晚出现的彩虹起兴,比喻女子不守贞洁,不听父母之命,表达了对私奔女子的谴责。今人则多认为这是一首反映当时女子追求爱情婚姻自由而被礼教所不容的诗歌,具有鲜明的现实意义。

相 鼠

相鼠有皮①,人而无仪②。

人而无仪,不死何为?

相鼠有齿,人而无止③。

人而无止,不死何俟④?

相鼠有体,人而无礼。

人而无礼,胡不遄死⑤?

注释

① 相：看。
② 仪：礼仪。一说威仪。
③ 止：节制。一说"耻"。
④ 俟（sì）：等待。
⑤ 遄（chuán）：迅速，赶快。

简析

这是一首讽刺诗。诗歌三章均以鼠起兴，层层铺叙，将鼠的"有皮""有齿""有体"与当权者的"无仪""无止""无礼"对举，既揭露了当权者禽兽不如、寡廉鲜耻的行径，又隐有以鼠比喻当权者，揭示其剥削本质的含义。全诗情感浓烈，语言尖锐，具有强烈的批判意义。

干 旄

孑孑干旄①，在浚之郊②。
素丝纰之③，良马四之④。
彼姝者子⑤，何以畀之⑥？
孑孑干旟⑦，在浚之都⑧。
素丝组之⑨，良马五之⑩。
彼姝者子，何以予之？
孑孑干旌⑪，在浚之城。
素丝祝之⑫，良马六之⑬。
彼姝者子，何以告之⑭？

注释

① 孑（jié）孑：特出，特立。这里指旗帜高扬的样子。干旄（máo）：以牦牛尾来装饰的旌旗。干：同"竿""杆"。

② 浚：地名。郊：远郊。

③ 纰（pí）：一种束丝之法，这里指在旗帜上镶边。

④ 四之：指四匹马驾一辆车。

⑤ 姝（shū）：美好。

⑥ 畀（bì）：给。

⑦ 旟（yú）：绘有鸟隼的旗帜。

⑧ 都：近郊。

⑨ 组：编织。

⑩ 五之：指五匹马驾一辆车。

⑪ 旌（jīng）：用羽毛、牦牛尾装饰的旗。

⑫ 祝：同"属"，连缀缝合。

⑬ 六之：六匹马驾一辆车。

⑭ 告：告知，求教。一说同"予"。

简析

关于此诗主旨，影响较大的说法有赞美卫文公臣子好善、卫大夫访贤、情诗等。从诗意来看，访贤说较为符合。诗歌在艺术手法上以铺叙和重章叠句为主，"在浚之郊（都、城）"点明访求的地点，"良马四（五、六）之"显示车马排场之盛大，"何以畀（予、告）之"渲染求访者内心的忐忑与急切。通过这样的层层铺叙，很好地抒发了求访者对贤才的渴盼之情。

载 驰

载驰载驱①,归唁卫侯②。驱马悠悠,言至于漕③。大夫跋涉,我心则忧。

既不我嘉④,不能旋反⑤。视尔不臧⑥,我思不远⑦。

既不我嘉,不能旋济⑧。视尔不臧,我思不閟⑨。

陟彼阿丘⑩,言采其蝱⑪。女子善怀⑫,亦各有行⑬。许人尤之⑭,众稚且狂⑮。

我行其野,芃芃其麦⑯。控于大邦⑰,谁因谁极⑱。大夫君子,无我有尤。百尔所思,不如我所之。

注释

① 载:语助词。驰、驱:(车马)快跑。
② 唁(yàn):对遭遇丧事者表示慰问,这里还有慰问失国者之意。
③ 漕:卫国邑名。
④ 嘉:赞许。
⑤ 旋反:返回。
⑥ 视:比照,比较。臧:善。

⑦ 远：远离，摆脱。

⑧ 旋济：渡河归返。

⑨ 閟（bì）：封闭。一说同"毖"，谨慎。

⑩ 阿丘：四边高的山。

⑪ 蝱（méng）：草药名，即贝母。

⑫ 善怀：多愁善感的样子。

⑬ 行：道路，这里指主张。

⑭ 许人：许国的人。尤：怨恨。

⑮ 稚：幼小。狂：愚妄。

⑯ 芃（péng）芃：茂盛的样子。

⑰ 控：告诉，赴告。

⑱ 谁因谁极：谁可以依靠，谁可以前来帮助我。因：亲近、依靠。极：至、到。

简析

这是一首爱国诗。一般认为是许穆夫人所作。卫为狄所灭后，齐、宋助卫复国，立戴公。许穆夫人闻之，欲返卫吊唁，为许大夫所阻，忧心忡忡之下写了这篇诗作。全诗四章，以第一人称的口吻，倾述了许穆夫人归唁卫国，中途被阻的忧愁，塑造了一位关怀国事的女诗人形象。艺术上侧重心理刻画，句式虽为四言，但节奏多变，很好地表现了许穆夫人的复杂心理。

卫风

淇　奥

瞻彼淇奥①，绿竹猗猗②。有匪君子③，如切如磋，如琢如磨④。瑟兮僩兮⑤，赫兮咺兮⑥。有匪君子，终不可谖兮⑦。

瞻彼淇奥，绿竹青青。有匪君子，充耳琇莹⑧，会弁如星⑨。瑟兮僩兮，赫兮咺兮。有匪君子，终不可谖兮。

瞻彼淇奥，绿竹如箦⑩。有匪君子，如金如锡，如圭如璧⑪。宽兮绰兮⑫，猗重较兮⑬。善戏谑兮⑭，不为虐兮⑮。

注释

① 淇：水名。奥（yù）：水岸弯曲处。

② 猗（yī）猗：美盛的样子。

③ 匪：同"斐"，形容很有文采的样子。

④ 切、磋、琢、磨：治骨曰切，治象牙曰磋，治玉曰琢，治石曰磨。这里引申为探讨研究学问道德。

⑤ 瑟：仪容庄重。僩（xiàn）：心胸开阔的样子。

⑥ 赫：光明正大的样子。咺（xuān）：显赫貌。

⑦ 谖（xuān）：忘记。

⑧ 充耳：挂在冠冕两旁的饰物，下垂至耳。琇（xiù）莹：美石。

⑨ 弁（biàn）：皮弁，皮帽。会：在皮料缝合处缀以玉饰。

⑩ 箦（zé）：堆积。一说竹席。

⑪ 圭、璧：玉制礼器。这里用于象征君子的身份品德。

⑫ 绰：旷达。一说柔和貌。

⑬ 猗（yǐ）：同"倚"。重（chóng）较：车厢前左右突出的供倚靠的横木。

⑭ 戏谑：言谈风趣。

⑮ 虐：粗暴。一说过分。

简析

这是一首赞诗。"君子"为何人尚无法确指，从诗意来看应是周王朝时期一位品行兼善的士大夫。全诗三章，均以竹起兴，以竹喻人，始终充满对"有匪君子"的称赞。"如切如磋"两句赞其学问精深；"瑟兮僩兮"两句赞其仪表堂堂；"充耳琇莹"两句赞其德行高尚；"善戏谑兮"两句赞其能力非凡。这些赞美之情通过重章叠咏的方式传达，给人以非常深刻的印象。

考　槃

考槃在涧①,硕人之宽②。独寐寤言③,永矢弗谖④。

考槃在阿⑤,硕人之薖⑥。独寐寤歌,永矢弗过⑦。

考槃在陆⑧,硕人之轴⑨。独寐寤宿,永矢弗告⑩。

注释

① 考槃（pán）：敲击着盘子，形容很快乐。一说建造木屋。

② 硕人：指贤德之人。宽：宽大的样子。

③ 寐：睡着。寤：醒来。

④ 矢：誓。谖：忘记。

⑤ 阿：曲陵。

⑥ 薖（kē）：宽和的样子。

⑦ 过：交往。

⑧ 陆：高平之地。

⑨ 轴：车轴，引申为弯曲盘旋的样子。

⑩ 告：告诉，表达。

简析

这是一首歌颂隐居生活的诗歌。诗中以"独寤寐言"为中心，采用重章叠句的形式，反复吟唱主人公远离尘世纷扰、归隐山林的喜悦之情。正因心胸宽大，不管在涧、在阿、在陆，隐者都能始终保持一种怡然自得、宁静而快乐的心态，可谓境与人谐，情与景谐。

硕 人

硕人其颀①,衣锦褧衣②。齐侯之子,卫侯之妻,东宫之妹③,邢侯之姨,谭公维私④。

手如柔荑⑤,肤如凝脂。领如蝤蛴⑥,齿如瓠犀⑦,螓首蛾眉⑧。巧笑倩兮⑨,美目盼兮⑩。

硕人敖敖⑪,说于农郊⑫。四牡有骄⑬,朱幩镳镳⑭,翟茀以朝⑮。大夫夙退,无使君劳。

河水洋洋⑯,北流活活⑰。施罛濊濊⑱,鱣鲔发发⑲,葭菼揭揭⑳,庶姜孽孽㉑,庶士有朅㉒。

注释

① 硕人:身材高挑的美人。颀(qí):修长。

② 褧(jiǒng):套在外面的罩衣,这里用作动词,罩上。

③ 东宫:指太子。

④ 维:其。私:女子称姊妹的丈夫。

⑤ 荑(tí):白茅初生的嫩芽。

⑥ 领:指脖子。蝤蛴(qiú qí):天牛幼虫,体长而白。

⑦ 瓠犀(hù xī):葫芦籽。

⑧ 蓁（qín）：蝉的一种，体小，方头广额。蛾：指蚕蛾触角，细长而黑。

⑨ 倩：笑靥美好的样子。

⑩ 盼：眼睛黑白分明的样子。

⑪ 敖敖：身材修长高大的样子。

⑫ 说：同"税"，停息。农郊：近郊。

⑬ 牡：雄马。有：虚词，无义。骄：健壮。

⑭ 朱：红色。幩（fén）：马嚼铁外挂的绸子。镳（biāo）镳：盛美的样子。

⑮ 翟茀（dí fú）：用野鸡毛装饰的车围子。朝：上朝。

⑯ 洋洋：水流浩荡的样子。

⑰ 北流：向北流的河。活（guō）活：水流声。

⑱ 施：设网，张网。罛（gū）：大渔网。濊（huò）濊：撒网入水的声音。

⑲ 鳣（zhān）：鲤鱼。鲔（wěi）：鲟鱼。发（bō）发：鱼击水声。

⑳ 葭菼（jiā tǎn）：初生的芦苇与荻。揭揭：长的样子。

㉑ 庶姜：众姜，指随嫁的姜姓女子。孽孽：装饰华丽的样子。

㉒ 士：指随嫁的臣仆。朅（qiè）：勇武、壮健的样子。

简析

这首诗的主旨一般被认为是赞美卫庄公夫人庄姜。诗歌采用"赋"法对主人公的身份、美貌及出嫁时场面的盛大与隆重进行了细致的铺叙。诗歌在艺术上以比喻见长，第二节对庄姜美貌的描写采用了博喻的修辞手法，将一位富有中国审美特点的古典美人形象刻画得惟妙惟肖，尤其"巧笑倩兮，美目盼兮"两句形神兼备，千载以下，犹能见其风姿。

邶风

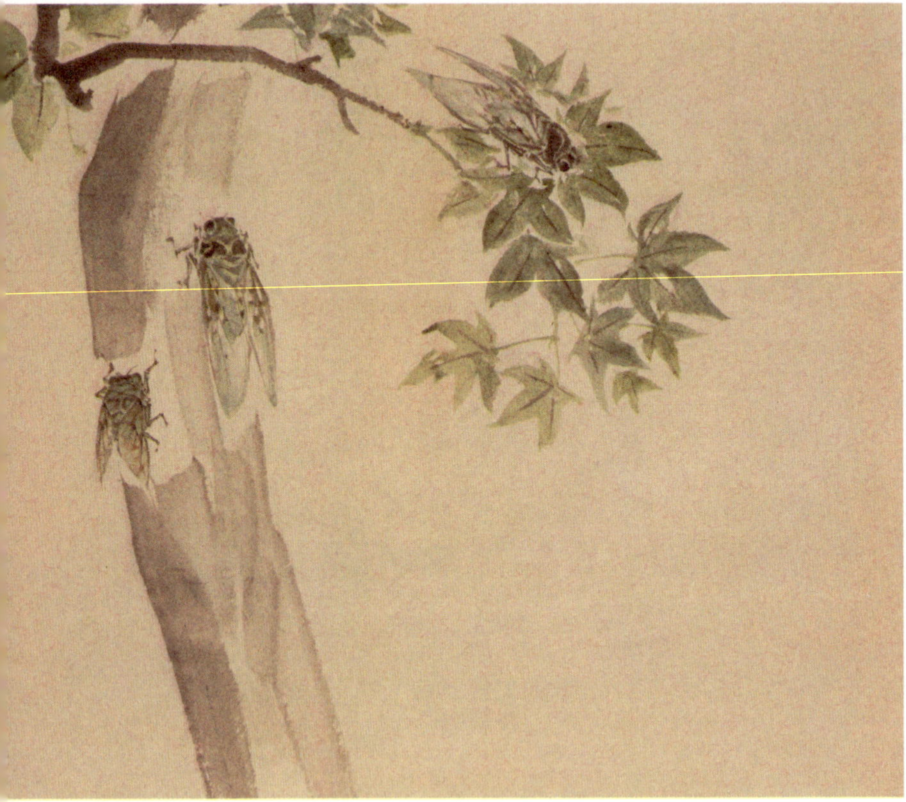

氓

氓之蚩蚩^①，抱布贸丝^②。匪来贸丝^③，来即我谋^④。送子涉淇^⑤，至于顿丘^⑥。匪我愆期^⑦，子无良媒。将子无怒^⑧，秋以为期。

乘彼垝垣^⑨，以望复关^⑩。不见复关，泣涕涟涟。既见复关，载笑载言。尔卜尔筮，体无咎言^⑪。以尔车来，以我贿迁^⑫。

桑之未落，其叶沃若^⑬。于嗟鸠兮，无食桑葚。于嗟女兮，无与士耽^⑭。士之耽兮，犹可说也^⑮。女之耽兮，不可说也。

桑之落矣，其黄而陨。自我徂尔^⑯，三岁食贫。淇水汤汤，渐车帷裳^⑰。女也不爽^⑱，士贰其行^⑲。士也罔极^⑳，二三其德。

三岁为妇，靡室劳矣。夙兴夜寐，靡有朝矣。言既遂矣^㉑，至于暴矣。兄弟不知，咥其笑矣^㉒。静言思之，躬自悼矣。

及尔偕老，老使我怨。淇则有岸，隰则有泮^㉓。总角之宴^㉔，言笑晏晏^㉕。信誓旦旦^㉖，不思其反。反是不思，亦已焉哉！

注释

① 蚩（chī）蚩：笑嘻嘻。一说憨厚老实的样子。

② 布：棉麻织成物，一说古时货币。贸：交换（物品）。

③ 匪：非。

④ 即我：到我这里来。谋：商谈婚事。

⑤ 涉：渡过。淇：古河名。

⑥ 顿丘：古地名。

⑦ 愆（qiān）：错过，拖延。

⑧ 将（qiāng）：请，希望。

⑨ 乘：登上。诡垣（guǐ yuán）：毁坏的墙。

⑩ 复关：地名，"氓"居住地。

⑪ 体：卦象。咎言：不吉利的话。

⑫ 贿：财物，指嫁妆。

⑬ 沃若：润泽的样子。

⑭ 耽：沉迷。

⑮ 说：同"脱"，摆脱。

⑯ 徂（cú）：去，往。

⑰ 渐（jiān）：沾湿。帷裳：车旁的帷幔。

⑱ 爽：差错，过失。

⑲ 贰：不专一。

⑳ 罔极：没有准则。

㉑ 遂：达成愿望，实现。

㉒ 咥（xì）：大笑的样子。

㉓ 隰（xí）：低湿的地方，这里指漯河。泮（pàn）：岸。

㉔ 总角：借指童年。宴：欢乐。

㉕ 晏晏：和悦。

㉖ 旦旦：诚恳的样子。

简析

　　这是一首弃妇诗。诗歌中的女主人公以自述的口吻诉说了她和"氓"从相识、相恋到婚后被抛弃的遭遇，表达了内心的悔恨与痛苦之情。诗歌在艺术上颇具特色，一是全诗以赋为主，兼用比、兴，完整展现了一部爱情婚姻悲剧,具有强烈的现实主义批判色彩。二是运用对比手法,塑造了两个性格鲜明的人物形象。"氓"之前后言行不一的对比,女主人公出嫁前"其叶沃若"与出嫁后"其黄而陨"的对比,形象反映出古代女性社会地位的低下和其在婚姻爱情中饱受压迫的现实。三是全诗叙事、议论、抒情巧妙结合,在故事的推进过程中,对"于嗟女兮,无与士耽"的慨叹,对"士也罔极,二三其德"的谴责,对"反是不思,亦已焉哉"的决绝,将女主人公复杂的悔恨痛苦之情表达得淋漓尽致,感人至深。

竹　竿

籊籊竹竿①，以钓于淇。

岂不尔思②？远莫致之。

泉源在左③，淇水在右。

女子有行④，远兄弟父母。

淇水在右，泉源在左。

巧笑之瑳⑤，佩玉之傩⑥。

淇水滺滺⑦，桧楫松舟⑧。

驾言出游⑨，以写我忧⑩。

注释

① 籊（tì）籊：长而尖的样子。

② 尔思：思尔，想念你。

③ 泉源：卫国西北有很多口泉，称百泉，流入淇水。

④ 行：远嫁。

⑤ 瑳（cuō）：玉色鲜白的样子，这里形容女子巧笑露齿的样子。

⑥ 傩（nuó）：形容行走姿态柔美。

⑦ 滺（yóu）滺：水流的样子。

⑧ 桧（guì）：常绿乔木，即圆柏。楫：船桨。

⑨ 驾言：操舟。言：语助词。

⑩ 写：同"泻"，排解。

简析

　　这是一首思乡诗。主人公是一位远嫁异乡的女子。她的故乡和夫家虽相隔遥远，但都位于淇水边。因此，主人公的思乡就围绕着淇水展开。第一章回忆出嫁前在淇水边钓鱼的快乐。第二章回忆在淇水边与家人分别的场景。由于思乡情切又不得归乡，第三章遂以幻想的方式，想象自己打扮得漂漂亮亮回娘家的场景。在她的幻想世界中，淇水应该还和出嫁前一样吧？前三章写回忆和幻想，第四章则转回现实，写自己泛舟淇水排解思乡之苦。巨大的情感落差通过对比得到了进一步的呈现，很好地抒发了女子的思乡情怀。

芄 兰

芄兰之支①,童子佩觿②。虽则佩觿,能不我知。容兮遂兮③,垂带悸兮④。

芄兰之叶,童子佩韘。虽则佩韘⑤,能不我甲⑥。容兮遂兮,垂带悸兮。

注释

① 芄(wán)兰:一种蔓生植物,果实形如羊角。支:同"枝"。
② 觿:古时解绳结的锥子,也作佩饰,象征成人。
③ 容、遂:雍容安闲的样子。
④ 悸:带子下垂之貌。
⑤ 韘(shè):拉弓弦的用具,俗称"扳指"。
⑥ 甲:一作"狎",亲近。

简析

这首诗的主旨有刺卫惠公、刺童子早婚、美卫惠公、恋歌等多种看法。诗中的"我"与童子也许是一起玩耍长大的好朋友,可是童子配上"觿""韘"后所表现出的成人的稳重却令"我"产生了不满。因此,这首诗理解为"女子戏所欢"(朱东润语)的恋歌可以,作为讽刺卫惠公以童子之身登位,骄而无礼的讽刺诗或者赞美卫惠公登位时年纪虽小却自有一种威仪的赞美诗也未尝不可。见仁见智,不必执于一端。

河 广

谁谓河广①？一苇杭之②。

谁谓宋远？跂予望之③。

谁谓河广？曾不容刀④。

谁谓宋远？曾不崇朝⑤。

注释

① 河：黄河。

② 苇：芦苇。杭：通"航"。

③ 跂（qǐ）：踮起脚跟。

④ 曾：乃，竟然。刀：通"舠"，小船。

⑤ 崇（zhōng）：结束或终结。朝（zhāo）：早晨。

简析

诗中主人公旧说一般认为是卫文公之妹，现在一般认为是旅居卫国的宋人。诗人以自问自答的形式，运用夸张的手法将广阔的黄河、遥远的宋国浓缩于尺幅之间，以远为近，形象地表达了主人公急于还乡的迫切心情。同时，诗歌也给读者留下了广阔的想象空间，为何滞留于卫？既然宋离卫这么近，为什么不赶快回去？问题的答案留待读者去探索。

伯 兮

伯兮朅兮①,邦之桀兮②。伯也执殳③,为王前驱。

自伯之东,首如飞蓬。岂无膏沐④?谁适为容⑤!

其雨其雨,杲杲出日⑥。愿言思伯,甘心首疾。

焉得谖草⑦?言树之背⑧。愿言思伯,使我心痗⑨。

注释

① 伯：这里指丈夫。朅（qiè）：威武高大的样子。

② 桀：同"杰"，杰出。

③ 殳（shū）：古代杖类兵器，长而无刃。

④ 膏沐：化妆用的油脂，这里指化妆。一说洗沐。

⑤ 谁适为容：但为谁修饰容貌。适：但。一说"悦"。

⑥ 杲（gǎo）杲：明亮的样子。

⑦ 谖（xuān）草：萱草，又叫忘忧草。

⑧ 背：房屋的北面。

⑨ 痗（mèi）：忧伤成病。

简析

这是一首闺怨诗。《毛诗序》云："刺时也。言君子行役，为王前驱，过时而不反焉。"全诗四章，首章写女子对丈夫的夸耀，对他为国出征的行为充满自豪。后三章则转写丈夫出征后女子的思念与担心，非常清晰地描写出了思妇的情感变化，"首如飞蓬"写因为思念而无心打扮；"甘心首疾"进而写因为思念而情愿忍受头痛；"使我心痗"再进一层，写相思成疾。诗歌在艺术上以铺叙为主，运用对比手法与细节描写深入展现了思妇细腻复杂的内心世界，塑造了一个深明大义、忠贞痴情的女性形象。

有 狐

有狐绥绥①,在彼淇梁②。

心之忧矣,之子无裳③。

有狐绥绥,在彼淇厉④。

心之忧矣,之子无带。

有狐绥绥,在彼淇侧。

心之忧矣,之子无服。

注释

① 狐：狐狸。一说比喻男子。绥绥：独自慢慢地走。
② 淇：河名。梁：指桥梁。
③ 裳（cháng）：遮蔽下体的衣裙。
④ 厉：河岸，水边。

简析

  这首诗的主旨历来有女子担忧丈夫天寒无衣、女子求偶等不同看法。从诗意来看，诗歌主要抒发主人公内心的忧愁。忧愁缘何而来？是因为看到淇水附近形单影只的狐狸，想起了"之子"，对他怀有担心。因此诗歌的主旨主要是"忧"，理解为对丈夫的担忧较合理。艺术上，诗歌以狐作为起兴之物，同时又兴中有比。句式上，三章基本一样，只是更换了个别字词，但在叠咏中却使忧思这一主旨的表达更为集中，有"一唱三叹"的表达效果。

木 瓜

投我以木瓜①,报之以琼琚②。

匪报也③,永以为好也。

投我以木桃,报之以琼瑶。

匪报也,永以为好也。

投我以木李,报之以琼玖。

匪报也,永以为好也。

注释

① 木瓜:果实苦涩,常水煮或浸渍糖水后食用,与常见的水果番木瓜不同。

② 琼琚(jū):泛指美玉。后面琼瑶、琼玖同义。

③ 匪报:不是为了报答。匪:非。

简析

《毛诗序》认为此诗是齐桓公助卫，卫人欲厚报之而作，朱熹则以为是男女相赠答之词，此外还有臣子报君王、朋友赠答等看法。诗歌共三章，内容很简单，说的是一个赠答往来的故事。木瓜、木桃、木李代表价值小的东西，琼琚、琼瑶、琼玖代表的是远超前者价值的贵重的东西，但为什么作者还要强调"匪报"呢？是希望"永以为好也"这种情义可以发生在朋友之间、爱人之间、君臣之间，它所抒发的是一种不去计较利害得失的美好情感，因其纯粹，所以感人！

王风

黍 离

彼黍离离①，彼稷之苗②。行迈靡靡③，中心摇摇④。知我者谓我心忧，不知我者谓我何求。悠悠苍天，此何人哉！

彼黍离离，彼稷之穗。行迈靡靡，中心如醉。知我者谓我心忧，不知我者谓我何求。悠悠苍天，此何人哉！

彼黍离离，彼稷之实。行迈靡靡，中心如噎⑤。知我者谓我心忧，不知我者谓我何求。悠悠苍天，此何人哉！

注释

① 黍：俗称黄米，比小米略大，且有黏性。离离：排成一行行的样子。
② 稷：高粱。
③ 行迈：行走不止，指远行。靡靡：迟缓的样子。
④ 中心：心中。摇摇：心神不定的样子。
⑤ 噎（yē）：原指食物堵住喉咙，这里比喻内心忧思，气息不畅。

简析

此诗一般认为是周大夫悯周室颠覆所作，后世因以"黍离之悲"形容国破家亡之痛。诗歌以黍离起兴，用黍之苗、穗、实的变化比喻心中忧愁的逐渐加深。忧愁为何？诗歌并没有明说，但一句高度凝练而又通俗易懂的"知我者谓我心忧，不知我者谓我何求"打动了后世无数读者，它唤起了人们对于世事变幻、知音难觅、不被理解等种种的情感共鸣。因此，诗歌的主旨不论是悼念周室，游子漂泊，还是难忘家园，都说得通。

君子于役

君子于役①,不知其期②,曷至哉③?鸡栖于埘④,日之夕矣,羊牛下来。君子于役,如之何勿思⑤!

君子于役,不日不月⑥,曷其有佸⑦?鸡栖于桀⑧,日之夕矣,羊牛下括⑨。君子于役,苟无饥渴⑩?

注释

① 于:往,去。役:服役。
② 期:服役的期限。
③ 曷(hé):何。至:回家。
④ 埘(shí):墙上挖洞做鸡舍。
⑤ 如之何:怎么。
⑥ 不日不月:无法拿日月来计算,形容时间很长。
⑦ 佸(huó):相会。
⑧ 桀:木桩。一说用木头搭成的鸡窝。
⑨ 括:来到,会合。
⑩ 苟:且,或许。

简析

　　这是一首思妇诗。"君子于役"而产生的思念是《诗经》中的常见题材,而这首诗在情感表达上的独特之处就在于这种思念于日常生活中无处不在,太阳下山、鸡儿进窝、牛羊归圈等场景都会诱发主人公的思念之情,因而"曷至哉""如之何勿思""苟无饥渴"的表达就显得极为自然,极为真挚,极为感人!

君子阳阳

君子阳阳①,左执簧②。右招我由房③,其乐只且④。

君子陶陶⑤,主执翿⑥。右招我由敖⑦,其乐只且。

注释

① 阳阳:自得的样子。
② 簧:古时一种吹奏乐器。
③ 由房:即游放,相招为游乐之意。
④ 只、且:语助词,可不译。
⑤ 陶陶:欢乐的样子。
⑥ 翿(dào):舞者所持的羽扇。
⑦ 敖:同"遨"。由敖:游遨。

简析

这首诗的主旨有悯周、夫妻之乐、歌舞场面等不同理解。从诗意来看,似描写歌舞场景较为符合。全诗两章,均从快乐开始,以快乐结束,中间两句则是奏乐歌舞的画面展示。整首诗场面热烈,读起来轻松愉快,确难感受到其他深意。

扬之水

扬之水①，不流束薪②。彼其之子③，不与我戍申④。怀哉怀哉⑤，曷月予还归哉⑥？

扬之水，不流束楚⑦。彼其之子，不与我戍甫⑧。怀哉怀哉，曷月予还归哉？

扬之水，不流束蒲⑨。彼其之子，不与我戍许⑩。怀哉怀哉，曷月予还归哉？

注释

① 扬：这里用来形容水流缓慢。一说激扬。

② 不流：流不动。束薪：成捆的薪柴。

③ 彼其之子：那个人，这里指妻子。

④ 不与我：不能和我。戍申：守卫申国。

⑤ 怀：怀念。

⑥ 曷：何。

⑦ 楚：灌木，可以为柴薪。

⑧ 甫：古国名，吕国。

⑨ 蒲：草本植物，叶子可编席制扇。

⑩ 许：古国名，许国。

简析

　　这是一首怨刺诗。《毛诗序》云:"《扬之水》,刺平王也。不抚其民而远屯戍于母家,周人怨思焉。"此说为是。诗歌以"扬之水"冲不动柴草起兴,以流水比喻远戍边境的丈夫,以不移动的柴草比喻守候在家的妻子,运用重章叠句的形式抒发了戍卒对妻子的思念之情。远离家乡,不能与妻子相聚的痛苦在叠咏中越来越强烈,最终化为一句不平的呐喊"曷月予还归哉?"这是什么原因造成的?诗人没有说,但联系申、甫、许均为姜姓小国,便不难理解戍卒被派到他国戍防的不满与愤怒。

中谷有蓷

中谷有蓷①，暵其干矣②。有女仳离③，嘅其叹矣④。嘅其叹矣，遇人之艰难矣！

中谷有蓷，暵其脩矣⑤。有女仳离，条其啸矣⑥。条其啸矣，遇人之不淑矣！

中谷有蓷，暵其湿矣⑦。有女仳离，啜其泣矣。啜其泣矣，何嗟及矣！

注释

① 中谷：山谷之中。蓷（tuī）：药草名，即益母草。
② 暵（hàn）其：形容干枯的样子。干：干枯。
③ 仳（pǐ）离：离散，特指妻子被抛弃。仳：分开。
④ 慨（kǎi）其：叹息的样子。
⑤ 脩（xiū）：干燥，干枯。
⑥ 条：失意。歗（xiào）：同"啸"，呼号之声。
⑦ 湿：快要晒干的样子。

简析

这是一首弃妇诗。诗歌以益母草起兴，又借益母草干燥后可以入药的特点反比自己年老色衰后被抛弃的遭遇，抒发弃妇内心的痛苦之情。全诗三章，以重章叠句的形式不断慨叹弃妇遇人不淑的命运，由"叹"到"歗"再到"泣"，层累出巨大的痛苦，再以顶真手法进行强化，极富感染力。

兔 爰

有兔爰爰①，雉离于罗②。我生之初，尚无为③；我生之后，逢此百罹④。尚寐无吪⑤！

有兔爰爰，雉离于罦⑥。我生之初，尚无造⑦；我生之后，逢此百忧。尚寐无觉⑧！

有兔爰爰，雉离于罿⑨。我生之初，尚无庸⑩；我生之后，逢此百凶。尚寐无聪⑪！

注释

① 爰（yuán）爰：舒缓的样子。

② 离：同"罹"，遭受。罗：罗网。

③ 无为：无事。

④ 罹：苦难，不幸。

⑤ 尚：庶几，差不多，表希望之意。无吪（é）：不动，不说话。

⑥ 罦（fú）：捕鸟的网，内有机关。

⑦ 无造：无为，无事。

⑧ 觉：清醒。

⑨ 罿（tóng）：捕鸟的网。

⑩ 无庸：无为，无劳役之事。

⑪ 聪：听。

简析

　　此诗被《毛诗序》解为"闵周",方玉润《诗经原始》认为是大夫感慨西周灭亡,东周王权旁移之作。从诗意来看,后者较为符合。诗歌反复以兔子脱网自由自在来比喻从前安乐的生活,以野鸡入网失去自由来比喻现实生活的百般磨难,在强烈的对比中发出了宁愿长睡不醒的呼告,折射出战争给人民带来的巨大苦难,可与《黍离》并读。

葛藟

绵绵葛藟①,在河之浒②。终远兄弟,谓他人父。谓他人父,亦莫我顾③。

绵绵葛藟,在河之涘④。终远兄弟,谓他人母。谓他人母,亦莫我有。

绵绵葛藟,在河之漘⑤。终远兄弟,谓他人昆⑥。谓他人昆,亦莫我闻⑦。

注释

① 绵绵:绵长不断的样子。葛藟:植物名,蔓生藤本,果实可入药。

② 浒:水边。

③ 顾:亲近,亲爱。

④ 涘(sì):水边。

⑤ 漘(chún):水边。

⑥ 昆:兄,哥哥。

⑦ 闻:听闻,引申为关心。

简析

这是一首漂泊者自伤身世之诗。诗歌在章法结构上与《中谷有蓷》类似,也采用了重章叠句和顶真的表现手段来咏叹孤身离乡,举步维艰的痛苦生活。"谓他人父(母、昆)"的反复喟叹更揭示出世态炎凉、人情淡薄的社会现实。全诗情感悲凉真挚,富有现实主义色彩。

采 葛

彼采葛兮,一日不见,如三月兮。

彼采萧兮①,一日不见,如三秋兮②。

彼采艾兮,一日不见,如三岁兮。

注释

① 萧：植物名，有香气，古人常用于祭祀。
② 三秋：三季，即九个月。

简析

　　这是一首情诗，抒发了恋人之间恨不得朝夕相处的微妙心理。诗歌以采摘植物起兴，运用夸张手法化现实时间为心理时间，表达了作者内心的强烈思念，典型地体现了中国诗歌无理而妙的特质，尤其"一日不见，如三秋兮"一句，情与境谐，既夸张又真实，引起了后世无数青年男女的情感共鸣。

大 车

大车槛槛^①，毳衣如菼^②。岂不尔思，畏子不敢。

大车啍啍^③，毳衣如璊^④。岂不尔思，畏子不奔。

榖则异室^⑤，死则同穴。谓予不信，有如皦日^⑥。

注释

① 槛（kǎn）槛：车行声。

② 毳（cuì）衣：毛皮制成的衣服。菼（tǎn）：初生的荻。

③ 啍（tūn）啍：车缓行声。

④ 璊（mén）：赤色的玉。

⑤ 榖（gǔ）：活着。

⑥ 皦（jiǎo）：明亮。

简析

这是一首情诗。诗歌截取了爱情生活中的一个片段，将情侣对爱情的追求与立下的誓言非常形象地展示出来。车中的两个青年男女正处在犹豫不决的爱情关口，因为担心对方不敢和他（她）出奔，于是发下了"死则同穴"的誓言。我们不知道这段爱情的结局如何，却能真切感受到那份真挚坚决的爱情追求。诗歌在艺术上以大车起兴，用车声隆隆来象征人物内心的纷乱，用车行缓慢来象征人物内心的犹豫，情与景融，极为动人。

丘中有麻

丘中有麻①,彼留子嗟②。

彼留子嗟,将其来施施③。

丘中有麦,彼留子国。

彼留子国,将其来食。

丘中有李,彼留之子。

彼留之子,贻我佩玖④。

注释

① 麻:苎麻。

② 彼留子嗟:与下文的"子国""之子"解说纷纭,一说留为停留,"嗟、国"皆为语助词。一说姓留的三个人。一说一个姓刘名国的人。这里取第一种解释。

③ 将(qiāng):请,希望。施施:喜悦之意。

④ 贻:赠。玖:美玉。

简析

  关于这首诗,旧说有思贤、私奔、招贤偕隐等说法,现在则一般理解为情诗。诗歌描写了一个女子在大麻地、麦田、李树下等待情人,内心充满期待和幻想。诗中的男主人公始终没有出现。女子从热切盼望情人到来,幻想情人来了以后可以吃自己准备的东西,再到久候不至,不禁看着男子送给自己的定情信物陷入回忆。每次的等待都充满了欢喜和期盼,而顶针手法的使用又使这种情感得到了延展和强化,非常真实地刻画了热恋中女性的微妙心理,可与《静女》并读。

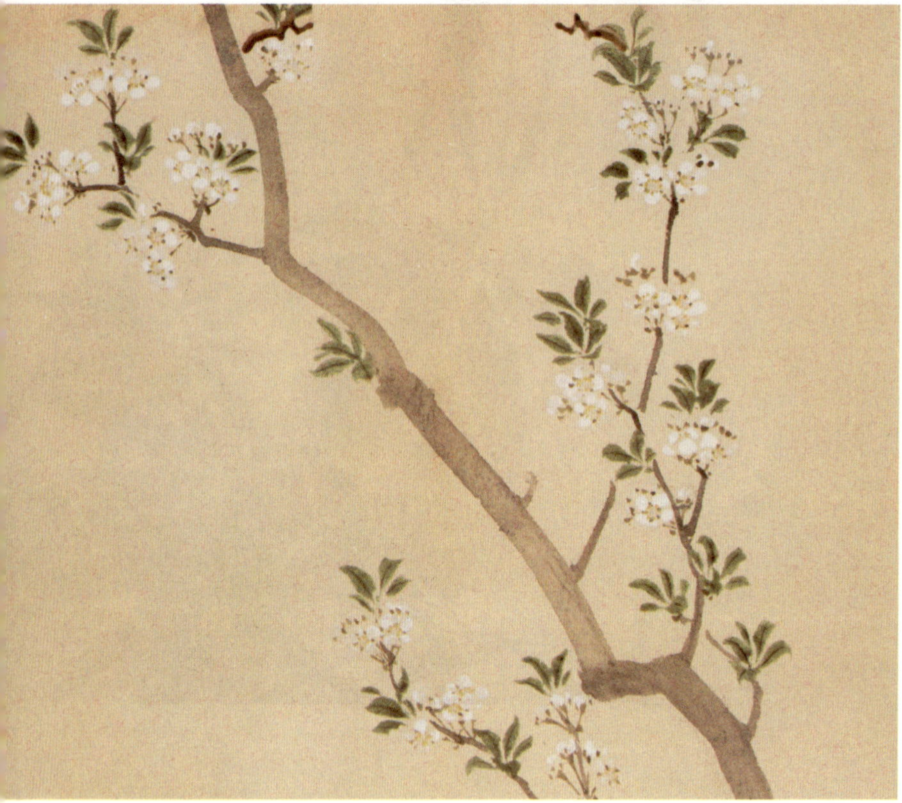

郑风

缁 衣

缁衣之宜兮①，敝予又改为兮②。适子之馆兮③，还予授子之粲兮④。

缁衣之好兮，敝予又改造兮。适子之馆兮，还予授子之粲兮。

缁衣之席兮⑤，敝予又改作兮。适子之馆兮，还予授子之粲兮。

注释

① 缁（zī）衣：黑色的衣服。古代卿大夫上朝穿皮弁，到官署办公时换上黑色衣服。

② 敝：坏。改为：另制，重做。二三章中的"改造""改作"也是此意。

③ 适：往。馆：住所。

④ 粲（càn）：鲜明，美好。

⑤ 席（xí）：宽大。

简析

此诗主旨有好贤与爱情两种代表观点。从诗意来看，女主人公在丈夫即将出门时夸奖其衣服合身体面，并叮嘱丈夫衣服如有破损要及时告诉她，她会再做一件，这样等丈夫办完公事回来就有新的衣服可以更换了。全诗三章，意思基本不变，只是改易了六字，却在重章叠句中复叠出妻子对丈夫的体贴关爱。此诗叙述的只是生活中的一件小事，却充满了家庭的温馨甜蜜，理解为爱情诗似乎更合适。

将仲子

将仲子兮①,无逾我里②,无折我树杞③。岂敢爱之④,畏我父母。仲可怀也⑤,父母之言,亦可畏也。

将仲子兮,无逾我墙,无折我树桑。岂敢爱之,畏我诸兄。仲可怀也,诸兄之言,亦可畏也。

将仲子兮,无逾我园,无折我树檀⑥。岂敢爱之,畏人之多言。仲可怀也,人之多言,亦可畏也。

注释

① 将(qiāng):请,愿。仲:排行第二。
② 无:勿,不要。逾:翻越。里:外墙。春秋战国时二十五户为一里,里外有墙。
③ 杞(qǐ):树名,即杞树。
④ 爱:吝惜,痛惜。
⑤ 怀:怀念、想念。
⑥ 檀:檀树。

简析

这是一首恋情诗。全诗三章,细致刻画了女主人公既害怕仲子逾墙而来被人发现,又担心仲子误解她的意思而婉转解释的心理活动过程,塑造了一个在"娶妻如何?匪媒不得"(《豳风·伐柯》)观念影响下既渴盼爱情又害怕被人非议的女性形象。诗歌以赋为主,借助重章叠句的形式推进情节。随着仲子的一次次靠近,女主人公的复杂心理得以一层层展现,景情相生。

叔于田

叔于田①，巷无居人②。岂无居人？不如叔也，洵美且仁③。
叔于狩④，巷无饮酒。岂无饮酒？不如叔也，洵美且好⑤。
叔适野⑥，巷无服马⑦。岂无服马？不如叔也，洵美且武⑧。

注释

① 田：打猎。
② 巷无居人：巷中好像空无一人，指巷中没人能比得上"叔"。
③ 洵：的确，确实。仁：温厚仁爱。
④ 狩：冬天打猎。
⑤ 好：和善。
⑥ 野：郊外。
⑦ 服马：骑马的人。
⑧ 武：英武。

简析

这是一首赞美诗。诗歌以重章叠咏的方式塑造了一个仁德和善、骑术打猎技艺高强的人物形象。艺术上多种修辞并用，如借助"巷无居人""巷无饮酒""巷无服马"的夸张手法来烘托出主人公的无双风姿，又用顶真和设问手法来强化"叔"在作者心目中独一无二的地位，很好地传达出对"叔"的赞美和景仰之情。

大叔于田

叔于田①,乘乘马②。执辔如组③,两骖如舞④。叔在薮⑤,火烈具举⑥。袒裼暴虎⑦,献于公所⑧。将叔无狃⑨,戒其伤女。

叔于田,乘乘黄⑩。两服上襄⑪,两骖雁行。叔在薮,火烈具扬。叔善射忌,又良御忌⑫。抑磬控忌⑬,抑纵送忌⑭。

叔于田,乘乘鸨⑮。两服齐首,两骖如手。叔在薮,火烈具阜⑯。叔马慢忌,叔发罕忌⑰,抑释掤忌⑱,抑鬯弓忌⑲。

注释

① 田:后作"畋",打猎。

② 乘(chéng)乘(shèng):驾四匹马。

③ 组:织物平行排列的经线。"组"与下句的"舞"均形容御术高超。

④ 骖(cān):驾车的四马中位于外侧的两匹马。

⑤ 薮(sǒu):低湿多草木之地。

⑥ 烈:通"列",行列。具:同"俱"。举:烧起。

⑦ 袒裼(tǎn xī):脱衣袒身。暴:同"搏"。

⑧ 公所:官府,君王的官所。

⑨ 将（qiāng）：请，愿。狃（niǔ）：经常这样做，熟练。

⑩ 黄：黄马。

⑪ 服：驾车的四马中位于中间的两匹马。襄：指驾车的马。郑云笺："襄，驾也。上驾者，言为众马之最良也。"

⑫ 忌：语尾助词。良御：驾马很在行。

⑬ 抑：发语词。磬（qìng）控：纵马和止马，泛指驭马。

⑭ 纵送：形容奔驰的样子。

⑮ 鸨（bǎo）：黑白杂色的马。

⑯ 阜：旺盛。

⑰ 罕：稀少。

⑱ 释：打开。掤（bīng）：箭筒盖。

⑲ 鬯（chàng）：弓囊，这里作动词，指用弓囊装弓。

简析

这首诗与《叔于田》赞颂的"叔"应该是同一人。《叔于田》描写叔侧重于烘托渲染，以虚衬实。这首诗则用赋笔，通过具体的画面来进行细致刻画。全诗三章，首章描写叔"襢裼暴虎"的勇猛。次章表现其骑射方面的高超本领，以"抑磬控忌，抑纵送忌"作细节展示。末章细写打猎结束后叔的一举一动，看似琐碎，却将叔在作者心中的地位以及作者对叔的钦慕、赞美之情非常真实地表现出来。

清 人

清人在彭[1],驷介旁旁[2]。

二矛重英[3],河上乎翱翔[4]。

清人在消[5],驷介麃麃[6]。

二矛重乔[7],河上乎逍遥。

清人在轴[8],驷介陶陶[9]。

左旋右抽[10],中军作好[11]。

注释

[1] 清:清邑,邑名。彭:郑国地名。

[2] 驷介:四匹披甲的马。介:甲。旁旁:强壮的样子。

[3] 重英:两重朱羽的矛饰。

[4] 翱翔:游戏的样子。

[5] 消:郑国地名。

[6] 麃(biāo)麃:威武的样子。

[7] 乔:两重雉羽的矛饰。

[8] 轴:郑国地名。

[9] 陶陶:和乐的样子。

[10] 旋:转身。抽:拔刀。

[11] 作好:练武的姿态好。

简析

　　这是一首政治讽刺诗。《左传》云:"郑人恶高克,使帅师次于河上,久而弗召。师溃而归,高克奔陈。郑人为之赋《清人》。"诗歌共三章,每章四句,在结构上均为三颂一讽。前三章赞颂驻守清邑的军队马匹强壮、军容威武,第四章则以"翱翔""逍遥""作好"揭示其整日游逛,不重视军备的事实,进而对国君视军事如儿戏,但凭一己好恶用人的昏庸进行了含蓄的嘲讽。

羔 裘

羔裘如濡①,洵直且侯②。彼其之子③,舍命不渝④。

羔裘豹饰⑤,孔武有力⑥。彼其之子,邦之司直⑦。

羔裘晏兮⑧,三英粲兮⑨。彼其之子,邦之彦兮⑩。

注释

① 羔裘:羔羊皮制成的皮衣,古时大夫所穿。濡(rú):柔软而有光泽。

② 洵(xún):信,的确。侯:美。

③ 彼其之子:那个人。

④ 渝:改变。

⑤ 豹饰:袖口用豹皮装饰。

⑥ 孔:很。

⑦ 司直:主持正道的人,正人过失的人。

⑧ 晏:鲜明,鲜艳。

⑨ 三英:皮衣的装饰。粲:光耀。

⑩ 彦:贤能的人。

简析

羔裘在古代为朝服,诗歌以羔裘起兴,用羔裘质地的柔顺、装饰的精美、镶边的华丽比喻"彼其之子"一心为公、正直无私、才能出众的美好品质,充满了赞美之情。但此诗的主旨有赞美与讽刺两种代表性看法,一说是赞美郑国名臣子皮、子产;一说是讽刺当时郑国士大夫衣着华丽但内心丑陋,德不配位。两种看法都有一定道理。

遵大路

遵大路兮①，掺执子之祛兮②。
无我恶兮，不寁故也③。
遵大路兮，掺执子之手兮。
无我魗兮④，不寁好也⑤。

注释

① 遵：沿着。

② 掺（shǎn）执：拉住。祛（qū）：袖口。

③ 不寁故：不要这么快抛弃故人。寁（zǎn）：速沼。故：故人。

④ 魗（chǒu）：同"丑"，厌恶之意。

⑤ 好：相好，旧好。

简析

此诗旧说认为是郑庄公失道，君子离去，国人思君子之作。现代则有弃妇、妻子送别丈夫、夫妇反目，妻子留夫等不同看法。到底何者为是，颇难断定。盖因诗歌无首无尾，只是两段女子希望男子不要讨厌她、不要离开她的呼告之语。然而这种截取生活片段加以反复吟唱的方式却给读者留下了较为广阔的想象空间，因此可以有不同理解。

女曰鸡鸣

女曰鸡鸣,士曰昧旦①。子兴视夜②,明星有烂③。将翱将翔,弋凫与雁④。

弋言加之⑤,与子宜之⑥。宜言饮酒,与子偕老。琴瑟在御⑦,莫不静好。

知子之来之⑧,杂佩以赠之⑨。知子之顺之⑩,杂佩以问之⑪。知子之好之⑫,杂佩以报之。

注释

① 昧旦:天将亮未亮时。
② 兴:起。视夜:观察天色。
③ 明星:启明星。烂:明亮。
④ 弋(yì):射。凫(fú):野鸭。
⑤ 加:射中。
⑥ 宜:共享。
⑦ 御:用,这里指弹奏。
⑧ 来(lài):慰劳,关怀。
⑨ 杂佩:女子佩戴的装饰物。
⑩ 顺:顺从,体贴。
⑪ 问:赠送。
⑫ 好(hào):喜爱,爱恋。

简析

  这是一首家庭生活诗。首章截取了清晨妻子叫丈夫起床出门打猎的一个片段,在一问一答中展现出女子的温柔和男子的惫懒,充满家庭的温馨气息。次章写丈夫打猎归来,与妻子同享收获,表达与妻子白头到老的意愿。末章写妻子感于丈夫情义,赠珮表达浓浓爱意。诗歌写日常生活和夫妻相处,语言自然质朴,情感真诚动人,尤其"琴瑟在御,莫不静好"两句似非夫妇双方之词,更像是作者对这种生活状态的赞叹,但这种突然出现的评语不仅没有破坏诗歌的整体氛围,反而深化了诗歌主旨。

有女同车

有女同车,颜如舜华①。
将翱将翔②,佩玉琼琚。
彼美孟姜③,洵美且都④。
有女同行,颜如舜英⑤。
将翱将翔,佩玉将将⑥。
彼美孟姜,德音不忘⑦。

注释

① 舜华：指木槿花。

② 将翱将翔：形容女子步履轻盈。

③ 孟姜：姜姓长女。亦是美女的代名词。

④ 洵：确实。都（dū）：举止优雅。

⑤ 舜英：亦指木槿花。

⑥ 将（qiāng）将：佩玉互相碰撞发出的声音。

⑦ 德音：美好的品德声誉。

简析

　　此诗主旨，《毛诗序》以为是刺郑公子忽拒绝娶齐女，朱熹认为是"淫奔之诗"，今人则多认为是情诗。"同车"在古代有同心之意，也许诗中的男女已经确定了恋爱关系或者已经成婚，但这都没有影响女子在男子心中的完美形象。诗歌从男子的视角，以铺叙的手法描写了女子如花般的容颜、轻盈的身姿、精致的服饰及品德的美好，塑造了一个外在美与内在美相统一的贵族女子形象，可与《硕人》并读。

山有扶苏

山有扶苏①,隰有荷华②。

不见子都③,乃见狂且④。

山有桥松⑤,隰有游龙⑥。

不见子充⑦,乃见狡童⑧。

注释

① 扶苏:树名。一说桑树。

② 隰(xí):低洼地。华:同"花"。

③ 子都:公孙子都,春秋时期郑国美男子。后以"子都"代称美男子。

④ 狂:狂妄的人。且(jū):助词。一说拙,钝。

⑤ 桥:同"乔",高大。

⑥ 游龙:植物名,即马蓼。河边湿地多见。

⑦ 子充:人名,郑国美男子,后以"子充"代称美男子。

⑧ 狡童:狡狯的少年;漂亮而无才的少年。

简析

关于此诗主旨,《毛诗序》以为是讽刺郑公子忽,现在则多以恋歌视之。全诗两章,均以草木起兴,引出女子对男子的笑谑,在"不见……乃见……"的复叠中传达出深深的爱恋之意。虽然男子可能不是像子都、子充这样的美男子,虽然男子身上可能也有许多不足,但都挡不住彼此的喜欢。诗歌只是截取了男女约会中的一个片段,却巧妙传达出恋人之间打情骂俏的甜蜜与欢乐。

萚 兮

萚兮萚兮①,风其吹女②。

叔兮伯兮,倡予和女③。

萚兮萚兮,风其漂女④。

叔兮伯兮,倡予要女⑤。

注释

① 萚(tuò):脱落的树叶。

② 女(rǔ):同"汝",你。

③ 倡:同"唱"。和:和唱。

④ 漂:同"飘",吹动。

⑤ 要(yāo):同"邀",约请。一说歌的收腔。

简析

这是一首悲秋诗。诗歌以落叶起兴,触发诗人心中之思,遂以歌唱的方式来抒发,又想得到同行之人的共鸣,于是有了"倡予和女"的呼唤,因此这首诗也可能是一首唱和诗。诗歌具体要表达的情感或许是因风吹落叶而起的悲秋之情,但诗中并没有明说。只是简简单单的两章复沓,却颇有启人联想之意味,也因其简单,所以动人。

狡 童

彼狡童兮①，不与我言兮。
维子之故②，使我不能餐兮。
彼狡童兮，不与我食兮。
维子之故，使我不能息兮③。

注释

① 彼：那。
② 维：因为。
③ 息：停息，休息。

简析

  这是一首情诗。诗歌从女子自述的角度，细致展现了其在爱情出现波折时的痛苦心理。首章叙说男子不与她说话致使她茶饭不思，次章进一步写矛盾加深，男子不与她共食又使得她夜不能寐。在反复的咏叹中，"彼狡童兮"那种又恨又爱的矛盾心理和"维子之故"的一片深情，被自然细腻地传达出来，正如清代陈继揆《读风臆补》所云："若忿，若憾，若谑，若真，情之至也。"

褰 裳

子惠思我①，褰裳涉溱②。
子不我思，岂无他人？狂童之狂也且③！
子惠思我，褰裳涉洧④。
子不我思，岂无他士？狂童之狂也且！

注释

① 惠：敬辞，用于对方对待自己的行动。
② 褰（qiān）：提起，揭起。裳（cháng）：遮蔽下半身的衣裙。溱（zhēn）：河名。
③ 也且（jū）：语助词。
④ 洧（wěi）：古河名。

简析

这是一首情诗。诗歌以仲春时节溱洧河畔青年男女的择偶活动为背景，塑造了一个大胆泼辣，勇敢追求爱情的女性形象。全诗共两章，在"思我"与"不我思"的不同态度的反复咏唱中显示出女主人公对爱情的鲜明态度，颇为爽快。但最后一句对"狂童"的笑骂之语却透露出女子对男子的在乎与喜爱，令人恍悟前面的"岂无他人（士）"实即"唯爱你一人"。

丰

子之丰兮①,俟我乎巷兮②。悔予不送兮③。

子之昌兮④,俟我乎堂兮。悔予不将兮⑤。

衣锦褧衣⑥,裳锦褧裳。叔兮伯兮⑦,驾予与行⑧。

裳锦褧裳,衣锦褧衣。叔兮伯兮,驾予与归⑨。

注释

① 丰:容貌好看,标致。
② 俟(sì):等候。
③ 送:从行,送女出嫁。
④ 昌:体魄健壮。
⑤ 将:同行。一说出嫁时的迎送。
⑥ 锦:锦衣。褧(jiǒng):披风。
⑦ 叔、伯:指男方迎亲之人。
⑧ 驾:驾车,指男方驾车接亲。行(háng):往。
⑨ 归:回。一说嫁往男方家。

简析

这是一首怨诗。全诗共四章,前两章是女主人公的回忆,后悔之前没有信守诺言与相爱之人私奔;后两章为想象,幻想自己穿着新嫁娘的衣服高高兴兴地出嫁。对比手法的运用将女子因极度悔恨而产生幻觉的心理变化表达得极为鲜明可感。诗歌只是展现了女主人公的一段心理轨迹,也并没有交代这段感情的来龙去脉,但恰恰是这样,反而给读者留下了广阔的想象空间。

东门之墠

东门之墠①,茹藘在阪②。

其室则迩③,其人甚远。

东门之栗,有践家室④。

岂不尔思?子不我即⑤。

注释

① 墠(shàn):经过整治的郊野平地。

② 茹藘(rú lú):草名,即茜草,其根可做红色染料。阪(bǎn):小山坡,土坡。

③ 迩:近。

④ 践:通"浅",浅陋。

⑤ 即:接近。

简析

这是一首情诗。关于此诗的主人公,历来有男主、女主、男女唱和等不同说法。从诗意来看,主要表达了男女之间可望而不可即的相思之情。第一章写男子对不能亲近女子的怅惘,第二章则写女子埋怨男子为何不主动表明心迹。两章形成对照,男有情,女有意,可却陷入了无法达成愿望的困境。诗歌通过男女的互相唱和传达出了古代青年男女追求爱情过程中的波折和相思的痛苦,可与《蒹葭》并读。

风 雨

风雨凄凄,鸡鸣喈喈[①]。

既见君子,云胡不夷[②]!

风雨潇潇,鸡鸣胶胶[③]。

既见君子,云胡不瘳[④]!

风雨如晦[⑤],鸡鸣不已。

既见君子,云胡不喜!

注释

① 喈(jiē)喈:指鸡鸣声。
② 云:语助词。胡:怎么。夷:平静。
③ 胶胶:指鸡鸣声。
④ 瘳(chōu):痊愈,这里指思念的心病霍然而愈。
⑤ 晦:昏暗。

简析

这是一首妻子等待丈夫的怀人之作。诗歌以悲景写乐情,用风雨如晦的凄寒猛烈象征妻子因为思念而久卧病榻的孤独凄凉,再以丈夫突然回归渲染出妻子由痛苦到惊喜的情绪变化过程。全诗三章,内容基本一样,于一唱三叹中形象传达出妻子的喜悦之情。

子 衿

青青子衿①,悠悠我心。纵我不往,子宁不嗣音②?

青青子佩③,悠悠我思。纵我不往,子宁不来?

挑兮达兮④,在城阙兮⑤。一日不见,如三月兮。

注释

① 子衿:周代读书人的服装。衿:襟或衣领。
② 宁:难道。嗣(sì):通"贻",寄,送。音:消息。
③ 佩:系在衣带上的玉饰。
④ 挑兮达(tà)兮:走来走去,往来。
⑤ 城阙:城门两旁的望楼。

简析

此诗主旨历来有刺学校废止、师友相勉、淫奔、男女相思等不同说法,现在一般认为是表达男女之间相思之情的爱情诗。诗歌在刻画女性心理方面颇有特色。诗歌共三章,前两章为回忆,表达女子因不能赴约、难耐相思之苦转而埋怨对方不来主动找她的复杂心理。末章写现在,写思念,在"挑兮达兮"的思念等待中以夸张的手法直抒强烈的思念之情。

扬之水

扬之水①，不流束楚②。终鲜兄弟③，维予与女。无信人之言④，人实诳女⑤。

扬之水，不流束薪。终鲜兄弟，维予二人。无信人之言，人实不信⑥。

注释

① 扬：水流迅疾的样子。一说水流平缓。
② 楚：荆条。
③ 鲜（xiǎn）：少或缺少。
④ 言：流言或传言。
⑤ 诳（kuāng）：古通"诳"，欺骗。
⑥ 信：可靠。

简析

此诗当为妻子向丈夫诉说忠贞之情的爱情诗。"束薪（楚）"在《诗经》中多次出现，常有夫妻关系的象征义。从诗意来看，丈夫可能听到了一些风言风语，对妻子产生了误会。妻子以束薪比喻夫妻同心，表明自己没有娘家兄弟，丈夫就是自己唯一的依靠，绝不会做对不起丈夫的事。诗歌共两章，在重章叠句中反复诉说了妻子对丈夫的忠贞之情，也从侧面揭示出当时女性的弱势地位，颇具现实意义。

出其东门

出其东门,有女如云。虽则如云,匪我思存①。

缟衣綦巾②,聊乐我员③。

出其闉闍④,有女如荼⑤。虽则如荼,匪我思且⑥。

缟衣茹藘⑦,聊可与娱。

注释

① 匪:非。思存:想念。

② 缟(gǎo)衣:绢制的白色衣服。綦(qí)巾:暗绿色佩巾。

③ 聊:且。员:同"云",语助词。

④ 闉闍(yīn dū):城外瓮城的重门。

⑤ 荼(tú):茅草的白花。

⑥ 思且(jū):思念。且:语助词。

⑦ 茹藘(rú lú):茜草,根可作红色染料。此处指红色的衣巾。

简析

这是一首爱情诗。诗歌巧妙运用了烘托渲染和对比的手法,先以"如云""如荼"铺叙出男子在东门看到众多美女的惊艳之感,又在"虽则……匪我……"的转折中表达出男子对所爱之人的坚定。每章结尾均以特写镜头凸显意中人的独特,与众多美女形成鲜明对比,从而传达出"弱水三千,只取一瓢饮"的坚贞爱情观。

野有蔓草

野有蔓草①,零露漙兮②。

有美一人,清扬婉兮③。

邂逅相遇④,适我愿兮。

野有蔓草,零露瀼瀼⑤。

有美一人,婉如清扬。

邂逅相遇,与子偕臧⑥。

注释

① 蔓:蔓延。

② 零:滴落。漙(tuán):露水多的样子。

③ 清扬:眉清目秀。后泛指仪容美好。婉:美好。

④ 邂逅(xiè hòu):不期而遇。

⑤ 瀼(ráng)瀼:露水多的样子。

⑥ 臧:善,美好。一说同"藏"。

简析

这是一首情诗。全诗共两章,均以蔓草、零露起兴,兴中有比,引出春日原野上青年男女的不期而遇。"清扬婉兮"的惊艳,"邂逅相遇"的惊喜,"与子偕臧"的幸福,把一段美丽的邂逅情事描写得异常清新浪漫,景与情融,境与人谐。

溱洧

溱与洧①，方涣涣兮②。士与女③，方秉蕳兮④。女曰："观乎？"士曰："既且⑤。""且往观乎！"⑥洧之外，洵訏且乐⑦。维士与女⑧，伊其相谑⑨，赠之以勺药⑩。

溱与洧，浏其清矣⑪。士与女，殷其盈兮⑫。女曰："观乎？"士曰："既且。""且往观乎！"洧之外，洵訏且乐。维士与女，伊其将谑⑬，赠之以勺药。

注释

① 溱（zhēn）、洧（wěi）：古郑国二水名。

② 方：正。涣涣：河水解冻后水势很盛的样子。

③ 士与女：泛指男男女女。

④ 秉：执。蕳（jiān）：兰草。

⑤ 既：已经。且（cú）：同"徂"，去，往。

⑥ 且：再次。

⑦ 洵：确实。訏（xū）：大。

⑧ 维：发语词。

⑨ 相谑：互相调笑。

⑩ 勺药：即芍药。

⑪浏：水深而清。

⑫殷：众多。盈：满。

⑬将：即"相"。

简析

　　这是一首爱情的赞歌。春秋时期，统治者为了多繁衍人口，允许大龄青年男女在仲春时节自由相会，自由同居。诗歌以男女对话的形式叙述了一场发生在溱、洧河畔的相亲故事。女子遇见了心仪男子，主动邀约，男子则欣然相随，一起到洧水外空阔的草地踏青，最后分别时以芍药相赠。古代情人常以芍药赠别，表达离别情意，而古代"勺与'约'同声"（马瑞辰《毛诗传笺通释》），故结尾的"赠之以勺药"又巧妙暗示了爱情的圆满结局。

郑风

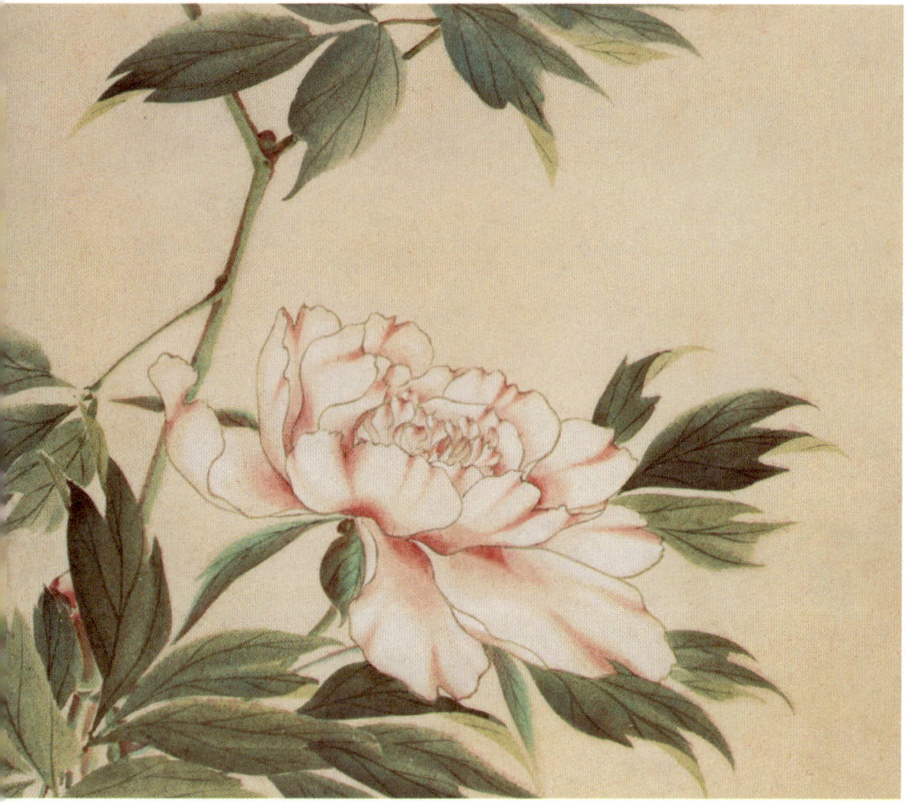

齐风

鸡 鸣

"鸡既鸣矣,朝既盈矣①。"

"匪鸡则鸣②,苍蝇之声。"

"东方明矣,朝既昌矣③。"

"匪东方则明,月出之光。"

"虫飞薨薨④,甘与子同梦⑤。"

"会且归矣⑥,无庶予子憎⑦。"

注释

① 朝:朝堂。一说早集。盈:满。

② 匪:同"非"。

③ 昌:兴盛,这里形容人多。

④ 薨(hōng)薨:象声词,形容虫儿齐飞的声音。

⑤ 甘:愿,乐意。

⑥ 会:上朝。且:将。归:归去,这里指散会。

⑦ 无庶:同"庶无"。庶:希望。予子憎:对你的憎恨。

简析

　　这是一首表现夫妻之间生活情趣的诗。全诗共三章，前两章均为妻唤夫应，末章则相反。主人公应该是朝廷上的官员，早上妻子叫丈夫起床而丈夫不想起，于是发生了一场有趣的对话。在夫妻对话中，妻子的温婉细心，丈夫的调皮与对妻子的深情被生动地展现出来，正如一幕情景剧。句式上四五言相间，有散文化倾向。语言表达口语化，富有生活气息。

还

子之还兮①,遭我乎峱之间兮②。
并驱从两肩兮③,揖我谓我儇兮④。
子之茂兮⑤,遭我乎峱之道兮。
并驱从两牡兮⑥,揖我谓我好兮。
子之昌兮⑦,遭我乎峱之阳兮⑧。
并驱从两狼兮,揖我谓我臧兮⑨。

注释

① 还(xuán):通"旋",迅捷,形容身体轻捷灵活。
② 遭:相遇。峱(náo):古山名。
③ 从:追赶。肩:泛指大兽。
④ 揖:拱手作揖。儇(xuān):便捷。
⑤ 茂:美,有才能。
⑥ 牡:指雄性野兽。
⑦ 昌:强壮勇武。
⑧ 阳:山的南面。
⑨ 臧:善,好。

简析

　　这是一首赞美诗。诗歌以重章叠句的形式讲述了两个猎人偶遇后结伴狩猎的故事,抒发了对对方狩猎本领的赞美与钦佩之情。全诗共三章,每章换韵,每句末尾又有一个"兮"字,形成语句和情感上的自然停顿,将偶遇对方的惊喜、联手狩猎的畅快、惺惺相惜的赞许等表达得酣畅淋漓。

著

俟我于著乎而①。充耳以素乎而②,尚之以琼华乎而③。

俟我于庭乎而。充耳以青乎而,尚之以琼莹乎而。

俟我于堂乎而。充耳以黄乎而,尚之以琼英乎而。

注释

① 俟:迎候。著:通"宁(zhù)",指大门与屏风之间的位置。乎而:语助词,用于句末,表赞叹。

② 素:与下面两章的青、黄皆指各色丝绳。

③ 尚:加上。琼:美玉。华:与下面两章的莹、英均用以形容玉的光彩。

简析

这是一首描写婚礼的诗。诗歌截取了新郎迎亲时的一个片段,展现了新嫁娘羞怯而又带着对美好新生活的憧憬的复杂心理。新娘一到门口,眼中就只见等候于门厅的新郎,"俟我"二字突如其来又恰如其分,内心的甜蜜油然而生。有心想细看下新郎,又不好意思抬头,就只能约略看见新郎脸庞两侧垂下来的充耳和美玉。恰恰是这样的局部描写,启人联想,让读者感受到新娘子对新郎的满意与欢喜,再加上每句后面的语助词"乎而",仿佛让我们听到了接亲过程中众亲友齐声呼喊祝福的声音,更衬托出婚礼的喜庆气息。

东方之日

东方之日兮，彼姝者子①，在我室兮。

在我室兮，履我即兮②。

东方之月兮，彼姝者子，在我闼兮③。

在我闼兮，履我发兮④。

注释

① 姝：美丽。

② 履：踩，踏。即：接近。此句写女子跟随男子的脚步亲近他。

③ 闼（tà）：内门。

④ 发：行走。此句意同"履我即兮"。

简析

这是一首情诗，通过对二人爱情生活的甜蜜与欢乐的回忆，表达了"我"对情人的思念之情。全诗共两章，每章五句。每章均运用起兴手法，引出思念的对象，同时又用日月来比女子的光耀圣洁。本诗最具特色之处在于"我"的频频出现，在不断的咏叹中极为强烈地表达出男子对与女子欢会的喜悦与陶醉之情，主观色彩浓厚，感染力较强。

东方未明

东方未明,颠倒衣裳①。

颠之倒之,自公召之②。

东方未晞③,颠倒裳衣。

倒之颠之,自公令之。

折柳樊圃④,狂夫瞿瞿⑤。

不能辰夜⑥,不夙则莫⑦。

注释

① 衣：上身穿的衣服。裳：下身穿的衣服。

② 公：王公贵族。

③ 晞（xī）：破晓。

④ 樊：篱笆。此处用作动词。圃：指菜园。

⑤ 狂夫：妻子称丈夫。一说中心无守之人。瞿（jù）瞿：惊顾的样子。

⑥ 不能：无从分辨。辰：指白天。

⑦ 夙（sù）：早上。莫：同"暮"，晚上。

简析

这是一首描写差役之苦的抒愤诗。全诗共三章，前两章描写了天还没亮，男子就要出门去服劳役。诗歌截取了男子错将下衣当上衣的片段，并且在两章中不断重复，暗示出政令的严苛给男子造成了巨大的压力。末章转从妻子角度进一步抒发愤懑之情：丈夫勤勤恳恳为朝廷服役，没日没夜地干活，这样的日子何时才是个尽头！诗歌真实描写了当时老百姓被剥削、被压迫的生活，抒发了底层劳动人民对黑暗现实的强烈不满，富有针砭意义。

南 山

南山崔崔①,雄狐绥绥②。鲁道有荡③,齐子由归④。既曰归止⑤,曷又怀止?⑥

葛屦五两⑦,冠緌双止⑧。鲁道有荡,齐子庸止⑨。既曰庸止,曷又从止⑩?

蓺麻如之何⑪?衡从其亩⑫。取妻如之何⑬?必告父母⑭。既曰告止,曷又鞠止⑮?

析薪如之何⑯?匪斧不克⑰。取妻如之何?匪媒不得。既曰得止,曷又极止?⑱

注释

① 崔崔:高大,高峻。

② 绥(suí)绥:相随貌。

③ 荡:广大平坦。

④ 齐子:这里指齐襄公的同父异母妹妹文姜。归:出嫁。

⑤ 止:语助词。

⑥ 怀:思念。

⑦ 屦(jù):麻、葛等制成的鞋。五两:指并排摆。

⑧ 緌(ruí):帽带在颔下打结后下垂的部分。

⑨ 庸：用。这里意为走此道嫁鲁桓公。

⑩ 从：跟从，追从。

⑪ 蓺（yì）：种植。

⑫ 衡从：即"横纵"。亩：田垅。

⑬ 取：同"娶"。

⑭ 告：告诉，禀报。

⑮ 鞫（jú）：放任无约束。

⑯ 析：劈，劈木头。

⑰ 匪：同"非"。克：成功。

⑱ 极：尽，放纵。

简析

　　这是一首讽刺诗。春秋时，齐襄公同父异母妹文姜嫁鲁桓公，又与其兄私通。后齐襄公害死鲁桓公，齐人引以为耻，作此诗讽之。诗歌分两部分，一二章讽齐襄公之荒淫，三四章讽鲁桓公之无能。因为讽刺的对象是君王，因此在表现手法上较为含蓄，如四章均采用"既曰……曷又……"句式进行影射，又如首章以"雄狐绥绥"暗喻齐襄公之觊觎文姜，末章以劈柴斧头要锋利暗喻鲁桓公无法约束文姜，均是如此。

甫 田

无田甫田①,维莠骄骄②。

无思远人,劳心忉忉③。

无田甫田,维莠桀桀④。

无思远人,劳心怛怛⑤。

婉兮娈兮⑥,总角丱兮⑦。

未几见兮,突而弁兮⑧。

注释

① 无田(diàn):不要去耕种。甫:大。

② 莠:植物名,俗称狗尾草。骄骄:草茂盛且高。

③ 忉(dāo)忉:忧思的样子。

④ 桀桀:草茂盛且高的样子。

⑤ 怛(dá)怛:忧伤的样子。

⑥ 婉:美好,柔美。娈:美好,清秀。

⑦ 总角:古时未成年人把头发扎成髻。丱(guàn):束发如两角之貌。

⑧ 弁(biàn):帽子。古时男子行冠礼时用弁束住头发。

简析

　　这是一首怀人诗。全诗共三章，分为两个部分。第一、二章以田中杂草起兴，又以之比主人公心中烦乱的思绪，为之后的故人重逢做铺垫。末章写思念的人忽然出现在眼前的惊喜之情。看到青梅竹马的儿时伙伴已经长成了一个大小伙子，主人公心中充满惊讶、欢喜与羞涩。末章解作思念至极而产生幻觉亦通。

卢 令

卢令令①，其人美且仁②。
卢重环③，其人美且鬈④。
卢重鋂⑤，其人美且偲⑥。

注释

① 卢：黑色猎犬。令令：象声词，套环撞击声。

② 仁：仁厚，性格和顺。

③ 重（chóng）环：子母环。

④ 鬈（quán）：勇壮。一说头发好。

⑤ 重鋂（méi）：一个大环套两个小环。鋂：大环套小环的子母环。

⑥ 偲（cāi）：有才能。

简析

这是一首赞美猎人的诗。诗歌共三章，均围绕猎人之"美"，以猎犬脖子上的项圈起兴，首章以铃声之悦耳赞美主人的仁厚善良，次章以子母连环赞美猎人的强壮，末章以环中套环赞美猎人的多才与能干。结构上由视觉到听觉，由粗看到细看，由远及近，铺叙了猎人的仁善、勇壮与多才，表达了热烈的赞美之情。

敝 笱

敝笱在梁①,其鱼鲂鳏②。

齐子归止③,其从如云④。

敝笱在梁,其鱼鲂鱮⑤。

齐子归止,其从如雨。

敝笱在梁,其鱼唯唯⑥。

齐子归止,其从如水。

注释

① 敝:破旧,坏。笱(gǒu):竹制的捕鱼器具。梁:堤堰,鱼堰。

② 鲂(fáng):鳊鱼。鳏(guān):鲲鱼,传说中一种大鱼。

③ 齐子:指文姜。归:这里指回娘家。止:语助词。

④ 其从如云:随从众多。

⑤ 鱮(xù):古指鲢鱼。

⑥ 唯唯:相随而行的样子。

简析

这是一首讽刺诗,主旨与《南山》近似。诗歌以"敝笱"起兴,用鱼儿在破鱼篓中进出自如比喻齐国政事混乱,纲常失坠。同时又用复沓的手法大肆渲染文姜回齐国省亲时规模的宏大,暗讽其不知收敛,反而大张旗鼓、扬扬得意的行为,深刻揭示了当时统治者厚颜无耻的丑陋面目。

载 驱

载驱薄薄①,簟茀朱鞹②。

鲁道有荡③,齐子发夕④。

四骊济济⑤,垂辔濔濔⑥。

鲁道有荡,齐子岂弟⑦。

汶水汤汤⑧,行人彭彭⑨。

鲁道有荡,齐子翱翔⑩。

汶水滔滔⑪,行人儦儦⑫,

鲁道有荡,齐子游敖⑬。

注释

① 载:发语词,犹"乃"。驱:车马疾走。薄薄:车疾驰声。

② 簟(diàn):竹席。茀(fú):车帘。朱鞹(kuò):红色的兽皮,用于遮蔽车厢。

③ 荡:广大平坦的样子。

④ 齐子:指文姜。

⑤ 骊(lí):黑马。济济:整齐美好的样子。

⑥ 辔:马缰。濔(nǐ)濔:众多的样子。

⑦ 岂弟(kǎi tì):天刚亮。一说通"恺悌",欢乐。

⑧ 汶水：流经齐鲁两国的水名。汤（shāng）汤：水势浩大的样子。
⑨ 彭彭：行人众多的样子。
⑩ 翱翔：遨游，自由自在。
⑪ 滔滔：水势浩荡的样子。
⑫ 儦（biāo）儦：行人往来众多的样子。
⑬ 游敖：游乐。一说自得之态。

简析

这是一首讽刺诗。文姜在丈夫鲁桓公死后仍频频与齐襄公相会，"齐人刺文姜乘此车而来会襄公也"。（朱熹《诗集传》）诗歌采用赋法，细致描绘了两人相会时的盛大场面，尖锐地讽刺了他们丝毫不顾及形象的无耻行径。在艺术上多用叠字，以"薄薄"形容私会的迫切，"济济"烘托相会的场面，"汤汤、滔滔"暗示无耻难以洗涤，"彭彭、儦儦"表达人民的憎恶之情，再加上重章叠句的反复咏唱，层层深入地批评了统治者荒淫无耻的丑行。

猗 嗟

猗嗟昌兮^①,颀而长兮^②。抑若扬兮^③,
美目扬兮。巧趋跄兮^④,射则臧兮^⑤。
猗嗟名兮^⑥,美目清兮^⑦。仪既成兮^⑧。
终日射侯^⑨,不出正兮^⑩。展我甥兮^⑪。
猗嗟娈兮^⑫,清扬婉兮。
舞则选兮^⑬,射则贯兮^⑭,
四矢反兮^⑮,以御乱兮^⑯。

注释

① 猗(yī)嗟:叹词,表赞叹。昌:壮大,美好。

② 颀:身体修长。

③ 抑:同"懿",美好。扬:借为"阳",指眉上方的额头。

④ 趋:快步走。跄(qiāng):走动灵活有节奏。

⑤ 臧:好,善。

⑥ 名:借为"明",脸色明净。一说壮美。

⑦ 清:明亮的样子。

⑧ 仪:礼仪、礼节。成:完备。

⑨ 侯:箭靶。

⑩ 正：箭靶的中心。

⑪ 展：诚然，确实。

⑫ 娈：美好。

⑬ 选：指跳舞符合音乐节拍。

⑭ 贯：穿透。一说射中靶心。

⑮ 反：重复，指箭箭皆中一处。

⑯ 御：防御。

简析

  这是一首赞美诗。全诗共三章，均以感叹词"猗嗟"领起，对主人公的身材、仪容、矫健的身手、精湛的射艺乃至勤学苦练的精神都反复地歌咏，尤其以"美目扬兮""美目清兮""清扬婉兮"形容其眉清目秀、眼睛顾盼生辉，形象地表现出了主人公的精气神，塑造了一位英姿飒爽、技艺高超的年轻猎人的形象。句式上，基本每句最后都有"兮"字，形成语气上的自然停顿，巧妙地将每次的赞叹延长，起到了一唱三叹的表达效果。

魏风

葛屦

纠纠葛屦[1],可以履霜[2]。

掺掺女手[3],可以缝裳。

要之襋之[4],好人服之[5]。

好人提提[6],宛然左辟[7],佩其象揥[8]。

维是褊心[9],是以为刺[10]。

注释

[1] 纠纠:纠缠交错的样子。葛屦(jù):夏天所穿的用葛绳编制的鞋。

[2] 可以:何以,怎么能。

[3] 掺(shān)掺:同"纤纤",形容女子手瘦弱纤细的样子。

[4] 要(yāo):腰身,这里作动词,缝制腰身。襋(jí):衣领,这里作动词,缝制衣领。

[5] 好人:指女主人。

[6] 提(shí)提:同"媞媞",安舒的样子。

[7] 宛然:柔顺的样子。一说回转的样子。左辟(bì):向左转过身。

[8] 象揥(tì):象牙做的可用于搔头的首饰。

[9] 维:因。褊(piān)心:心胸狭隘。

[10] 刺:讽刺。

简析

　　这是一首讽刺诗。诗歌以葛屦起兴，用一个"履霜"的细节引出了一位冬天还穿着草鞋的贫困少女。她用一双巧手缝制了漂亮的衣裳给贵妇人穿，可仍然受到百般刁难。诗歌首章描写女子的穷困和精巧的缝衣技艺，末章写贵妇人穿新衣的心安理得，丝毫不顾葛屦少女。诗歌以对比手法刻画了一贫一富、一勤劳一傲慢的两个女性形象，而结尾两句则直接发出议论："维是褊心，是以为刺"，使原本模糊的主旨变得异常鲜明。

汾沮洳

彼汾沮洳①，言采其莫②。彼其之子，美无度③。美无度，殊异乎公路④。

彼汾一方，言采其桑。彼其之子，美如英⑤。美如英，殊异乎公行⑥。

彼汾一曲⑦，言采其藚⑧。彼其之子，美如玉。美如玉，殊异乎公族⑨。

注释

① 汾：汾水。沮洳（jù rù）：低湿之地。

② 莫（mù）：即酸模，多年生草本植物。

③ 度：衡量，度量。

④ 殊异：与众不同。公路：同"公辂"，掌管公侯辂车的官员。

⑤ 英：花。

⑥ 公行（háng）：掌管公侯兵车的官员。

⑦ 曲：河道弯曲处。

⑧ 藚（xù）：泽泻，可入药。

⑨ 公族：掌管公侯属车（侍从车）的官员。

简析

这是一首情诗。诗歌共三章，均以女子劳动的场所起兴，对男子从"美无度"的总体印象到"美如英"的外貌、"美如玉"的品行，逐一刻画，再以"公路""公行""公族"对比烘托，表达了女子对心仪男子的赞美之情。诗歌通过女子对意中人的夸耀，既表现了女子的痴情，又将未出场的男主人公刻画得如在眼前。

园有桃

园有桃,其实之殽①。心之忧矣,我歌且谣②。不知我者,谓我士也骄。彼人是哉,子曰何其③?心之忧矣,其谁知之。其谁知之,盖亦勿思④。

园有棘⑤,其实之食。心之忧矣,聊以行国⑥。不知我者,谓我士也罔极⑦。彼人是哉,子曰何其?心之忧矣,其谁知之。其谁知之,盖亦勿思。

注释

① 殽(yáo):同"肴",菜肴。
② 歌:合乐的歌,有乐器伴奏的歌唱。谣:徒歌,不用乐器伴奏的歌唱。
③ 彼人是哉,子曰何其:那些人说得对吗,你说要怎么办呢?是:对,正确。何:什么,怎么。其:语助词。
④ 盖:通"盍",何不。亦:语助词。勿思:不去想。
⑤ 棘:酸枣树。
⑥ 行国:周游国内。
⑦ 罔极:没有准则。

简析

这是一首忧愤诗。诗歌主旨有"刺时""忧国""怀才不遇""自伤身世"等多种说法。诗歌共两章,每章末尾六句完全一样,诗人自问自答,抒写了无人理解的悲叹之情。诗歌并没有明言"忧"的内容,但重章叠句中却让人深切感受到主人公忧思之重之浓,因此理解为怀才不遇、自伤身世之情或者忧国之情都说得通。

陟　岵

陟彼岵兮①，瞻望父兮。父曰："嗟！予子行役②，夙夜无已。上慎旃哉③！犹来无止④！"

陟彼屺兮⑤，瞻望母兮。母曰："嗟！予季行役⑥，夙夜无寐。上慎旃哉！犹来无弃⑦！"

陟彼冈兮，瞻望兄兮。兄曰："嗟！予弟行役，夙夜必偕⑧。上慎旃哉！犹来无死！"

注释

① 陟（zhì）：登上。岵（hù）：多草木之山。
② 行役：因服兵役、劳役等在外跋涉。
③ 上：同"尚"，希望。慎：谨慎、保重。旃（zhān）：语助词。
④ 犹来：还是归来。止：停留。
⑤ 屺（qǐ）：不长草木的山。
⑥ 季：兄弟中排行第四或最小。
⑦ 无弃：不要把性命丢在外头。一说不要弃家不归。
⑧ 必偕：与同行者作息一致。

简析

这是一首思乡诗。全诗共三章，分别诉说了主人公对父亲、母亲和兄长的思念之情。诗歌表面似乎仅是代父母作思子诗、代兄长作思弟诗，实则采用对面写法，将主人公的思乡之情表达得委婉含蓄，情深意长。这种写法对后世羁旅行役诗颇有影响，有"千古羁旅行役诗之祖"（乔亿《剑溪说诗又编》）之说。

十亩之间

十亩之间兮,桑者闲闲兮[①]。

行与子还兮[②]。

十亩之外兮,桑者泄泄兮[③]。

行与子逝兮[④]。

注释

① 桑者:采桑的人。闲闲:悠闲的样子。
② 行:将要。一说走。
③ 泄(yì)泄:和乐的样子。一说人多的样子。
④ 逝:返回。一说离去。

简析

  这是一首劳动歌。此诗有刺时、归隐、情诗等说法。从诗意来看,应是写采桑女劳动后偕伴而归的欢乐场景。诗歌共两章六句,每句后都有一个读起来音调拉长的"兮"字,使情感的抒发越发平顺和缓,再加上"闲闲""泄泄"的欢乐表达,很好地将采桑女劳动之后的惬意轻松的心情传唱出来。

伐　檀

坎坎伐檀兮①，置之河之干兮②。河水清且涟猗③。不稼不穑④，胡取禾三百廛兮⑤？不狩不猎，胡瞻尔庭有县貆兮⑥？彼君子兮，不素餐兮⑦。

坎坎伐辐兮⑧，置之河之侧兮。河水清且直猗⑨。不稼不穑，胡取禾三百亿兮⑩？不狩不猎，胡瞻尔庭有县特兮⑪？彼君子兮，不素食兮。

坎坎伐轮兮，置之河之漘兮⑫。河水清且沦猗⑬。不稼不穑，胡取禾三百囷兮⑭？不狩不猎，胡瞻尔庭有县鹑兮⑮？彼君子兮，不素飧兮⑯。

注释

① 坎坎：伐木之声。

② 干：水边。

③ 涟：风吹水面形成的波纹。猗：语助词。

④ 稼：种植、播种。穑：收获。

⑤ 禾：稻谷。廛（chán）：古代一家之居，即二亩半。此处指税。

⑥ 县：同"悬"，悬挂。貆（huán）：小貉。

⑦ 素餐：白吃饭。

⑧ 辐：辐条。

⑨ 直：直条的水波纹。

⑩ 亿：束，捆。

⑪ 特：大兽。

⑫ 漘（chún）：水边。

⑬ 沦：小波纹。

⑭ 囷（qūn）：束，捆。一说圆形的谷仓。

⑮ 鹑：鹌鹑。

⑯ 飧（sūn）：用水泡饭。泛指吃饭。

简析

这是一首充满愤怒的讽刺诗，揭示了当时阶级矛盾尖锐，劳动人民饱受剥削压迫的社会现实。全诗共三章，以赋的手法铺叙了劳动人民为统治者无休止服务的劳动过程，逐层揭示了剥削者无偿占有劳动果实、贪得无厌的寄生虫本质，情感直露，不事修饰。句式上，四、五、六、七言交错，尤其每章末尾对剥削者丑恶嘴脸的反诘，句式短促，语调激烈，包含巨大的情感力量。

魏风

硕 鼠

硕鼠硕鼠,无食我黍。三岁贯女①,莫我肯顾②。逝将去女③,适彼乐土④,乐土乐土,爰得我所⑤。

硕鼠硕鼠,无食我麦。三岁贯女,莫我肯德⑥。逝将去女,适彼乐国。乐国乐国,爰得我直⑦。

硕鼠硕鼠,无食我苗。三岁贯女,莫我肯劳⑧。逝将去女,适彼乐郊。乐郊乐郊,谁之永号⑨。

注释

① 三岁:泛指多年。贯:服侍,侍奉。女:同"汝"。
② 顾:照顾。
③ 逝:同"誓"。去:离开。
④ 适:前往。彼:那个。
⑤ 爰:乃,在那里。所:处所,可以正常生活的地方。
⑥ 德:感激。
⑦ 直:同"值",报酬。
⑧ 劳:慰劳。
⑨ 之:其,表示反问语气。号:长叹,大声呼喊。

简析

这是一首讽刺诗,表达了劳动人民对无偿占有劳动果实,不劳而获的统治者的控诉和讽刺。诗歌共三章,均以硕鼠起兴,将盘剥人民的奴隶主比喻成大老鼠,揭示他们贪婪、无耻、刻薄寡恩的本质,表达了劳动人民反抗剥削的斗争精神和寻找乐土的美好愿望,具有较强的现实主义色彩。

唐风

蟋 蟀

蟋蟀在堂①,岁聿其莫②。今我不乐,日月其除③。
无已大康④,职思其居⑤。好乐无荒⑥,良士瞿瞿⑦。
蟋蟀在堂,岁聿其逝。今我不乐,日月其迈⑧。
无已大康,职思其外⑨。好乐无荒,良士蹶蹶⑩。
蟋蟀在堂,役车其休⑪。今我不乐,日月其慆⑫。
无已大康,职思其忧⑬。好乐无荒,良士休休⑭。

注释

① 堂:厅堂。

② 聿(yù):语助词。莫:同"暮",傍晚,岁暮。

③ 除:离去,结束。

④ 无:勿。已:过度。大(tài)康:过于安乐。

⑤ 职:应当。居:所处的地位。

⑥ 好:喜欢。乐:享乐。无荒:不荒废正业。

⑦ 良士:贤人,有德之人。瞿(jù)瞿:心中警惕的样子。

⑧ 迈:消逝,过去。

⑨ 外:本职之外的事情。

⑩ 蹶(guì)蹶:勤恳敏捷的样子。

⑪ 役车:服役的车辆。休:休息。

⑫ 慆(tāo):逝去。

⑬ 忧:忧患。

⑭ 休休:安闲自得的样子。

简析

　　这是一首劝诫诗。诗歌以蟋蟀起兴，诗人由蟋蟀入户，想到了一岁已暮，感慨时光流逝，发出了及时行乐的慨叹。然而这并非诗人真正的用意，诗人借此进一步生发，告诫自己的同时也告诫读者，行乐不能过度，要时刻谨记自己的身份与使命，既要做好本职工作，也要关注分外之事，要注意以后可能会出现的忧患。诗歌共三章，基本按照这个次序阐发，在重章叠句的反复咏叹中，将"好乐无荒"的劝诫主题表达得意味深长。

山有枢

山有枢①,隰有榆②。

子有衣裳,弗曳弗娄③。

子有车马,弗驰弗驱。

宛其死矣④,他人是愉。

山有栲⑤,隰有杻⑥。

子有廷内⑦,弗洒弗扫。

子有钟鼓,弗鼓弗考⑧。

宛其死矣,他人是保⑨。

山有漆⑩,隰有栗⑪。

子有酒食,何不日鼓瑟。

且以喜乐⑫,且以永日。

宛其死矣,他人入室。

注释

① 枢：树名，刺榆。一说臭椿树。

② 隰（xí）：潮湿低洼之地。榆：树名，白榆树。

③ 曳：拖。娄："搂"的借字。古代裳拖地，需提搂。

④ 宛：假如。

⑤ 栲（kǎo）：树名。

⑥ 杻（niǔ）：树名。

⑦ 廷内：庭院和厅室。

⑧ 考：敲击。

⑨ 保：占有。

⑩ 漆：漆树。

⑪ 栗：栗子树。

⑫ 且：姑且。

简析

这是一首讽刺诗。诗歌共三章，均以树木起兴，从衣着、车马到庭院、钟鼓再到酒食、娱乐，逐层描绘出一个拥有巨额财富却舍不得使用、吝啬守财的贵族奴隶主形象，并在每章的末尾表达了强烈的讽刺。整首诗出语平白，甚至有些粗俗，却很好地表达出诗人对统治者聚敛搜刮人民财产的无比痛恨，以及对他们贪婪而又悭吝成性的辛辣嘲讽。

扬之水

扬之水①,白石凿凿②。

素衣朱襮③,从子于沃④。

既见君子⑤,云何不乐⑥?

扬之水,白石皓皓⑦。

素衣朱绣⑧,从子于鹄⑨。

既见君子,云何其忧?

扬之水,白石粼粼⑩。

我闻有命⑪,不敢以告人。

注释

① 扬:激扬。

② 凿凿:鲜明的样子。

③ 襮(bó):有纹饰的衣领。

④ 沃:地名。即曲沃,在今山西省境内。

⑤ 既:已。君子:指桓叔。

⑥ 云:语助词。

⑦ 皓皓:洁白的样子。

⑧ 朱绣:绣有红色花纹的衣领。

⑨ 鹄(hú):邑名,即曲沃;一说曲沃的城邑。

⑩ 粼粼：石头明净的样子。

⑪ 命：政令。

简析

　　此诗主旨，《毛诗序》和《诗集传》所云大略相同。周平王时，晋昭侯封其叔父桓叔于曲沃。桓叔很得百姓拥护，晋大臣潘父杀晋昭侯，欲迎桓叔入朝，事败，桓叔退回曲沃。此诗即作于这场事件之前。诗歌以"扬之水"起兴，以水清石白烘托白衣红领的士兵们高昂的士气，跟随"君子"的坚定信心。末章隐约点出一场政变正在酝酿谋划。作者当为桓叔的拥护者，故诗中充满对桓叔的拥戴。

椒 聊

椒聊之实①,蕃衍盈升②。

彼其之子,硕大无朋③。

椒聊且④,远条且⑤。

椒聊之实,蕃衍盈匊⑥。

彼其之子,硕大且笃⑦。

椒聊且,远条且。

注释

① 椒聊:花椒。因椒子众多故常用以喻多子。

② 蕃衍:生长众多。盈:满。升:量器名。

③ 硕:大。无朋:无比。

④ 且(jū):语末助词。

⑤ 远条:长的枝条,这里形容花椒香气远扬。

⑥ 匊(jū):"掬"的古字,两手合捧。

⑦ 笃:壮实,忠厚。

简析

此诗旧说有刺晋昭公、赞美男子、赞美女子、女子采椒歌等多种看法。从诗意来看,全诗共两章,意思基本相同,均以花椒起兴而又兴中有比,从表面看是以花椒的多子来赞美主人公的高大壮实,实际上是以花椒多子来比喻主人公的多子,因此这首诗更多的是对生殖能力的颂扬。至于主人公是男是女,二者皆有可能。

绸　缪

绸缪束薪①，三星在天②。

今夕何夕，见此良人③？

子兮子兮④，如此良人何！

绸缪束刍⑤，三星在隅⑥。

今夕何夕，见此邂逅⑦？

子兮子兮，如此邂逅何！

绸缪束楚⑧，三星在户⑨。

今夕何夕，见此粲者⑩？

子兮子兮，如此粲者何！

注释

① 绸缪：缠绕，捆束。

② 三星：有参宿三星、心宿三星、河鼓三星三种说法，按近代天文学家看法，此诗三章中的三星分别指这三组三星。参见朱文鑫《天文考古录》。

③ 良人：古代夫妻多互称良人，后来多用于妻子称丈夫。

④ 子兮：你呀。

⑤ 刍（chú）：青草。

⑥ 隅：角落。

⑦ 邂逅：不期而遇。诗中用于表现两人在一起的欢乐状态。

⑧ 楚：荆条。

⑨ 户：门。指在室内从开着的门往外看可以看到三星。

⑩ 粲：美。诗中指新娘。

简析

这是一首爱情诗。古代多在黄昏之后行昏（婚）礼，因此诗歌三章开头分别以代表着婚姻的束薪（刍、楚）起兴，从高高挂在天上的参宿三星到偏移一角的心宿三星，再到已经低到门户中可见的河鼓三星，写出了婚礼的整个过程。后四句则围绕新郎新娘在洞房之中的幸福快乐展开。"今夕何夕"四个平声字悠扬舒缓，以一个疑问句表现了沉浸在幸福中的双方忘却了时间的欢愉，而"子兮子兮"的平仄相间则转为强烈的感喟和满足的传达，语言很简单，却有着说不尽的爱情甜蜜。

杕 杜

有杕之杜①,其叶湑湑②。

独行踽踽③,岂无他人?

不如我同父④。

嗟行之人,胡不比焉⑤?

人无兄弟,胡不佽焉⑥?

有杕之杜,其叶菁菁⑦。

独行睘睘⑧,岂无他人?

不如我同姓⑨。

嗟行之人,胡不比焉?

人无兄弟,胡不佽焉?

注释

① 杕(dì):树木特立独出的样子。杜:落叶乔木,即棠梨树。

② 湑(xǔ)湑:茂盛的样子。

③ 踽(jǔ)踽:孤独无依的样子。

④ 同父:同胞兄弟。

⑤ 胡:为什么。比:指亲近。

⑥ 佽(cì):帮助。

⑦ 菁菁：草木繁茂的样子。

⑧ 睘（qióng）睘：同"茕茕"，忧思的样子，孤独无依的样子。

⑨ 同姓：姓氏相同。诗中指兄弟。

简析

　　这是一首孤独者自伤身世的诗。全诗围绕"独行"二字，以孤零零的棠梨树起兴，同时借棠梨树的枝叶繁盛反比自己的孤独无依，紧接着用三个问句：为什么没有人来帮助我？为什么没有人来亲近我？别人没有兄弟还能得到帮助，可自己即使有兄弟也还是没人相助，这是为什么呢？诗人找不到答案，唯有一遍又一遍地咏叹，一次又一次地陷入绝望！

羔裘

羔裘豹袪①,自我人居居②!
岂无他人?维子之故③。
羔裘豹褎④,自我人究究⑤!
岂无他人?维子之好⑥。

注释

① 羔裘:用小羊皮制成的皮衣,古时为卿、士大夫之服。袪(qū):袖口。豹袪:袖口镶着豹皮。
② 自:对,对于。居(jù)居:同"倨倨",傲慢无礼的样子。
③ 维:只。故:旧识。
④ 褎(xiù):古同"袖"。
⑤ 究究:相互憎恶的样子,傲慢的样子。
⑥ 好:交好。

简析

此诗主旨有刺时、贵族婢妾反抗主人、失恋女子表明心迹等多种看法。从诗意来看,诗歌的作者可能和这位贵族原先是朋友,后来作者落魄了或者贵族地位上升了,贵族就瞧不起他了。诗人一方面对贵族的无礼非常愤怒,表达了讽刺与绝交之意,但另一方面又念及先前的友情,一时有些犹豫。诗歌以重章叠句的形式反复吟唱了这一复杂心理,情感随之起伏变化,抒情意味较浓。

鸨 羽

肃肃鸨羽①,集于苞栩②。王事靡盬③,不能蓺稷黍④。父母何怙⑤?悠悠苍天!曷其有所⑥?

肃肃鸨翼,集于苞棘⑦。王事靡盬,不能蓺黍稷。父母何食?悠悠苍天!曷其有极⑧?

肃肃鸨行⑨,集于苞桑。王事靡盬,不能蓺稻粱。父母何尝?悠悠苍天!曷其有常⑩?

注释

①肃肃:象声词,形容鸟翅膀振动的声音。鸨(bǎo):鸟名,性不善栖木。

②集:降落,栖集。苞栩:丛生的柞树。

③靡:没有。盬(gǔ):休止。

④蓺:种植。稷:高粱。黍:黄米。

⑤怙(hù):依靠。

⑥曷:何。所:地方,处所。

⑦ 棘：酸枣树。

⑧ 极：终了，尽头。

⑨ 行：行列。一说鸟翅。

⑩ 常：正常。一说规则。

简析

　　这是一首抒愤诗，抒发了百姓常年在外服役的痛苦与悲愤。诗歌共三章，均以不善栖木的鸨聚集于树上起兴，兴中有比，以鸨的反常行为比喻农民的反常生活。无穷尽的服役使劳动人民陷入了绝望。诗歌每章都从悲愤田地无人耕作、父母无人赡养到指责苍天不公，层层递进而又往复回环，表达出劳动人民对统治者为了一己私欲不顾人民死活的愤怒和控诉，极富现实意义。

无 衣

岂曰无衣？七兮[①]。

不如子之衣，安且吉兮[②]。

岂曰无衣？六兮。

不如子之衣，安且燠兮[③]。

注释

① 七：虚指，言衣服多。次章之"六"字亦是。

② 安：舒适。吉：好，美。

③ 燠（yù）：暖，热。

简析

　　从诗意来看，这首诗表达了诗人睹物伤情的哀思，似是一首悼亡诗。诗歌共两章，均以一个设问句开头，在自问自答中感慨自己虽有很多衣服，却没有一件能比得上妻子为自己缝制的衣服那样舒适保暖，表达了对妻子的怀念与追思。诗歌结构简单，只是采用对比的手法反复咏叹，却把今昔的不同处境和心情巧妙地表现出来，出语平淡却饱含深情，有回肠荡气之感。

有杕之杜

有杕之杜①,生于道左②。彼君子兮,噬肯适我③?中心好之,曷饮食之④?

有杕之杜,生于道周⑤。彼君子兮,噬肯来游?中心好之,曷饮食之?

注释

① 杕(dì):树木特立独出的样子。
② 道左:路的左边;道路旁边。
③ 噬(shì):语助词,有表希望之意。适:往,到。
④ 曷:同"盍",何不。饮食(yìn sì):喝酒吃饭。一说满足情爱之欲。
⑤ 道周:路旁。

简析

此诗主旨有刺晋武公、迎客、思夫、乞食、情歌等多种看法。诗人以路旁孤零零的棠梨树起兴,兴中有比,以孤生独特之棠梨树比喻自己的孤独。诗歌共两章,内容基本一样,主要是反复吟唱如果能有"君子"到访,自己必将殷勤款待的热切盼望。从这个角度说,理解为盼望友情、追求爱情、怀才不遇等均可。

葛 生

葛生蒙楚①，蔹蔓于野②。

予美亡此③，谁与独处？

葛生蒙棘，蔹蔓于域④。

予美亡此，谁与独息⑤？

角枕粲兮⑥，锦衾烂兮⑦。

予美亡此，谁与独旦⑧？

夏之日，冬之夜。

百岁之后，归于其居⑨。

冬之夜，夏之日。

百岁之后，归于其室⑩。

注释

① 蒙：蔓延覆盖。楚：灌木名。

② 蔹（lián）：草名，白蔹。

③ 予美：指所爱的人。亡此：葬在这里。

④ 域：坟地。

⑤ 息：歇息。

⑥ 角枕：用牛角做的枕头。粲：同"灿"，灿烂。

⑦ 锦衾：锦缎被褥。烂：灿烂。

⑧ 独旦：独自到天亮。

⑨ 居：指坟墓。
⑩ 室：指墓穴。

简析

  这是一首悼亡诗。诗歌前两章以缠绕着荆树丛的葛藤、蔹草起兴，同时又以藤草与树之间的关系比喻自己与妻子相互依靠，与接下来抒写的妻子去世、自己形单影只的孤苦凄凉形成鲜明对比。第二章写目睹亡妻衣物，通宵难寐，思念之情益发深重。第四、五章词句基本一样，只是颠倒了"夏之日""冬之夜"的次序，却写尽了日日夜夜的情感煎熬，感人至深。

采 苓

采苓采苓①,首阳之巅②。人之为言③,苟亦无信④。舍旃舍旃⑤,苟亦无然⑥。人之为言,胡得焉⑦?

采苦采苦⑧,首阳之下。人之为言,苟亦无与⑨。舍旃舍旃,苟亦无然。人之为言,胡得焉?

采葑采葑⑩,首阳之东。人之为言,苟亦无从⑪。舍旃舍旃,苟亦无然。人之为言,胡得焉?

注释

① 苓:同"蘦",药草名。
② 首阳:山名,今山西雷首山。
③ 为(wěi)言:即"伪言",谎言。
④ 苟:诚然,确实。无信:不要轻易相信。
⑤ 舍:放弃。旃(zhān):"之焉"的合声。
⑥ 无然:不要认为是这样。
⑦ 胡:什么。得:获得,收获。
⑧ 苦:野生苦菜,可食。
⑨ 与:参与,赞同。
⑩ 葑(fēng):芜菁,草本植物,块根可食。
⑪ 从:跟从,听从。

简析

　　这是一首劝诫诗。《毛诗序》称:"《采苓》,刺晋献公也。献公好听谗焉。"论者对此多有赞同。诗歌借人们日常生活中常见的"苓""苦""葑"等植物起兴,围绕如何对待"为言"展开劝诫。全诗共三章,各从一个角度入手,反复陈说,层层深入。对待谎言,不要相信它,也不要参与传播,更不要人云亦云地盲从。只要你不轻信,那些谎言也就不攻自破了。这一观点直到现在仍有借鉴意义。

秦风

车 邻

有车邻邻①,有马白颠②。

未见君子,寺人之令③。

阪有漆④,隰有栗。

既见君子,并坐鼓瑟⑤。

今者不乐⑥,逝者其耋⑦。

阪有桑,隰有杨。

既见君子,并坐鼓簧⑧。

今者不乐,逝者其亡。

注释

① 邻邻:同"辚辚",车行声。

② 白颠:一种额头有白毛的良马。

③ 寺人:侍人,侍候贵族的人。

④ 阪:山坡。漆:树名。

⑤ 鼓瑟:弹瑟。

⑥ 今者不乐:现在不及时行乐。

⑦ 逝者:他日,将来。耋(dié):年老,七八十岁。

⑧ 簧:笙管中的铜叶,借指笙。

简析

　　这是一首反映贵族生活的诗。全诗可分两个部分。第一部分为第一章,写主人公驾车去拜访"君子",驾车的白颠马暗示其贵族身份。他来到门前等待侍者通报主人。第二、三两章为第二个部分。这两章分别以"阪有漆,隰有栗""阪有桑,隰有杨"起兴,这是先秦民歌的常用起兴手法,在这里也隐有以树木不同的生长环境暗示"君子"地位高于拜访者的意味。接着写主人的热情招待,描写席间弹瑟吹笙的欢乐,进而表达了人生短促,及时行乐的思想。诗歌主旨有消极成分,但亦是人之常情,后世诗歌如《古诗十九首》亦多有此类表达。

驷 驖

驷驖孔阜①,六辔在手②。

公之媚子③,从公于狩。

奉时辰牡④,辰牡孔硕⑤。

公曰左之⑥,舍拔则获⑦。

游于北园⑧,四马既闲。

輶车鸾镳⑨,载猃歇骄⑩。

注释

① 驷:同驾一车的四匹马。驖(tiě):毛色赤黑的良马。孔阜(fù):很健硕。

② 辔(pèi):缰绳。

③ 公:秦国国君,这里指秦襄公。媚子:亲信。一说秦公喜爱的儿子。

④ 奉:管理山林的虞人驱赶猎物。时:是。辰:按季节、时令(提供不同的猎物)。牡:雄性野兽。

⑤ 硕:大。

⑥ 左之:驱车到左面去。一说从左面射兽。

⑦ 舍:放。拔:箭的尾部。获:射中、命中。

⑧ 北园:狩猎、休息的园囿名。

⑨ 輶（yóu）：拦截野兽的轻便之车。鸾：铃铛。镳（biāo）：马嚼子。

⑩ 獫（xiǎn）：长嘴猎犬。

简析

这是一首描写狩猎场面的诗，表达了对秦襄公的赞颂。诗歌描写狩猎场面，善于烘托渲染。首章描写狩猎前的准备，这部分通过描写健硕的马匹、技艺娴熟的驭手和众多的陪伴者，为接下来秦襄公的出场渲染了浓烈的气氛。次章写狩猎过程，在虞人将猎物赶出来之后，秦襄公驱车向左，箭无虚发，凸显出秦襄公的勇武形象。末章写狩猎后的场景，车儿轻快、马儿悠闲、猎犬憩于车中，一场狩猎活动宣告结束。诗歌共三章，描写秦襄公的仅有两句，但无论是狩猎前的车马雄壮还是狩猎后的自在悠闲，都隐隐衬托出一位从容不迫、勇武过人的国君的形象，在写人上颇有特色。

小 戎

小戎俴收①，五楘梁辀②。游环胁驱③，阴靷鋈续④。文茵畅毂⑤，驾我骐馵⑥。言念君子⑦，温其如玉⑧。在其板屋⑨，乱我心曲。

四牡孔阜⑩，六辔在手⑪。骐骝是中⑫，騧骊是骖⑬。龙盾之合⑭，鋈以觼軜⑮。言念君子，温其在邑⑯。方何为期⑰？胡然我念之⑱。

俴驷孔群⑲，厹矛鋈錞⑳。蒙伐有苑㉑，虎韔镂膺㉒。交韔二弓㉓，竹闭绲縢㉔。言念君子，载寝载兴㉕。厌厌良人㉖，秩秩德音㉗。

注释

① 小戎：士兵乘坐的小型兵车。俴（jiàn）：浅。收：车箱底部四面的横木，这里指车厢。

② 五楘（mù）：用五束皮带绑扎加固车辕而形成的装饰。梁辀（zhōu）：曲辕，指车辕。

③ 游环：辕马背上活动的环。胁驱：套在马两肋旁的皮扣，是用于控制马的装置。

④ 阴靷（yǐn）：车轼前横板上引车前进的皮条。鋈（wù）：白铜。一说镀。续：扣住皮带的白铜环。

⑤ 文茵：有花纹的虎皮车褥子。畅：长。毂：车轮中心的圆木，中间有圆孔，用以插车轴。

⑥ 骐（qí）：青黑色的马。馵（zhù）：左后足为白色的马。

⑦ 言：语助词。念：思念。君子：指从军的丈夫。

⑧ 温其如玉：性情温润如玉。

⑨ 板屋：木板建造的房屋，此处代指西戎。

⑩ 牡：雄马。孔阜：很高大。

⑪ 辔：马的缰绳。

⑫ 骝（liú）：同"骝"，枣骝马。

⑬ 騧（guā）：黄身黑嘴马。骊：黑色马。骖：四马中在马车两旁的马。

⑭ 合：指两块盾牌合在一起挂车上。

⑮ 觼（jué）：有舌的环。軜（nà）：四马并驾，中间两匹马的缰绳。觼用以系軜。

⑯ 邑：西戎的邑名，一说秦邑。

⑰ 方何为期：将以何时为归期。方：将。

⑱ 胡然：为什么这样。

⑲ 俴驷：披着薄甲的四匹马，一说未披甲的同车四马。群：整齐和谐。

⑳ 厹（qiú）：三棱锋刃矛。錞（duì）：矛底端的金属套。

㉑ 蒙伐：绘有杂乱羽纹的盾牌。蒙：通"厖"，杂乱。伐：通"瞂"，盾牌。苑：花纹。

㉒ 虎韔（chàng）：虎皮弓囊。镂膺（lòu yīng）：装

饰有花纹的箭袋。

㉓ 交韣二弓：在弓囊里交叉装上两张弓。

㉔ 竹闭：保护弓箭不变形的竹制器具。绳縢（gǔn téng）：绳索，用绳缠绕。

㉕ 载：又。兴：起床。

㉖ 厌厌：安静。

㉗ 秩秩：有礼，守礼。德音：品行好，合乎仁德。

简析

此诗主旨有美秦君、伤王政衰微、爱国、怀念征夫等说法，现一般认为是一首思妇怀念征人的诗歌。全诗共三章，每章各十句，均为前六句摹写秦军军容，后四句表达思念之情的结构。首章写分别时对丈夫的印象，次章写不知丈夫何时归家的担忧，末章写日思夜想的思念。值得注意的是，这种思念担忧并没有表现得低沉哀怨，相反，思妇对丈夫的从军行为是赞同的，因而她的思念之中又有着秦人尚武、乐于报效祖国的精神烙印，这也使得这份思念显得与众不同。

蒹 葭

蒹葭苍苍①,白露为霜。所谓伊人②,在水一方。
溯洄从之③,道阻且长。溯游从之④,宛在水中央。
蒹葭萋萋,白露未晞⑤。所谓伊人,在水之湄⑥。
溯洄从之,道阻且跻⑦。溯游从之,宛在水中坻⑧。
蒹葭采采,白露未已⑨。所谓伊人,在水之涘⑩。
溯洄从之,道阻且右⑪。溯游从之,宛在水中沚⑫。

注释

① 蒹葭（jiān jiā）：芦苇。苍苍：茂盛，众多的样子。下文的"萋萋""采采"亦是此意。

② 伊人：那个人。

③ 溯洄：逆流而上。从：追寻。

④ 游：顺流而下。

⑤ 晞：干。

⑥ 湄：水边，岸边。

⑦ 跻（jī）：登高。

⑧ 坻（chí）：水中小洲。

⑨ 已：止或干。

⑩ 涘（sì）：水边。

⑪ 右：弯曲，迂回。

⑫ 沚（zhǐ）：水中小块陆地。

简析

一般认为这是一首情歌，表达了爱情追求中可望而不可即的惆怅与伤感。诗歌共三章，均以天刚破晓时芦苇上的露珠起兴，反复吟唱对"伊人"无望但仍孜孜不倦的追求。清晨水边清冷的景色与心中执着而又感伤的情感合二为一，营造出一种缥缈空远的艺术境界，也正因为诗歌并没有确指，所以使其带有一种象征意味，更加启人联想。从这个角度说，它既是爱情的心灵体验，又何尝不是人生路上的探索追寻呢？

终　南

终南何有①？有条有梅②。

君子至止③，锦衣狐裘④。

颜如渥丹⑤，其君也哉⑥！

终南何有？有纪有堂⑦。

君子至止，黻衣绣裳⑧。

佩玉将将⑨，寿考不忘⑩！

注释

① 终南：终南山。

② 条：树名，即山楸。

③ 君子：文中指秦襄公。至：来到周地。止：语助词。

④ 锦衣狐裘：当时诸侯穿的礼服。

⑤ 渥（wò）：涂。丹：古时用赤石制的红色颜料，今名朱砂。

⑥ 其君也哉：他将成为一个称职的君主吧！

⑦ 纪：同"杞"。堂，同"棠"，即棠梨。

⑧ 黻（fú）衣：黑青两色花纹相间的上衣。绣裳：五彩之线绣成的下裳。指贵族服装。

⑨ 将将：同"锵锵"，象声词。

⑩ 考：高寿。

简析

《毛诗序》认为："（襄公）能取周地，始为诸侯，受显服，大夫美之，故作此诗，以戒劝之。"方玉润《诗经原始》云："此必周之耆旧，初见秦君抚有西土，皆膺天子命以治其民，而无如何，于是作此，以颂祷之。"从诗意来看，后者更符合。诗歌共两章，始终围绕秦襄公的容貌、服饰进行赞颂，隐有臣服之意。首章末尾的"其君也哉"所表达的"这就是我们的国君"的惊叹，第二章末尾的"寿考不忘"则明显带有希望秦襄公能好好对待周地百姓的劝诫之意，因此此诗可以理解为周人所作的一首寓诫于颂的诗歌。

黄　鸟

交交黄鸟①，止于棘②。谁从穆公③？子车奄息④。维此奄息⑤，百夫之特⑥。临其穴，惴惴其栗⑦。彼苍者天⑧，歼我良人。如可赎兮⑨，人百其身⑩。

交交黄鸟，止于桑。谁从穆公？子车仲行。维此仲行，百夫之防⑪。临其穴，惴惴其栗。彼苍者天，歼我良人。如可赎兮，人百其身。

交交黄鸟，止于楚。谁从穆公？子车鍼虎。维此鍼虎，百夫之御。临其穴，惴惴其栗。彼苍者天，歼我良人。如可赎兮，人百其身。

注释

① 交交：同"咬咬"，鸟鸣声。一说来回飞。

② 止：停留，栖息。

③ 从：跟随，这里指陪葬。

④ 子车奄息：姓子车，名奄息。一说奄息、仲行、鍼虎为子车之子。

⑤ 维此：就是这个。

⑥ 特：特殊，杰出。

⑦ 惴（zhuì）惴：发愁恐惧的样子。栗：发抖。

⑧ 苍:苍天。

⑨ 赎(shú):用财物将抵押品换回,这里指赎回勇士的生命。

⑩ 百其身:指人们愿一百次赎回他。

⑪ 防:抵挡。

简析

这是一首挽诗。诗歌共三章,均以黄鸟的悲鸣起兴,分别再现了子车氏三位人夫被活埋的惨剧,激发人们对三位"良人"不幸遭遇的深切同情。每章结尾则以质问苍天不公,表示愿以身相代作结,抒写了秦人对秦穆公以人殉葬行为的痛恨和控诉。这种呼声是非常可贵的,体现了民众的觉醒意识,具有重要的认识价值。

晨　风

䳒彼晨风①，郁彼北林②。
未见君子，忧心钦钦③。
如何如何，忘我实多！
山有苞栎④，隰有六驳⑤。
未见君子，忧心靡乐。
如何如何，忘我实多！
山有苞棣⑥，隰有树檖⑦。
未见君子，忧心如醉。
如何如何，忘我实多！

注释

① 䳒（yù）：鸟雀疾飞的样子。晨风：即鹯（zhān）鸟，属于鹞鹰一类的猛禽。

② 郁：郁郁葱葱，形容枝叶茂密。

③ 钦钦：忧思难忘的样子。

④ 苞：丛生。栎（lì）：树名。

⑤ 驳（bó）：木名。

⑥ 棣：唐棣，也叫郁李。

⑦ 树：形容檖树直立之态。檖（suì）：山梨。

简析

关于此诗主旨，《毛诗序》认为是"刺康公也"，朱熹《诗集传》则说是妇女担心外出丈夫将其遗忘和抛弃。从诗意来看，后者为宜。第一章以晨风归林起兴，引出思妇对丈夫久不归家的担忧。第二、三两章则采用民歌常用的"山有……，隰有……"句式，进一步表达"忧心靡乐""忧心如醉"的思念之情。结尾"忘我实多"四字，既明白又含蓄：我不忘君但君忘我，我不忘与君相处之种种美好，但君多半已全然忘记。既写出了一个痴情的女子，又写出了一个无情无义的负心汉！

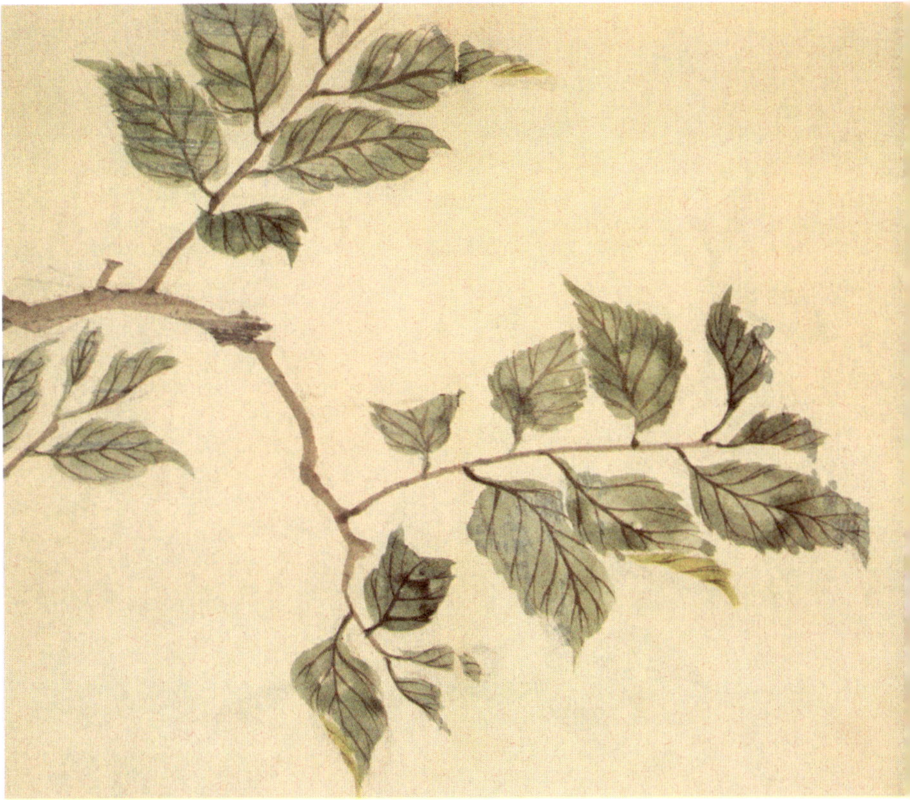

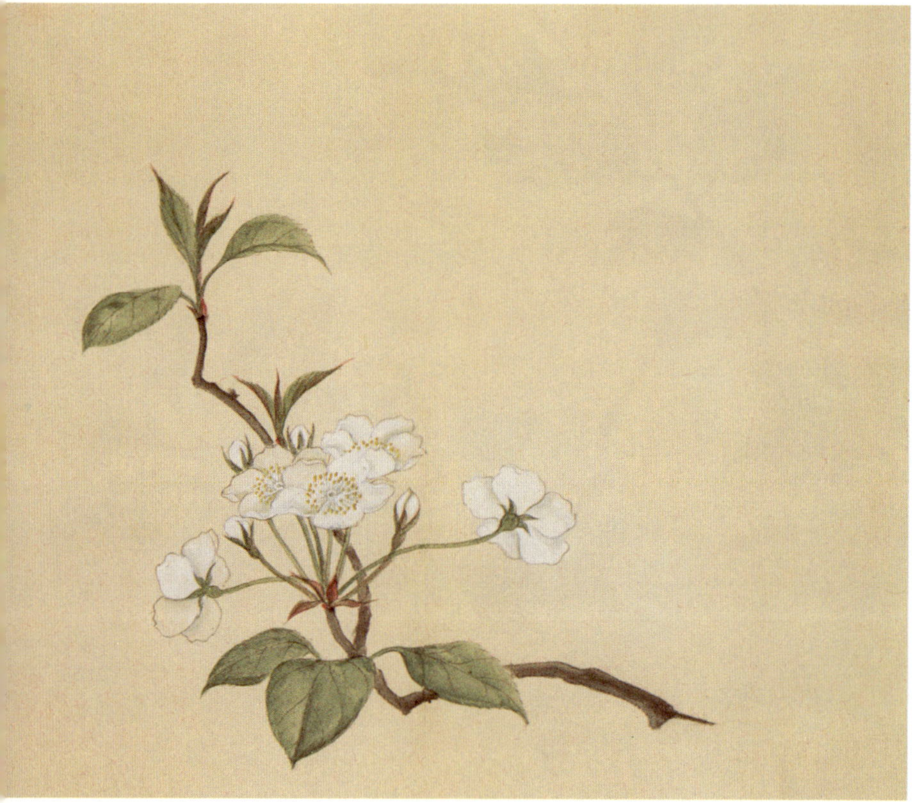

无 衣

岂曰无衣①？与子同袍②。

王于兴师③，修我戈矛④，与子同仇⑤。

岂曰无衣？与子同泽⑥。

王于兴师，修我矛戟⑦，与子偕作⑧。

岂曰无衣？与子同裳⑨。

王于兴师，修我甲兵⑩，与子偕行⑪。

注释

① 岂曰无衣：谁说没有战衣。

② 子：指战友。袍：战衣。

③ 王：指国家。于，语助词。兴师：起兵作战。

④ 戈矛：古代两种长柄的兵器。

⑤ 同仇：同仇敌忾。

⑥ 泽：内衣。

⑦ 戟：一种长柄兵器。

⑧ 偕作：一起行动。

⑨ 裳：下衣。

⑩ 甲兵：盔甲和兵器。

⑪ 偕行：亦指一起行动。

简析

　　这是一首战歌。诗歌描写了君王发出动员令,士兵积极响应,整顿军备,奔赴沙场的场景,洋溢着一种慷慨激昂的乐观主义精神。诗歌在艺术上善于营造具体情境,使人有一种如临其境之感。诗歌一开始就是地动山摇的呐喊声:秦军统帅大声发问"岂曰无衣?"底下众将士齐声大喊"与子同袍",读之令人血脉偾张。接下来就是战争由动员到准备再到出发的全景式展现,秦军军容之威武、士兵情绪之高昂,如在目前。秦地崇尚武力,故歌谣多慷慨之气,这首《无衣》可谓其中的代表。

渭 阳

我送舅氏,曰至渭阳①。
何以赠之?路车乘黄②。
我送舅氏,悠悠我思。
何以赠之?琼瑰玉佩③。

注释

① 曰:发语词。阳:水的北面。
② 路车:辂车。古代天子或诸侯贵族所乘的车。
③ 琼瑰:指玉一类美石。

简析

这是一首送别诗。关于诗歌的写作背景,《毛诗序》认为是秦康公送舅父重耳归国即位一事。从这一背景出发,诗歌首章写外甥临别赠舅父"路车乘黄"也就有了祝福之意,末章也就自然由重耳回国联想到自己母亲一心挂念的就是舅舅能顺利返晋,进而引起对母亲的"悠悠"之思。古人有比德于玉的传统,而赠玉的行为也就与首章的赠车形成了联系,表达了希望舅父能迅速回到晋国,希望舅舅能谨记秦国恩情,秦晋两国永远交好的愿望。

权 舆

於我乎[1],夏屋渠渠[2],今也每食无余。
於嗟乎,不承权舆[3]!
於我乎,每食四簋[4],今也每食不饱。
於嗟乎,不承权舆!

注释

[1] 於(wū):感叹词。
[2] 夏:大。夏屋:指大房子。渠渠:深而大。
[3] 承:继承。权舆:起初,最初。
[4] 簋(guǐ):古时一种盛食物的器皿。

简析

对于这首诗,《毛诗序》认为是讽刺秦康公待贤者有始无终之作。诗歌主要采取今昔对比的手法嗟叹今不如昔。两章结构相似又有变化,首章慨叹"食无余",而次章则变为"食不饱",写出了每况愈下的生活窘境。诗歌并没有什么复杂的内容和情感,但在重章叠咏中又自然透露出许多辛酸无奈,因此这首诗也可理解为落魄贵族的悲叹之语。

陈风

宛　丘

子之汤兮①，宛丘之上兮②。洵有情兮③，而无望兮④。
坎其击鼓⑤，宛丘之下。无冬无夏⑥，值其鹭羽⑦。
坎其击缶⑧，宛丘之道。无冬无夏，值其鹭翿。

注释

① 汤（dàng）：同"荡"，放荡。
② 宛丘：四周高中间平的土山。
③ 洵：实在是。有情：尽情地欢乐。
④ 望：德望。
⑤ 坎：击鼓声。
⑥ 无：不管。
⑦ 值：持。鹭羽：用白鹭羽毛做成的舞蹈道具。
⑧ 缶（fǒu）：瓦盆，敲击可发声。

简析

这是一首描写歌舞场景的诗，也是一首表达爱慕之情的情歌。陈地巫风很盛，常有祭祀歌舞活动。这首诗一开始就以"汤"字形象刻画出一位舞姿狂野奔放的巫女，第二、三两章则铺叙了巫女跳舞场景和时间的变化，进一步表现出巫女热爱舞蹈、活泼开朗的性格特征。而这一切的印象均来自一位默默关注的仰慕者。他的目光紧紧跟随着她，从山上到山下，从冬天到夏天，明知"洵有情兮，而无望兮"，却仍然痴心不悔。

东门之枌

东门之枌①,宛丘之栩②。

子仲之子③,婆娑其下④。

穀旦于差⑤,南方之原⑥。

不绩其麻⑦,市也婆娑⑧。

穀旦于逝⑨,越以鬷迈⑩。

视尔如荍⑪,贻我握椒⑫。

注释

① 枌(fén):树名,白榆。

② 栩(xǔ):柞树。

③ 子仲:陈国的姓氏。

④ 婆娑:舞蹈。

⑤ 穀(gǔ)旦:晴朗美好的日子。旧时常用作吉日的代称。差(chāi):选择。

⑥ 南方之原:到南边的原野去相会。

⑦ 绩:把麻搓成线。

⑧ 市:集市。

⑨ 逝:往。

⑩ 越以:语助词。鬷(zōng):会聚,聚集。迈:走或行。

⑪ 荍(qiáo):草本植物,锦葵,开紫色或粉色花。

⑫ 贻:赠送。握:一把。椒:花椒。

简析

　　这是一首情诗,反映了陈地男女聚会歌舞,自由恋爱的风俗。诗歌首章以榆栎起兴,引出子仲家善舞的姑娘,那就是小伙思慕的对象。第二、三章则转用赋法,铺叙"穀旦"佳节小伙与姑娘相约聚会的场景。整首诗充满着两情相悦的青春气息,热烈而坚定,单纯而美好。

衡 门

衡门之下①，可以栖迟②。泌之洋洋③，可以乐饥④。

岂其食鱼，必河之鲂⑤？

岂其取妻⑥。必齐之姜⑦？岂其食鱼，必河之鲤？

岂其取妻，必宋之子⑧？

注释

① 衡门：横木做成的门，指简陋的居所。

② 栖迟：居住休歇。

③ 泌：泉水名。洋洋：水流不息。

④ 乐：疗救。

⑤ 鲂（fáng）：一种鱼名。

⑥ 取：同"娶"。

⑦ 齐之姜：齐国姓姜的女子，为贵族。

⑧ 宋之子：宋国姓子的女子，为贵族。

简析

朱熹《诗集传》说这是一首表现隐士自乐而无求的诗歌。第一章写隐士居陋室而不忧，第二、三章则自述不追求甘美，乐于清贫的志向。闻一多则认为这是一首表达男欢女爱的情诗。第一章写男女衡门幽会，第二、三章写男子向女子表达非她不娶的誓言。两种理解均有道理。

东门之池

东门之池^①，可以沤麻^②。

彼美淑姬^③，可与晤歌^④。

东门之池，可以沤纻^⑤。

彼美淑姬，可与晤语。

东门之池，可以沤菅^⑥。

彼美淑姬，可与晤言。

注释

① 池：护城河。

② 沤：用水长时间浸泡。纺麻之前要先用水将其泡一段时间使其变软。

③ 姬：对女子的美称。

④ 晤歌：用歌声交流，互相唱和。

⑤ 纻：苎麻。多年生草本植物，茎皮含纤维质，可做绳，织布。

⑥ 菅（jiān）：菅草。一种多年生草本植物，叶细长，可做绳索。

简析

　　这是一首情诗。诗歌以重章叠句的形式反复吟唱对心仪女子的爱慕之情。沤麻（纻、菅）是一项较为烦琐而辛苦的劳动，但对于处在爱情相思中的青年男女而言，却是充满欢乐的。只要能与对方接近交流，再累的事也瞬间变成振奋精神的良药。正是在劳动的过程中，爱情也在萌芽、酝酿、成长！

东门之杨

东门之杨，其叶牂牂①。
昏以为期②，明星煌煌③。
东门之杨，其叶肺肺④。
昏以为期，明星晢晢⑤。

注释

① 牂（zāng）牂：茂盛貌。
② 昏：指黄昏。期：约定。
③ 明星：启明星。煌煌：明亮。
④ 肺（pèi）肺：同"牂牂"。
⑤ 晢（zhé）晢：同"煌煌"。

简析

　　这是一首表达等待之苦的情诗。诗歌共两章,每章语意基本相同。一对青年男女约好黄昏时在东门相会。一方已经到了,可另一方却迟迟未至。星星逐渐布满了夜空。我们不知主人公的等待结果如何,但在"明星煌煌(皙皙)"的夜色下,一种忐忑、焦灼、无奈的情绪正在逐渐蔓延。王国维云:"一切景语,皆情语也。"(《人间词话删稿》)信然!

墓 门

墓门有棘①,斧以斯之②。

夫也不良,国人知之。

知而不已,谁昔然矣③。

墓门有梅④,有鸮萃止⑤。

夫也不良,歌以讯之⑥。

讯予不顾,颠倒思予⑦。

注释

① 墓:墓道的门。棘:枣树。

② 斯:劈,用斧头劈开。

③ 谁昔:往昔,从前。然:这样。

④ 梅:梅树,一说梅即"棘"。"梅"古文作"楳",与棘形近。

⑤ 鸮(xiāo):古指猫头鹰。萃:聚集。止:语助词。

⑥ 讯:劝诫。

⑦ 颠倒:跌倒。

简析

这是一首讽刺诗,讽刺的对象难以确指。诗歌首章以墓门前的酸枣树起兴,直斥"不良"之人怙恶不悛,不知悔改。次章以恶鸟栖集起兴,对"不良"之人发出警告:再不听从劝诫必将大难临头。全诗情感直率,态度鲜明,表达出老百姓对那些为恶者的痛恨,具有很强的感染力。

防有鹊巢

防有鹊巢①，邛有旨苕②。
谁侜予美③？心焉忉忉④。
中唐有甓⑤，邛有旨鹝⑥。
谁侜予美？心焉惕惕⑦。

注释

① 防：堤岸或堤坝。

② 邛（qióng）：土丘。旨：美，好。苕（tiáo）：苕草，长于低湿处。

③ 侜（zhōu）：欺诳。予美：我所爱的人。

④ 忉（dāo）忉：忧愁的样子。

⑤ 中唐：庙和朝堂门内的大路。甓（pì）：砖瓦。

⑥ 鹝（yì）：绶草。

⑦ 惕惕：心中忧虑的样子。

简析

这是一首情诗。诗歌首先以"防有鹊巢"等不可能发生的现象来喻指他人的言语实为谎言，紧接着以"谁侜予美"直抒心中的愤怒、焦灼之情，是有竞争者的加入还是有居心叵测者的挑拨尚不可知，但"予美"二字所传达出的爱情信念坚定有力，容不得心上人受半点侵扰的心理尤为真实。正所谓爱之深，忧之也多！

月 出

月出皎兮①,佼人僚兮②。舒窈纠兮③,劳心悄兮④。

月出皓兮⑤,佼人懰兮⑥。舒忧受兮⑦,劳心慅兮⑧。

月出照兮,佼人燎兮⑨。舒夭绍兮⑩,劳心惨兮⑪。

注释

① 皎:明亮。

② 佼(jiāo)人:美人。僚:美好的样子。

③ 舒:从容。窈纠(jiǎo):女子行步舒缓之态。

④ 劳:忧。悄:忧愁的样子。

⑤ 皓:洁白。

⑥ 懰(liǔ):姣好的样子。

⑦ 忧受:舒迟的样子。

⑧ 慅(cǎo):忧愁的样子。

⑨ 燎:美好。

⑩ 夭绍:女子体态柔美之态。

⑪ 惨:忧愁烦躁。

简析

这是一首情诗。诗人以月起兴,引出对佳人美好容颜、窈窕身姿的无限遐想,陷入了不可自拔的相思之中。在艺术上以月喻人,景与情谐,营造了一种清冷而又迷离的意境,再加上每句均以"兮"字结尾,更将怀人之情表达得迂徐婉转,一唱三叹。

株 林

胡为乎株林①？从夏南②！匪适株林，从夏南！
驾我乘马③，说于株野④。乘我乘驹⑤，朝食于株⑥！

注释

① 胡为：为什么。株：古代陈国邑名。林：郊野。
② 从：跟。夏南：即夏姬之子夏徵舒（字子南）。
③ 乘（shèng）马：四匹马。
④ 说（shuì）：同"税"，停车解马。株野：株邑的郊野。
⑤ 乘（chéng）我乘（shèng）驹：驹，身高五尺以上、六尺以下的马称"驹"，大夫所乘。身高六尺以上才可称"马"，诸侯国君所乘。诗中"乘马"之人是指陈灵公，"乘驹"者指陈灵公的大臣孔宁和仪行父。
⑥ 朝食：吃早饭。

简析

这是一首讽刺诗。诗中的夏南为陈国大夫。陈灵公及其大臣孔宁、仪行父与夏南母夏姬私通，此诗即为讽陈灵公而作。诗歌首章一开始就是一问一答，在"从夏南"的两次重复回答中，揭示了陈灵公以见夏南为借口私会夏姬的丑陋嘴脸。末章描写陈灵公君臣到达株林的迫切心情。"朝食"二字语带双关，将讽刺的主旨表达得含蓄而又犀利。

泽 陂

彼泽之陂[1],有蒲与荷。

有美一人,伤如之何[2]。

寤寐无为[3],涕泗滂沱[4]。

彼泽之陂,有蒲与蕳[5]。

有美一人,硕大且卷[6]。

寤寐无为,中心悁悁[7]。

彼泽之陂,有蒲菡萏[8]。

有美一人,硕大且俨[9]。

寤寐无为,辗转伏枕。

注释

[1] 陂(bēi):水边的坡地。

[2] 伤:因思念而忧伤。一说女子自称,我。

[3] 寤寐:醒着和睡着。

[4] 涕:眼泪。泗:鼻涕。滂沱:形容泪涕俱下,哭得厉害。

[5] 蕳(jiān):兰草。

[6] 硕大:高大。卷(quán):美好貌。

[7] 中心:心中。悁悁:心中忧愁的样子。

[8] 菡萏:荷花。

[9] 俨:庄重,端庄。

简析

　　这是一首情诗。诗歌以池塘中的蒲、荷起兴,反复吟唱意中人俊俏的容貌、健美的身姿和端庄娴雅的品格,表达了对"有美一人"的倾慕之情。也许这份相思并没有得到回应,但也正因为如此,相思之不安、之伤心、之辗转难眠也就显得特别真实。

桧风

羔 裘

羔裘逍遥①,狐裘以朝②。

岂不尔思③?劳心忉忉。

羔裘翱翔,狐裘在堂。

岂不尔思?我心忧伤。

羔裘如膏④,日出有曜⑤。

岂不尔思?中心是悼⑥。

注释

① 逍遥:游逛。

② 朝:帝王上朝。

③ 尔:你,指桧国国君。

④ 膏:油脂。

⑤ 曜:发光。

⑥ 悼:哀伤。

简析

这是一首政治抒情诗。《毛诗序》认为此诗是"大夫以道去其君也"之作。桧国国小,国君却耽于享乐不思进取,大臣为之忧心忡忡。心忧国事而又无能为力,想要离开君王却又割舍不下。诗歌共三章,反复吟唱了这种复杂情感,传递出了强烈的忧患之思。

素 冠

庶见素冠兮①，棘人栾栾兮②，劳心慱慱兮③。

庶见素衣兮，我心伤悲兮，聊与子同归兮。

庶见素韠兮④。我心蕴结兮⑤，聊与子如一兮。

注释

① 庶：有幸。
② 棘：瘦。栾栾：瘦弱貌。
③ 慱（tuán）慱：忧苦不安的样子。
④ 韠（bì）：朝服的蔽膝。
⑤ 蕴结：心中有郁结，无从排解。

简析

这首诗的主题有丧葬、悼亡、贤臣遭斥等不同说法，而理解的关键就在"素冠"与"棘人"二词上。周室规定丧服为白色，而棘人又有居丧者之意，故此诗更多表达的是对居丧者的同情与劝解。从诗意来看，作者与居丧者可能是一对恋人。第一章写对身着素衣的居丧者憔悴不堪的怜惜之意，第二、三章则以"与子同归""与子如一"进一步表示对居丧者悲伤之情感同身受，愿意与其一起分担。三章情感层层递进，而形式上的重章叠句和每句结尾的"兮"字又使得情感的表达回环往复，意味深长。

隰有苌楚

隰有苌楚①，猗傩其枝②。

夭之沃沃③，乐子之无知④。

隰有苌楚，猗傩其华。

夭之沃沃，乐子之无家。

隰有苌楚，猗傩其实。

夭之沃沃，乐子之无室。

注释

① 苌楚：猕猴桃。
② 猗傩（ē nuó）：枝条柔美之态。
③ 夭：肥嫩的样子。沃沃：有光泽。
④ 乐：羡慕。子：文中指代猕猴桃。无知：指没有知觉。

简析

这首诗的意思并不复杂，诗人羡慕苌楚的无忧无虑，无婚配的烦恼、无家室的拖累，反复吟唱了人不如草木的情感。为什么会有这种情绪？也许是伤国事之危，无法保全自身；也许是苦徭役之重，人不堪其苦，看法见仁见智。但不管是什么原因，在重章叠咏中，主人公心中忧思之深，现实处境之艰难还是比较容易感受到的。

匪　风

匪风发兮①，匪车偈兮②。

顾瞻周道③，中心怛兮④。

匪风飘兮，匪车嘌兮⑤。

顾瞻周道，中心吊兮⑥。

谁能亨鱼⑦？溉之釜鬵⑧。

谁将西归？怀之好音。

注释

① 匪:同"彼"。发:犹"发发",刮风的声音。

② 偈(jié):疾驰的样子。

③ 周道:指大道。

④ 怛(dá):痛苦,悲伤。

⑤ 嘌(piāo):疾速貌。

⑥ 吊:悲伤。

⑦ 亨:同"烹"。

⑧ 溉:洗。一说给予。釜:古时做饭用的锅。鬵(xín):指釜一类的大锅。

简析

这是一首游子思乡诗。诗歌共三章,基本都是先写景再抒情的结构。第一、二章写诗人坐在车上,感受着车的疾驰和耳边急风猎猎,眼看着身后大路不断远去,心中充满悲伤之情。第三章转写思乡之情无法排遣,想要借助还乡之人传递平安的消息,但这一希望在"谁能""谁将"的疑问中逐渐显得渺茫,唯有将之托于"匪风"了!

曹风

蜉　蝣

蜉蝣之羽①，衣裳楚楚②。
心之忧矣，於我归处③？
蜉蝣之翼，采采衣服④。
心之忧矣，於我归息？
蜉蝣掘阅⑤，麻衣如雪。
心之忧矣，於我归说⑥？

注释

① 蜉蝣（fú yóu）：一种寿命很短的虫。
② 楚楚：整洁鲜明的样子。
③ 於：通"乌"，哪里。归处：归依之处。
④ 采采：华丽鲜明的样子。
⑤ 掘阅：挖地而出。阅：通"穴"。
⑥ 说（shuì）：通"税"，止息，歇息。

简析

　　这首诗的主旨是感慨人生短暂。诗歌共三章，均以蜉蝣起兴，兴中有比。诗人反复咏叹蜉蝣美丽的翅膀，借以表达出浓重的对死亡的忧思。人的一生恰如这蜉蝣，美丽而又短暂，转瞬即逝。诗歌的情感谈不上积极，却是人人皆会有的，乃自然之情！

候 人

彼候人兮①,何戈与祋②。

彼其之子③,三百赤芾④。

维鹈在梁⑤,不濡其翼。

彼其之子,不称其服⑥。

维鹈在梁,不濡其咮⑦。

彼其之子,不遂其媾⑧。

荟兮蔚兮⑨,南山朝隮⑩。

婉兮娈兮,季女斯饥⑪。

注释

① 候人:整治道理、迎送宾客的小官。

② 何:同"荷",扛。祋(duì):古时一种兵器。

③ 彼其之子:那些人。

④ 赤芾(fú):大夫以上所穿的官服。

⑤ 鹈(tí):鹈鹕。梁:鱼梁。

⑥ 称:相配。

⑦ 咮(zhòu):鸟嘴。

⑧ 遂:如愿。媾:宠爱。

⑨ 荟、蔚:云雾弥漫。一说草木茂盛。

⑩ 朝隮(jī):早晨的云或云霞。

⑪ 季女:年轻女子或少女。

简析

　　这是一首讽刺诗。诗歌一开始就是鲜明的对比,一边是扛着兵器在路上执勤的小官,一边是身穿赤芾的显贵。作者没有明言写作意图,但褒贬之意已清晰可见。因此第二、三章转用比、兴手法,以鹈鹕捕鱼站在高高的堤坝上,翅膀、嘴巴都不会弄湿,比喻显贵们才位不配,无德而尊。第四章再以景物起兴,最后以一个少女的忍饥挨饿收结全诗,与那些不劳而获的"鹈鹕"们再次形成鲜明对比,有力地批判了小人当道的社会现实。

鸤鸠

鸤鸠在桑①,其子七兮。

淑人君子②,其仪一兮③。

其仪一兮,心如结兮④。

鸤鸠在桑,其子在梅。

淑人君子,其带伊丝⑤。

其带伊丝,其弁伊骐⑥。

鸤鸠在桑,其子在棘。

淑人君子,其仪不忒⑦。

其仪不忒,正是四国⑧。

鸤鸠在桑,其子在榛⑨。

淑人君子,正是国人,

正是国人,胡不万年?

注释

① 鸤鸠:布谷鸟。

② 淑人:善人。

③ 仪:外表,举动。

④ 心如结:比喻用心专一。

⑤ 其带伊丝:以丝绸等编织而成的束带系在腰间。

带:缠在腰间的带子。伊:语助词。

⑥ 弁（biàn）：皮帽。骐（qí）：骐文的，即棋盘格子纹的。

⑦ 忒（tè）：差错。

⑧ 正：榜样，法则。四国：泛指各国。

⑨ 榛（zhēn）：落叶灌木。

简析

这是一首赞美诗。诗歌共四章，均以鸤鸠起兴，兴中有比。第一章赞美君子的仪表堂堂，威严庄重，第二章赞君子衣着得体，雍容华贵，第三、四两章转为赞美君子的内在品质，称其品行端正可以成为国人乃至他国的榜样，祝愿其享寿万年。艺术上赋、比、兴兼用，以比、兴为主，又多有变化，如首章以布谷鸟对待孩子公平无私比喻君子用心专一，后三章则以小布谷鸟之活泼好动反衬君子言行如一，均很好地达到了赞颂的目的。

下　泉

冽彼下泉[1]，浸彼苞稂[2]。忾我寤叹[3]，念彼周京[4]。
冽彼下泉，浸彼苞萧[5]。忾我寤叹，念彼京周。
冽彼下泉，浸彼苞蓍[6]。忾我寤叹，念彼京师。
芃芃黍苗[7]，阴雨膏之[8]。四国有王[9]，郇伯劳之[10]。

注释

① 冽：寒冷。下泉：地底涌出的泉水。

② 苞：丛生。稂（láng）：狗尾巴草。一说长穗而不饱实的禾。

③ 忾（kài）：叹息。

④ 周京：镐京，周朝的都城，下文"京周""京师"同义。

⑤ 萧：艾蒿。

⑥ 蓍（shī）：蓍草。

⑦ 芃（péng）芃：茂盛苗壮的样子。

⑧ 膏：滋润，润泽。

⑨ 四国有王：四方诸侯国有周天子。

⑩ 郇（xún）伯：郇侯。劳：慰劳。

简析

诗歌主旨有"思明王贤伯""伤周衰""美晋大夫荀跞"等说法。从诗歌结构来看，前三章以冷泉浸没野草起兴，兴中有比，暗喻当时的时局衰乱，引发诗人对周王朝强盛时的怀念，抚今追昔，伤感不已。末章则转入对周王朝强盛时期的描写，诗人以黍苗苗壮乃是有雨水滋润比喻周朝强盛是因为天子圣明、群臣用心。诗歌至此戛然而止，但其主旨已明，正在于曹国内乱，国人思明王贤伯也。

豳风

七 月

七月流火①,九月授衣②。

一之日觱发③,二之日栗烈④。

无衣无褐⑤,何以卒岁⑥?

三之日于耜⑦,四之日举趾⑧。

同我妇子,馌彼南亩⑨,田畯至喜⑩。

七月流火,九月授衣。

春日载阳⑪,有鸣仓庚⑫。

女执懿筐⑬，遵彼微行⑭，爰求柔桑⑮。

春日迟迟，采蘩祁祁⑯。

女心伤悲，殆及公子同归。

七月流火，八月萑苇⑰。

蚕月条桑⑱，取彼斧斨⑲。

以伐远扬⑳，猗彼女桑㉑。

七月鸣鵙㉒，八月载绩㉓。

载玄载黄，我朱孔阳㉔，为公子裳。

四月秀葽㉕，五月鸣蜩㉖。

八月其获㉗,十月陨萚㉘。

一之日于貉,取彼狐狸,为公子裘。

二之日其同㉙,载缵武功㉚。

言私其豵㉛,献豜于公㉜。

五月斯螽动股㉝,六月莎鸡振羽㉞。

七月在野,八月在宇,九月在户,十月蟋蟀入我床下。

穹窒熏鼠㉟,塞向墐户㊱,嗟我妇子,曰为改岁㊲,入此室处。

六月食郁及薁㊳,七月亨葵及菽㊴。

八月剥枣[40],十月获稻。

为此春酒,以介眉寿[41]。

七月食瓜,八月断壶[42]。

九月叔苴[43],采荼薪樗[44],食我农夫。

九月筑场圃,十月纳禾稼。

黍稷重穋[45],禾麻菽麦。

嗟我农夫,我稼既同,上入执宫功[46]。

昼尔于茅[47],宵尔索绹[48]。

亟其乘屋[49],其始播百谷。

二之日凿冰冲冲⁵⁰，三之日纳于凌阴⁵¹。

四之日其蚤⁵²，献羔祭韭。

九月肃霜⁵³，十月涤场⁵⁴。

朋酒斯飨⁵⁵，曰杀羔羊。

跻彼公堂⁵⁶，称彼兕觥⁵⁷，万寿无疆。

注释

① 七月流火:每年夏历七月开始,"火星"从正南方逐渐偏西向下,故称之为"流火"。流:落下。

② 授衣:让妇女缝制冬衣。一说官府发放寒衣。

③ 一之日:夏历十一月,周历正月。以下类推。觱(bì)发:风吹物发出声音。

④ 栗烈:形容严寒。

⑤ 褐(hè):粗布衣服。

⑥ 卒岁:终岁,指渡过年关。

⑦ 于耜（sì）：修理农具。

⑧ 举趾：下地耕种。

⑨ 馌（yè）：到田里去送饭。南亩：南边的田地。

⑩ 田畯（jùn）：田官。喜：高兴。

⑪ 载阳：天气开始和暖。

⑫ 仓庚：黄鹂。

⑬ 懿筐：大而深的竹筐。

⑭ 遵：沿着。微行：小路。

⑮ 爰：语助词。

⑯ 蘩：白蒿。祁祁：很多的样子。

⑰ 萑（huán）苇：两种芦类植物。

⑱ 蚕月：养蚕的季节，即夏历三月。条：修剪。

⑲ 斧斨（qiāng）：装柄处为圆孔的叫斧，方孔的叫斨。

⑳ 远扬：又长又高的桑树枝条。

㉑ 猗（yī）：牵引，拉。女桑：嫩桑。

㉒ 鵙（jú）：伯劳鸟。

㉓ 绩：织麻布。

㉔ 朱：深红色。孔阳：色彩极艳。

㉕ 秀：草木结籽。葽（yāo）：草名，俗称远志。

㉖ 蜩（tiáo）：蝉。

㉗ 获：收割庄稼。

㉘ 陨：落下。萚（tuò）：草木脱落的皮、叶。

㉙ 同：会合，指打猎前的集合。

㉚ 缵（zuǎn）：继续。武功：指打猎。

㉛ 豵（zōng）：一岁的野猪，泛指小兽。

㉜ 豜（jiān）：三岁的野猪，泛指大的野兽。

㉝ 斯螽（zhōng）：蚱蜢。动股：蚱蜢以两股相切发声。这里指鸣叫。

㉞ 莎鸡：昆虫名，俗称纺织娘。振羽：振动翅膀发出声音。

㉟ 穹：穷尽。窒（zhì）：堵塞。穹窒：指把屋内的空隙完全堵塞。

㊱ 向：朝北的窗户。墐（jìn）：用泥涂塞。

㊲ 曰：语助词。改岁：辞旧迎新。

㊳ 郁：植物名，果实像李子。薁（yù）：植物名，果实大如桂圆。一说野葡萄。

㊴ 亨：烹煮。葵：蔬菜名。菽（shū）：豆类的总称。这里指豆叶。

㊵ 剥（pū）：通"扑"，打。

㊶ 介：祈求，求取。眉寿：长寿。

㊷ 壶：同"瓠"，葫芦。

㊸ 叔：拾起。苴（jū）：秋麻籽，可食。

㊹ 荼（tú）：苦菜。薪樗（chū）：砍伐樗树为薪。

㊺ 重（tóng）：即"穜"，晚熟的作物。穋（lù）：早熟的作物。

㊻ 上：同"尚"。宫功：修建宫室。

㊼ 于茅：割取茅草。

㊽ 索綯（táo）：搓绳子。

㊾ 亟：急忙。乘屋：盖屋，修理房屋。

㊿ 冲冲：用力凿冰的声音。

(51) 凌阴：古代指冰窖。

(52) 蚤：通“早”。

(53) 肃霜：降霜。

(54) 涤场：打扫场地。

(55) 朋酒：两壶酒。斯：语助词。飨（xiǎng）：宴享。

(56) 跻（jī）：登上。公堂：村民聚集之所。

(57) 称：举起。兕觥（sì gōng）：形状如牛角的酒器。

简析

这是一首农事诗,也是一首叙事抒情并重的现实主义诗歌。全诗八章,前七章从凛冬将至、老百姓无衣御寒开始写起,依次展现了春耕、蚕桑、制衣、捕猎、修房、秋收等辛勤的劳作过程,末章则以年终农闲时节村人聚会宴饮收结。诗歌以赋的手法细致展现了农民一年到头的劳动生活,涉及日常生活的方方面面,既表现了农民生活的艰辛与欢乐,也表达了对统治阶级不劳而获、盘剥人民的愤怒。艺术上以赋体为主,在表现人民生活时常以对比手法揭露人民艰难生活的根源。语言质朴,词汇丰富,极富表现力。

鸱 鸮

鸱鸮鸱鸮①,既取我子,无毁我室。

恩斯勤斯②,鬻子之闵斯③。

迨天之未阴雨,彻彼桑土④,绸缪牖户⑤。

今女下民⑥,或敢侮予。

予手拮据⑦,予所捋荼⑧,予所蓄租⑨,

予口卒瘏⑩,曰予未有室家。

予羽谯谯⑪,予尾翛翛⑫,

予室翘翘⑬,风雨所漂摇,予维音哓哓⑭。

注释

① 鸱鸮(chī xiāo):猫头鹰一类的鸟。

② 恩:同"殷",尽心。斯:语助词。

③ 鬻(yù):同"育",养育。闵:忧虑。一说累病。

④ 彻:通"撤",撤去。一说寻取。桑土:指桑树根。

⑤ 绸缪(móu):紧密缠缚。

⑥ 女:同"汝"。下民:下面的人。

⑦ 拮据:鸟衔草筑巢,鸟足劳累。

⑧ 捋(luō):用手握住条状物顺着勒取。荼(tú):苦菜。

⑨ 蓄:收藏。租:通"苴",指茅草。

⑩ 卒瘏(cuì tú):因劳累而生病。卒,通"悴"。

⑪ 谯(qiáo)谯:羽毛干枯稀疏。

⑫ 翛（xiāo）翛：羽毛枯焦无光泽。

⑬ 翘翘：高而危险的样子。

⑭ 哓（xiāo）哓：吵嚷，叫声。

简析

　　此诗可分成三个部分。第一章为第一部分，描写母鸟遭遇鸱鸮洗劫巢穴后的悲鸣呼号。第二章为第二部分，写母鸟趁着天晴，急急忙忙修补鸟巢。第三、四章为第三部分，母鸟修补完巢穴，已是筋骨俱疲，满身伤痛。然而更可怕的风雨到来了，空中只传来阵阵惊恐的"哓哓"之声。鸱鸮的欺凌弱小，风雨的无情摧残，母鸟的不幸遭遇与坚强求生的顽强，都使这首诗歌具有了寓言诗的特质，它所反映的又何尝不是当时处在底层的劳动人民的真实生活！这种借鸟写人的手法对后世寓言作品产生了深远影响。

东 山

我徂东山①，慆慆不归②。

我来自东，零雨其濛。

我东曰归，我心西悲。

制彼裳衣，勿士行枚③。

蜎蜎者蠋④，烝在桑野⑤。

敦彼独宿⑥，亦在车下。

我徂东山，慆慆不归。

我来自东，零雨其濛。

果臝之实⑦，亦施于宇⑧。

伊威在室⑨，蠨蛸在户⑩。

町畽鹿场⑪，熠耀宵行⑫。

不可畏也，伊可怀也。

我徂东山，慆慆不归。

我来自东，零雨其濛。

鹳鸣于垤⑬，妇叹于室。

洒扫穹窒，我征聿至⑭。

有敦瓜苦⑮，烝在栗薪⑯。

自我不见，于今三年。

我徂东山,慆慆不归。

我来自东,零雨其濛。

仓庚于飞,熠耀其羽。

之子于归,皇驳其马[17]。

亲结其缡[18],九十其仪[19]。

其新孔嘉[20],其旧如之何[21]?

注释

① 东山:在今山东境内,周公讨伐奄国的驻地。

② 慆(tāo)慆:长久的样子。

③ 士:同"事"。行枚:行军时为防止发出声音在口中衔竹棍。

④ 蜎(yuān)蜎:幼虫蠕动的样子。蠋(zhú):一种野蚕。

⑤ 烝(zhēng):久。

⑥ 敦:蜷缩成团。彼:指士兵。

⑦ 果臝(luǒ):葫芦科植物。

⑧ 施(yì):蔓延。

⑨ 伊威:土鳖虫。

⑩ 蟏蛸(xiāo shāo):一种长脚蜘蛛。

⑪ 町疃(tīng tuǎn):田舍旁空地。一说兽迹。

⑫ 熠耀:光明的样子。宵行:磷火。一说萤火虫。

⑬ 垤(dié):小土丘。

⑭ 我征:征人。聿:语助词。

⑮ 瓜苦：瓜瓠，葫芦。古代习俗在婚礼上剖葫芦成两张瓢，夫妇各执一瓢盛酒漱口。

⑯ 栗薪：栗树枝搭的瓜架。这两句以葫芦被剖成两半长久地搁置在瓜架上喻指夫妻分离日久。

⑰ 皇驳：毛色淡黄叫皇，淡红叫驳。

⑱ 亲结其缡（lí）：女方母亲给女儿系上佩巾。结缡代指成婚。

⑲ 九十：极言其多。

⑳ 新：新妇。孔嘉：很美。

㉑ 旧：与上句"新"相对，久别。

简析

　　这是一首征人还乡途中的思乡之作。全诗共四章，可分为两个部分。第一、二章为第一部分，主要写战事结束后战士还乡的喜悦及一路餐风宿露的辛苦。第三、四章为第二部分，集中表达对妻子的思念之情，对即将到来的重逢充满忐忑与兴奋。艺术上，全诗每章前四句完全一样，以哀景写乐情，定下归乡情怯的情感基调；后八句则极尽描摹之能事，展现了回乡途中的所见所闻、所思所想，可谓情貌无遗，以少总多。

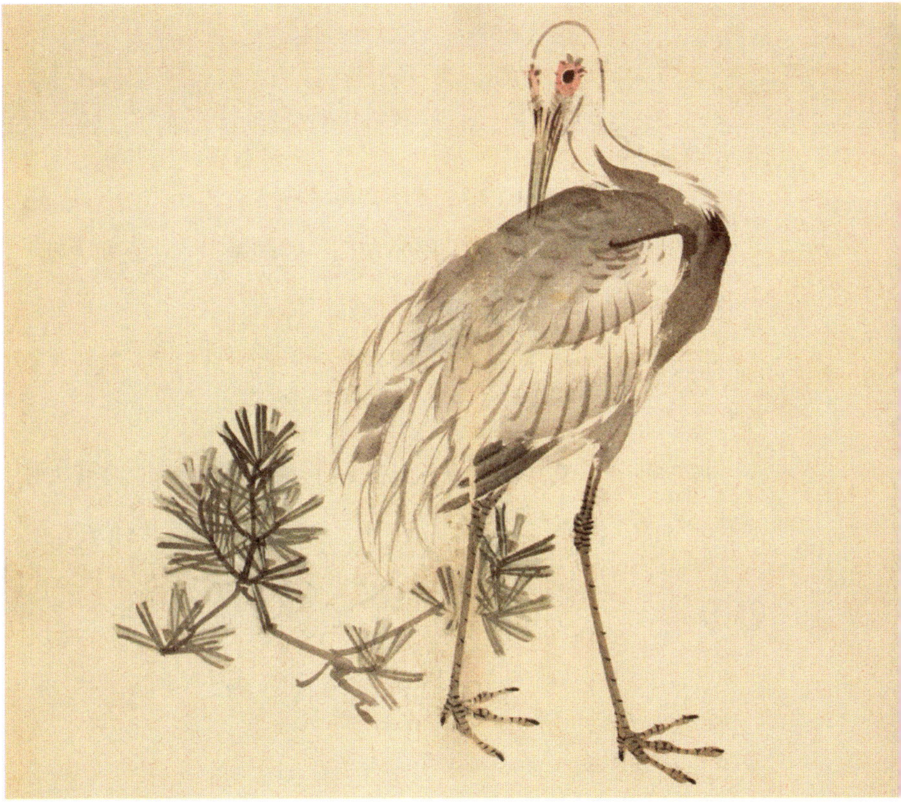

破 斧

既破我斧，又缺我斨。周公东征，四国是皇①。哀我人斯②，亦孔之将③。

既破我斧，又缺我锜④。周公东征，四国是吪⑤。哀我人斯，亦孔之嘉。

既破我斧，又缺我銶⑥。周公东征，四国是遒⑦。哀我人斯，亦孔之休⑧。

注释

① 四国是皇：商、管、蔡、霍四国得到安定。皇：匡正。
② 哀：哀怜，爱护。
③ 将：大，好。
④ 锜（qí）：一种凿木工具。一说兵器名。
⑤ 吪（é）：感化，教化。
⑥ 銶（qiú）：斧属。一说凿子之类。
⑦ 遒（qiú）：安定，坚固。
⑧ 休：完美。

简析

这是一首赞美诗，表达了对周公的赞美之情。诗歌每章六句，每两句组成一个部分。"斧、斨、锜、銶"均是劳动工具，它们受到破坏也就意味着人民生活陷入困苦之中。故诗歌每章前两句写人民之困；第三、四句写周公平定四国之功，"皇、吪、遒"三字形象反映出四国人民生活的变化；第五、六两句则直抒对周公的赞美之情，刻画出周公伟大、完美的形象。

伐 柯

伐柯如何①？匪斧不克②。
取妻如何？匪媒不得。
伐柯伐柯，其则不远③。
我觏之子④，笾豆有践⑤。

注释

① 柯：斧子的柄。
② 匪：同"非"。克：能。
③ 则：法则，准则。
④ 觏（gòu）：遇见。
⑤ 笾（biān）：竹制的盛果物的器具。豆：形状像高脚盆的盛物器皿。践：排列整齐的样子。

简析

诗歌共两章，首章以伐柯起兴，兴中有比。诗人将夫妻关系比喻为斧与斧柄的关系，提出男女结婚需要有媒人的撮合，征得双方父母的同意。末章仍以伐柯作喻，斧子需要找到合适的斧柄，就像娶妻也需要考虑新娘适不适合，对此诗人提出了"笾豆有践"的标准，即能够有条不紊地处理好家中祭祀宴享事宜。可见，在当时的思想观念中，媒妁与女子善于持家已经成了择偶的基本准则，同时也反映了当时的聘娶婚制度。

九 罭

九罭之鱼[①],鳟鲂[②]。

我觏之子,衮衣绣裳[③]。

鸿飞遵渚[④],公归无所,於女信处[⑤]。

鸿飞遵陆[⑥],公归不复,於女信宿[⑦]。

是以有衮衣兮[⑧],无以我公归兮[⑨],无使我心悲兮!

注释

① 九罭（yù）：捕小鱼的密眼网。九，虚数，指网眼很多。

② 鳟鲂：两种鱼，肉皆鲜美。

③ 衮（gǔn）：古时礼服，一般为君主或高级官员所穿。

④ 遵，沿着。渚，沙洲。

⑤ 女（rǔ）：同"汝"，你。信：住宿两夜。处：住宿。

⑥ 陆：水边的陆地。

⑦ 信宿：同"信处"。

⑧ 是以：因此。有：持有，留下。

⑨ 无以：勿以，不要让。

简析

这首诗的主旨是表达主人殷勤待客、留客之情。诗歌共四章，第一章写主人用密眼网捕鱼而专取味道鲜美的鳟鱼、鲂鱼，表达了对贵客的殷勤招待之意。第二、三章以叠咏的形式反复表达留客之情。第四章写留客的举动，主人将客人的礼服偷偷藏起来，进一步表达了留客的决心。结句"无使我心悲兮"点出一系列行为的原因所在，将留别之情推至顶峰。此诗《毛诗序》《诗集传》均认为是美周公之作，可备一说。

狼跋

狼跋其胡①，载疐其尾②。

公孙硕肤③，赤舄几几④。

狼疐其尾，载跋其胡。

公孙硕肤，德音不瑕⑤。

注释

① 跋：踩。胡：古代指兽类颈下垂肉。

② 载：则。疐（zhì）：同"踬"，跌倒。一说脚踩。

③ 公孙：诸侯的子孙。硕肤：大腹便便。

④ 舄（xì）：鞋的通称。几几：色彩鲜明。一说安详稳重的样子。

⑤ 瑕：瑕疵，过失。

简析

  闻一多认为此诗是妻子对其体胖但性情和顺的丈夫的戏谑之词。从诗意来看，诗歌首章以狼的跋前疐后、进退两难的窘态起兴，比拟"公孙"大腹便便而又穿着一双色彩鲜明的红鞋子的滑稽之态，确有一种戏谑之意。末章写法类似，但却以"德音不瑕"的赞美之词收结，也隐有戏谑之后赶紧劝慰之意，故可理解为夫妻之间的玩笑之作。旧说则一般认为是美周公之作，将"几几"解释为安详稳重，以狼的困窘反衬周公的安然稳重、德业无瑕，亦通。

雅

诗经

珍藏版

陈毓文 注析

哈尔滨出版社
HARBIN PUBLISHING HOUSE

图书在版编目（CIP）数据

诗经．雅/陈毓文注析．－－哈尔滨：哈尔滨出版社，2024.6
　　ISBN 978-7-5484-7744-0

Ⅰ．①诗…Ⅱ．①陈…Ⅲ．①《诗经》Ⅳ．①I222.2

中国国家版本馆CIP数据核字（2024）第089757号

书　　名：诗经．雅
SHIJING. YA

作　　者：陈毓文　注析
责任编辑：赵宏佳　孙　迪
封面设计：周　飞
内文排版：周　飞

出版发行：哈尔滨出版社（Harbin Publishing House）
社　　址：哈尔滨市香坊区泰山路82-9号　　邮编：150090
经　　销：全国新华书店
印　　刷：三河市龙大印装有限公司
网　　址：www.hrbcbs.com
E-mail：hrbcbs@yeah.net
编辑版权热线：（0451）87900271　87900272
销售热线：（0451）87900202　87900203

开　　本：880mm×1230mm　1/32　印张：24　字数：650千字
版　　次：2024年6月第1版
印　　次：2024年6月第1次印刷
书　　号：ISBN 978-7-5484-7744-0
定　　价：148.00元（全三册）

凡购本社图书发现印装错误，请与本社印制部联系调换。
服务热线：（0451）87900279

目录

小雅·鹿鸣之什

鹿　鸣 / 298

四　牡 / 302

皇皇者华 / 304

常　棣 / 306

伐　木 / 308

天　保 / 310

采　薇 / 312

出　车 / 316

杕　杜 / 320

鱼　丽 / 322

小雅·南有嘉鱼之什

南有嘉鱼 / 326

南山有臺 / 328

蓼　萧 / 332

湛　露 / 334

彤　弓 / 337

菁菁者莪 / 339

六　月 / 341

采　芑 / 345

车　攻 / 348

吉　日 / 350

小雅·鸿雁之什

鸿　雁 / 354

庭　燎 / 356

沔　水 / 357

鹤　鸣 / 359

祈　父 / 361

白　驹 / 362

黄　鸟 / 364

我行其野 / 366

斯　干 / 370

无　羊 / 375

目录 | 001

小雅·节南山之什

节南山 / 378

正 月 / 381

十月之交 / 387

雨无正 / 391

小 旻 / 394

小 宛 / 397

小 弁 / 400

巧 言 / 404

何人斯 / 407

巷 伯 / 410

小雅·谷风之什

谷 风 / 414

蓼 莪 / 416

大 东 / 418

四 月 / 422

北 山 / 425

无将大车 / 427

小 明 / 428

鼓 钟 / 431

楚 茨 / 433

信南山 / 437

小雅·甫田之什

甫 田 / 440

大 田 / 442

瞻彼洛矣 / 445

裳裳者华 / 446

桑 扈 / 448

鸳 鸯 / 450

頍 弁 / 452

车 舝 / 454

青 蝇 / 456

宾之初筵 / 457

小雅·鱼藻之什

鱼 藻 / 462

采 菽 / 463

角 弓 / 466

菀 柳 / 468

都人士 / 470

采 绿 / 472

黍 苗 / 474

隰 桑 / 476

白　华　/ 477

绵　蛮　/ 479

瓠　叶　/ 480

渐渐之石 / 481

苕之华　/ 483

何草不黄 / 484

大雅·文王之什

文　王　/ 486

大　明　/ 489

绵　　　/ 493

棫　朴　/ 497

旱　麓　/ 499

思　齐　/ 502

皇　矣　/ 504

灵　台　/ 511

下　武　/ 514

文王有声 / 516

大雅·生民之什

生　民　/ 520

行　苇　/ 525

既　醉　/ 528

凫　鹥　/ 530

假　乐　/ 534

公　刘　/ 536

泂　酌　/ 539

卷　阿　/ 540

民　劳　/ 543

板　　　/ 545

大雅·荡之什

荡　　　/ 550

抑　　　/ 553

桑　柔　/ 559

云　汉　/ 565

崧　高　/ 569

烝　民　/ 572

韩　奕　/ 575

江　汉　/ 581

常　武　/ 584

瞻　卬　/ 587

召　旻　/ 591

小雅·鹿鸣之什

鹿 鸣

呦呦鹿鸣①,食野之苹②。
我有嘉宾,鼓瑟吹笙。
吹笙鼓簧③,承筐是将④。
人之好我⑤,示我周行⑥。
呦呦鹿鸣,食野之蒿。
我有嘉宾,德音孔昭⑦。

视民不恌⁸,君子是则是效⁹。

我有旨酒ⁱ⁰,嘉宾式燕以敖ⁱⁱ。

呦呦鹿鸣,食野之芩ⁱ²。

我有嘉宾,鼓瑟鼓琴。

鼓瑟鼓琴,和乐且湛ⁱ³。

我有旨酒,以燕乐嘉宾之心。

注释

① 呦（yōu）呦：鹿的和鸣声。

② 苹：草名。

③ 簧：乐器中用以发声的薄片，此处指乐器。

④ 承：双手捧着。将：送，献上。

⑤ 好：关爱。

⑥ 周行：大路，大道。一说大道理。

⑦ 德音：指美德。孔：很，十分。昭：鲜明。

⑧ 视：同"示"，昭示。佻（tiāo）：同"佻"，轻浮。

⑨ 则：榜样，做动词。效：模仿。

⑩ 旨酒：美酒。

⑪ 式：语助词。燕：同"宴"。敖：同"遨"。

⑫ 芩（qín）：草名，一种蒿类植物。

⑬ 湛（dān）：快乐。

简析

这是一首宴会诗。按当时礼仪，宴会开始时乐工演奏三首音乐，然后主人献礼、致辞。诗歌首章基本是按这个过程展开。呦呦鹿鸣昭示着宴会的开始，然后是鼓瑟吹笙的欢乐场面，结之以"人之好我，示我周行"表达对来宾的欢迎和谦逊客气的态度。二三两章则以重章叠句的形式反复渲染宴饮的欢乐场面。朱熹《诗集传》云此诗原为君王宴请群臣时所唱，则诗中主人的献礼与致辞又有利用非正式场合与群臣沟通交流，希望臣子能安心工作的意味。

小雅·鹿鸣之什 | 301

四 牡

四牡骓骓①,周道倭迟②。岂不怀归?

王事靡盬③,我心伤悲。

四牡骓骓,啴啴骆马④。岂不怀归?

王事靡盬,不遑启处⑤。

翩翩者鵻⑥,载飞载下,集于苞栩⑦。

王事靡盬,不遑将父⑧。

翩翩者鵻,载飞载止,集于苞杞⑨。

王事靡盬,不遑将母。

驾彼四骆,载骤骎骎⑩。岂不怀归?

是用作歌,将母来谂⑪。

注释

① 四牡:四匹雄马。骓(fēi)骓:行走不停的样子。

② 周道:指大路。倭迟(wēi chí):迂回历远的样子。

③ 靡:无。盬(gǔ):止息。

④ 啴(tān)啴:喘息的样子。骆:黑鬃的白马。

⑤ 启:"危坐",跪。处:"安坐"。

⑥ 鵻(zhuī):古书上指鹁鸪。

⑦ 苞:茂密。栩(xǔ):柞树。

⑧ 将:奉养。

⑨ 杞:枸杞树。

⑩ 骎(qīn)骎:马跑得很快的样子。

⑪ 谂(shěn):想念。

简析

  这是一首行役诗。诗歌首章以四马疾驰起兴，暗喻自己勤于王事，然而大路迂回漫长，王事无穷无尽与不得归乡奉养父母产生了巨大的矛盾，"我心伤悲"的情感由此贯穿全诗。二三四章反复陈说自己不得休息，不能赡养父母的伤悲之情。末章揭示诗歌主旨：思念父母。全诗以赋的手法铺叙内心的矛盾与不能归乡的心情，又巧妙运用比喻手法，以疲惫疾驰的马儿比喻自己奔波劳累，以鸟儿自由翔集反比自己不得自由的困境。同时雏鸟又有孝鸟之称，这就使诗旨更隐含不得奉养父母的愧疚之情。

皇皇者华

皇皇者华①,于彼原隰②。

駪駪征夫③,每怀靡及④。

我马维驹,六辔如濡⑤。

载驰载驱⑥,周爰咨诹⑦。

我马维骐⑧,六辔如丝⑨。

载驰载驱,周爰咨谋⑩。

我马维骆⑪,六辔沃若⑫。

载驰载驱,周爰咨度⑬。

我马维骃⑭,六辔既均⑮。

载驰载驱,周爰咨询⑯。

注释

①皇皇:同"煌煌",明亮辉耀的样子。华:花。

②原隰(xí):平原与洼地。

③駪(shēn)駪:众多的样子。征夫:行人,外交使臣及其属从。

④靡及:不及。

⑤濡:有光泽的样子。

⑥载:语助词。

⑦周:遍,全面。爰:于。诹:多人商议。

⑧骐：青黑色的马。

⑨如丝：有丝的光泽和韧度。

⑩谋：商议。

⑪骆：黑鬃的白马。

⑫沃若：有光泽的样子。

⑬度：斟酌，揣量。

⑭骃：杂色的马。

⑮均：协调，均匀。

⑯询：探究，询问。

简析

此诗主旨，《左氏春秋》云："《皇皇者华》，君教使臣曰：'每怀靡及，诹、谋、度、询，必咨于周。'"而郑玄《毛诗传笺》认为是："言臣出使能扬君之美，延其誉于四方，则为不辱命也。"从诗意来看，主人公应该是一名使臣，这从诗中出现的众多的马匹和"周爱咨诹"的行为可以获知。首章以皇皇者华起兴，引出了使臣出访的紧张旅程。后面四章意思基本一样，以使臣自述的口吻，反复吟唱出访途中的情况和广询博访，为国求贤的的行为，进一步丰富了"每怀靡及"、尽忠王事的使臣形象，也有力地表现了出使之臣扬君之美，不辱使命的主题。

常 棣

常棣之华①，鄂不韡韡②。凡今之人，莫如兄弟。
死丧之威③，兄弟孔怀④。原隰裒矣⑤，兄弟求矣。
脊令在原⑥，兄弟急难。每有良朋，况也永叹⑦。
兄弟阋于墙⑧，外御其务⑨。每有良朋，烝也无戎⑩。
丧乱既平，既安且宁。虽有兄弟，不如友生⑪。
傧尔笾豆⑫，饮酒之饫⑬。兄弟既具，和乐且孺⑭。
妻子好合，如鼓瑟琴。兄弟既翕⑮，和乐且湛⑯。
宜尔室家，乐尔妻帑⑰。是究是图⑱，亶其然乎⑲。

注释

① 常棣（dì）：亦作棠棣、唐棣，即郁李。
② 鄂不：同"萼柎"，花萼。韡（wěi）韡：花色鲜明之态。
③ 威：畏惧，可怕。
④ 孔：很，非常。怀：关怀，关心。
⑤ 裒（póu）：聚集。
⑥ 脊令（jí líng）：同"鹡鸰"，水鸟名。
⑦ 况：更加。永叹：长叹。
⑧ 阋（xì）：争吵。
⑨ 务：同"侮"。
⑩ 烝：众。戎：帮助。
⑪ 生：语助词。
⑫ 傧（bīn）：陈列，摆。
⑬ 饫（yù）：饱食。
⑭ 孺：亲近。

⑮ 翕（xī）：聚和。
⑯ 湛（dān）：快乐。
⑰ 妻帑（nú）：妻子和儿女。
⑱ 究：思虑。图：考虑。
⑲ 亶（dǎn）：诚然，确实。

简析

　　此诗颂兄弟之情。《毛诗序》云："《常棣》，燕兄弟也。闵管、蔡之失道，故作《常棣》。"诗歌八章，首章以常棣之花相拥依偎的盛放起兴，兼比兄弟之情，引出"莫如兄弟"的诗歌主旨。接下来三章选取死丧、急难、外侮三个非常状态下兄弟的表现，对"莫如兄弟"的主旨进行强调。第五章写正常生活中兄弟反不如朋友经常往来的现实，从另一方面表达兄弟往往在你最需要的时候出现这样一个道理，再次强调了兄弟之情。最后三章写家庭聚会宴饮的场面，歌颂了兄弟团聚、夫妻和谐的理想家庭模式，从而得出了重视亲情，家和万事兴的结论。全诗以赋为主，叙议结合，诗意层层递进，洵为歌颂兄弟友情的名篇。

伐 木

伐木丁丁①,鸟鸣嘤嘤②。出自幽谷,迁于乔木。嘤其鸣矣,求其友声③。相彼鸟矣④,犹求友声。矧伊人矣⑤,不求友生?神之听之⑥,终和且平。

伐木许许⑦,酾酒有藇⑧。既有肥羜⑨,以速诸父⑩。宁适不来⑪,微我弗顾⑫。於粲洒扫⑬,陈馈八簋⑭。既有肥牡⑮,以速诸舅⑯。宁适不来,微我有咎⑰。

伐木于阪,酾酒有衍⑱。笾豆有践⑲,兄弟无远。民之失德⑳,干糇以愆㉑。有酒湑我㉒,无酒酤我㉓。坎坎鼓我㉔,蹲蹲舞我㉕。迨我暇矣㉖,饮此湑矣。

注释

① 丁(zhēng)丁:伐木的声音。
② 嘤嘤:鸟叫声。
③ 求其友声:发出求友的声音。
④ 相:审视,端详。
⑤ 矧(shěn):何况。伊人:这个人。
⑥ 听之:听到此事。
⑦ 许(hǔ)许:伐木时共同用力的呼声。
⑧ 酾(shī):过滤。藇(xù):(酒)甘美。
⑨ 羜(zhù):小羊羔。
⑩ 速:邀请。诸父:古代天子对同姓诸侯、诸侯对同姓大夫,皆尊称为"父"或"诸父"。

⑪ 宁：宁可。适：往，指去邀请诸父。

⑫ 微：非。弗顾：不顾念。

⑬ 於（wū）：发语词。粲：鲜明，鲜洁。

⑭ 陈：陈列。馈（kuì）：食物。簋（guǐ）：盛放食物用的圆形器皿。

⑮ 牡：雄性牲畜，公羊。

⑯ 诸舅：古代天子对异姓诸侯、诸侯对异姓大夫，皆尊称为"舅"或"诸舅"。

⑰ 咎：过错。

⑱ 衍：满溢的样子。

⑲ 笾（biān）豆：盛放食物用的两种器皿。践：陈列。

⑳ 民：人。失德：失去美德。

㉑ 干糇（hóu）：干粮。愆（qiān）：过错。

㉒ 湑（xǔ）：滤酒。

㉓ 酤（gū）：买酒。

㉔ 坎坎鼓我：即"我鼓坎坎"。坎坎：击鼓声。

㉕ 蹲蹲：跳舞的样子。

㉖ 迨（dài）：等待。

简析

这是一首宴享诗。《毛诗序》云："《伐木》，燕朋友故旧也。至天子至于庶人，未有不须友以成者。亲亲以睦，友贤不弃，不遗故旧，则民德归厚矣。"诗歌首章以伐木声起兴，写鸟儿被伐木声惊动，呼朋唤友迁移到乔木之上。诗人由此发出感慨："矧伊人矣，不求友生？"，由此确立了"求友生"的主旨。二三章写准备办宴席邀请诸父、诸舅、兄弟等人前来参加，众人欢聚，其乐融融。主人的求友之迫切，待客之热情在诗中得到了较为细致的展现。这种以宴饮来消除隔阂、增进友谊的方法也是春秋战国时期邦交的重要手段，具有鲜明的时代特点。

天 保

天保定尔，亦孔之固①。俾尔单厚②，何福不除③？俾尔多益，以莫不庶④。

天保定尔，俾尔戬穀⑤。罄无不宜⑥，受天百禄。降尔遐福，维日不足⑦。

天保定尔，以莫不兴⑧。如山如阜，如冈如陵，如川之方至⑨，以莫不增。

吉蠲为饎⑩，是用孝享⑪。禴祠烝尝⑫，于公先王⑬。君曰卜尔⑭，万寿无疆。

神之吊矣⑮，诒尔多福⑯。民之质矣⑰，日用饮食。群黎百姓，遍为尔德⑱。

如月之恒⑲，如日之升。如南山之寿，不骞不崩⑳。如松柏之茂，无不尔或承㉑。

注释

① 孔：很。固：稳固。
② 俾（bǐ）：使。尔：你，即周宣王。单厚：敦厚。
③ 除：给予，赐予。
④ 庶：富庶，众多。
⑤ 戬（jiǎn）穀：福禄，吉祥。
⑥ 罄：尽，所有一切。

⑦ 维日不足:唯恐日日享福也享受不完。维:唯恐。

⑧ 以莫不兴:没有什么不兴盛。

⑨ 川之方至:河水涨潮。

⑩ 吉:吉利的日子。蠲(juān):沐浴清洁。饎(chì):酒食。

⑪ 是用:用此。孝享:献祭。

⑫ 禴(yuè)祠烝尝:四季祭祀为春祠、夏禴、秋尝、冬烝。

⑬ 于公先王:献祭于先公先王。

⑭ 君:祭祀中扮演先王的神尸。卜:赐予,给予。

⑮ 神:先王的神灵。吊:降临。

⑯ 诒(yí):赠与,给予。

⑰ 质:质朴。

⑱ 遍:普遍。为:感化。

⑲ 恒(gèng):"緪"的假借,弦,上弦月。

⑳ 骞(qiān):亏损。崩:毁坏。

⑳ 或承:是承。承:继承。

简析

这是一首臣子为君王祈愿和祝福的祝颂诗。全诗六章,前三章均以"天保定尔"起句,祈愿上苍降赐福禄给君主。上天赐予君主"如山如阜,如冈如陵,如川之方至"的福禄,国家就会日渐富庶兴旺。第四章写祭祀先公先王,祈愿先公先王祝福君主。第五章由敬天敬神转为保民。君主只有了解民情,保障民众的日用饮食,才能得到百姓的爱戴拥护。第六章总结全诗,祈愿君主敬奉天命、安民养民,使周王朝事业蒸蒸日上,江山永固。诗歌在艺术上的特色主要表现为博喻的运用,九个"如"字化抽象为具象,对祝贺福寿连绵,事业兴旺的表达极为形象生动,"天保九如"四字遂成后世祝寿的吉祥语。

采 薇

采薇采薇①,薇亦作止②。
曰归曰归,岁亦莫止③。
靡室靡家,狁之故④。
不遑启居⑤,狁之故。

采薇采薇，薇亦柔止⑥。

曰归曰归，心亦忧止。

忧心烈烈，载饥载渴。

我戍未定，靡使归聘⑦。

采薇采薇，薇亦刚止⑧。

曰归曰归，岁亦阳止⑨。

王事靡盬⑩，不遑启处。

忧心孔疚，我行不来。

彼尔维何⑪？维常之华⑫。

彼路斯何⑬？君子之车。

戎车既驾，四牡业业⑭。

岂敢定居？一月三捷⑮。

驾彼四牡，四牡骙骙⑯。

君子所依，小人所腓⑰。

四牡翼翼⑱，象弭鱼服⑲。

岂不日戒？猃狁孔棘⑳。

昔我往矣，杨柳依依㉑。

今我来思，雨雪霏霏㉒。

行道迟迟，载渴载饥。

我心伤悲，莫知我哀！

注释

① 薇：野豌豆。

② 亦：语助词。作：野豌豆苗刚冒出地面。止：语助词。

③ 莫：同"暮"，傍晚。

④ 狁犹（xiǎn yǔn）：我国古代北方少数民族，秦汉时称"匈奴"。

⑤ 遑：空闲。启居：休息。

⑥ 柔：嫩，野豌豆苗长出了嫩叶。

⑦ 聘：问候，探问。

⑧ 刚：坚硬。

⑨ 阳：农历十月。

⑩ 盬（gǔ）：止息。

⑪ 尔：通"薾"，花茂盛鲜艳。

⑫ 常：植物名，棠棣。

⑬ 路：通"辂"，大车。

⑭ 业业：高大雄壮的样子。

⑮ 捷：交战，作战。

⑯ 骙（kuí）骙：马强壮的样子。

⑰ 小人：士兵。腓（féi）：隐蔽，掩护。

⑱ 翼翼：整齐有序的样子。

⑲ 象弭（mǐ）：以象牙装饰弓端的弭。弭：弓的一种。鱼服：鱼皮箭袋。

⑳ 棘：危急。

㉑ 依依：形容树枝柔弱，随风摇摆。

㉒ 霏霏：（雨、雪）纷飞。

简析

　　这是一首战士返乡诗。全诗六章可分三个部分。前三章为第一部分。诗人以采薇起兴，以野豌豆苗从出生到成长的过程来比戍边时间的漫长，表达战士不能回乡的痛苦之情。这份痛苦与战士戍边抵御猃狁侵略的神圣使命发生冲突，构成了第一部分"我心孔疚"的抒情主题。四五章为第二部分。战士追忆在边疆的紧张战斗生活："一月三捷""岂不日戒"。这两章写军容威武，士气高昂，一改前面的悲苦，转而表现战士们的报国情怀，也从另一方面进一步解释了不能回家的缘由。末章从回忆回转到归途。战争结束了，战士们终于可以归乡，但不是带着荣耀和喜悦回乡，而是充满着"载饥载渴""我心伤悲"的疲惫与困苦，令人恍悟原来诗旨不单单是表达思乡与报国之情，更多在于反映战争给老百姓带来的巨大痛苦，是当时人民反战情绪的强烈表达。这首诗末章前四句描写征人归途中的心情体验历来为人称颂，其写景抒情之妙恰如王夫之《姜斋诗话》卷一所云"'昔我往矣，杨柳依依；今我来思，雨雪霏霏。'以乐景写哀，以哀景写乐，一倍增其哀乐。"

出 车

我出我车，于彼牧矣①。自天子所，谓我来矣②。召彼仆夫，谓之载矣。王事多难，维其棘矣③。

我出我车，于彼郊矣。设此旐矣④，建彼旄矣⑤。彼旟旐斯⑥，胡不旆旆⑦？忧心悄悄⑧，仆夫况瘁⑨。

王命南仲，往城于方⑩。出车彭彭⑪，旂旐央央⑫。天子命我，城彼朔方。赫赫南仲⑬，狁于襄⑭。

昔我往矣，黍稷方华⑮。今我来思⑯，雨雪载涂⑰。王事多难，不遑启居⑱。岂不怀归？畏此简书⑲。

喓喓草虫⑳，趯趯阜螽㉑。未见君子㉒，忧心忡忡。既见君子，我心则降㉓。赫赫南仲，薄伐西戎㉔。

春日迟迟，卉木萋萋。仓庚喈喈㉕，采蘩祁祁㉖。执讯获丑㉗，薄言还归㉘。赫赫南仲，狁于夷㉙。

注释

① 牧：远郊。

② 谓：相当于"命"或"使"。

③ 棘：急。

④ 设：立，树立。旐（zhào）：绘有龟蛇图案的旗子。

⑤ 建：树立，竖起。旄（máo）：装饰牦牛尾的旗子。

⑥ 旟（yú）：绘有鹰隼图案的旗子。

⑦ 旆（pèi）旆：飞扬的样子。

⑧ 悄悄：忧愁的样子。

⑨ 瘁：劳累憔悴。

小雅·鹿鸣之什

⑩ 方:地名,即朔方。

⑪ 彭彭:形容车马众多。

⑫ 旂(qí):绘有龙图案的旗帜,带铃。央央:鲜明的样子。

⑬ 赫赫:威仪显赫之貌。

⑭ 襄:即"攘",解除、驱逐。

⑮ 方:正值。华:开花,诗中指黍稷抽穗。

⑯ 思:语助词。

⑰ 雨雪:下雪。涂:即"途"。

⑱ 遑：空闲。启居：安坐休息。

⑲ 简书：周王传令出征的文书。

⑳ 喓（yāo）喓：昆虫的叫声。

㉑ 趯（tì）趯：蹦蹦跳跳。阜螽（zhōng）：指蚱蜢。

㉒ 君子：指南仲等出征之人。

㉓ 我：作者设想的在家之人。降：安宁。

㉔ 薄：借为"搏"，打击。西戎：我国古代北方的少数民族。

㉕ 喈（jiē）喈：鸟叫之声。

㉖ 蘩：白蒿。祁祁：众多的样子。

㉗ 执讯：捉住审讯。获丑：俘虏。

㉘ 薄：急。还：同"旋"，凯旋。

㉙ 夷：扫平。

简析

这是一首战争诗。诗歌截取了战争开始和结束两幅画面，展现了一场规模大、历时久的战争场景，歌颂了以南仲将军为代表的爱国将士的报国壮志，也表达了远征士卒对家中亲人的思念之情。全诗六章，前三章以铺叙为主，通过场面描写和细节刻画渲染军威，传达出必胜的信念。后三章写大胜班师回朝的场景，通过今昔的对比表达对家人的思念，引出胜利的喜悦和对南仲大将军卓越军事能力的赞美之情。

杕　杜

有杕之杜①，有睆其实②。

王事靡盬③，继嗣我日④。

日月阳止⑤，女心伤止，征夫遑止⑥！

有杕之杜，其叶萋萋。

王事靡盬，我心伤悲。

卉木萋止，女心悲止，征夫归止！

陟彼北山⑦，言采其杞⑧。

王事靡盬，忧我父母⑨。

檀车幝幝⑩，四牡痯痯⑪，征夫不远！

匪载匪来⑫，忧心孔疚⑬。

期逝不至⑭，而多为恤⑮。

卜筮偕止⑯，会言近止⑰，征夫迩止⑱！

注释

① 有：语助词。杕（dì）：树木特立独出的样子。杜：落叶乔木，棠梨树。

② 睆（huǎn）：浑圆。

③ 靡：没有。

④ 继嗣：继续，延长。日：这里指服役的日子。

⑤ 阳：农历十月。止：句尾语气词。

⑥ 遑：匆忙不定的样子。

⑦ 陟（zhì）：登上。

⑧ 言：语助词。杞：枸杞。

⑨ 忧：使父母忧虑。一说忧父母无人供养。

⑩ 檀车：檀木做的役车。一说车轮用檀木做的役车。幝（chǎn）幝：破旧的样子。

⑪ 痯（guǎn）痯：疲劳的样子。

⑫ 匪载匪来：载着你的车还没到来。第一个匪为语助词。

⑬ 孔：很，大。疚（jiù）：病痛。

⑭ 期：约期。逝：过去。

⑮ 恤（xù）：忧虑。

⑯ 卜：古人以龟甲占卜吉凶。筮（shì）：古人以蓍草占卜吉凶。偕：合。

⑰ 会言：都说。一说相聚。

⑱ 迩：近。

简析

诗歌前两章以棠梨树从结果到再次葱绿暗示征夫离家时间之长，引出思妇设想丈夫忙于王事不能归家的情景，抒发内心思念忧愁之情。后两章先写思妇登山远望，揣想丈夫行役之车已经破旧，马儿也已疲惫，丈夫应该已经在回家路上了。末章承前写思妇等待落空，但又寄希望于卜筮预示的丈夫归期已近，给自己一些心灵的慰藉。全诗以赋为主，兼用比兴，在抒写思妇的思夫之情时多用对面写法，写足了彼此的思念之苦。

小雅·鹿鸣之什

鱼 丽

鱼丽于罶①,鲿鲨②。

君子有酒,旨且多。

鱼丽于罶,鲂鳢③。

君子有酒,多且旨。

鱼丽于罶,鰋鲤④。

君子有酒,旨且有。

物其多矣⑤,维其嘉矣⑥!

物其旨矣,维其偕矣⑦!

物其有矣,维其时矣⑧!

注释

① 丽(lí):同"罹",遭遇。罶(liǔ):一种竹制的捕鱼工具。

② 鲿(cháng):黄颊鱼。鲨:又名鮀,能吹沙的小鱼。

③ 鲂鳢(fáng lǐ):鳊鱼和黑鱼。

④ 鰋(yǎn):鲇鱼。

⑤ 多:指应有尽有。

⑥ 维其:正因为如此。嘉:好。

⑦ 偕:指品种齐全。

⑧ 时:适时。一说及时。

简析

　　这是一首宴飨诗。诗歌前三章反复咏唱鱼的味美和酒的美味。作者列举了众多的鱼类,以此显示宴席上菜肴的丰富,表现主人待客的精心准备;不断强调酒的多而且味美,以此来显示主人待客的热情和酒席上觥筹交错的欢乐气氛。在先民心中,鱼是人类的恩主,酒是丰年的象征。鱼与酒就自然成为酒宴欢庆的赞美对象。这三章采取四二四三的错落句式,便于重唱、和唱。后三章则以整齐的四言句式将前三章的主旨进行阐发。物阜年丰,自然要尽情享受,在"物其多矣""物其旨矣""物其有矣"的齐唱中,主客尽欢。也因此朱熹称此诗为燕飨上下通用之乐。

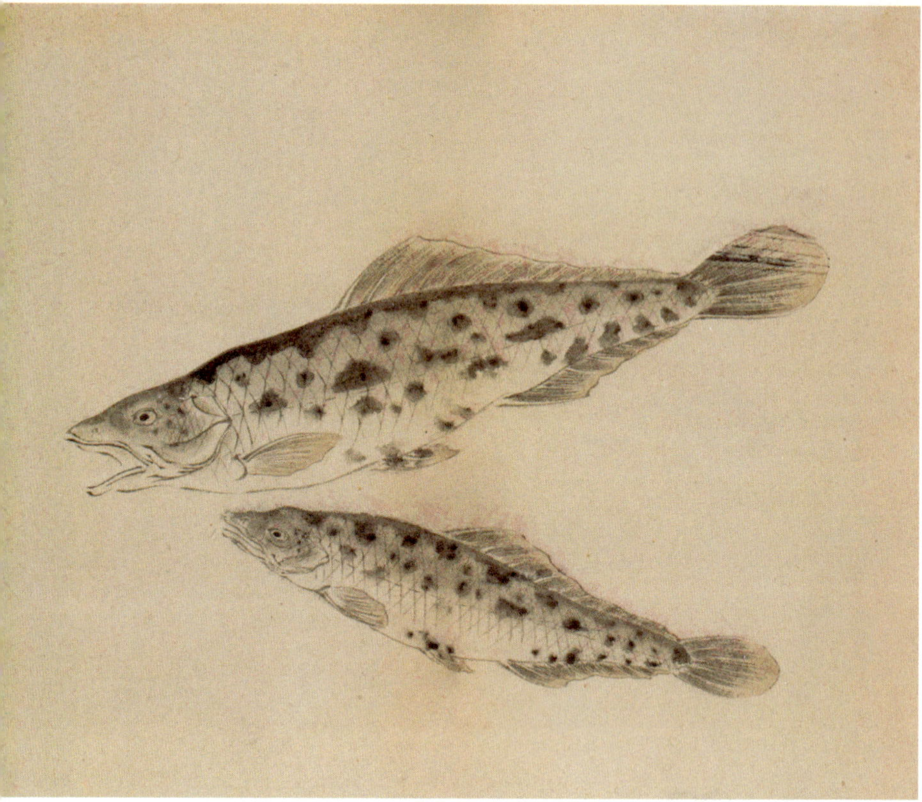

小雅·南有嘉鱼之什

南有嘉鱼

南有嘉鱼,烝然罩罩①。

君子有酒,嘉宾式燕以乐②。

南有嘉鱼,烝然汕汕③。

君子有酒,嘉宾式燕以衎④。

南有樛木⑤,甘瓠累之⑥。

君子有酒,嘉宾式燕绥之⑦。

翩翩者鵻⑧,烝然来思⑨。

君子有酒,嘉宾式燕又思⑩。

注释

① 烝(zhēng):众多。罩罩:鱼游来游去的样子。

② 式:语助词。燕:同"宴"。以:而。

③ 汕汕:鱼游水的样子。

④ 衎(kàn):快乐。

⑤ 樛(jiū):弯曲的树木。

⑥ 瓠(hù):葫芦。

⑦ 绥(suí):安好。

⑧ 鵻(zhuī):鸟名,鹁鸪。

⑨ 思:句尾助词。

⑩ 又:通"侑",劝酒。

简析

　　这是一首宴飨诗。诗歌通过描写宴会上主客尽欢的场景，表达了彼此之间亲密无间的友情。诗歌在艺术上主要有两个特点：一是善用比喻。前两章以水中鱼儿尽情欢游起兴，同时有以之比喻主客之间如鱼得水的亲密关系。第三章再用树与瓠瓜藤蔓缠绕进一步比喻主客友情。二是视野多变，诗歌由水中鱼写到山中木再写到空中鸟，视线由下而上，由近到远，体现了早期诗歌的布局结构艺术。

南山有臺

南山有臺①，北山有莱②。

乐只君子③，邦家之基。

乐只君子，万寿无期！

南山有桑，北山有杨。

乐只君子，邦家之光。

乐只君子，万寿无疆！

南山有杞④，北山有李。

乐只君子,民之父母。

乐只君子,德音不已⑤!

南山有栲⑥,北山有杻⑦。

乐只君子,遐不眉寿⑧。

乐只君子,德音是茂⑨!

南山有枸⑩,北山有楰⑪。

乐只君子,遐不黄耇⑫。

乐只君子,保艾尔后⑬!

注释

① 臺：同"薹"，植物名，蓑衣草。

② 莱：植物名，藜草。

③ 只：语助词。

④ 杞（qǐ）：枸杞。

⑤ 德音：好名声。

⑥ 栲：树名，山樗树。

⑦ 杻（niǔ）：树名，檍树。

⑧ 遐不眉寿：何不祝君子长寿？遐：何。眉寿：高寿。

⑨ 茂：美盛。

⑩ 枸（jǔ）：树名，枳椇树。

⑪ 梗（yú）：树名，鼠梓树。
⑫ 黄耇（gǒu）：长寿。黄：老年人白发后转黄。耇：年老。
⑬ 保艾：养育，保养。后：子孙后代。

简析

这是一首宴飨诗，诗旨有"乐得贤"（《毛诗序》）、"颂天子"（姚际恒《诗经通论》）、"祝宾客"（方玉润《诗经原始》）等多种说法。从诗意来看，主要以对来宾的赞颂为主。诗歌五章，结构写法基本一致，都是先以山上的树木起兴，引出对君子也就是来宾的颂赞之情，先赞颂君子不凡的功业，美好的德行，再到祝其长寿，福及后代。形式上重章叠句，内容上层层递进，情感上节节拔高，很好地展现了热闹欢乐的酒宴场面。按朱熹所说，此诗亦是宴飨通用之乐。

蓼 萧

蓼彼萧斯①，零露湑兮②。

既见君子，我心写兮③。

燕笑语兮④，是以有誉处兮⑤。

蓼彼萧斯，零露瀼瀼⑥。

既见君子，为龙为光⑦。

其德不爽⑧，寿考不忘。

蓼彼萧斯，零露泥泥⑨。

既见君子，孔燕岂弟⑩。

宜兄宜弟，令德寿岂⑪。

蓼彼萧斯，零露浓浓。

既见君子，鞗革冲冲⑫。

和鸾雍雍⑬，万福攸同⑭。

注释

① 蓼（lù）：长而大的样子。萧：植物名，艾蒿。

② 零：滴落。湑（xǔ）：露水。

③ 写（xiè）：舒畅。

④ 燕：同"宴"，宴饮。

⑤ 是以：因此。誉：通"豫"。处，安。

⑥ 瀼（ráng）瀼：露水很多的样子。

⑦ 为龙为光：为被天子恩宠而荣幸。龙，古"宠"字。

⑧ 爽：差。

⑨ 泥泥：露水很重的样子。

⑩ 孔燕：十分安乐，舒适。岂弟（kǎi tì）：即"恺悌"，和乐平易。

⑪ 令德：美德。岂：快乐。

⑫ 鞗（tiáo）革：马络头的下垂装饰。冲冲：饰物下垂的样子。

⑬ 和鸾：系在车轼及衡木上的铜铃分别称为"和""銮"。鸾，借为"銮"。雍雍：铜铃鸣声。

⑭ 攸：所。同：聚合。

简析

这是一首颂赞诗，或谓"宴远国之君"（《毛诗序》），或谓"宴诸侯之诗"（朱熹《诗集传》），或谓"诸侯颂美天子"（吴闿生《诗义会通》）。诗歌四章，均以艾蒿上的露水起兴，亦有君王恩泽之喻。首章写臣下见到君王时由惶恐到舒畅的心情变化，昭显出君王的温暖和煦。二章写臣下蒙受君王恩渥，倾吐敬颂之情。三章写君王待臣下如兄弟，臣下视君王为父兄。二三章从两个角度来表达对君王的赞颂之情，进一步表现出君王与臣下的深厚情谊。末章以君王离去时车马铜铃的和鸣声收结，展现出群臣恭敬相送、齐祝君王万寿无疆的场面，将宴享气氛推至高潮。因此从诗意来看，此诗主旨以颂赞君王为宜。

湛 露

湛湛露斯①,匪阳不晞②。

厌厌夜饮③,不醉无归。

湛湛露斯,在彼丰草。

厌厌夜饮,在宗载考④。

湛湛露斯,在彼杞棘⑤。

显允君子⑥,莫不令德⑦。

其桐其椅⑧,其实离离⑨。

岂弟君子,莫不令仪⑩。

注释

① 湛湛:露水浓重的样子。斯:语气词。

② 匪:同"非"。晞(xī):干。

③ 厌厌:安静的样子。

④ 在宗载考:在宗庙的宴礼上。宗:宗庙。载:语助词。考:完成,这里指宴饮之礼。

⑤ 杞棘:枸杞树和酸枣树。

⑥ 显允:光明而诚信。

⑦ 令:善,美。

⑧ 桐:梧桐树。椅(yī):树名,山桐子树。

⑨ 离离:犹"累累",果实多而下垂的样子。

⑩ 仪:仪容,风范。

简析

　　这是一首宴饮诗。"《湛露》，天子燕（宴）诸侯也。"（《毛诗序》）诗歌首章以露水起兴，引出君王的劝酒词：在这宁静的夜晚，希望来宾无醉不归。二章点出君王设宴之地在宗庙之中，以表示对来宾的尊重。这两章写宴礼开始，君王劝来宾畅饮，莫负良宵。三四章则转写来宾，先赞来宾个个德高望重，磊落光明，再赞来宾虽奉君命开怀畅饮，却醉不失态，依然保持翩翩风度。四章合起来就是一个完整的宴礼场面，先颂君恩，再颂来宾美德，主客尽欢，充满和悦安乐的雅正之风。

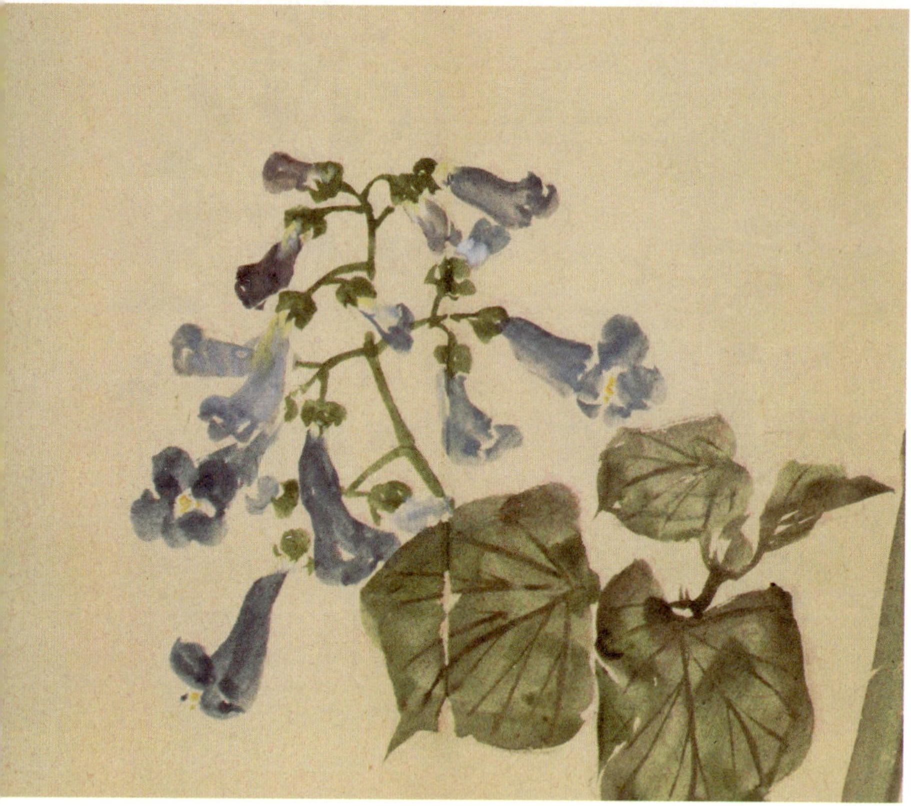

彤 弓

彤弓弨兮①，受言藏之②。我有嘉宾，中心贶之③。钟鼓既设④，一朝飨之⑤。

彤弓弨兮，受言载之⑥。我有嘉宾，中心喜之。钟鼓既设，一朝右之⑦。

彤弓弨兮，受言櫜之⑧。我有嘉宾，中心好之。钟鼓既设，一朝酬之⑨。

注释

① 彤弓：漆成红色的弓。古代天子用以赐有功的诸侯或大臣使专征伐。弨（chāo）：弓弦松弛的样子。

② 言：句中助词。藏：珍藏。

③ 中心：内心。贶（kuàng）：赞许。

④ 设：陈列，设置。

⑤ 一朝：整个上午。飨：设盛宴款待宾客。

⑥ 载：把物品装在车上。

⑦ 右：同"侑"，劝（酒）。

⑧ 櫜（gāo）：弓袋。做动词，装入弓袋。

⑨ 酬：劝酒。

简析

　　这是一首宴饮诗，《毛诗序》认为是"天子赐有功诸侯也"。周天子在国宴中用弓矢赐予有功诸侯是当时的一种礼仪。诗歌三章写法相似，纯用赋笔。开头反复吟唱天子赐弓一事，将受赐者的珍惜感动之情凸显出来。接下来转写天子对功臣的勉慰之词，"贶之"是肯定，"喜之"是高兴，"好之"是喜爱，对应每章结尾的"飨、右、酬"三字，意思虽近，但配合天子的情感变化，不难体会出宴会渐次进入高潮的过程，将宾主之间的融洽和谐的情感、酒宴欢快热闹的气氛很好地展现出来。

菁菁者莪

菁菁者莪①,在彼中阿②。

既见君子,乐且有仪。

菁菁者莪,在彼中沚。

既见君子,我心则喜。

菁菁者莪,在彼中陵。

既见君子,锡我百朋③。

泛泛杨舟,载沉载浮。

既见君子,我心则休④。

注释

① 菁（jīng）菁：草木茂盛的样子。莪（é）：植物名，莪蒿。
② 阿：山坳。
③ 锡：同"赐"。朋：货币单位。
④ 休：喜悦，欢乐。

简析

这首诗的主旨有"乐育才"（《毛诗序》）、"燕饮宾客之诗"（朱熹《诗集传》）等说法。从诗意来看，主要表达了"既见君子"的喜悦之情，故一般视为女子爱慕男子的情诗。诗歌以莪蒿起兴，前三章通过莪蒿生长地点的不同，暗示女子与男子的多次相会，展现了二人从初识、相恋到定情的恋爱过程。末章则以"泛泛杨舟、载沉载浮"比喻二人誓要一起面对人生起起落落。只要能在一起，内心就充满了幸福与喜悦。

六 月

六月栖栖①,戎车既饬②。

四牡骙骙③,载是常服④。

狁孔炽⑤,我是用急⑥。

王于出征,以匡王国⑦。

比物四骊⑧,闲之维则⑨。

维此六月,既成我服。

我服既成,于三十里⑩。

王于出征,以佐天子。

四牡修广,其大有颙⑪。

薄伐狁,以奏肤公⑫。

有严有翼⑬,共武之服⑭。

共武之服,以定王国。

狁匪茹⑮,整居焦获⑯。

侵镐及方⑰,至于泾阳。

织文鸟章⑱,白旆央央⑲。

元戎十乘⑳,以先启行。

戎车既安,如轾如轩㉑。

四牡既佶㉒,既佶且闲㉓。

小雅·南有嘉鱼之什

薄伐猃狁,至于大原㉔。

文武吉甫,万邦为宪㉕。

吉甫燕喜,既多受祉㉖。

来归自镐,我行永久。

饮御诸友㉗,炰鳖脍鲤㉘。

侯谁在矣㉙?张仲孝友㉚。

注释

① 棲棲:通"栖栖",忙碌不安的样子。

② 饬(chì):整顿。

③ 骙(kuí)骙:马强壮的样子。

④ 常服:古指军服。

⑤ 炽:气焰高涨,势力强盛。

⑥ 是用:是以,因此。

⑦ 匡:匡扶,匡正。

⑧ 比物:齐同马力。指把力气和毛色一致的马套在一起。

⑨ 闲:栅栏,用作动词,指对战马分厩管理训练。则:法则。

⑩ 于:往。

⑪ 颙(yóng):大,大头。

⑫ 奏:建立。肤公:大功。

⑬ 严:威严。翼:整齐。

⑭ 共:同"恭",严肃地对待。武之服:征伐之事。

⑮ 匪:同"非"。茹:柔弱。

⑯ 焦获:泽名。

⑰ 镐:地名。方:地名。

⑱ 织文鸟章:绘有鸟形图饰的旗帜。

⑲ 旆(pèi):旌旗末端状如燕尾的垂旒。

⑳ 元戎:大的战车。

㉑ 如轾(zhì)如轩：指车身在不平的道路上行走，前俯后仰的样子。

㉒ 佶(jí)：整齐。

㉓ 闲：悠闲的样子。

㉔ 大原：地名。

㉕ 宪：榜样。

㉖ 祉(zhǐ)：福。

㉗ 御：进献。

㉘ 炰(páo)：蒸煮。脍(kuài)鲤：把鲤鱼切成细条。

㉙ 侯：语助词。

㉚ 张仲：周宣王卿士。孝友：孝顺父母，友爱兄弟。

简析

这是一首颂赞诗。全诗可分两个部分。第一部分为前五章，以回忆的形式铺叙了尹吉甫率军出征大败猃狁的全过程。这部分着力渲染周军军备精良、军容整齐、将士用心，间以猃狁来势汹汹衬托出周军应变迅疾，烘托出主帅治军有方、决胜千里的高大形象。末章为第二部分，转写现实中大军凯旋、宴饮欢庆的场景。全诗从回忆到现实，叙事层层推进，情节跌宕起伏，情感热烈饱满，很好地表达了对尹吉甫赫赫战功的赞美之情。

采 芑

薄言采芑①,于彼新田②,于此菑亩③。
方叔莅止④,其车三千,师干之试⑤。
方叔率止,乘其四骐⑥,四骐翼翼⑦。
路车有奭⑧,簟笰鱼服⑨,钩膺鞗革⑩。
薄言采芑,于彼新田,于此中乡⑪。
方叔莅止,其车三千,旂旐央央⑫。
方叔率止,约𫐐错衡⑬,八鸾玱玱⑭。
服其命服⑮,朱芾斯皇⑯,有玱葱珩⑰。
鴥彼飞隼⑱,其飞戾天⑲,亦集爰止⑳。
方叔莅止,其车三千,师干之试。
方叔率止,钲人伐鼓㉑,陈师鞠旅㉒。
显允方叔㉓,伐鼓渊渊㉔,振旅阗阗㉕。
蠢尔蛮荆,大邦为仇。
方叔元老,克壮其犹㉖。
方叔率止,执讯获丑㉗。
戎车啴啴㉘,啴啴焞焞㉙,如霆如雷。
显允方叔,征伐猃狁,蛮荆来威㉚。

小雅·南有嘉鱼之什

注释

① 薄言：句首语气词。芑（qǐ）：野菜名。

② 新田：开垦两年的田。

③ 菑（zī）亩：开垦一年的田。

④ 莅（lì）：临。止：语助词。

⑤ 师干：军队。试：指演习。

⑥ 骐：青底黑纹的马。

⑦ 翼翼：整齐严谨的样子。

⑧ 路车：大车。路，同"辂"。奭（shì）：红色涂饰。

⑨ 簟茀（diàn fú）：遮挡战车后部的竹席。鱼服：用鲨鱼皮做装饰的车箱。

⑩ 钩膺：带有铜制钩饰的马胸带。鞗（tiáo）革：皮革制成的马缰绳。

⑪ 中乡：乡中。

⑫ 旂旐（qí zhào）：画有龙蛇图案的旗帜。

⑬ 约：束缚。軝（qí）：车毂上的装饰。错衡：在战车扶手的横木上装饰花纹。

⑭ 玱（qiāng）玱：象声词，金玉撞击声。

⑮ 服：穿起。命服：礼服。

⑯ 芾（fú）：皮制蔽膝。

⑰ 有玱：即"玱玱"。葱珩（héng）：翠绿色的佩玉。

⑱ 鴥（yù）：鸟疾飞的样子。隼（sǔn）：似鹰的猛禽。

⑲ 戾：到达。

⑳ 止：止息。

㉑ 钲人：掌管击钲击鼓的官员。

㉒ 陈：陈列。鞠：训告。

㉓ 显允：高贵英伟。

㉔ 渊渊：象声词，击鼓声。

㉕ 振旅：整顿队伍。阗（tián）阗：击鼓声。

㉖ 克：能。壮：光大。犹：同"猷"，谋略。

㉗ 执讯：捉住并审讯。获丑：俘虏。

㉘ 啴（tān）啴：兵车行走声。

㉙ 焞（tūn）焞：车马众多的样子。

㉚ 来：语助词。威：慑服，威服。"蛮荆来威"即"来威蛮荆"。

简析

这是一首颂赞诗。诗歌以采芑起兴，引起对方叔统率军队军容军威的赞颂，展现方叔的统军才能，刻画了一位决胜千里的名将形象。在写法上多用特写，从战马到战车再到车上的统帅，逐层刻画，又注重以画面转换与色彩运用来进行烘托。末章作者发以议论，认为以方叔如此卓越的军事才能和周朝军队的威武雄壮，一定能摧枯拉朽，大败荆蛮。全诗始终洋溢着饱满的斗志和强大的自信心，气势雄壮，情感热烈。

车 攻

我车既攻①，我马既同②。四牡庞庞③，驾言徂东④。
田车既好⑤，四牡孔阜⑥。东有甫草⑦，驾言行狩。
之子于苗⑧，选徒嚣嚣⑨，建旐设旄⑩，搏兽于敖⑪。
驾彼四牡，四牡奕奕⑫。赤芾金舄⑬，会同有绎⑭。
决拾既佽⑮，弓矢既调⑯。射夫既同⑰，助我举柴⑱。
四黄既驾⑲，两骖不猗⑳。不失其驰㉑，舍矢如破㉒。
萧萧马鸣㉓，悠悠旆旌㉔。徒御不惊㉕，大庖不盈㉖。
之子于征㉗，有闻无声。允矣君子㉘，展也大成㉙！

注释

① 攻：修缮。

② 同：齐，指马力相当。

③ 庞庞：高大强壮的样子。

④ 言：句中语气词。徂（cú）：往。东：东都洛阳。

⑤ 田车：猎车。

⑥ 孔：甚。阜（fù）：高大，肥硕。

⑦ 甫：同"圃"，地名。

⑧ 之子：那个人，指天子。苗：夏天的狩猎。

⑨ 选：同"算"，清点。嚣（áo）嚣：声音嘈杂。

⑩ 旐（zhào）：绘有龟蛇图案的旗帜。旄：饰牦牛尾的旗。

⑪ 敖：山名。

⑫ 奕奕：从容而迅捷的样子。

⑬ 赤芾：红色蔽膝。金舄（xì）：以金为饰的一种复底鞋。

⑭ 会同：会合诸侯，这里指诸侯参加天子的狩猎活动。有绎：绎绎，连续。

⑮ 决：射箭拉弦时使用的扳指。拾：皮制护臂。伙（cì）："齐"假借字，齐备。

⑯ 调：相称。

⑰ 同：协同。

⑱ 举：取。柴（zì）：这里指堆积的猎物。

⑲ 四黄：四匹黄色的马。

⑳ 猗：同"倚"，偏差。

㉑ 驰：驰驱之法。

㉒ 舍矢：指放箭。如：连词，而。破：射中。

㉓ 萧萧：马长鸣声。

㉔ 悠悠：旌旗轻轻飘动。

㉕ 徒御：徒步拉车的士卒。不：语助词。惊："警"的假借字，机警。

㉖ 大庖（páo）：指天子的厨房。盈：充满。

㉗ 于征：指打猎归来。于：往。征：行。

㉘ 允：确实。君子：指天子。

㉙ 展：诚。成：成功。

简析

这是一首咏叹天子会同诸侯狩猎的诗。全诗细致展现了田猎的全过程。前三章描写狩猎前人马齐整的场面，烘托王朝的军容军威。第四章专写各路诸侯前来汇合，进一步彰显太平气象。五六章铺叙打猎的场面，渲染狩猎者们高超的技艺。七八章写猎获丰盛，齐赞天子之功。诗歌在艺术上善于写景状物，语言凝练又富有形象美，如为后人称道的"萧萧马鸣，悠悠旆旌"写队伍归来时的整肃静穆，以动写静，别有意境之美。

吉 日

吉日维戊[1]，既伯既祷[2]。
田车既好[3]，四牡孔阜[4]。
升彼大阜[5]，从其群丑[6]。
吉日庚午，既差我马[7]。
兽之所同[8]，麀鹿麌麌[9]。
漆沮之从[10]，天子之所[11]。
瞻彼中原[12]，其祁孔有[13]。
儦儦俟俟[14]，或群或友[15]。
悉率左右[16]，以燕天子[17]。
既张我弓，既挟我矢。
发彼小豝[18]，殪此大兕[19]。
以御宾客[20]，且以酌醴[21]。

注释

①维：是。戊：古人认为戊日是适合进行如田猎、出兵等外事活动的吉日。

②伯："祃（mà）"的假借字。古代行军时在驻地举行的祭礼。祷：为牲畜肥壮而祭祷。

③田车：指猎车。田，同"畋"，打猎。

④阜：高大，肥硕。

⑤阜：山岗。

⑥ 从：追逐。群丑：指群兽。

⑦ 差（chāi）：选择。

⑧ 同：聚集。

⑨ 麀（yōu）：鹿。麌（yǔ）麌：众多的样子。

⑩ 漆、沮（jū）：古代二水名。

⑪ 所：会猎场所。

⑫ 中原：原野之中。

⑬ 祁：原野辽阔。有：多，指野兽多。

⑭ 儦（biāo）儦：疾行貌。俟（sì）俟：缓行的样子。

⑮ 群：三兽为"群"。友：两兽为"友"。

⑯ 悉：尽，全。率：驱逐。

⑰ 燕：使……欢乐。

⑱ 豝（bā）：猪。

⑲ 殪（yì）：射死。兕（sì）：大野牛或犀牛。

⑳ 御：进献。

㉑ 醴（lǐ）：甜酒。

简析

  这是一首田猎诗。诗歌四章，依次展现了狩猎前的祭祀、队伍出发、驱赶猎物、天子射猎等狩猎的全过程，在写法上以时间为序，写景叙事脉络分明。诗歌在艺术上的一大特点是场面描写与细节描写相结合，前三章通过不断铺叙猎前准备及原野上猎物奔逃的场景，营造出一个热烈欢快的场面，然后第四章天子登场，"既张我弓，既挟我矢。发彼小豝，殪此大兕"，只四句就烘托出了射艺超群、勇武过人的君王形象，从而达到了颂赞的目的。

小雅·鸿雁之什

鸿 雁

鸿雁于飞①,肃肃其羽②。

之子于征③,劬劳于野④。

爰及矜人⑤,哀此鳏寡⑥。

鸿雁于飞,集于中泽。

之子于垣⑦,百堵皆作⑧。

虽则劬劳,其究安宅⑨。

鸿雁于飞,哀鸣嗷嗷⑩。

维此哲人⑪,谓我劬劳;

维彼愚人,谓我宣骄⑫。

注释

① 于:语助词。

② 肃肃:扇动翅膀的声音。

③ 之子:那个人,指服劳役的人。征:远行。

④ 劬(qú)劳:勤劳辛苦。

⑤ 爰:语助词。矜人:可哀怜之人,这里指穷苦的人。

⑥ 鳏(guān):老而无妻的男人。寡:老而无夫的女人。

⑦ 于垣:筑墙。

⑧ 堵:计算墙的单位。作:筑起。

⑨ 究:终。宅:居住。

⑩ 嗸嗸：哀鸣声。
⑪ 哲人：通情达理之人。
⑫ 宣骄：骄奢。

简析

关于诗歌主旨，有赞美周美宣王（《毛诗序》）、流民自叙悲苦（朱熹《诗集传》）、救济流民的使者有感而作（方玉润《诗经原始》）等说。从诗歌反复陈说的"劬劳"来看，应当是一首表达行役之苦的诗。作者可能是行役之人，也可能是王朝使者。诗歌在艺术上以比兴和重章叠句为主。每章均以鸿雁起兴，兴中又有比，以鸿雁南北迁徙的特性形象地描写出行役之人辗转奔走、居无定所的处境，同时鸿雁的悲鸣声又容易唤起对行役者勤劳辛苦的巨大同情。重章叠句的使用更将这种哀伤与愤慨之情，表达得悠长婉转，凄楚动人。

庭　燎

夜如何其①？夜未央②。庭燎之光③。君子至止，鸾声将将④。
夜如何其？夜未艾⑤。庭燎晣晣⑥。君子至止，鸾声哕哕⑦。
夜如何其？夜乡晨⑧。庭燎有辉⑨。君子至止，言观其旂⑩。

注释

① 其：语尾助词。
② 央：尽。
③ 庭燎：宫廷中照明的火炬。
④ 鸾：也作"銮"，古代帝王的车驾上有銮铃，故亦作帝王车驾的代称。将（qiāng）将：象声词，铃声。
⑤ 艾：尽。
⑥ 晣（zhé）晣：明亮的样子。
⑦ 哕（huì）哕：象声词，指铃声。
⑧ 乡：同"向"。
⑨ 辉：光辉。
⑩ 言：乃。旂（qí）：上面画有交龙、竿顶有铃的旗子。

简析

这首诗的作者有周宣王与臣下赞美宣王等不同说法。从诗意来看，诗歌主要描写了周宣王不待晓而急于视朝的行为，赞美宣王勤于政事，因此很大可能是臣下赞美宣王之作。诗歌在艺术上以心理描写和细节描写见长。三章均以宣王的询问发端，通过"夜未央""夜未艾""夜乡晨"的时间推移，把宣王因急于视朝而频繁问时的心理非常形象地表现出来，而宫中照明火炬的光暗变化，群臣入觐的车铃声等细节描写又仿佛让我们看到了天色渐开，臣子有序觐见，汇报工作的场景，有如临其境之感。

沔 水

沔彼流水^①，朝宗于海^②。
鴥彼飞隼^③，载飞载止^④。
嗟我兄弟，邦人诸友^⑤。
莫肯念乱^⑥，谁无父母？

沔彼流水，其流汤汤^⑦。
鴥彼飞隼，载飞载扬^⑧。
念彼不迹^⑨，载起载行^⑩。
心之忧矣，不可弭忘^⑪。

鴥彼飞隼，率彼中陵^⑫。
民之讹言^⑬，宁莫之惩^⑭。
我友敬矣^⑮，谗言其兴^⑯。

注释

① 沔（miǎn）：水流充满河道。

② 朝宗：比喻小水注入大水。

③ 鴥（yù）：（鸟）疾飞的样子。隼（sǔn）：一种猛禽。

④ 载：句首语助词。止：停息，停留。

⑤ 邦人：国人。诸友：同僚好友。

⑥ 念："尼"的假借字，阻止。乱：动乱。

⑦ 汤（shāng）汤：水流湍急的样子。一说广大浩茫的样子。

⑧ 扬：高飞。

⑨ 不迹：不遵循法度。

⑩ 载起载行：又是起来又是行走，形容坐立不安。

⑪ 弭（mǐ）忘：忘却。

⑫ 率：循。中陵：丘陵中。

⑬ 讹言：谣言。

⑭ 宁莫之惩：为什么不去制止。宁：何，为什么。惩：制止。

⑮ 敬：同"警"，警戒。一说慎重。

⑯ 兴：流行，盛行。

简析

　　这是一首忧时悯乱之诗。首章以流水汇入大海、飞隼自由止息起兴，兼比自己身处乱世不得自由的处境，表达了对家人的担忧之情。次章继以流水奔腾、飞隼高飞起兴，表达因当权者胡作非为而忧心忡忡、而坐立不安。末章再以飞隼在丘陵疾飞比喻谣言四起，无人制止，告诫友人要警惕。三章所写，忧家人、忧国事、忧朋友，层层复叠出了诗人深切沉痛的忧患之思。

鹤 鸣

鹤鸣于九皋①,声闻于野。

鱼潜在渊②,或在于渚③。

乐彼之园,爰有树檀④,其下维萚⑤。

它山之石,可以为错⑥。

鹤鸣于九皋,声闻于天。

鱼在于渚,或潜在渊。

乐彼之园,爰有树檀,其下维榖⑦。

它山之石,可以攻玉⑧。

注释

① 九皋:形容沼泽之深广。九:虚数。皋:沼泽地。

② 渊:深水。

③ 渚:水中小洲。

④ 爰(yuán):于是。檀(tán):檀木。

⑤ 萚(tuò):草名。一说草木脱落的皮、叶。

⑥ 错:一种可以打磨玉器的器物。

⑦ 榖(gǔ):植物名,楮树。

⑧ 攻玉:将玉石琢磨成器。

简析

　　这首诗的主旨历来有求贤、写景、劝善等多种说法，一般认为是一首求贤诗。诗歌的最大特点是通篇采用比喻，首先将园林比喻为国家，然后通过描写园林中的景象来表达主旨。诗歌共两章，结构、语意相近。前四句用鹤与鱼作喻，以鹤鸣九皋比喻隐居的贤人，以鱼在渊在渚比喻贤人或隐或仕，要善于去发现。接下来三句用园中有高大珍贵的檀木，也有普通材质的楮树和矮小灌木来比喻人才有术业专攻，要善于使用人才。最后两句用他山之石可以琢磨玉器比喻要运用合适的手段来培养人才。因此可将此诗理解为教导君王如何求贤的诗作。

祈 父

祈父①，予王之爪牙，胡转予于恤②？靡所止居③！

祈父！予王之爪士。胡转予于恤？靡所厎止④！

祈父！亶不聪⑤。胡转予于恤？有母之尸饔⑥。

注释

① 祈父：官名，即司马，周代执掌封畿兵马。

② 胡转予于恤：为何把我调到那充满忧愁困苦的地方？转：转移。恤：指忧愁。

③ 靡所：没有处所。

④ 厎（zhǐ）：至、到。

⑤ 亶（dǎn）：确实。聪：听觉灵敏。

⑥ 尸：借为"失"。饔（yōng）：熟食。

简析

这是一首抒愤诗，表达了王宫卫士对随意征调他们戍边的祈父的强烈不满。诗歌三章，开头均以直呼"祈父"的方式大声质问，直接倾诉内心的愤恨之情。前两章意思相近，但重章叠句的形式使这种不满之情逐渐增强，于是出现了第三章"亶不聪"的大声斥责，进而揭示了这种不满与愤怒的根源就在于远戍使得母亲无人赡养。这首诗抒情上采取了直抒胸臆的手法，语言直白，情感激烈，极富感染力。

白　驹

皎皎白驹①，食我场苗②。絷之维之③，以永今朝④。所谓伊人⑤，于焉逍遥⑥。

皎皎白驹，食我场藿⑦。絷之维之，以永今夕。所谓伊人，于焉嘉客？

皎皎白驹，贲然来思⑧。尔公尔侯⑨，逸豫无期⑩。慎尔优游⑪，勉尔遁思⑫。

皎皎白驹，在彼空谷⑬。生刍一束⑭，其人如玉⑮。毋金玉尔音⑯，而有遐心⑰。

注释

① 皎皎：毛色洁白的样子。

② 场：菜园。苗：指豆苗、菜苗之类。

③ 絷（zhí）：拴，捆。维：拴，系。

④ 永：长。这里用作动词，延长。

⑤ 伊人：那个人，指白驹的主人。

⑥ 于焉：在此。

⑦ 藿（huò）：豆叶。

⑧ 贲（bēn）：同"奔"。思：语助词。

⑨ 尔：你，即"伊人"。公、侯：古爵位名，这里用作动词，为公为侯之意。

⑩ 逸豫：安乐。无期：没有期限。

⑪ 慎：慎重。优游：悠闲自在。

⑫ 勉："免"的假借字，打消……的念头。遁：避世。

⑬ 空谷：即"穹谷"，深谷。

⑭ 生刍（chú）：青草。

⑮ 如玉：品德美好如玉。

⑯ 金玉：用作动词，珍惜，宝贵。音：信息，消息。

⑰ 遐心：疏远之心。

简析

诗歌四章，可分三个部分。前两章以重章叠句的形式反复表达留客之意。诗人以拴住客人白马的方式来希望客人能继续留下来做客。第三章写客人有公侯之资，希望客人能舍弃遁世悠游的想法，出仕为国效力。末章写客人最终还是离去了，但是主人仍然殷切希望能与客人保持联系，继续这份友谊。诗歌四章均以"皎皎白驹"起兴，兼比客人的高洁品行，末章又有对客人"其人如玉"的赞美，因此从诗意来看，"为此诗者，以贤者之去而不可留也。"（朱熹《诗集传》）的说法还是比较合适的。

黄 鸟

黄鸟黄鸟①，无集于榖②，无啄我粟。

此邦之人，不我肯榖③。

言旋言归④，复我邦族。

黄鸟黄鸟，无集于桑，无啄我粱。

此邦之人，不可与明⑤。

言旋言归，复我诸兄。

黄鸟黄鸟，无集于栩⑥，无啄我黍。

此邦之人，不可与处。

言旋言归，复我诸父。

注释

① 黄鸟：指麻雀，这里用黄鸟啄食稻谷比喻贵族阶级（此邦之人）的盘剥。

② 榖（gǔ）：楮树。

③ 榖：善，友好。一说养育。不我肯榖：即"不肯榖我"。

④ 言：语助词。旋：还。

⑤ 明："盟"的假借字，结盟。

⑥ 栩（xǔ）：栎树。

简析

　　此诗主旨一般认为是"民适异国,不得其所,故作此诗。"(朱熹《诗集传》)诗歌以黄鸟起兴,兴中有比,叙说了异乡人所受的盘剥和歧视,表达了对"此邦之人"的愤怒和返归家乡的迫切心情,而重章叠句的使用,将这一主题反复咏叹,令人印象深刻。此诗与《硕鼠》可并读,一是逃离家乡去寻找乐土,一是因乐土不可寻而热切盼归,可谓春秋末期人民痛苦生活的缩影。

我行其野

我行其野,蔽芾其樗①。昏姻之故②,言就尔居③。尔不我畜④,复我邦家⑤。

我行其野,言采其蓫⑥。昏姻之故,言就尔宿⑦。尔不我畜,言归斯复⑧。

我行其野,言采其葍⑨。不思旧姻,求尔新特⑩。成不以富⑪,亦祇以异⑫。

注释

① 蔽芾（fèi）：树叶初生稀疏的样子。樗（chū）：臭椿树。古人视之为不能成才之木，故多以之喻指无用之人。

② 昏姻：即"婚姻"。故：缘故。

③ 言：语助词。就：从。

④ 畜（xù）：养活。一说爱。

⑤ 邦家：故乡。

⑥ 蓫（zhú）：植物名，俗名羊蹄菜，多食易腹泻。

⑦ 宿：居住。

⑧ 复：归。

⑨ 葍（fú）：植物名，对农作物有害。

⑩ 新特：新的配偶。特：匹。

⑪ 成："诚"的假借字，的确。以：因为。

⑫ 祇（zhǐ）：只，恰恰。异：有他心。

简析

　　这是一首弃妇诗。诗歌三章，均以主人公行走于原野上所碰到的植物起兴，这些植物均有品质不高的特点，故又用于比喻自己的所遇非人，从而引发接下来对被弃遭遇的痛苦表达。前两章语气较为和缓，甚至还故作轻松之语，但第三章就迎来了情感的爆发，愤怒地指责男子的变心行为。诗歌在艺术上融情于景，兴中有比，在重章叠唱中将被弃的痛苦之情层层铺垫，于情感的爆发之际又戛然而止，富有余韵。

小雅・鸿雁之什

斯 干

秩秩斯干①，幽幽南山②。如竹苞矣③，如松茂矣。兄及弟矣，式相好矣④，无相犹矣⑤。

似续妣祖⑥，筑室百堵⑦，西南其户⑧。爰居爰处⑨，爰笑爰语。

约之阁阁⑩，椓之橐橐⑪。风雨攸除⑫，鸟鼠攸去，君子攸芋⑬。

如跂斯翼⑭，如矢斯棘⑮，如鸟斯革⑯，如翚斯飞⑰，君子攸跻⑱。

殖殖其庭⑲，有觉其楹⑳。哙哙其正㉑，哕哕其冥㉒，君子攸宁。

下莞上簟㉓，乃安斯寝㉔。乃寝乃兴㉕，乃占我梦㉖。吉梦维何？维熊维罴㉗，维虺维蛇㉘。

大人占之㉙：维熊维罴，男子之祥㉚；维虺维蛇，女子之祥。

乃生男子㉛，载寝之床㉜。载衣之裳㉝，载弄之璋㉞。其泣喤喤㉟，朱芾斯皇㊱，室家君王㊲。

乃生女子，载寝之地。载衣之裼㊳，载弄之瓦㊴。无非无仪㊵，唯酒食是议㊶，无父母诒罹㊷。

注释

① 秩秩：水流的样子。斯：语助词。干：同"涧"，山间流水的沟。

② 幽幽：深远的样子。南山：指西周镐京南边的终南山。

③ 苞：竹木稠密丛生的样子。

④ 式：语助词。好：友好和睦。

⑤ 犹：谋划，这里指欺诈。

⑥ 似续：即"嗣续"，继承。妣祖：先妣、先祖，统指祖先。

⑦ 堵：古代用板筑法筑土墙。

⑧ 户：古时指门。

⑨ 爰：于是。

⑩ 约：缠绕，环束。阁阁：捆扎筑板的声音；一说将筑板捆扎牢固的样子。

⑪ 椓（zhuó）：敲打，锤击。橐（tuó）橐：夯土的声音。

⑫ 攸：乃。

⑬ 芋：鲁诗作"宇"，居住。

⑭ 跂（qǐ）：踮起脚跟站立。翼：端庄肃敬。

⑮ 矢：直。棘：借作"翮（hé）"，箭羽。

⑯ 革：翅膀。

⑰ 翚（huī）：野鸡。

⑱ 跻（jī）：登。

⑲ 殖殖：平正的样子。

⑳ 有：语助词。觉：高大直立的样子。楹：殿堂前大厦下的柱子。

㉑ 哙（kuài）：同"快"，宽敞明亮的样子。正：朝南的正厅。

㉒ 哕（huì）哕：同"煟（wèi）煟"，光大明亮的样子。冥：指厅后幽深之地。

㉓ 莞（guān）：蒲席。簟（diàn）：竹席。

㉔ 寝：睡觉。

㉕ 兴：起床。

㉖ 我：诗人代主人自称。

㉗ 罴（pí）：一种野兽，外形似熊。

㉘ 虺（huǐ）：毒蛇的一种，颈细头大，身有花纹。

㉙ 大人：即太卜，周代掌占卜的官员。

㉚ 祥：吉祥的征兆。古人认为梦见熊罴预兆生男，梦见虺蛇预兆生女。

㉛ 乃：如果。

㉜ 载：就。

㉝ 衣：穿上……衣服。裳：古代专指下裙，此借指衣服。

㉞ 璋：玉器。

㉟ 喤（huáng）喤：（婴儿）哭声宏亮的样子。

㊱ 朱芾：红色蔽膝。

小雅·鸿雁之什 | 373

㊲ 室家：指周室，周王朝。君王：指诸侯、天子。

㊳ 裼（tì）：古代婴儿用的襁衣。

㊴ 瓦：陶制的纺线锤。

㊵ 非：错误。

㊶ 议：谋虑，操持。

㊷ 诒：同"贻"，给予。罹（lí）：忧愁。

简析

　　这是一首颂诗，是贵族在庆祝宫室落成时的赞歌。全诗九章，可以分为两部分。第一部分为前五章，主要是歌颂宫室之美。一二章从地理位置着眼，既描写了环境的清幽，又体现了主人家和谐有爱的家庭关系，更表明了筑宫室于此是承继先王功业，福泽后代的大事。接下来三章从建造、外观、构造等方面铺叙所建宫室的宏伟敞亮，是宜居之所。第二部分为后四章，表达对主人的美好祝愿，祝愿宫室居住者日日安寝，子孙绵延。诗歌在艺术上颇注意结构布局，对建造宫室的描写视角多变，富有层次感。同时又将叙事写景与对主人的赞颂之情结合起来，情感热烈，态度庄重，在一定程度上再现了当时宫室落成典礼的盛况。

无 羊

谁谓尔无羊？三百维群。谁谓尔无牛？九十其犉①。尔羊来思，其角濈濈②。尔牛来思，其耳湿湿③。

或降于阿④，或饮于池，或寝或讹⑤。尔牧来思，何蓑何笠⑥，或负其餱⑦。三十维物⑧，尔牲则具。

尔牧来思，以薪以蒸⑨，以雌以雄。尔羊来思，矜矜兢兢⑩，不骞不崩⑪。麾之以肱⑫，毕来既升⑬。

牧人乃梦，众维鱼矣⑭，旐维旟矣，大人占之：众维鱼矣，实维丰年；旐维旟矣，室家溱溱⑮。

注释

① 犉（rún）：长有黑色嘴唇的黄牛。一说大的牛。
② 濈（jí）濈：聚集的样子。
③ 湿湿：牛反刍时耳朵摇动的样子。
④ 阿：指山坳。
⑤ 讹：同"吪（é）"，动，醒。
⑥ 何：同"荷"，穿，戴。

⑦ 糇：干粮。

⑧ 三十：泛指数量多。物：杂色的牛。

⑨ 薪：粗柴。蒸：细柴。

⑩ 矜矜兢兢：形容羊群小心翼翼，紧紧跟随的样子。

⑪ 骞：走失。崩：散乱。

⑫ 麾：同"挥"。肱：手臂。

⑬ 既：尽，全都。升：登上，这里指入羊圈。

⑭ 众："螽"（zhōng）的假借字，蝗虫。

⑮ 溱（zhēn）溱：盛多的样子。

简析

这是一首描写放牧生活的诗。诗歌可分两个部分，第一部分为前三章。诗人先描写了牛羊成群的牧场，紧接着在牛羊的活动中牧民登场，展示了他们高超的放牧本领。祥和安宁的牧场、温驯而自在的牛羊、忙碌而满足的牧民，在镜头的远近变化中慢慢呈现，可谓一幅充满生活诗意的放牧图。第二部分则以梦境做结。牧民所作的蝗化为鱼、龟蛇变鹰隼的梦境实是"丰年""室家溱溱"的大吉之兆。这部分由实入虚，又以虚衬实，进一步将牧民的欢乐生活表现出来了。从这方面来看，本篇亦可厕身国风。

小雅·节南山之什

节南山

节彼南山①,维石岩岩②。赫赫师尹③,民具尔瞻④。忧心如惔⑤,不敢戏谈。国既卒斩⑥,何用不监⑦!
节彼南山,有实其猗⑧。赫赫师尹,不平谓何!天方荐瘥⑨,丧乱弘多。民言无嘉,憯莫惩嗟⑩!
尹氏大师,维周之氐⑪。秉国之均⑫,四方是维。天子是毗⑬,俾民不迷。不吊昊天⑭,不宜空我师⑮!
弗躬弗亲,庶民弗信。弗问弗仕,勿罔君子。式夷式已⑯,无小人殆⑰。琐琐姻亚⑱,则无膴仕⑲。
昊天不佣⑳,降此鞠讻㉑。昊天不惠㉒,降此大戾㉓!君子如届㉔,俾民心阕㉕。君子如夷㉖,恶怒是违㉗。
不吊昊天,乱靡有定。式月斯生㉘,俾民不宁!忧心如酲,谁秉国成㉙?不自为政,卒劳百姓㉚。
驾彼四牡㉛,四牡项领㉜。我瞻四方,蹙蹙靡所骋㉝!方茂尔恶㉞,相尔矛矣㉟。既夷既怿㊱,如相酬矣。
昊天不平,我王不宁。不惩其心,覆怨其正㊲。家父作诵㊳,以究王讻㊴。式讹尔心㊵,以畜万邦㊶。

注释

① 节：高峻的样子。

② 岩岩：高耸的样子。

③ 师尹：大师和史尹。这里指掌权的重臣。

④ 具：同"俱"。

⑤ 惔（tán）：火烧。

⑥ 卒：终，全。斩：没落。

⑦ 何用：何以。不监：看不见。

⑧ 有实：广大的样子。猗：同"阿"，大的丘陵。

⑨ 荐：又。指再次发生饥馑。瘥：疫病。

⑩ 憯（cǎn）：曾，竟然。懆嗟：愧怍嗟叹。

⑪ 氐：根本。基础。

⑫ 秉：掌握，主持。均：比喻国政。

⑬ 毗（pí）：辅助。

⑭ 吊：善，良好。昊天：犹言皇天。

⑮ 空：穷。师：众民。

⑯ 式：应，当。夷：平。已：停止。一说"己"，以身作则。

⑰ 殆：接近。

⑱ 琐琐：细小卑贱的样子。姻亚：统指襟带关系。

⑲ 膴（wǔ）仕：高官厚禄。膴：厚。

⑳ 佣：同"融"，明。

㉑ 鞠讻：极大的灾祸。讻：祸乱。

㉒ 惠：同"慧"，恩惠。

㉓ 戾：暴戾，灾难。

㉔ 届：临，降临。

㉕ 阕：息，平息。

㉖ 夷：平，公平。

㉗ 违：远离。

㉘ 式月斯生：指（祸患）每月或经常发生。

㉙ 国成：国家政务的权柄。

㉚ 卒：同"悴"，憔悴。

㉛ 牡：本指公牛，这里指公马。

㉜ 项领：肥大的脖颈。

㉝ 蹙蹙：局促的样子。骋：驰骋。

㉞ 茂：大，盛大。

㉟ 相：看。

㊱ 怿：悦。

㊲ 覆：反。正：规劝某人纠正。

㊳ 家父：作者自指。诵：诗。

㊴ 究：纠正。王讻：即王凶，给王带来凶灾者。

㊵ 讹：改变，感化。

㊶ 畜：养，养育。

简析

这是一首政治抒愤诗。从诗所反映的"国既卒斩""丧乱弘多"等内容来看，写作时间约为东、西周交替之际。作者是一名对国事忧心忡忡的大夫。在诗中诗人强烈表达了对大师尹氏等专权者执政不公，致使国势日颓的批判和愤怒之情。诗章从南山之不平起兴，引出对师尹执政不公导致国家衰颓的深深忧患，紧接着从天灾频仍实乃人祸所致入手，逐层批判师尹等人"弗躬弗亲""弗问弗仕"，揭示出王朝衰颓的根源所在。诗歌在艺术上多种表现手法兼用，在叙事议论的过程中始终充溢着强烈的忧患之情，又善于借助排比句式、对比手法来强化爱憎情感，这也使得这首诗读起来酣畅淋漓，极富感染力。

正 月

正月繁霜①,我心忧伤。民之讹言②,亦孔之将③。念我独兮,忧心京京④。哀我小心,癙忧以痒⑤。

父母生我,胡俾我瘉⑥?不自我先,不自我后。好言自口,莠言自口⑦。忧心愈愈,是以有侮。

忧心惸惸⑧,念我无禄⑨。民之无辜,并其臣仆。哀我人斯,于何从禄⑩?瞻乌爰止⑪,于谁之屋?

瞻彼中林,侯薪侯蒸⑫。民今方殆,视天梦梦⑬。既克有定,靡人弗胜⑭。有皇上帝,伊谁云憎⑮?

谓山盖卑⑯?为冈为陵。民之讹言,宁莫之惩⑰?召彼故老,讯之占梦⑱。具曰予圣⑲,谁知乌之雌雄?

谓天盖高?不敢不局⑳;谓地盖厚?不敢不蹐㉑。维号斯言㉒,有伦有脊㉓。哀今之人,胡为虺蜴㉔?

小雅·节南山之什 | 381

瞻彼阪田㉕,有菀其特㉖。天之扤我㉗,如不我克㉘。彼求我则,如不我得㉙。执我仇仇㉚,亦不我力㉛。

心之忧矣,如或结之㉜。今兹之正㉝,胡然厉矣㉞。燎之方扬㉟,宁或灭之㊱?赫赫宗周㊲,褒姒灭之。

终其永怀㊳,又窘阴雨。其车既载,乃弃尔辅㊴。载输尔载㊵:"将伯助予㊶。"

无弃尔辅,员于尔辐㊷。屡顾尔仆㊸,不输尔载。终逾绝险,曾是不意㊹。

鱼在于沼,亦匪克乐。潜虽伏矣,亦孔之炤㊺,忧心惨惨㊻,念国之为虐!

彼有旨酒,又有嘉肴。洽比其邻㊼,昏姻孔云㊽。念我独兮,忧心殷殷㊾。

佌佌彼有屋㊿,蔌蔌方有谷㉛。民今之无禄,天夭是椓㉜,哿矣富人㉝,哀此惸独㉞!

注释

① 正月:夏历四月,周历六月。古代以农历四月为正阳之月。

② 讹(é)言:谣言。

③ 孔:很。将:大。

④ 京京:忧愁不绝的样子。

⑤ 癙(shǔ):忧郁,幽闷。痒:病,忧郁成疾。

⑥ 俾:使。瘉:病。

⑦ 莠(yǒu)言:丑恶之言,坏话。

⑧ 惸(qióng)惸:忧愁。

⑨ 无禄:不幸。

⑩ 从禄:指过上好日子。

⑪ 乌:乌鸦。止:栖息。

⑫ 侯:语助词。薪、蒸:木柴。

⑬ 视天梦梦:指老天爷还在昏睡。

⑭ 既克有定,靡人弗胜:假如上天有止乱意图,那么没有人不能战胜。既:表假设语气。克:能够。定:平定,止乱。

⑮ 有皇上帝，伊谁云憎：伟大的上苍，它到底憎恨谁还不知道呢。有皇：即"皇皇"。

⑯ 盖：通"何"。卑：矮小。

⑰ 宁莫之惩：为什么不去制止。宁：胡，为什么。惩：制止。

⑱ 讯：问。占梦：占卜询问梦的吉凶。

⑲ 具：同"俱"，都。圣：聪明，无所不知。

⑳ 局：弯曲。这里指弯腰。

㉑ 蹐（jí）：小步行走。形容小心翼翼地走路。

㉒ 号：拉长声音大声呼叫。斯言：这些话。

㉓ 伦、脊：均有条理、道理之意。

㉔ 虺（huǐ）蜴：毒蛇与蜥蜴。

㉕ 阪（bǎn）田：山坡上的田地。

㉖ 菀（wǎn）：植物名，水葱。特：形容孤高特出。

㉗ 扤（wù）：摧折，摇动。

㉘ 如不我克：唯恐战胜不了我。

㉙ 彼求我则，如不我得：朝廷来求我的时候，唯恐得不到我。则：语尾助词，通"哉"。

㉚ 执：得到。仇（qíu）仇：傲慢的样子。

㉛ 亦不我力：不再倚重我。力：役使。

㉜ 结：缠绕。

㉝ 正：政，政治。

㉞ 厉：严厉。一说暴烈。

㉟ 燎：放火焚烧草木。扬：盛。

㊱ 宁：难道。或：有人。

㊲ 宗周：西周。

㊳ 终：始终。永怀：深长的忧伤。

㉟ 辅：车两侧的挡板。

㊵ 载输尔载：前一个"载"，动词前词缀。后一个"载"，指所载的货物。输：掉落，丢掉。

㊶ 将：请。伯：长辈。

㊷ 员（yún）：增加，加固。

㊸ 仆：通"轐"，垫在车厢和车轴之间的的木块。一说车夫。

㊹ 曾：竟。不意：没有留意。

㊺ 炤：同"昭"，明显，显著。

㊻ 惨惨：忧愁不安的样子。

㊼ 洽：广博，周遍。比：亲近，靠近。邻：近邻，这里有亲信的意思。

㊽ 昏姻：即"婚姻"，姻亲裙带关系。云：很多的样子。

㊾ 殷（yīn）殷：忧愁的样子。

(50) 佌（cǐ）佌：卑微，渺小。这里和下面的蔌蔌均指小人。

(51) 蔌（sù）蔌：鄙陋。

(52) 夭夭：天所伤害。椓（zhuó）：打击。

(53) 哿（gě）：欢乐。

(54) 惸（qióng）：孤独。

简析

此诗主旨，一般认为是“周大夫刺幽王”之作（《毛诗序》）。全诗十三章，大概可以分为三个部分。

第一部分为前六章。诗歌首章以“正月繁霜”的异常气象来象征当时错乱的时政，确立了“我心忧伤”的诗歌主题。接下来几章分别从小人当道、排挤贤人；君王昏庸、是非不分；政治严苛，百姓惶惧三方面进行铺叙。这部分主要反映当时政治乱象，表达诗人忧国忧民之情。接下来五章为第二部分。作者以坂田上的莞孤高特出却屡遭摧残，车载满货物却卸掉辅板来比喻当时贤人遭屈的现实，将矛头直接指向最高统治者，表达了对“褒姒灭之”的深切忧虑。末尾两章为第三部分，作者再次展现了小人结党营私、富贵享乐，君子忧心忡忡、老百姓的穷苦不堪的具体画面，以强烈的对比收结全诗。

这是一首优秀的政治抒情长诗。全诗围绕“忧”字，从“我”的视角，逐层铺叙了自身遭遇、社会动荡、朝政混乱、天子昏庸、上苍不公等社会现实，中间运用比喻、象征、对比等多种手法，内容丰富而复杂，情思沉郁而浓烈，忧国忧民的主人公形象极为鲜明突出。这种写作手法对后世抒写忧国忧民情怀的作品产生了较大的影响。

十月之交

十月之交①,朔月辛卯②。日有食之,亦孔之丑③。彼月而微,此日而微④。今此下民,亦孔之哀。

日月告凶⑤,不用其行⑥。四国无政⑦,不用其良。彼月而食,则维其常⑧。此日而食,于何不臧⑨!

烨烨震电⑩,不宁不令⑪。百川沸腾⑫,山冢崒崩⑬。高岸为谷,深谷为陵。哀矜之人,胡憯莫惩⑭。

皇父卿士⑮,番维司徒⑯。家伯维宰⑰,仲允膳夫⑱。棸子内史⑲,蹶维趣马⑳,楀维师氏㉑,艳妻煽方处㉒。

抑此皇父㉓,岂曰不时㉔!胡为我作㉕,不即我谋㉖?彻我墙屋㉗,田卒污莱㉘。曰予不戕㉙,礼则然矣。

皇父孔圣,作都于向㉚。择三有事㉛,亶侯多藏㉜。不憖遗一老㉝,俾守我王。择有车马,以居徂向㉞。

黾勉从事㉟，不敢告劳。无罪无辜，谗口嚣嚣㊱。下民之孽㊲，匪降自天。噂沓背憎㊳，职竞由人�439。

悠悠我里㊵，亦孔之痗㊶。四方有羡，我独居忧。民莫不逸，我独不敢休。天命不彻㊷，我不敢效我友自逸。

注释

① 十月：夏历八月，周历十月。交：时间交替之际。

② 朔月：月朔，初一。

③ 孔：很。丑：凶恶。

④ 微：昏暗不明。

⑤ 告凶：告示凶险。

⑥ 用：这里有遵循之意。行（háng）：轨道，法则。

⑦ 四国：此处泛指天下。无政：没有善政，指政治混乱。

⑧ 则：犹，还。维：语助词。常：正常，习以为常。

⑨ 于："吁"，感叹词。于何：如何。不臧：不好。

⑩ 烨（yè）烨：闪电的样子。震：雷。

⑪ 宁、令：皆是安宁之意。

⑫ 川：江河。沸腾：指河水泛滥。

⑬ 冢：山顶。崒：同"碎"，崩坏。

⑭ 胡憯（cǎn）：怎么。憯：副词，乃，竟然。莫惩：不去制止。

⑮ 皇父：人名。卿士：周王朝执政者，总管王朝政事。

⑯ 番：姓。司徒：官职名，掌管全国的土地人口。

⑰ 家伯：人名。宰：太宰。六卿之首。周时六卿指天官冢宰，地官司徒，春官宗伯，夏官司马，秋官司寇，冬官司空。

⑱ 仲允：人名。膳夫：官名。掌管宫廷饮食。

⑲ 棸（zōu）子：姓棸的人。内史：官名。协助周王管理爵、禄、废、置等政务。

⑳ 蹶（guì）：姓。趣马：官名。负责养马。

㉑ 楀（yǔ）：姓。师氏：官名。掌管周王朝贵族子弟教育。

㉒ 艳妻：指周幽王的宠妃褒姒。煽（shān）：炽热之意。方处：正处其位。

㉓ 抑：同"噫"，感叹词。

㉔ 不时：不按时。这里指不懂得按农时行事。

㉕ 我作：作我，役使我。

㉖ 即：靠近。谋：商量。

㉗ 彻：拆毁，毁坏。

㉘ 卒：全，都。污：低洼积水。莱：田废生草。

㉙ 戕（qiāng）：残害，残暴。

㉚ 向：地名。

㉛ 三有事：三有司，即三卿。

㉜ 亶（dǎn）：信，确实。侯：语助词。藏：珍藏。

㉝ 慭（yìn）：愿意。遗：留下。

㉞ 以居徂向：即"徂向以居"，迁到向都去居住。徂：到，去。

㉟ 黾（mǐn）勉：努力。

㊱ 谮口：说坏话的人。嚣（áo）嚣：众多貌。

㊲ 孽：灾害。

㊳ 噂沓背憎：表面聚在一起说话，背后互相憎恨。噂（zǔn）：聚汇。沓：多语。

㊴ 职：主要，只。竞：争。

㊵ 里："悝"字的假借，忧愁之意。

㊶ 痗（mèi）：病，忧思成病。

㊷ 彻：结束，毁灭。

简析

这是一首政治抒情诗。诗歌前三章主要描写了日食、月食、地震等反常的自然现象，并将其与统治者无道失德，政治有缺相联系，表达了对国家前途命运的深切担忧。接下来三章对执政者皇父的种种结党营私、把持朝政、全然不顾国家安危的丑恶行径进行了尖锐的揭露和批判，抒发了强烈的愤怒和忧伤之情。最后两章从诗人的立身行事出发，表达了诗人面对天灾人祸，坚持正道直行，绝不与邪恶同流合污的坚定信念。这三个部分全用赋比，从"日月告凶"乃是因"不用其良"到得出"下民之孽，匪降自天"的结论，逻辑清晰，在叙事中又包含强烈的感情，具有浓厚的现实主义批判色彩。

雨无正

浩浩昊天①,不骏其德②。降丧饥馑,斩伐四国③。旻天疾威④,弗虑弗图。舍彼有罪,既伏其辜⑤。若此无罪,沦胥以铺⑥。

周宗既灭⑦,靡所止戾⑧。正大夫离居⑨,莫知我勩⑩。三事大夫⑪,莫肯夙夜。邦君诸侯⑫,莫肯朝夕⑬。庶曰式臧⑭,覆出为恶⑮。

如何昊天,辟言不信⑯!如彼行迈⑰,则靡所臻⑱。凡百君子,各敬尔身⑲。胡不相畏⑳?不畏于天?

戎成不退,饥成不遂㉑。曾我暬御㉒,憯憯日瘁㉓。凡百君子,莫肯用讯㉔。听言则答㉕,谮言则退㉖。

哀哉不能言,匪舌是出㉗,维躬是瘁㉘。哿矣能言㉙,巧言如流,俾躬处休㉚。

维曰于仕㉛,孔棘且殆㉜。云不可使,得罪于天子。亦云可使,怨及朋友。

谓尔迁于王都㉝,曰予未有室家。鼠思泣血㉞,无言不疾㉟。昔尔出居,谁从作尔室㊱?

注释

① 浩浩：广大。昊（hào）天：犹言"皇天"。

② 骏：长，美。

③ 斩伐：征伐，诛杀。四国：泛指天下各国。

④ 疾威：暴虐，威虐。

⑤ 既：尽。伏：隐匿，隐藏。辜：罪。

⑥ 沦胥：沉没，陷入。铺：同"痡"，病，疲劳致病。

⑦ 周宗：即"宗周"，指西周王朝。

⑧ 靡所：没处。戾（lì）：安定，定居。

⑨ 正大夫：上大夫。离居：流离失所。

⑩ 勚（yì）：劳苦。

⑪ 三事大夫：周官职名。

⑫ 邦君：封国的君主。

⑬ 莫肯朝夕：不肯朝夕陪在君王身边。

⑭ 庶：平民。式：语助词。臧：好，善。

⑮ 覆：反。

⑯ 辟言：合乎法度的话。

⑰ 行迈：行走不止，远行。

⑱ 所臻：所要到达的地方。臻：至。

⑲ 敬：谨慎。

⑳ 胡：何。

㉑ 遂：同"坠"，消亡。

㉒ 曾：则。暬（xiè）御：近侍。

㉓ 惨（cǎn）惨：忧伤。瘁：劳苦，憔悴。

㉔ 讯:古同"谇(suì)",劝谏。

㉕ 听言:顺耳的话。答:应。

㉖ 谮(zèn)言:诋毁的话,批评的话。

㉗ 出:读为"拙",笨拙。

㉘ 躬:亲身。瘁:病,憔悴。

㉙ 哿(gě):欢乐。能言:指能说会道的人。

㉚ 俾(bǐ):使。躬:身体。休:美好。

㉛ 维:句首助词。于仕:去做官。

㉜ 孔:很。棘:比喻艰难。殆:指危险。

㉝ 尔:指上大夫、三事大夫等人。

㉞ 鼠:同"癙":忧伤之意。

㉟ 疾:同"嫉",嫉恨之意。

㊱ 从:随。作:营造。

简析

从诗意来看,这首诗应作于西周灭亡、东周甫立期间。作为这一变化的亲历者,诗人痛定思痛,表达了内心的愤怒与无奈伤感之情。诗歌七章,可分四个部分。首章直斥苍天不公,揭示有罪之人逍遥自在,无罪之人沉沦丧亡的社会现实。二三章分析造成这一切的是士大夫的逃避胡为,是君王的是非不分,抒发悲愤之情。四五六章写自己为国事而忧心忡忡,日渐憔悴,并与那些巧言令色之人做对比,从而揭示了正直为官的艰难处境。末章以责难那些在国家危难之际却纷纷逃离的达官贵人收结,表达了希望士大夫能齐心协力匡扶王室的愿望。全诗以铺叙为主,语言质朴却很有情感力度。对比手法的广泛使用更使诗歌主旨得到集中鲜明的呈现。

小 旻

旻天疾威①，敷于下土②。谋犹回遹③，何日斯沮④？谋臧不从⑤，不臧覆用⑥。我视谋犹，亦孔之邛⑦！

潝潝訿訿⑧，亦孔之哀！谋之其臧，则具是违⑨；谋之不臧，则具是依⑩。我视谋犹，伊于胡底⑪！

我龟既厌⑫，不我告犹⑬。谋夫孔多，是用不集⑭。发言盈庭，谁敢执其咎⑮？如匪行迈谋⑯，是用不得于道⑰。

哀哉为犹，匪先民是程⑱，匪大犹是经⑲；维迩言是听，维迩言是争⑳！如彼筑室于道谋，是用不溃于成㉑。

国虽靡止㉒，或圣或否。民虽靡膴㉓，或哲或谋，或肃或艾㉔。如彼泉流，无沦胥以败㉕！

不敢暴虎㉖，不敢冯河㉗。人知其一，莫知其他㉘。战战兢兢，如临深渊，如履薄冰。

注释

① 旻（mín）天：上天。疾威：暴虐。

② 敷:散布。下土:人间。
③ 谋犹:谋划,策谋。回遹(yù):邪僻,曲折。
④ 斯:犹"乃""才"。沮:停止。
⑤ 臧:善,好。从:听从,采用。
⑥ 覆:反而。
⑦ 邛(qióng):毛病,错误。
⑧ 潝(xì)潝:众口附和的样子。訿(zǐ)訿:毁谤的样子。
⑨ 具:同"俱",都。违:避开,远离。
⑩ 依:依从。
⑪ 胡:什么。底:至,到。
⑫ 龟:指占卜用的龟甲。厌:厌恶。
⑬ 犹:策谋。
⑭ 是用:犹"是以",因此。集:成就。
⑮ 咎:弊病,过错。
⑯ 匪:通"彼",那。行迈:远行。谋:谋划。
⑰ 是用不得于道:是不得其用于道。
⑱ 匪先民是程:不效法先贤。程:效法。
⑲ 大犹:大道、常规。经:遵循。
⑳ 迩言:近言,合心意的话。争:争取。
㉑ 是用不溃于成:即"是不遂其用于成"。溃:同"遂",成功。
㉒ 靡:没有。止:礼法。
㉓ 靡膴(wǔ):不富足。
㉔ 艾:治理。
㉕ 无:同"勿"。沦胥:沉没。败:败亡。
㉖ 暴(bào)虎:赤手空拳打虎。
㉗ 冯(píng)河:指徒步渡河。
㉘ 其他:指种种丧国亡家的祸患。

简析

  这是一首政治讽刺诗。全诗六章。前四章先针对时局乱象，揭示其根本原因是治国谋划出了问题，进而抨击掌权者党同伐异而又夸夸其谈的行为，指责掌权者没有效法先贤，反而唯亲是从。五六章则提出建议，劝谏掌权者亲贤人，远小人，表达了对国事的深深焦虑。从分析问题到解决问题，层次非常清晰，体现了作者敏锐的政治洞察力。全诗贯穿着极为浓郁的爱国主义情感，表现了一个正直而又有远见的士大夫对国事的忧虑，尤其是结尾三句"战战兢兢，如临深渊，如履薄冰"，极为形象地刻画出作者心忧国事而又小心谨慎的复杂心理，如今已成为成语警句。

小 宛

宛彼鸣鸠①，翰飞戾天②。

我心忧伤，念昔先人。

明发不寐③，有怀二人④。

人之齐圣⑤，饮酒温克⑥。

彼昏不知⑦，壹醉日富⑧。

各敬尔仪⑨，天命不又⑩。

中原有菽，庶民采之。

螟蛉有子，蜾蠃负之⑪。

教诲尔子，式榖似之⑫。

题彼脊令⑬，载飞载鸣。

我日斯迈⑭，而月斯征⑮。

夙兴夜寐，毋忝尔所生⑯。

交交桑扈⑰，率场啄粟。

哀我填寡⑱，宜岸宜狱⑲？

握粟出卜⑳，自何能榖？

温温恭人㉑，如集于木。

惴惴小心，如临于谷。

战战兢兢，如履薄冰。

注释

① 宛：小。鸠：鸟名。

② 翰：高。戾（lì）：至，达到。

③ 明发：天亮。

④ 二人：父母。一说周文王、武王。

⑤ 齐圣：极其聪明正直。

⑥ 温克：善于克制自己，保持恭谨从容。

⑦ 昏：昏昧。不知：不智。

⑧ 壹醉：一饮必醉。富：盛，多。

⑨ 敬：谨慎。仪：仪容举止。

⑩ 不又：不再来。

⑪ 螟蛉（guǒ luǒ）：细腰蜂。负：背。

⑫ 式：语助词。榖：善。似：继承。

⑬ 题：通"睇"，看。脊令：鸟名。

⑭ 斯：乃。迈：远行。

⑮ 而：通"尔"，这里指作者的兄弟。征：远行。

⑯ 忝：愧，辱没。所生：这里指父母。

⑰ 交交：飞来飞去的样子。桑扈：鸟名。

⑱ 填：病。寡：贫。

⑲ 岸、狱：监狱。

⑳ 出卜：问卜。

㉑ 温温：柔和的样子。恭人：谦虚谨慎的人。

简析

此诗主旨,《毛诗序》以为"大夫刺幽王也",朱熹《诗集传》则认为是"大夫遭时之乱,而兄弟相戒以免祸之诗"。从诗意来看,当以后者为是。诗歌六章。首章以高飞的鸠鸟起兴,反比自己的孤独忧愁,二章进而以饮酒之人的不同表现,讽刺当时统治者纵酒误国。三四章开始了乱世之中的命运思考:应教子以善,使其能传承家业;应勤恳努力,以不辱先人。五六章感慨自身所处困境,表达了朝不保夕的恐惧之情。全诗赋比兴兼用,议论与抒情相结合,思父母、思教子、思兄弟、思自身,情思多变,很好地表现了乱世之人忧惧不安的复杂心理。

小 弁

弁彼鸒斯①，归飞提提②。民莫不穀③，我独于罹④。何辜于天⑤？我罪伊何？心之忧矣！云如之何⑥！

踧踧周道⑦，鞫为茂草⑧。我心忧伤，惄焉如捣⑨。假寐永叹⑩，维忧用老⑪。心之忧矣，疢如疾首⑫。

维桑与梓⑬，必恭敬止⑭。靡瞻匪父⑮，靡依匪母⑯。不属于毛⑰，不罹于里⑱。天之生我，我辰安在⑲？

菀彼柳斯⑳，鸣蜩嘒嘒㉑，有漼者渊㉒，萑苇淠淠㉓。譬彼舟流，不知所届㉔！心之忧矣！不遑假寐。

鹿斯之奔，维足伎伎㉕。雉之朝雊㉖，尚求其雌。譬彼坏木㉗，疾用无枝㉘。心之忧矣，宁莫之知㉙？

相彼投兔㉚，尚或先之㉛。行有死人㉜，尚或墐之㉝。君子秉心㉞，维其忍之㉟。心之忧矣，涕既陨之㊱。

君子信谗,如或酬之㊲。君子不惠,不舒究之㊳。伐木掎矣㊴,析薪扡矣㊵。舍彼有罪,予之佗矣㊶!

莫高匪山,莫浚匪泉㊷。君子无易由言㊸,耳属于垣㊹。无逝我梁㊺,无发我笱㊻。我躬不阅㊼,遑恤我后㊽!

注释

① 弁（pán）：快乐。鸒（yù）：鸟名。斯：语气词。
② 提（shí）提：安闲群飞的样子。
③ 穀：美好。
④ 罹：忧愁。
⑤ 辜：罪过。
⑥ 云：句首语气词。
⑦ 踧（dí）踧：平坦的样子。周道：大道。
⑧ 鞫（jū）：尽，皆。
⑨ 惄（nì）：忧思。捣：舂，冲击。
⑩ 假寐：不脱衣帽而卧。永叹：长叹。
⑪ 用：相当于"而"。
⑫ 疢（chèn）：热病，泛指病。疾首：头疼。如：而。
⑬ 桑、梓：古人常在家屋旁种植桑或梓，后代遂将其喻为故乡。
⑭ 止：语气词。
⑮ 靡：不。匪：不是。"靡……匪……"，双重否定表肯定。瞻：尊敬。
⑯ 依：依恋。
⑰ 属：连属。毛：皮毛，外表。
⑱ 罹：附着。里：心腹。
⑲ 辰：时运。
⑳ 菀：茂密的样子。
㉑ 蜩（tiáo）：蝉。嘒嘒：蝉鸣声。
㉒ 漼（cuǐ）：水深的样子。
㉓ 萑（huán）苇：芦苇。淠（pèi）淠：茂盛的样子。
㉔ 届：到，止。
㉕ 维：犹"其"。伎（qí）伎：鹿急跑的样子。
㉖ 雉（zhì）：野鸡。雊（gòu）：野鸡鸣叫。
㉗ 坏木：生病的树。

㉘ 疾：病。用：而。枝：枝条。

㉙ 宁：何。

㉚ 相：看。投兔：入网的兔子。

㉛ 尚：尚且。或：有的人。先：放。

㉜ 行（háng）：路。

㉝ 墐（jìn）：掩埋。

㉞ 秉心：居心，用心。

㉟ 维：犹"何"。忍：残忍。

㊱ 陨：落。

㊲ 如：好像。酬：劝酒。

㊳ 舒：缓慢。究：推求，考察。

㊴ 掎（jǐ）：牵拉。

㊵ 析薪：劈柴。扡（chǐ）：顺着纹理劈开。

㊶ 佗（tuó）：加。

㊷ 浚：深。

㊸ 无易：不要轻易。由：于。言：这里指小人的谗言。

㊹ 耳：耳朵。属：连接。垣：墙。指谨防隔墙有耳。

㊺ 逝：去。梁：拦水捕鱼的堤坝，也称鱼梁。

㊻ 发：打开。笱（gǒu）：古时捕鱼用的竹笼。

㊼ 我躬不阅：指自顾不暇。躬：自身。阅：容，容许。

㊽ 遑：闲暇。恤：忧虑。

简析

这是一首抒愤诗，其主旨或说是太子宜臼被周幽王放逐而作，或说是尹吉甫子伯奇受虐待所作，尚无确论。从诗意来看，诗歌主要表达了诗人孝敬父母反而被弃的孤独哀怨与愤懑痛苦之情。诗歌八章，以质问上苍为开端，以放逐路上所见景物起兴，或正比，或反比，多侧面多角度地反复抒写内心，是忧，是愤，是苦，是怨，情诗复杂深沉，具有很强的感染力。

巧 言

悠悠昊天①，曰父母且②！
无罪无辜，乱如此怃③。
昊天已威，予慎无罪。
昊天泰怃④，予慎无辜。
乱之初生，僭始既涵⑤。
乱之又生，君子信谗。
君子如怒⑥，乱庶遄沮⑦。
君子如祉⑧，乱庶遄已。
君子屡盟⑨，乱是用长⑩。
君子信盗，乱是用暴。
盗言孔甘，乱是用餤⑪。
匪其止共⑫，维王之邛⑬。
奕奕寝庙⑭，君子作之。
秩秩大猷⑮，圣人莫之⑯。
他人有心，予忖度之。
跃跃毚兔⑰，遇犬获之。
荏染柔木⑱，君子树之。
往来行言⑲，心焉数之⑳。

蛇蛇硕言㉑，出自口矣。

巧言如簧，颜之厚矣！

彼何人斯？居河之麋㉒。

无拳无勇，职为乱阶㉓。

既微且尰㉔，尔勇伊何㉕？

为犹将多㉖，尔居徒几何㉗？

注释

① 悠悠：远大。

② 且（jū）：语助词。

③ 怃（hū）：大。

④ 泰：同"太"，大。

⑤ 僭（jiàn）：谗言。涵：包容。

⑥ 君子如怒：君子如果怒责进谗言的小人。

⑦ 庶：几乎。遄（chuán）：很快。沮（jǔ）：止住。

⑧ 祉：喜。这里指任用贤人。

⑨ 盟：与小人结盟。

⑩ 是用：因此。

⑪ 僭（tán）：增加。

⑫ 止共：做到尽职尽责。共：通"恭"。

⑬ 卭：病。

⑭ 奕奕：房屋高大。寝庙：指宫室和宗庙。

⑮ 秩秩：众多的样子。猷：计划。

⑯ 莫：通"谟"，谋划。

⑰ 跃跃：跳得很快。毚（chán）兔：狡兔。

⑱ 荏（rěn）染：软弱之态。

⑲ 行言：流言。

⑳ 数：辨别。

㉑ 蛇（yí）蛇：轻率的样子。硕言：大话。

㉒ 麋：水边。

㉓ 职：主管。阶：阶梯。

㉔ 微：腿骨上生疮。尰（zhǒng）：脚肿。

㉕ 伊何：如何。

㉖ 犹：通"猷"，计谋。

㉗ 居：语助词。徒：众。

简析

这是一首政治讽刺诗，是一个蒙冤受屈的正直士大夫的愤怒与控诉。全诗六章，可分两个部分。第一部分为前三章。首章即以对天的质问发端，在"予慎无罪""予慎无辜"的反复呐喊中宣泄无处伸冤的悲愤，奠定了诗歌的情感基调。二三章分析自己受逸被谤的原因是因为听信逸言的统治者不能明辨是非。第二部分为后三章，集中刻画了进谗者表里不一，阴险狡诈的丑陋面目，愤怒地诅咒他们没有好下场。两部分一讽听谗者，一斥进谗者，直抒胸臆，情感激烈，具有极强的情感力量。

何人斯

彼何人斯①？其心孔艰②，

胡逝我梁③，不入我门？

伊谁云从④？维暴之云⑤？

二人从行⑥，谁为此祸？

胡逝我梁，不入唁我⑦？

始者不如今⑧，云不我可⑨。

彼何人斯？胡逝我陈⑩？

我闻其声，不见其身。

不愧于人？不畏于天？

彼何人斯？其为飘风。

胡不自北？胡不自南？

胡逝我梁？祇搅人心。

尔之安行，亦不遑舍⑪；

尔之亟行⑫，遑脂尔车⑬？

壹者之来⑭，云何其盱⑮！

尔还而入，我心易也⑯；

还而不入，否难知也⑰。

壹者之来，俾我祇也⑱。

伯氏吹埙⑲，仲氏吹篪⑳。

及尔如贯㉑，谅不我知㉒。

出此三物㉓，以诅尔斯㉔。

为鬼为蜮，则不可得；

有靦面目㉕，视人罔极㉖。

作此好歌㉗，以极反侧㉘。

注释

① 斯：语助词。

② 孔：甚，很。艰：指用心险恶。

③ 逝：去，往。梁：鱼梁。为拦水捕鱼所筑的坝堰。

④ 伊：其。从：跟随。

⑤ 暴：粗暴，暴虐。

⑥ 二人：指女主人公和她的丈夫。

⑦ 唁：慰问。

⑧ 始者：当初。如：像。

⑨ 云不我可：即"云我不可"。可：同"哿"，嘉，好。

⑩ 陈：堂下至门的路。

⑪ 遑：空闲。舍：止息。

⑫ 亟：急。

⑬ 脂：以油脂涂车。

⑭ 壹：同"一"。

⑮ 盱（xū）：忧，病。

⑯ 易：悦。

⑰ 否（pǐ）：不好，坏。

⑱ 俾：使。祇：安心。

⑲ 伯氏：兄。埙（xūn）：古陶制吹奏乐器。

⑳ 仲：弟。篪（chí）：古代竹制乐器。

㉑ 及：与。贯：为绳贯串之物。

㉒ 谅：诚。知：相知。

㉓ 三物：指猪、犬、鸡三种动物。

㉔ 诅：诅咒。

㉕ 靦（tiǎn）：惭愧貌。

㉖ 视：示。罔极：没有准则。

㉗ 好歌：动听的歌。

㉘ 极：尽。反侧：指彼人反复无常的行径。

简析

此诗主旨，旧说多认为是一首政治绝交诗，是周时大臣"苏公刺暴公"之作。从诗意来看，更宜作弃妇诗读。全诗以女主人公自述的口吻，叙述了自己被弃的痛苦，表达对丈夫"视人罔极"行径的愤恨之情。诗歌一开始就以"彼何人斯"掀起了巨大的情感波澜。正所谓爱之深恨之切，以前熟悉的人如今却变得陌生，他对自己不再关心爱护，甚至还认为自己有诸多不好，可是自己依然深爱着他，只要他一出现就觉得心安。诗歌前八章以类似蒙太奇的手法将女子心中诸多回忆如镜像般一一展现，虽然跳跃性比较大却很好地将女主人公内心的愁苦表达了出来。最后一章，女主人公终于从回忆中走了出来，发出了对负心人的强烈指责，"作此好歌，以极反侧"，揭示其反复无常的嘴脸，与首章之"其心孔艰"遥相呼应。

巷 伯

萋兮斐兮①，成是贝锦②。

彼谮人者③，亦已大甚！

哆兮侈兮④，成是南箕⑤。

彼谮人者，谁适与谋？

缉缉翩翩⑥，谋欲谮人。

慎尔言也，谓尔不信⑦。

捷捷幡幡⑧，谋欲谮言。

岂不尔受⑨？既其女迁⑩。

骄人好好⑪，劳人草草⑫。

苍天苍天！视彼骄人，矜此劳人。

彼谮人者，谁适与谋？

取彼谮人，投畀豺虎⑬！

豺虎不食，投畀有北⑭！

有北不受，投畀有昊⑮！

杨园之道，猗于亩丘⑯。

寺人孟子⑰，作为此诗。

凡百君子，敬而听之。

注释

① 萋、斐（fěi）：文采交错的样子。

② 贝锦：织有贝纹图案的锦缎。

③ 谮（zèn）：谗毁，诬陷。

④ 哆（chǐ）：张口。侈：大。

⑤ 南箕：星宿名，俗谓簸箕星。

⑥ 缉缉：形容花言巧语。翩翩：往来迅速。

⑦ 信：信实。

⑧ 捷捷：贪求的样子。幡幡：轻率不庄重的样子。

⑨ 岂不尔受：怎么会不接受你的谗言？

⑩ 女：同"汝"。迁：升官。

⑪ 骄人：指进谗之人。

⑫ 劳人：指被谗言陷害的人。草草：忧愁的样子。

⑬ 畀（bì）：与。

⑭ 有北：北方苦寒之地。

⑮ 有昊：苍天。

⑯ 猗：加，依，靠着。亩丘：丘名。

⑰ 寺人：内侍。

简析

　　这是一首政治抒愤诗。全诗七章，可分三个部分。前四章为第一部分，全方位揭示了"谮人"的丑恶嘴脸。首章以织锦起兴，兼比小人善于罗织罪名。次章进一步以簸箕星比喻小人大张其口，挑拨是非。三四章则揭露小人背后议人，反复无常的险恶居心。五六章为第二部分，诗人想起了历来小人得志，君子遭屈的事例，越发义愤填膺，对"谮人"进行愤怒的诅咒。句式也从原来的每章四句变为五句八句，以适应情感宣泄的需要。末章为最后一部分，加深了读者对诗歌主旨的接受度。全诗情思激越，叙述、议论、抒情相互穿插配合，有力表达了对"谮人"的无比痛恨之情。

小雅·谷风之什

谷 风

习习谷风①,维风及雨。

将恐将惧②,维予与女③。

将安将乐,女转弃予④。

习习谷风,维风及颓⑤。

将恐将惧,寘予于怀⑥。

将安将乐,弃予如遗。

习习谷风,维山崔嵬⑦。

无草不死,无木不萎。

忘我大德,思我小怨⑧。

注释

① 习习:风连续不断的样子。一说舒缓的样子。谷风:来自山谷的大风。一说东风。

② 将:连词,且。

③ 与:亲近,救助。女:同"汝"。

④ 转:反而。予:我。

⑤ 颓:旋风。

⑥ 寘(zhì):同"置",放置。

⑦ 崔嵬(wéi):山势高峻。

⑧ 小怨:指小毛病。

简析

这是一首弃妇诗。旧说则多认为是怨朋友相弃而作。全诗三章,均以大风起兴,引出弃妇对丈夫的怨恨和指责。在前两章中,诗人以第一人称的口吻诉说了从前两人一起奋斗,患难与共,而如今却被丈夫抛弃,在今昔对比中揭示了丈夫忘恩寡义的行为,进而在第三章中进行了愤怒的控诉。第三章写得富有象征意味。在狂风暴雨过后,草木都枯陨了,唯有高山依然屹立,而这正象征了女主人公在痛定思痛后的坚定,那只记小怨不念大恩的小人就让他随风而去吧!从这一情感表达上看,这首诗与《邶风·谷风》又有所不同。

蓼 莪

蓼蓼者莪①，匪莪伊蒿②。哀哀父母，生我劬劳③！

蓼蓼者莪，匪莪伊蔚④。哀哀父母，生我劳瘁！

瓶之罄矣⑤，维罍之耻⑥。鲜民之生⑦，不如死之久矣！

无父何怙⑧？无母何恃？出则衔恤⑨，入则靡至。

父兮生我，母兮鞠我⑩。拊我畜我⑪，长我育我，

顾我复我⑫，出入腹我⑬。欲报之德，昊天罔极⑭！

南山烈烈⑮，飘风发发⑯。民莫不穀⑰，我独何害⑱！

南山律律⑲，飘风弗弗⑳。民莫不穀，我独不卒㉑！

注释

① 蓼（lù）蓼：又长又大的样子。莪（é）：草名，俗谓抱娘蒿。

② 匪莪伊蒿：不是莪蒿而是一般的野蒿。

③ 劬（qú）劳：劳累，劳苦。下文"劳瘁"义同。

④ 蔚（wèi）：草名，牡蒿。

⑤ 瓶：小酒器。罄（qìng）：尽。

⑥ 罍（léi）：大酒器。

⑦ 鲜（xiǎn）：孤单。民：人。

⑧ 怙（hù）：依靠。

⑨ 衔恤：含忧。

⑩ 鞠：养。

⑪ 拊:同"抚"。畜:养。

⑫ 顾:顾念。复:覆盖,引申为庇护。

⑬ 腹:怀抱。

⑭ 昊(hào)天:广大的天。罔:无。极:准则。

⑮ 烈烈:山高大的样子。

⑯ 飘风:同"飙风",大风。发发:风疾的样子。

⑰ 穀:善,好。

⑱ 害:受害。

⑲ 律律:山势突起。

⑳ 弗弗:同"发发"。

㉑ 卒:终。

简析

这是一首悼念父母的哀歌。全诗六章,每两章为一个层次。第一层以莪蒿起兴,眼前所见莪蒿之抱团丛生与野蒿之单生触发了诗人对父母的思念,感念父母养育孩子的辛劳,为接下来写父母亡去后内心的痛苦做铺垫。第二层先以瓶不能从罍中取水比喻孩子不能给父母尽孝,再铺叙父母死去后的孤苦凄凉、痛不欲生的心情。诗人用了九个我字,字字含泪,将痛苦之情推向高潮。最后一层再以南山飙风起兴,同时象征内心之孤独凄凉,景与情谐。尤其是四组入声字的使用,更将那种哽咽悲苦之情传达得顿挫决绝而又回环往复。

大 东

有饛簋飧①,有捄棘匕②。周道如砥③,其直如矢。
君子所履,小人所视④。睠言顾之⑤,潸焉出涕⑥。
小东大东⑦,杼柚其空⑧。纠纠葛屦⑨,可以履霜⑩?
佻佻公子⑪,行彼周行⑫。既往既来,使我心疚。
有冽氿泉⑬,无浸获薪⑭。契契寤叹⑮,哀我惮人⑯。
薪是获薪⑰,尚可载也。哀我惮人,亦可息也。
东人之子,职劳不来。西人之子⑱,粲粲衣服。
舟人之子⑲,熊罴是裘⑳。私人之子㉑,百僚是试㉒。
或以其酒,不以其浆㉓。鞙鞙佩璲㉔,不以其长㉕。
维天有汉㉖,监亦有光㉗。跂彼织女㉘,终日七襄㉙。
虽则七襄,不成报章㉚。睆彼牵牛㉛,不以服箱㉜。
东有启明㉝,西有长庚㉞。有捄天毕㉟,载施之行㊱。
维南有箕㊲,不可以簸扬。维北有斗㊳,不可以挹酒浆㊴。
维南有箕,载翕其舌㊵。维北有斗,西柄之揭㊶。

注释

① 饛(méng):食物装满了器皿。簋(guǐ):盛食物的器皿。飧(sūn):晚饭,也泛指熟食。

② 有捄(qiú):弯弯的样子。棘匕:棘木做的勺匙。

③ 砥：磨刀石，形容道路平坦。

④ 小人：指老百姓。

⑤ 睠（juàn）言：同"睠然"，眷恋回顾之态。

⑥ 潸（shān）：泪水涟涟的样子。

⑦ 小东大东：离镐京近的诸侯国为小东，离镐京远的诸侯国为大东。

⑧ 杼（zhù）柚：织布机。

⑨ 纠纠：缠绕，绑。葛屦：葛草鞋。

⑩ 可：同"何"。

⑪ 佻（tiāo）佻：轻狂的样子。

⑫ 行（háng）：道路。

⑬ 有冽:寒凉的样子。氿（guǐ）泉:从旁侧流出的泉水。

⑭ 浸：浸湿。获薪：砍下的柴禾。

⑮ 契契：忧苦的样子。寤叹：睡不着而叹息。

⑯ 惮人：劳累的人。惮：同"瘅（dàn）"，劳累成病。

⑰ 薪是获薪：第一个薪为动词，供炊，把获薪作供炊用。

⑱ 西人：指西周统治者。东人指被西周征服的东方各小国国民。

⑲ 舟人：周人。

⑳ 熊罴是裘：狩猎求取熊罴皮。一说用熊皮、棕熊皮为料制的皮袍。

㉑ 私人：指家奴。

㉒ 百僚：百官。试：任用。

㉓ 浆：米浆。此两句意为东方国民进贡的美酒周人却认为是米浆一样的东西。

㉔ 鞙（juān）鞙：形容玉圆（或长）之貌。璲（suì）：一种瑞玉。

㉕ 不以其长：不是因为他的长处。

㉖ 汉：银河。

㉗ 监：同"鉴"，照。

㉘ 跂（qí）：同"歧"，分叉的样子。织女：位于银河北侧由三星组成的星座名。

㉙ 七襄：一天移动七次位置。

㉚ 不成报章：织不成布帛。报：指织布机往复织作。章：经纬纹理。

㉛ 睆（huǎn）：明亮。牵牛：银河南侧由三颗星组成的星座名。

㉜ 服：驾。箱：车箱。

㉝ 启明：启明星。

㉞ 长庚：金星。

㉟ 有捄：弯弯的样子。天毕：毕星。

㊱ 施（yí）：斜行。行：行列。此句指毕星斜斜地排列在银河边。

㊲ 箕：俗称簸箕星。

㊳ 斗：南斗星座。

㊴ 挹：舀。

㊵ 翕其舌：吸着舌头。箕星底狭口大，好像张大口吞噬之状。

㊶ 西柄之揭：指南斗星座的柄常指向西方。揭：举，举起。

简析

这是一首怨刺诗。西周初周公东征，征服东方诸侯国。东方诸国人民不堪周朝压榨剥削，作此诗讽之。全诗七章，前四章分别从人民的吃、穿、劳役、待遇等四个方面揭示东方诸国人民所受的剥削和压榨。这四章全用对比，把"东人之子"和"西人之子"在政治、经济等方面的悬殊处境形象地展现出来，对社会现实的揭露非常深刻。后三章从写人间不平转而仰望星空，想象牛郎织女不能拉车织布、启明长庚有名无实、毕星空张大网、簸箕星张口欲噬，南斗星举柄向东，以暗喻的方式揭示了统治者无所作为，一心盘剥人民的本质，进一步深化了批判的主题。诗歌在艺术上驰骋想象，借助对比、比喻、象征等修辞，在人间与星河间来回奔驰，把对现实的揭露与浪漫主义的想象结合起来，诗歌意蕴极为丰富深刻。

四 月

四月维夏①,六月徂暑②,先祖匪人③?胡宁忍予④!
秋日凄凄,百卉具腓⑤。乱离瘼矣⑥,爰其适归⑦?
冬日烈烈⑧,飘风发发⑨。民莫不穀⑩,我独何害⑪?
山有嘉卉,侯栗侯梅⑫。废为残贼⑬,莫知其尤⑭。
相彼泉水⑮,载清载浊⑯。我日构祸⑰,曷云能穀⑱!
滔滔江汉⑲,南国之纪⑳。尽瘁以仕㉑,宁莫我有㉒?
匪鹑匪鸢㉓,翰飞戾天㉔;匪鳣匪鲔㉕,潜逃于渊。
山有蕨薇㉖,隰有杞桋㉗。君子作歌,维以告哀㉘。

注释

① 四月维夏:四月是初夏的开始。四月:指夏历四月。下句"六月"同。

② 徂(cú):往。

③ 匪人:不是他人。

④ 胡宁:为什么。忍予:忍心让我(受苦)。

⑤ 卉(huì):草的总称。腓(féi):"痱"的假借字,(草木)枯萎。

⑥ 瘼(mò):病,痛苦。

⑦ 爰(yuán):何。适:往,去。归:指归宿。

⑧ 烈烈:即"冽冽",严寒的样子。

⑨ 飘风:疾风。发发:狂风呼啸的样子。

⑩ 穀(gǔ):善,好。

⑪ 何:同"荷",承受。
⑫ 侯:有。
⑬ 废:大。残贼:残害。
⑭ 尤:错,罪过。
⑮ 相:看。
⑯ 载:又。
⑰ 日:每天。构:"遘"的假借字,遭遇。
⑱ 曷:何。云:语助词。
⑲ 江汉:长江和汉水。
⑳ 南国:指南方各河流。纪:包络。
㉑ 尽瘁:全身心投入。仕:任职。
㉒ 有:同"友",友爱。

㉓ 鹯（tuán）：同"鷻"，雕。鸢（yuān）：老鹰。

㉔ 翰（hàn）飞：高飞。戾（lì）：至。

㉕ 鳣（zhān）：大鲤鱼。鲔（wěi）：鲟鱼。

㉖ 蕨薇：两种野菜。

㉗ 杞：枸杞。桋（yí）：赤楝。

㉘ 维：是。以：用。

简析

　　这是一首抒愤诗。从诗意来看，作者应是一名被周朝放逐到南方的臣子。全诗八章，可以分为三部分。前三章写诗人在初夏被放逐到南方，在经历了夏日的酷热、秋天的衰飒、冬天的凛冽后终于到达了贬地，"胡宁忍予""爰其适归""我独何害"三个对苍天的质问写尽了内心的痛苦与绝望。接下来三章写到达贬地后的心态变化。泉水之有清有浊坚定了他不肯同流合污的心志；江汉水系有条不紊让他更痛恨朝廷纲纪之败坏；飞鸟在天，潜鱼深藏又令他产生全身远祸的想法。这些复杂的心态进一步塑造了虽遭贬谪却依然信念坚定、忧愁国事的爱国诗人形象。末章以植物起兴，阐明"作歌告哀"的主旨。诗歌在艺术上善于借助环境描写来表达内心的苦痛。全诗各章基本是前两句写景后两句抒情的模式，或是借景抒情，或是触景生情，景与情和谐一致，这种情景交融的艺术手法在《诗经》诸篇中还是较突出的。

北 山

陟彼北山，言采其杞①。偕偕士子②，朝夕从事。王事靡盬，忧我父母。

溥天之下③，莫非王土。率土之滨④，莫非王臣。大夫不均，我从事独贤⑤。

四牡彭彭⑥，王事傍傍⑦。嘉我未老⑧，鲜我方将⑨。旅力方刚⑩，经营四方⑪。

或燕燕居息⑫，或尽瘁事国。或息偃在床⑬，或不已于行。

或不知叫号⑭，或惨惨劬劳⑮。或栖迟偃仰⑯，或王事鞅掌⑰。

或湛乐饮酒⑱，或惨惨畏咎⑲。或出入风议⑳，或靡事不为。

注释

① 言：语助词。杞：枸杞。
② 偕偕：身体强壮的样子。
③ 溥（pǔ）：大，全。
④ 率土之滨：四海之内。率：从，沿着。滨：水边。
⑤ 独贤：一个人辛苦。
⑥ 彭彭：奔跑不停的样子。
⑦ 傍傍：无穷无尽的样子。
⑧ 嘉：夸奖。
⑨ 鲜：称赞。将：强壮。

⑩ 旅力：同"膂力"。体力，筋力。

⑪ 经营：做事。

⑫ 燕燕：安闲的样子。

⑬ 息偃：躺着休息。

⑭ 叫号：痛苦叫喊的声音。

⑮ 惨惨：愁苦的样子。劬（qú）劳：辛勤劳苦。

⑯ 栖迟：休息娱乐。偃仰：俯仰，引申为悠闲自得。

⑰ 鞅（yāng）掌：掌不离鞅，引申为公事繁忙。

⑱ 湛（dān）乐：过度沉溺于享乐中。

⑲ 咎：过错。

⑳ 风议：指夸夸其谈。

简析

这是一首怨刺诗。从诗意来看，其作者应该是当时处于下层的士。诗歌通过对"劳役不均"的怨刺，表达了对上层统治阶级的不满和怨恨。全诗六章，前三章为第一部分。诗人以登山采杞起兴，引出勤于王事而不得奉养父母的忧愁，进而揭示出劳役不均的创作主旨，并以大夫对自己的劝慰反讽其假仁假义的言行。后三章为第二部分。诗人列举了六组十二种现象，将大夫和士完全不同的生活逐一进行展示。这部分全用对比。这种对比完全是客观的，而对比之后诗歌也就结束了，诗人对此没有发表任何评价。然而也正是这样的客观对比，把等级社会的种种不公揭示出来，使诗歌具有了更为广泛的品读空间。

无将大车

无将大车①,祇自尘兮②。无思百忧,祇自疧兮③。

无将大车,维尘冥冥④。无思百忧,不出于颎⑤。

无将大车,维尘雝兮⑥。无思百忧,祇自重兮⑦。

注释

① 将:用手推车。大车:用牛拉的载重车。

② 祇(zhǐ):只。自尘:招惹灰尘。

③ 疧(qí):生病,病痛。

④ 冥冥:昏沉暗淡的样子。

⑤ 颎(jiǒng):明。指耿耿于怀。

⑥ 雝(yōng):通"壅",遮掩。

⑦ 重:加重,拖累。

简析

这首诗的主旨旧说多认为是"周大夫悔将小人"(《毛诗序》)或"行役劳苦而忧思者之作"(朱熹《诗集传》),现一般认为是感时伤乱之作。作者可能是一名忧愁国事的士大夫,因为时局动荡而自己又遭受困厄,故作此忧思之诗。全诗三章,均以推车起兴,兴中有比。古代常以乘舆指代天子诸侯,推车亦有为国效力之喻,如此则尘土之沾身、之迷蒙、之遮蔽天日就有了时局动荡之象征意味。诗人无法排遣忧思,屡以"无思百忧"自我劝慰,可这种故作旷达的背后依然是无法摆脱的"自疧""不出于颎"与"自重"。

小雅·谷风之什

小　明

明明上天，照临下土。
我征徂西①，至于艽野②。
二月初吉③，载离寒暑④。
心之忧矣，其毒大苦⑤！
念彼共人⑥，涕零如雨。
岂不怀归？畏此罪罟⑦！
昔我往矣，日月方除⑧。
曷云其还⑨？岁聿云莫⑩。
念我独兮，我事孔庶⑪。
心之忧矣，惮我不暇⑫。
念彼共人，睠睠怀顾⑬！
岂不怀归？畏此谴怒！
昔我往矣，日月方奥⑭。
曷云其还？政事愈蹙⑮。
岁聿云莫，采萧获菽⑯。
心之忧矣，自诒伊戚⑰！
念彼共人，兴言出宿⑱。
岂不怀归？畏此反覆⑲！

嗟尔君子，无恒安处[20]！

靖共尔位[21]，正直是与[22]。

神之听之，式榖以女[23]。

嗟尔君子，无恒安息！

靖共尔位，好是正直。

神之听之，介尔景福[24]。

注释

① 征：远行，这里指行役。徂：前往。

② 芃（qiú）野：荒远的边地。

③ 初吉：月初的吉日。

④ 载：乃，则。离：经历。

⑤ 毒：痛苦，磨难。大：太。

⑥ 共：同"恭"，恭敬有礼。

⑦ 罪罟（gǔ）：法网。

⑧ 除：除旧，旧岁将除。

⑨ 曷：何时。云：语助词。其：将。还：回去。

⑩ 岁聿（yù）云莫：年终。聿云：语助词。莫：古"暮"字。

⑪ 孔庶：很多。

⑫ 惮：同"瘅（dàn）"，劳苦。不暇：没有闲暇。

⑬ 睠睠：即"眷眷"，依恋的样子。

⑭ 奥（yù）："燠"的假借字，温暖，变暖。

⑮ 蹙：急促，紧迫。

⑯ 萧：艾蒿。菽：豆类。

⑰诒:同"贻",遗留。伊:其。戚:忧伤,痛苦。

⑱兴言:犹"薄言",语首助词。出宿:不能安睡。

⑲反覆:指不测之祸。

⑳恒:常。安处:安居,安逸享乐。

㉑靖:敬。位:职位,职责。

㉒与:亲近,友好。

㉓式:乃。穀(gǔ):善,此处指赐福。以:与。女:同"汝"。

㉔介:借为"匄"(gài),给予。景福:大福。

简析

这是一首抒写久役怀归之情的怨刺诗。全诗五章,前三章为一个层次。这三章前八句均以时间的推移来表现行役之久、思乡怀归之切、忧愁满腹之苦。后六句则以"共人"为念想对象,反复叙说怀归之情。关于"共人"历代有不同的解说。从诗意来看,应是和自己有共同遭遇、勤勉王事而不得归的同行者。后两章为第二个层次,诗人将怨叹的目标指向了君子,也就是让自己久役他乡的统治者,希望他们不要贪图安逸享受,而是要亲近贤人、勤于政事,这样才能使国家长治久安。在这怨叹的背后,其实正是统治者"安处""安息"的现实,这就与前三章久役之人勤于王事形成了鲜明对比,进一步表达了怨刺之意。这首诗与《北山》主题相近,但《北山》多用对比,直露尖锐,而《小明》则善于通过节令、环境的变化来表现情感,因此显得内敛含蓄。

鼓 钟

鼓钟将将[1]，淮水汤汤[2]，忧心且伤。
淑人君子[3]，怀允不忘[4]。
鼓钟喈喈[5]，淮水湝湝[6]，忧心且悲。
淑人君子，其德不回[7]。
鼓钟伐鼛[8]，淮有三洲，忧心且妯[9]。
淑人君子，其德不犹[10]。
鼓钟钦钦[11]，鼓瑟鼓琴。笙磬同音[12]。
以雅以南[13]，以籥不僭[14]。

注释

[1] 鼓：敲击。将（qiāng）将：钟声。
[2] 汤（shāng）汤：水势浩大、水流很急的样子。
[3] 淑：善。
[4] 允：语助词。
[5] 喈（jiē）喈：钟声。
[6] 湝（jiē）湝：水流的样子。
[7] 回：奸邪。
[8] 伐：击打。鼛（gāo）：大鼓。
[9] 妯（chōu）：悲伤。
[10] 犹：终止。
[11] 钦钦：钟声。
[12] 笙：古代一种管乐器。磬（qìng）：古代一种打击乐器。

⑬雅：原为乐器名，后引申为乐调名，指王畿地区地区的音乐。南：原为乐器名，后引申为乐调名，指江汉地区的音乐。

⑭籥（yuè）：古代一种乐器。僭：乱。

简析

这首诗从诗意来看，诗歌主要描写了各种乐器合奏的场面和对淑人君子的感念。全诗四章，前三章均由听音乐与思君子两部分构成。末章则描写八种乐器合奏的场面。对音乐的描写是此诗最大的特色。一是善用叠字形容乐声，如第一章"将将"的雄浑鼓声与"汤汤"的湍急水声配合无间，而次章鼓钟"喈喈"的清脆又与淮水"湝湝"的和缓相得益彰。二是末章众多乐器齐奏，尽管琴瑟为弦乐器，磬为打击乐器、笙籥为管乐器，而音乐曲调上又有雅南之别，但在鼓钟的统领下，却又主次分明，将那种八音繁会的音乐效果成功地表现出来。

楚 茨

楚楚者茨①，言抽其棘②，自昔何为？我艺黍稷③。我黍与与④，我稷翼翼⑤。我仓既盈，我庾维亿⑥。以为酒食，以享以祀⑦，以妥以侑⑧，以介景福⑨。

济济跄跄⑩，絜尔牛羊⑪，以往烝尝⑫。或剥或亨⑬，或肆或将⑭。祝祭于祊⑮，祀事孔明⑯。先祖是皇⑰，神保是飨⑱。孝孙有庆⑲，报以介福⑳，万寿无疆！

执爨踖踖㉑，为俎孔硕㉒。或燔或炙㉓，君妇莫莫㉔。为豆孔庶㉕。为宾为客，献酬交错㉖。礼仪卒度㉗，笑语卒获㉘。神保是格㉙，报以介福，万寿攸酢㉚！

我孔熯矣㉛，式礼莫愆㉜。工祝致告㉝：徂赉孝孙㉞。苾芬孝祀㉟，神嗜饮食。卜尔百福㊱，如幾如式㊲。既齐既稷㊳，既匡既敕㊴。永锡尔极㊵，时万时亿㊶！

礼仪既备，钟鼓既戒㊷，孝孙徂位㊸，工祝致告：神具醉止㊹，皇尸载起㊺。鼓钟送尸，神保聿归㊻。诸宰君妇㊼，废彻不迟㊽。诸父兄弟㊾，备言燕私㊿。

乐具入奏㉛，以绥后禄㉒。尔肴既将㉓，莫怨具庆。既醉既饱，小大稽首㉔。神嗜饮食，使君寿考㉕。孔惠孔时㉖，维其尽之㉗。子子孙孙，勿替引之㉘！

小雅·谷风之什

注释

① 楚楚：植物丛生的样子。茨：植物名，蒺藜。

② 言：语助词。抽：拔除。棘：刺。

③ 蓺（yì）：即"艺"，种植。

④ 与与：茂盛的样子。

⑤ 翼翼：茂盛的样子。

⑥ 庾（yǔ）：露天谷仓。维：是。亿：满。

⑦ 享：飨，上供祭献。

⑧ 妥：安坐。侑：劝进酒食。

⑨ 介：借为"匄"（gài），求。景：大。

⑩ 济济：严肃恭敬的样子。跄（qiàng）跄：步趋有节的样子。

⑪ 絜（jié）：同"洁"，洗干净。

⑫ 烝：冬祭。尝：秋祭。

⑬ 剥：将牲畜宰割支解。亨（pēng）：同"烹"，烧煮食物。

⑭ 肆：陈列。将：捧着献上。

⑮ 祝：太祝，司祭礼的人。祊（bēng）：设祭之所，在宗庙门内。

⑯ 孔：很。明：备。这句指祭祀仪式很完备。

⑰ 皇：大。

⑱ 神保：神灵，指祖先的在天之灵。飨：享受祭祀。

⑲ 孝孙：主祭之人。庆：福。

⑳ 介福：大福。

㉑ 执：执掌。爨（cuàn）：灶，厨房。踖（jí）踖：干练敏捷的样子。

㉒ 俎：祭祀时盛牲肉的铜制礼器。硕：大。

㉓ 燔（fán）：烧肉。炙：烤肉。

㉔ 君妇：主妇，此处专指天子、诸侯之妻。莫莫：恭谨的样子。

㉕ 豆：食器，形状为高脚盘。庶：众，多。

㉖ 献：主人劝宾客饮酒。酬：宾客向主人回敬酒。

㉗ 卒：尽，完全。度：尺度，法度。

㉘ 获：恰到好处。

㉙ 神保：神的美称。格：至，到来。

㉚ 攸：乃。酢：报，酬答。

㉛ 燅（rǎn）：同"戁"，敬惧，恭谨。

㉜ 式：发语词。愆（qiān）：过失，差错。

㉝ 工祝：太祝。致告：代神致词，以告祭者。

㉞ 徂：往。赉（lài）：赐予。

㉟ 苾（bì）：芳香。孝祀：神灵享受祭祀。

㊱ 卜：给予，赐予。

㊲ 如幾如式：指祭祀如期按照规定举行。如：合。幾：借为"期"。式：法，制度。

㊳ 齐（zhāi）：同"斋"，态度恭敬。稷：动作敏捷。

㊴ 匡：正，庄重。敕：同"饬"，严整。

㊵ 锡：赐。极：至，指最大的福气。

㊶ 时：是。

㊷ 戒：备。

㊸ 徂位：孝孙回到原位。

㊹ 具：俱，都。止：语气词。

㊺ 皇尸：代表先祖受祭的人。载：乃，就。起：起身离去。

㊻ 聿（yù）：乃。

㊼ 宰：膳夫，厨师。

小雅·谷风之什 | 435

㊽ 废彻：撤去祭品。彻：同“撤”。不迟：不慢，指动作很快。

㊾ 诸父：伯父、叔父等长辈。兄弟：同姓之叔伯兄弟。

㊿ 备：尽，完全。言：语中助词。燕私：祭祀之后在后殿宴请同姓亲属。

(51) 具：俱。入奏：进入后殿演奏。

(52) 绥（suí）：安，安享。后禄：口福。古人认为祭祀后的酒肉是神赐之福。

(53) 将：指味道美。

(54) 小大：指不同年龄、不同辈份的人。稽首：叩头致谢。

(55) 寿考，长寿。考：老。

(56) 惠：顺利。时：美好。

(57) 尽之：主人完全遵守祭祀的礼节。

(58) 替：废弃。荒废。引之，长久举行祭祀祖先的礼仪。引：延长。

简析

这首诗一般认为是周王祭祀祖先和神灵的乐歌。诗歌细致描写了祭祀过程中欢庆忙碌的场景和祭祀后合家宴饮欢聚的场面，表达了对祖先神灵的崇敬与祈求降福的热切之情。全诗六章，每章十二句。首章忆昔念今，表达丰收的喜悦，酿酒做食，准备祭祀。二三章开始描写祭祀的场面，突出繁忙而又有条不紊的祭祀活动。四章写工祝致辞，代表神灵赐福无数。五六章写祭祀完成后，同姓之亲在后殿共同享用祭祀过的美食，大大小小一起叩头祝福，祈愿永葆福寿。诗歌以描写祭祀典礼为主，内容繁多，但叙述条达顺畅，丝毫没有板滞平铺之累。其特点就在于诗人善于创设情境，避开祭祀过程的具体描写而把目光聚焦于厨子、君妇、工祝等人身上，通过细致描写，展现他们的活动场景，使读者如临其境，感受祭祀过程中那热烈而又庄重的氛围，可谓以简驭繁，而又层见错出。

信南山

信彼南山①,维禹甸之②。畇畇原隰③,曾孙田之④。我疆我理⑤,南东其亩⑥。

上天同云⑦,雨雪雰雰⑧。益之以霢霂⑨,既优既渥⑩。既沾既足⑪,生我百谷。

疆场翼翼⑫,黍稷彧彧⑬。曾孙之穑⑭,以为酒食。畀我尸宾⑮,寿考万年。

中田有庐⑯,疆场有瓜。是剥是菹⑰,献之皇祖⑱。曾孙寿考,受天之祜⑲。

祭以清酒,从以骍牡⑳,享于祖考。执其鸾刀㉑,以启其毛,取其血膋㉒。

是烝是享,苾苾芬芬㉓。祀事孔明㉔,先祖是皇。报以介福,万寿无疆!

注释

① 信:"伸",延伸。南山:终南山。

② 维:是。禹:大禹。甸:治理。

③ 畇(yún)畇:土地经垦辟后平展整齐的样子。原隰:泛指全部的田地。原:高平之地。隰(xí):低湿之地。

④ 曾孙:后代的子孙。又作为主祭者之代称。田:垦治田地。

⑤ 疆:划分田界。理:整理,指细分田中的沟陇。

⑥ 南东:将田陇开辟成南北向或东西向。

⑦ 上天:冬季的天空。同云:天空布满阴云,浑然一色。

小雅·谷风之什 | 437

⑧ 雨雪：下雪。雱雱：纷纷。

⑨ 益：加上。霡霂（mài mù）：小雨。

⑩ 优：充足。渥：湿润。

⑪ 沾：沾湿。足：雨水充足。

⑫ 埸（yì）：田界。翼翼：整齐的样子。

⑬ 彧（yù）彧：同"郁郁"，茂盛的样子。

⑭ 穑：收获庄稼。

⑮ 畀（bì）：给予。

⑯ 庐：房屋。一说萝卜。

⑰ 剥：削皮切块。菹（zū）：腌菜。

⑱ 皇祖：先祖的美称。

⑲ 祜（hù）：福。

⑳ 骍（xīng）：赤黄色的马或牛。牡：公牛。

㉑ 鸾刀：带铃的刀。

㉒ 膋（liáo）：脂膏，此处指牛油。

㉓ 苾（bì）：芳香。

㉔ 明：礼仪完备。

简析

这是一首岁末祭祖祈福的乐歌。全诗六章，以描写农事活动为主，结构上采取先总后分的叙述顺序。前三章以南山绵延起兴，追怀大禹奠基立业，开辟田亩的功绩，展现了甘霖普降，百谷丰登，人们忙于酿酒做食，以祭供先祖的场景，表达了丰收的喜悦和对先祖赐福的感激之情。四五章则选取采摘鲜果和宰牛做供这两个富有生活气息的画面来烘托展示祭祀活动的热烈庄重。"是剥是菹""执其鸾刀，以启其毛，取其血膋"这些细节全用白描，具体而生动，很好地表达了人们对先祖发自内心的尊崇和敬仰之情。

小雅·甫田之什

甫 田

倬彼甫田①，岁取十千②。我取其陈，食我农人。自古有年③。今适南亩④，或耘或耔⑤。黍稷薿薿⑥，攸介攸止⑦，烝我髦士⑧。

以我齐明⑨，与我牺羊⑩，以社以方⑪。我田既臧⑫，农夫之庆。琴瑟击鼓，以御田祖⑬，以祈甘雨⑭，以介我稷黍，以穀我士女⑮。

曾孙来止⑯，以其妇子。馌彼南亩⑰，田畯至喜⑱。攘其左右⑲，尝其旨否⑳。禾易长亩㉑，终善且有㉒。曾孙不怒，农夫克敏㉓。

曾孙之稼，如茨如梁㉔。曾孙之庾㉕，如坻如京㉖。乃求千斯仓㉗，乃求万斯箱㉘。黍稷稻粱，农夫之庆。报以介福㉙，万寿无疆！

注释

① 倬：广阔。甫：大。
② 十千：泛指很多。
③ 有年：丰收年。
④ 适：去。
⑤ 耘：锄草。耔（zǐ）：给庄稼培土。
⑥ 薿（nǐ）薿：茂盛的样子。
⑦ 攸介攸止：指谷物长大成熟。攸：乃。介：长大。止：至。
⑧ 烝：进呈。髦士：俊杰之士。
⑨ 齐（zī）明：祭祀所盛用的谷物。齐：通"粢"，谷子。
⑩ 牺：祭祀用的毛色纯一的牲畜。
⑪ 以：用作。社：祭拜土地神。方：祭拜四方神。
⑫ 臧：好，此处指丰收。
⑬ 御（yà）：同"迓"，迎接。田祖：指神农氏。
⑭ 祈：祈祷求告。

⑮ 穀：养活。士女：指贵族男女。

⑯ 曾孙：周王自称。止：语助词。

⑰ 馌（yè）：送饭。

⑱ 田畯（jùn）：掌管农事的官。

⑲ 攘：通"让"，拿食物给人吃。

⑳ 旨：美味。

㉑ 易：容易生长。长亩：整片田地。

㉒ 终：既。有：富足。

㉓ 克：能。敏：勤快。

㉔ 茨：屋顶。一说圆形谷堆。梁：房梁。一说方形谷堆。此句指粮食堆得如屋顶房梁那么高。

㉕ 庾：指粮仓。

㉖ 坻（chí）：小丘。京：山峦。

㉗ 千斯仓：千仓，一千座粮仓。

㉘ 箱：车箱。

㉙ 介福：大福。

简析

这是一首周王祭祀四方神、土地神和田神以祈求五谷丰登的乐歌，表现了周代统治者对农事的重视。从诗意来看，作者应为周王。全诗四章，首章总写大田肥沃，年年丰收。周王视察至此，展望丰年。次章写周王祭祀方、社、田祖，与农人一起祈愿五谷丰登。三章写祭祀结束后，周王亲自督耕，与民同乐。末章写丰年到来，人们沉浸于喜悦之中，表达了对神灵和周王的感激之情。诗歌在艺术上以赋为主，注重祭祀氛围的营造和细节的展示，语言多白描，少夸饰。诗中农人除草培土的辛劳、击鼓奏瑟的欢庆、周王"馌彼南亩"的亲民、田畯"攘其左右"的热切，都仿若一幅幅民俗风情画，极富生活气息。

大　田

　　大田多稼①，既种既戒②，既备乃事③。以我覃耜④，俶载南亩⑤。播厥百谷⑥，既庭且硕⑦，曾孙是若⑧。

　　既方既皁⑨，既坚既好，不稂不莠⑩。去其螟螣⑪，及其蟊贼⑫，无害我田稚⑬。田祖有神⑭，秉畀炎火⑮。

　　有渰萋萋⑯，兴雨祁祁⑰。雨我公田⑱，遂及我私⑲。彼有不获稚⑳，此有不敛穧㉑。彼有遗秉㉒，此有滞穗㉓，伊寡妇之利㉔。

　　曾孙来止，以其妇子，馌彼南亩㉕，田畯至喜。来方禋祀㉖，以其骍黑㉗，与其黍稷。以享以祀，以介景福㉘。

注释

①大田：广阔的农田。稼：种庄稼。

②既：已经。种：选种子。戒：同"械"，修理农用器械。

③乃事：这些事。

④覃（yǎn）：同"剡"，锋利。耜（sì）：古代一种农具，形似铁锹。

⑤ 俶（chù）载：开始从事。

⑥ 厥：其，这。

⑦ 庭：同"挺"，挺拔。硕：大。

⑧ 曾孙是若：周王看了非常顺心惬意。若：顺。

⑨ 方：同"房"，谷粒已生嫩壳。皂（zào）：指谷壳已经结成。

⑩ 稂（láng）：穗粒空瘪。莠（yǒu）：田间杂草。

⑪ 螟（míng）：专吃禾心的害虫。螣（tè）：专吃禾叶的害虫。

⑫ 蟊（máo）：专吃禾根的虫。贼：专吃禾节的虫。

⑬ 稚：幼禾。

⑭ 田祖：农神。

⑮ 秉：执。畀：给予。炎火：大火。

⑯ 有渰（yǎn）："渰渰"，阴云密布的样子。

⑰ 祁祁：淅淅沥沥的样子。

⑱ 公田：公家的田。

⑲ 私：私田。

⑳ 获：收割。穉：低小的穗。

㉑ 敛：捆扎，约束。秸（jì）：已割而未收的禾把。

㉒ 遗：遗落。秉：把，捆扎成束的禾把。

㉓ 滞：遗留。

㉔ 伊：是。利：好处。

㉕ 南亩：泛指农田。

㉖ 禋（yīn）祀：升烟以祭，古代祭天的典礼。泛指祭祀。

㉗ 骍（xīng）：赤色牛。黑：毛为黑色的猪羊。

㉘ 介："丐"字的假借，祈求。

简析

　　这首诗与上一首《甫田》同是周王祭祀神灵以祈丰年的乐歌，但在写法上又有所不同。诗歌按照春耕、夏耘、秋收与周王祭祀农神的顺序安排四章内容。《甫田》以描写周王视察祭祀为主，而《大田》的写作重心则落在对农事的详细描写上。诗歌以铺叙的方式非常细致地描写了选种、维修农具、播种、除杂草、灭害虫、灌溉、收割等农事活动，展现了井田制下农民生活的真实场景，具有非常重要的认知价值。诗歌善于刻画细节，巧于烘托，善于留白，具有较高的艺术创作技巧。尤其是第五章关于农田中散落的谷物的描写，给人留下了极大的悬念，直至最后一句"伊寡妇之利"的出现，才令人恍悟先民之宅心仁厚。

瞻彼洛矣

瞻彼洛矣,维水泱泱①。君子至止②,福禄如茨③。
韎韐有奭④,以作六师⑤。
瞻彼洛矣,维水泱泱。君子至止,鞞琫有珌⑥。
君子万年,保其家室。
瞻彼洛矣,维水泱泱。君子至止,福禄既同⑦。
君子万年,保其家邦。

注释

① 泱(yāng)泱:水势盛大的样子。
② 止:语助词。
③ 如茨(cí):形容很多。茨:茅草覆盖房子,层层叠叠。
④ 韎韐(mèi gé):蔽膝。奭(shì):赤色。
⑤ 作:起,引申为检阅。六师:六军。古时天子六师,共一万五千人。
⑥ 鞞(bǐng):刀鞘。琫(běng):镶于刀鞘口周围的玉饰。珌(bì):镶于刀鞘末端的玉饰。
⑦ 同:聚集。

简析

这是一首颂赞诗,表达了天子检阅军队时诸侯对天子的赞颂之情。全诗三章,均以洛水起兴,兴中有比,以洛水水势之浩大比喻周朝军队之齐整军容与赫赫军威。首章着力写天子所穿军服之耀眼,检阅六师之隆重,颂赞天子"福禄如茨"。次章将视角转向天子之佩剑,通过描写佩剑的剑鞘装饰体现天子的威仪,再次颂赞天子享福万年,家国永葆。末章写检阅结束后,天子赏赐诸侯与军旅将士,众将士齐赞天子并立下保卫家邦的誓言。诗歌写天子之威仪,借洛水比喻其宽广胸怀,通过对天子服饰、佩剑的细节的描写来进行烘托渲染,均有其独特之处。

小雅·甫田之什

裳裳者华

裳裳者华①,其叶湑兮②。

我觏之子③,我心写兮④。

我心写兮,是以有誉处兮⑤。

裳裳者华,芸其黄矣⑥。

我觏之子,维其有章矣⑦。

维其有章矣,是以有庆矣⑧。

裳裳者华,或黄或白。

我觏之子,乘其四骆⑨。

乘其四骆,六辔沃若⑩。

左之左之⑪,君子宜之。

右之右之,君子有之⑫。

维其有之,是以似之⑬。

注释

① 裳裳:"堂堂"的假借词,花朵盛开的样子。华:花。

② 湑(xǔ):茂盛的样子。

③ 觏(gòu):见。之子:此人。

④ 写:宣泄,指心情舒畅。

⑤ 誉:同"豫",快乐。处:安居。

⑥ 芸其:即芸芸,花叶盛多的样子。黄:花黄色。

⑦ 章：文章。

⑧ 庆：喜庆，庆贺。

⑨ 骆：长有黑鬃黑尾的白马。

⑩ 六辔（pèi）：古代四匹马驾车有六条缰绳，故称。沃若：光润的样子。

⑪ 左：和下文的右，指左右辅弼。之：语气词。

⑫ 有：取。有之，取他人之所长。

⑬ 似：同"嗣"，继承。

简析

这首诗旧说多认为是天子赞美诸侯之辞，朱熹《诗集传》以其为答《瞻彼洛矣》之作。现在则多认为是赞美君子。诗歌前三章均以鲜花起兴，引出对"之子"的赞美之情。首章总写见到"之子"的欢悦。二三章分别赞美其服饰、车马，借以赞美"之子"外在形象。末章则从左右两方面描写其无所不宜的美好品格，从而完成对君子（之子）文质彬彬，表里如一的形象塑造。诗歌前三章节奏欢快，末章则连用八个之字，舒缓语气，使诗情由欢快归于平静，颇符合儒家中正和平之追求。

桑扈

交交桑扈①,有莺其羽②。
君子乐胥③,受天之祜④。
交交桑扈,有莺其领。
君子乐胥,万邦之屏⑤。
之屏之翰⑥,百辟为宪⑦。
不戢不难⑧,受福不那⑨。
兕觥其觩⑩,旨酒思柔⑪。
彼交匪敖⑫,万福来求⑬。

注释

① 交交:鸟鸣声。桑扈:鸟名,青雀。
② 莺:有文采的样子。
③ 君子:指群臣。胥:语助词。
④ 祜:福禄。
⑤ 万邦:泛指各诸侯国。屏:屏障。
⑥ 之:是。翰:"干"字的假借,支柱。
⑦ 百辟:泛指各国诸侯。宪:法度。
⑧ 不:语助词,下同。戢(jí):敛。难(nuó):同"傩",指行有节制。
⑨ 不:通"丕",大。
⑩ 兕觥(sì gōng):牛角制成的酒杯。觩(qiú):弯曲的样子。
⑪ 旨酒:美酒。思:语助词。柔:酒性和柔。
⑫ 彼:贤能之人。匪敖:不傲慢。敖,同"傲"。
⑬ 求:同"逑",指集聚。

简析

　　这是一首天子宴诸侯的乐歌,诗中的君子指的就是来参加宴会的诸侯。诗歌前两章以"交交桑扈"起兴,由桑扈的悦耳叫声引出宴饮君子的快乐,褒许君子乃是国之屏障,身受上天福报,是众人学习的榜样。后两章在赞美君子的基础上,进一步以美酒为喻,用酒性和柔,味道方能甘美比喻只有不侮慢、不骄傲才会有福气相随,委婉地对君子提出"不戢不难""彼交匪敖"的劝诫。诗歌正通过这种寓诫于赞的方式,既不影响酒宴的和谐欢乐,又达到了劝诫诸侯的目的,这也是周天子控制诸侯的一种常见做法。

鸳 鸯

鸳鸯于飞①,毕之罗之②。

君子万年,福禄宜之③。

鸳鸯在梁④,戢其左翼⑤。

君子万年,宜其遐福⑥。

乘马在厩⑦,摧之秣之⑧。

君子万年,福禄艾之⑨。

乘马在厩,秣之摧之。

君子万年,福禄绥之⑩。

注释

① 鸳鸯：水鸟名。此鸟雌雄双居，常被用于咏赞爱情。

② 毕：指带有长柄的小网。罗：一种无柄的大网。

③ 宜：安。

④ 梁：鱼梁，拦鱼的水坝。

⑤ 戢（jí）：插。

⑥ 遐：远，大。

⑦ 乘（shèng）马：拉车的马。厩：马棚。

⑧ 摧（cuò）：同"莝"，铡草喂马。秣（mò）：用粮食喂马。

⑨ 艾：养，伺养。

⑩ 绥（suí）：安。

简析

这是一首婚庆贺诗。全诗四章，前两章以鸳鸯双飞双宿起兴，引出对新婚夫妇的祝福。诗人先以鸳鸯面对罗网捕捉仍然成双成对来象征新婚夫妇情真意坚，再以鸳鸯休息时相互依偎来祝福新婚夫妇相濡以沫，白头到老。后两章则转写秣马迎亲，用喂马这一细节表达对新婚夫妇未来生活富足、福禄相随的美好祝愿。诗歌在艺术上以比兴为主，善用象征，充满对美好生活的真挚祝福之情。

颀 弁

有颀者弁①,实维伊何②?尔酒既旨,尔肴既嘉③。岂伊异人?兄弟匪他。茑与女萝④,施于松柏。未见君子,忧心奕奕⑤。既见君子,庶几说怿⑥。

有颀者弁,实维何期⑦?尔酒既旨,尔肴既时⑧。岂伊异人?兄弟具来。茑与女萝,施于松上。未见君子,忧心恟恟⑨。既见君子,庶几有臧⑩。

有颀者弁,实维在首。尔酒既旨,尔肴既阜⑪。岂伊异人?兄弟甥舅。如彼雨雪⑫,先集维霰⑬。死丧无日⑭,无几相见⑮。乐酒今夕,君子维宴。

注释

① 颀(kuǐ):有棱角的样子。弁(biàn):皮冠,白鹿皮制成的圆顶礼帽。
② 实维伊何:是为了什么。实,"是"。维,语助词。
③ 肴(yáo):同"肴",煮熟的鱼肉等食物。
④ 茑(niǎo)、女萝:均为蔓生植物名。
⑤ 奕奕:心神不安的样子。
⑥ 庶几:差不多,近似。说怿(yuè yì):欢欣喜悦。说,同"悦"。
⑦ 何期:犹言"伊何"。
⑧ 时:善,好。
⑨ 恟(bǐng)恟:忧愁的样子。
⑩ 臧:善。
⑪ 阜(fù):多,丰盛。

⑫ 雨（yù）雪：下雪。

⑬ 先集维霰（xiàn）：先集中落下的只是雪珠。霰：雪珠。

⑭ 无日：不知哪天。

⑮ 无几：没有多久。

简析

　　这是一首宴饮诗，朱熹《诗集传》认为是"宴兄弟亲戚之诗"。诗歌三章，结构基本相似，前三章反复陈说酒食的甘美，通过见到主人与见不到主人的不同心情，表达客人对主人的赞美之情。第三章前六句与前两章基本相似，后六句则由宴饮的欢乐联想到人生的短暂，当及时行乐。从某种意义上说，这种消极的享乐行为也正是西周末年时局衰颓的产物。诗歌在艺术上以善用比喻为主要特点，如以茑、女萝之攀附松树比喻贵族间相互依附，以雪霰比喻人生短暂，都非常形象。

车 舝

间关车之舝兮①，思娈季女逝兮②。匪饥匪渴，德音来括③。虽无好友，式燕且喜④。

依彼平林⑤，有集维鷮⑥。辰彼硕女⑦，令德来教⑧。式燕且誉，好尔无射⑨。

虽无旨酒，式饮庶几⑩。虽无嘉殽，式食庶几。虽无德与女，式歌且舞。

陟彼高冈，析其柞薪⑪。析其柞薪，其叶湑兮⑫。鲜我觏尔⑬，我心写兮⑭。

高山仰止，景行行止⑮。四牡騑騑⑯，六辔如琴⑰。觏尔新昏⑱，以慰我心。

注释

① 间关：车行声。舝（xiá）：同"辖"，置于车轮轴头上的铁键。
② 思：语助词。娈：美好可爱。季女：指少女。逝：指出嫁。
③ 德音：美德。括：会面。
④ 式：语助词。燕同"宴"。
⑤ 依：茂密。平林：平地上的树林。
⑥ 鷮（jiāo）：雉之长尾者。
⑦ 辰：通"珍"，美好。硕女：贤德之女。一说身材高大的女子。
⑧ 令德：好的德行。来教：受过好的教育。
⑨ 射（yì）：厌，厌恶。
⑩ 庶几：表示希望。
⑪ 析：砍。柞（zuò）：栎树。
⑫ 湑：茂盛。

⑬ 鲜：善。觏：见到。
⑭ 写：同"泻"，宣泄，舒畅。
⑮ 景行（háng）：光明大道。行（xíng）止：行之。
⑯ 骐骐：行走不止的样子。
⑰ 辔（pèi）：马缰绳。
⑱ 昏：同"婚"。

简析

这是一首咏新婚的乐歌，是对美好爱情的礼赞。全诗五章，每一章都充满了新郎对新娘的赞美与新婚的喜悦之情。诗歌在艺术上以善于联想和想象取胜。在接亲的途中，新郎的想象随着林中的锦鸡、山间的柞树、高山大路的出现而不断被触发，在这些想象中又融入比喻、象征等修辞，将他对新婚妻子的爱慕、赞美与对未来美好生活的向往很好地表达出来，愉悦、满足、憧憬成为诗歌的主旋。

青 蝇

营营青蝇①，止于樊②。岂弟君子③，无信谗言。

营营青蝇，止于棘。谗人罔极④，交乱四国⑤。

营营青蝇，止于榛。谗人罔极，构我二人⑥。

注释

① 营营：苍蝇飞舞声。

② 樊：篱笆。

③ 岂弟：同"恺悌"，和乐平易。

④ 罔极：没有原则。

⑤ 交乱：交相为乱。四国：指天下。

⑥ 构：离间。

简析

这是一首谴责谗人的政治抒情诗。诗歌三章，结构基本相似，均以青蝇起兴，引出对谗人的强烈痛恨与批判之情。诗歌在艺术上最主要的特色是设喻形象，本体与喻体之间结合无间，相辅相成。苍蝇嗡嗡作响、传播细菌的习性，和谗人四处挑拨离间、一心害人的特点极为吻合，因此诗歌在首章即规劝君子不要去轻信谗言，然后指出谗人的危害大到祸国殃民、小到使朋友反目，其根源就是因为"谗人罔极"，做事没有准则。这种以物喻人的写法极大增强了诗歌的批判力量。

宾之初筵

宾之初筵①，左右秩秩②。笾豆有楚③，殽核维旅④。
酒既和旨⑤，饮酒孔偕⑥。钟鼓既设，举酬逸逸⑦。
大侯既抗⑧，弓矢斯张。射夫既同⑨，献尔发功⑩。
发彼有的⑪，以祈尔爵⑫。

籥舞笙鼓⑬，乐既和奏。烝衎烈祖⑭，以洽百礼⑮。
百礼既至，有壬有林⑯。锡尔纯嘏⑰，子孙其湛⑱。
其湛曰乐，各奏尔能⑲。宾载手仇⑳，室人入又㉑。
酌彼康爵㉒，以奏尔时㉓。

宾之初筵，温温其恭。其未醉止㉔，威仪反反㉕。
曰既醉止㉖，威仪幡幡㉗。舍其坐迁㉘，屡舞仙仙㉙。
其未醉止，威仪抑抑㉚。曰既醉止，威仪怭怭㉛。
是曰既醉，不知其秩㉜。

宾既醉止，载号载呶㉝，乱我笾豆，屡舞僛僛㉞。
是曰既醉，不知其邮㉟。侧弁之俄㊱，屡舞傞傞㊲。
既醉而出，并受其福。醉而不出，是谓伐德㊳。
饮酒孔嘉，维其令仪㊴。

凡此饮酒，或醉或否。既立之监㊵，或佐之史㊶。
彼醉不臧㊷，不醉反耻。式勿从谓㊸，无俾大怠㊹。

匪言勿言㊺，匪由勿语㊻。由醉之言，俾出童羖㊼。三爵不识㊽，矧敢多又㊾。

注释

① 初筵：宾客刚刚入席。筵，铺在地上的竹席。紧靠地面的一层称筵，筵上面的称席。

② 秩秩：有序的样子。

③ 笾（biān）、豆：古代装食物的礼器。有楚：即"楚楚"，整齐的样子。

④ 殽核：殽为豆中所装的食品，核为笾中所装的食品。旅：摆放得整齐。

⑤ 和旨：醇和甜美。

⑥ 偕：共同，一起。

⑦ 举酬：举杯。逸逸：有次序。一说从容安逸。

⑧ 大侯：射箭用的大靶子。抗：高挂。

⑨ 射夫：射手。同：聚集。

⑩ 献：表现出来。发功：发箭射击的功夫。

⑪ 有：语助词。的：靶心，常指靶子。

⑫ 以祈尔爵：指射中而让别人饮罚酒。祈：求。爵：酒杯。

⑬ 籥（yuè）舞：执籥而舞。笙鼓：吹笙打鼓。

⑭ 烝：进。衎（kàn）：娱乐。

⑮ 洽：配合。

⑯ 有壬：礼大的样子。有林：礼多的样子。

⑰ 锡：赐。纯嘏（gǔ）：大福。

⑱ 湛（dān）：和乐，快乐。

⑲ 奏：进献。

⑳ 载：就。手：选取。仇：对手。

㉑ 室人：主人。入又：即"又入"，指主人也参加射箭活动。

㉒ 康爵：空杯。

㉓ 奏：献。时：善射的宾客。

㉔ 止：语助词。

㉕ 反反：慎重、和善的样子。

㉖ 曰：语助词。

㉗ 幡幡：轻率不庄重的样子。

㉘ 舍：放弃。坐：同"座"，座位。迁：移动。

㉙ 仙仙：同"跹跹"，手舞足蹈的样子。

㉚ 抑抑：审慎、谦谨的样子。

㉛ 怭（bì）怭：轻佻的样子。

㉜ 秩：指常规。

㉝ 号：大声乱叫。呶（náo）：喧哗。

㉞ 僛（qī）僛：身体歪斜倾倒的样子。

㉟ 邮：同"尤"，过失。

㊱ 弁（biàn）：古代一种皮帽。俄：倾斜不正。

㊲ 傞（suō）傞：醉舞失态的样子。

㊳ 伐德：败德。

㊴ 令仪：美好的仪表礼节。

㊵ 监：酒监，宴会上负责监督礼仪的官。

小雅·甫田之什 | 459

㊶ 史：酒史，记录饮酒时言行的官员。

㊷ 臧：好。

㊸ 式：发语词。勿从谓：不再劝酒。

㊹ 俾（bǐ）：使。大怠：太怠慢失礼。

㊺ 匪言：不该说的话。

㊻ 匪由：不合规矩的话。

㊼ 童羖（gǔ）：没角的公山羊。

㊽ 三爵：三杯。不识：指喝醉了不辨东西。

㊾ 矧（shěn）：何况。又："侑"的假借字，劝酒。

简析

这是一首讽刺诗，在思想与艺术上都有着较高的成就。诗歌五章，主要以写实的方式细致描写了宾客在宴会上的表现。一二章写宾客刚参加宴会时的温良恭谨，主客之间热切而不失礼貌的对酬、燕射。三四章写宾客喝醉后手舞足蹈、大喊大叫、帽子歪斜各种各样的丑态。末章则总结说理，对饮酒过度导致失德坏礼的行为进行了规讽。诗歌在艺术上以对比为主要表现手段，既有章与章之间的对比，如一二章众宾客的宴饮有节与三四章醉后失德的对比。也有一章之内的对比，如第三章未醉与既醉不同状态的对比。此外，诗歌用大量叠字描写醉态，活灵活现；用排比表现宴会上饮酒燕射场景，庄重而热烈；对偶、顶针等句式的运用也使诗歌结构更加紧凑，又富有节奏感。

小雅·鱼藻之什

鱼 藻

鱼在在藻，有颁其首①。

王在在镐，岂乐饮酒②。

鱼在在藻，有莘其尾③。

王在在镐，饮酒乐岂。

鱼在在藻，依于其蒲④。

王在在镐，有那其居⑤。

注释

① 颁（fén）：头大。

② 岂（kǎi）乐：指欢乐。

③ 莘（shēn）：尾巴长长的样子。

④ 蒲：水生植物名，即香蒲。

⑤ 有那（nuó）：即"那那"，盛大的样子。

简析

这首诗的主旨朱熹认为是"天子燕诸侯，而诸侯美天子之诗也"（《诗集传》）。陈子展则认为"全篇以问答为之，自问自答，口讲指画，颇似民谣风格"（《诗经直解》）。这首诗赋比兴兼用，全诗三章均以"鱼在在藻"起兴，兼比周王治下人民安居乐业的生活。形式上采用重章叠句，反复咏叹周王饮酒之乐。语言质朴，善于描摹，尤其是一二章对鱼儿在水中摇头摆尾的细节刻画非常生动，富有民歌风味。

采 菽

采菽采菽①，筐之筥之②。君子来朝，何锡予之？虽无予之，路车乘马③。又何予之？玄衮及黼④。

觱沸槛泉⑤，言采其芹。君子来朝，言观其旂。其旂淠淠⑥，鸾声嘒嘒⑦。载骖载驷，君子所届⑧。

赤芾在股⑨，邪幅在下⑩。彼交匪纾⑪，天子所予。乐只君子⑫，天子命之。乐只君子，福禄申之⑬。

维柞之枝，其叶蓬蓬。乐只君子，殿天子之邦⑭。乐只君子，万福攸同。平平左右⑮，亦是率从。

汎汎杨舟⑯，绋纚维之⑰。乐只君子，天子葵之⑱。乐只君子，福禄膍之⑲。优哉游哉⑳，亦是戾矣㉑。

小雅·鱼藻之什

注释

① 菽（shū）：豆类的总称。

② 筥（jǔ）：筐。方者为筐，圆者为筥。

③ 路车：辂车，古时天子或诸侯所乘的车。

④ 玄衮（gǔn）：一种绣着卷龙的黑色礼服。黼（fǔ）：有半黑半白花纹的礼服。

⑤ 觱（bì）沸：泉水涌出的样子。槛泉：喷涌四流之泉。

⑥ 浡（pèi）浡：旗帜飘动的样子。

⑦ 鸾：车衡上的金属铃。哕（huì）哕：形容铃声清亮。

⑧ 届：到。

⑨ 芾（fú）：蔽膝。

⑩ 邪幅：裹腿。

⑪ 彼交匪纾：蔽膝裹腿紧紧缠绑不松懈。一说不躁急不怠慢。

⑫ 只：语助词。

⑬ 申：重复。

⑭ 殿：镇抚，守护。

⑮ 平平：治理有序。左右：指左右的小邦国。

⑯ 汎汎：即"泛泛"，随波漂流的样子。

⑰ 绋（fú）：粗大的绳索。缡（lí）：系。

⑱ 葵：借为"揆"，审视，度量。

⑲ 膍（pí）：厚赐。

⑳ 优哉游哉：形容悠闲自得的样子。

㉑ 戾（lì）：安定。

简析

这首诗记载了西周时期诸侯朝见天子时的盛况，表达了对君子（诸侯）的颂赞之情。全诗按时间顺序铺写了朝觐前、朝觐时和对诸侯的颂赞等场景。首章以采菽起兴，想象天子接见诸侯时会赏赐什么样的礼物，设下悬念。二三章具体描写诸侯朝见周天子时的壮观面。四五章转入对诸侯保卫国家立大功，天子不吝赏赐的颂扬。诗歌在艺术上以赋为主，合用比兴手法，如槛泉采芹、柞枝蓬蓬、绋缡杨舟等既是起兴，又有比喻诸侯来朝、诸侯功绩、诸侯与天子之间关系等含义，充满对诸侯的赞美与称颂。

角 弓

骍骍角弓①,翩其反矣②。兄弟昏姻③,无胥远矣④。
尔之远矣,民胥然矣⑤。尔之教矣,民胥效矣。
此令兄弟⑥,绰绰有裕⑦。不令兄弟,交相为瘉⑧。
民之无良,相怨一方。受爵不让,至于己斯亡⑨。
老马反为驹,不顾其后。如食宜饇⑩,如酌孔取⑪。
毋教猱升木⑫,如涂涂附⑬。君子有徽猷⑭,小人与属⑮。
雨雪瀌瀌⑯,见晛曰消⑰。莫肯下遗⑱,式居娄骄⑲。
雨雪浮浮⑳,见晛曰流。如蛮如髦㉑,我是用忧。

注释

① 骍(xīng)骍:弓与弦调和的样子。一说赤红色。角弓:用角装饰的弓。

② 翩:反过来弯曲的样子。

③ 昏姻:姻亲。

④ 胥:互相。远:疏远。

⑤ 胥:皆。然:这样。

⑥ 令:善。这里指兄弟友善。

⑦ 绰绰:宽裕舒缓之态。裕:宽大。此句指兄弟之间情感深厚。

⑧ 瘉(yù):病。这里指残害。

⑨ 亡:同"忘"。此句意为兄弟之间争爵斗气,忘了应有的德行。

⑩ 饫（yù）：饱。

⑪ 孔：很、非常。

⑫ 猱（náo）：猿类，善攀援。

⑬ 涂：泥土。涂附：附着。

⑭ 徽猷：美善之道。

⑮ 与属：跟从，依附。

⑯ 瀌（biāo）瀌：雪下得很大。

⑰ 晛（xiàn）：日气。

⑱ 遗：随和，柔顺。

⑲ 式：用，因。居：通"倨"，倨傲，傲慢。娄：借为"屡"。骄：骄纵。

⑳ 浮浮：水或雨雪很大的样子。

㉑ 蛮、髦：指南蛮与夷髦，古代对西南少数民族的称呼。

简析

这是一首劝诫诗。从诗意以及表达语气来看，作者应是周王的兄弟辈。全诗八章，大致可以分为两个部分。前四章以"兄弟昏姻，无胥远矣"为中心，指出兄弟之间善与不善的不同后果，劝告周王要兄弟和睦，以自身言行教化百姓。后四章则列举君子与小人的不同本性，劝诫周王要养成美德。这两部分在劝诫的背后隐含着对周王远兄弟亲小人的指责，表达出作者对国家的深深忧虑之情。诗歌在艺术上有两大特色，一是善用比喻，如首章以角弓反比喻兄弟离心；以"老马反为驹"比喻小人任意妄为，不顾后果；以"毋教猱升木，如涂涂附"比喻小人本性善于攀附等均非常形象生动。二是多以对比手法说理，如第三章兄弟间善与不善的结果对比，第六章君子有"徽猷"与小人有"恶猷"的对比都很好地起到了劝诫周王的作用。

菀 柳

有菀者柳①，不尚息焉②。
上帝甚蹈③，无自昵焉④。
俾予靖之⑤，后予极焉⑥！
有菀者柳，不尚愒焉⑦。
上帝甚蹈，无自瘵焉⑧。
俾予靖之，后予迈焉⑨！
有鸟高飞，亦傅于天⑩。
彼人之心，于何其臻⑪？
曷予靖之⑫，居以凶矜⑬！

注释

① 有菀：枝叶茂盛的样子。

② 尚：庶几，希望。息：休息。

③ 蹈：动，指变动无常。

④ 昵（nì）：亲近。

⑤ 俾：使。予：我。靖：谋划。

⑥ 极：同"殛"，惩罚、责罚。

⑦ 愒（qì）：歇息，休息。

⑧ 瘵（zhài）：病。

⑨ 迈：行，指放逐。

⑩ 傅:到达。
⑪ 臻:至,到达。
⑫ 曷:为什么。
⑬ 居以:置于。凶矜:指凶险处境。

简析

  这是一首怨刺诗。朱熹认为是"王者暴虐,诸侯不朝,而作此诗。"(《诗集传》)诗歌的作者应是一位忠于王事却无辜被贬的朝臣。诗歌前两章均以"有菀者柳,不尚息焉"起兴,反比周王虽如大树,但不值得去依靠亲近,表达了自己尽心为国谋划却遭贬谪的强烈愤恨之情。第三章以鸟儿高飞尚以天为依附起兴,指责周王心思"甚蹈",进而发出了对老天爷的质问:"是什么原因使一心为国谋划的我陷入到如此凶险的处境?"诗人找不到答案,也因此陷入了更加怨恨绝望的情绪之中。

都人士

彼都人士，狐裘黄黄。其容不改，出言有章。行归于周，万民所望。

彼都人士，臺笠缁撮①。彼君子女，绸直如发②。我不见兮，我心不说③。

彼都人士，充耳琇实④。彼君子女，谓之尹吉⑤。我不见兮，我心苑结⑥。

彼都人士，垂带而厉⑦。彼君子女，卷发如虿⑧。我不见兮，言从之迈。

匪伊垂之，带则有余。匪伊卷之，发则有旟⑨。我不见兮，云何盱矣⑩。

注释

① 臺笠：臺草编成的草帽。撮（cuō）：束发的布带。
② 绸直：发稠密而直。如发：她们的头发。
③ 说（yuè）：同"悦"。
④ 充耳：古人冠冕上玉石制成的垂在两侧的装饰物。琇（xiù）：一种宝石。实：漂亮，晶莹可爱。
⑤ 尹吉：当时的两个大姓。
⑥ 苑（yùn）：本作"菀"，郁结。
⑦ 厉：下垂的样子。

⑧ 虿(chài):蝎类的一种。这里指向上翘的发式。
⑨ 有旟(yú):上扬的样子。
⑩ 盱(xū):忧愁,忧心。

简析

此诗主旨有多种看法,或认为是乱离之后的忧思感伤,或认为是忆念故人,或认为是男女相思,都有一定的道理。诗歌以今昔对比的方式表达了对往昔美好的回忆,对现实处境的忧伤。诗人细致描绘了昔日京都男男女女精美的仪容服饰,反复咏叹"我不见兮"的伤感,这份感叹可以是感时伤世,亦可能是爱情相思,答案并不唯一,但那份不堪、今昔强烈对比的哀婉忧愁却是共同的。

采 绿

终朝采绿①,不盈一匊②。
予发曲局③,薄言归沐。
终朝采蓝④,不盈一襜⑤。
五日为期,六日不詹⑥。
之子于狩,言韔其弓⑦。
之子于钓,言纶之绳⑧。
其钓维何?维鲂及鱮⑨。
维鲂及鱮,薄言观者⑩。

注释

① 绿：同"菉"，草名，荩草。可作染黄染料。
② 匊（jū）：同"掬"，两手合捧。
③ 曲局：指头发蓬松凌乱。
④ 蓝：草名，蓼蓝，可作染青蓝染料。
⑤ 襜（chān）：围裙。
⑥ 詹：至，到。
⑦ 韔（chàng）：弓袋，这里用作动词，把弓装入弓袋。
⑧ 纶：钓丝。这里用作动词，整理钓丝。
⑨ 鲂（fáng）：鳊鱼。鱮（xù）：鲢鱼。
⑩ 观：形容极多。

简析

这是一首思妇诗。全诗四章，可分两个部分。一二章为第一部分。首章通过描写思妇一整个早上采摘荩草却"不盈一匊"，极其形象地写出思妇神思不属的状态。为何这样？因为丈夫快要回来了，赶紧回家梳洗打扮好迎接丈夫。第二章同样的情形再次出现。昨日的等待落空了，丈夫没有回来，今天会怎样呢？带着埋怨，也带着憧憬，三四章转入了对往昔夫妻美好生活的回忆，这部分重点写了丈夫善于渔猎，钓的鱼非常多。闻一多认为"《国风》中凡言鱼，皆两性间互称其对方之廋语"（《诗经通义》），故这两章可以理解为女子甜蜜的爱情想象，又对前两章"不盈一襜"的原因做了解释。结构上先实写再虚写，以虚衬实，很好地表达了思妇哀怨相思之苦。

黍 苗

芃芃黍苗①，阴雨膏之。
悠悠南行②，召伯劳之。
我任我辇③，我车我牛④。
我行既集⑤，盖云归哉！
我徒我御⑥，我师我旅。
我行既集，盖云归处！
肃肃谢功⑦，召伯营之。
烈烈征师⑧，召伯成之。
原隰既平⑨，泉流既清⑩。
召伯有成，王心则宁。

注释

① 芃（péng）芃：草木繁盛的样子。
② 悠悠：路途遥远的样子。
③ 任：负荷，负载。辇：挽车。
④ 车：驾驭车辆。牛：牵牛以助车行。
⑤ 集：成，完成。
⑥ 徒：步行。御：驾车者。
⑦ 肃肃：严正的样子。谢：地名。功：工程。
⑧ 烈烈：威武的样子。
⑨ 原：高平之地。隰（xí）：低湿之地。
⑩ 清：疏浚。

简析

这是一首赞美召伯建设谢邑之功的颂诗,可能是随召伯南行的役夫所作。全诗可分三个部分。首章以黍苗受雨水滋润起兴,兼比此次随召伯南行的役夫们得召伯抚慰,内心充满欣喜愉悦。这也为接下来谢邑的顺利建设埋下了伏笔。接下来三章为第二部分,写役夫们通力合作建设谢邑的紧张而有序的劳动过程和思乡之情,表达了对召伯卓越组织才能的赞美。"我……我……"的重复句式既写出了紧张的劳动,又洋溢着劳动的欢快和热情。最后一章为第三部分,颂赞了召伯建设谢邑,使之成为控制南方诸国重镇的重要战略意义。诗歌在结构上既层层递进又前后照应,既写了役夫们对召伯的信服与赞美,又体现出周王对召伯的看重与信任,是召伯这一中心人物得到了较为全面的刻画。

隰桑

隰桑有阿①，其叶有难②。即见君子，其乐如何！
隰桑有阿，其叶有沃③。既见君子，云何不乐？
隰桑有阿，其叶有幽④。既见君子，德音孔胶⑤。
心乎爱矣，遐不谓矣⑥！中心藏之⑦，何日忘之！

注释

① 有阿：柔美的样子。有：形容词词头。阿：通"婀"。
② 有难（nuó）：枝叶茂盛的样子。难，通"娜"。
③ 有沃：茂盛肥润的样子。
④ 有幽：叶子深绿浓密的样子。
⑤ 德音：好声音，这里指情话。孔胶：很多。
⑥ 遐不：何不，为什么不。
⑦ 中心：心中。

简析

此诗旧说一般认为是"喜见君子"（朱熹《诗集传》）之诗，今人则多视为爱情诗。诗歌前三章均以桑林起兴。桑林在古代一向是男女幽会之所，故女子见桑林之浓密，抑制不住对意中人的爱恋之情，忍不住展开了对两人在桑林会面的甜蜜想象。诗歌以重章叠句的形式将火热的情感不断推向高潮。然而，想象毕竟只是想象，女子清醒过来以后，火热的情感悄悄退回了内心深处。诗歌末章细致地刻画了女子内心复杂的心理活动。女性的羞涩让她不敢开口表白，而只能将这份爱潜藏于心底，可是那日日滋生的思念却怎么也挥之不去，"中心藏之，何日忘之"道尽了爱情的甜蜜与痛苦。

白　华

白华菅兮①，白茅束兮。之子之远，俾我独兮。

英英白云②，露彼菅茅。天步艰难③，之子不犹④。

滮池北流⑤，浸彼稻田。啸歌伤怀⑥，念彼硕人。

樵彼桑薪，卬烘于煁⑦。维彼硕人，实劳我心。

鼓钟于宫，声闻于外。念子懆懆⑧，视我迈迈⑨。

有鹙在梁⑩，有鹤在林。维彼硕人，实劳我心。

鸳鸯在梁，戢其左翼⑪。之子无良，二三其德。

有扁斯石⑫，履之卑兮。之子之远，俾我疧兮⑬。

注释

① 白华：白花。菅（jiān）：植物名，又名芦芒。
② 英英：又作"泱泱"，洁白的样子。
③ 天步：天运，命运。
④ 不犹：不如。犹：借为"猷"，好。
⑤ 滮（biāo）池：水名，位于今陕西西安市北。
⑥ 啸歌：号哭而歌。
⑦ 卬（áng）：我，女子自称。煁（shén）：可移动的炉灶。
⑧ 懆（cǎo）懆：愁苦不安的样子。
⑨ 迈迈：不顾。
⑩ 鹙（qiū）：水鸟名。梁：鱼梁，专为拦鱼修筑的水坝。
⑪ 戢（jí）其左翼：把嘴插在左翼下休息。戢：收敛。
⑫ 有扁：即"扁扁"。石：乘石，乘车时所踩的石头。
⑬ 疧（qí）：因忧愁而得病。

简析

这是一首弃妇诗。关于作者，《毛诗序》认为是"幽王娶申女以为后，又得褒姒而黜申后……周人为之作是诗也。"朱熹《诗序辨说》则认为是申后自作。不管是否申后所作，此诗主人公应是一名贵族女子。全诗反复述说了女主人公被弃的孤独痛苦但又对男子不舍留念的复杂心理，与男子的"不犹""无良""二三其德"形成强烈的对比，情思哀怨，托恨遥深。诗歌在艺术上有个显著特点，全诗八章均采取前两句起兴，后两句直抒胸臆的方式，而且每章的起兴之物均不同，这也使这首诗在《诗经》中独树一帜，极有特色。

绵 蛮

绵蛮黄鸟①，止于丘阿②。道之云远，我劳如何！饮之食之，教之诲之；命彼后车③，谓之载之。

绵蛮黄鸟，止于丘隅。岂敢惮行④，畏不能趋⑤。饮之食之，教之诲之；命彼后车，谓之载之。

绵蛮黄鸟，止于丘侧。岂敢惮行，畏不能极⑥。饮之食之，教之诲之。命彼后车，谓之载之。

注释

① 绵蛮：鸟叫声。
② 丘阿：山坳。
③ 后车：副车，跟在后面的从车。
④ 惮：畏惧，惧怕。
⑤ 趋：快走。
⑥ 极：到达终点。

简析

这是一首行役诗，反映了周朝劳动人民在沉重的劳役负担下劳累艰辛、忍饥受饿的生活现实。诗歌三章结构内容基本一样，在反复咏叹中不断垒叠出行役者的痛苦。诗歌在艺术上善于起兴，写法上虚实结合。每章开头均以黄鸟自由自在地栖息反比役夫日夜奔波，不得休息。明明已经又饿又累走不动了，还要强做解释：不是怕苦怕累，是怕走不快误了王事。极度的痛苦使役夫产生了幻觉，他们幻想着这时候有人给他们吃的喝的，还有人温言劝慰，让他们暂时上副车休息下。正是通过这种虚幻场景的描写，非常真实地展现了沉重的劳役负担给人民带来的巨大苦难。

瓠 叶

幡幡瓠叶①,采之亨之②。君子有酒,酌言尝之③。
有兔斯首④,炮之燔之⑤。君子有酒,酌言献之⑥。
有兔斯首,燔之炙之⑦。君子有酒,酌言酢之⑧。
有兔斯首,燔之炮之。君子有酒,酌言酬之⑨。

注释

① 幡幡:风吹动翻卷的样子。瓠(hù):植物名,瓠瓜。
② 亨(pēng):烹。
③ 酌言尝之:主人先斟一杯酒尝尝味道。
④ 斯:语助词。首:量词。头,只。
⑤ 炮(páo):涂泥裹烧。燔(fán):将肉于火上烤。
⑥ 献:主人向客人敬酒。
⑦ 炙:将肉放在火上烤。
⑧ 酢:报,指宾客回敬主人。
⑨ 酬:主人再次向宾客献酒。

简析

这是一首描写主人热情待客的宴饮诗。首章先写主人"又采又亨"新鲜的瓠叶,在取酒待客之前自己先试试味道,既暗示了菜肴的粗陋,又烘托出主人待客之诚。后三章则主要以重章叠句的形式对此进行反复咏叹。酒宴上除了瓠叶之外,就只有刚抓到的野兔。在《诗经》那个年代,正式宴请宾客时要准备"六牲",野兔是不能上桌的。不过这并不妨碍主人遵行宴饮之礼,他通过对野兔的种种巧妙处理,制作出了美味的兔肉来待客。客人也欣然入席,主客觥筹交错,极尽宾主之欢。"献""酢""酬"的认真守礼与大口撕扯兔肉的粗犷随意是如此的协调,将普通民众的尚礼之风表达得极为鲜活生动。

渐渐之石

渐渐之石①,维其高矣。

山川悠远,维其劳矣②。

武人东征③,不皇朝矣④。

渐渐之石,维其卒矣⑤。

山川悠远,曷其没矣⑥。

武人东征,不皇出矣⑦。

有豕白蹢⑧,烝涉波矣⑨。

月离于毕⑩,俾滂沱矣⑪。

武人东征,不皇他矣⑫。

注释

①渐(chán)渐:借为"巉巉",山石高峻的样子。

②劳:同"辽",广阔。

③武人:将士。

④不皇朝:没有闲暇之日。皇:同"遑",闲暇。朝(zhāo):早上。

⑤卒:借为"崒",山高峻而危险。

⑥曷其没矣:什么时候才能结束。没:尽。

⑦不皇出:只知不断深入,没空顾及出来。

⑧ 豕（shǐ）：猪。蹢（dí）：兽蹄。

⑨ 烝（zhēng）：众多。

⑩ 月离于毕：月亮靠近毕星，是有雨的征兆。离：借作"丽"，靠近。

⑪ 滂沱：雨下得很大。

⑫ 不皇他：没有时间顾及其他。

简析

这是一首行军诗，反映了行军的艰辛劳苦，表达了将士们对和平安宁生活的向往之情。全诗三章。前两章一开始就描写了行军途中所经历的险峻高山和仿佛没有尽头的行军路，引出了将士们对没完没了的战争的厌倦和痛恨之情。末章更以途中遇到的滂沱大雨，看到家畜被冲到河里这一具体场景来表现行军之苦，引发将士们对家乡的思念之情。从"不皇朝"到"不皇出"再到"不皇他"，层层深入地展现出东征将士们征役生活的无比艰苦，结句"不皇他矣"的慨叹更将漫长的战争对人民的严重伤害揭示了出来，战争使人们什么都顾不上了！厌恶战争，盼望和平是任何时代的主题，古今皆如此。

苕之华

苕之华①，芸其黄矣②。心之忧矣，维其伤矣！
苕之华，其叶清清。知我如此，不如无生。
牂羊坟首③，三星在罶④。人可以食？鲜可以饱⑤？

注释

① 苕（tiáo）：植物名，凌霄花。华：同"花"。
② 芸：花草枯黄的样子。一说花盛开的样子。
③ 牂（zāng）羊：指母羊。坟：大。
④ 三星：星光。罶（liǔ）：鱼篓。
⑤ 鲜：少。

简析

这首诗的主题为哀饥民之不幸，展现了西周末年民不聊生的社会现实。诗歌前两章以苕之华起兴，以花草之枯黄比喻当时人民难以为生的现状。诗人心中忧伤至极，甚至因此发出了"不如无生"的悲叹。尽管忧生情感非常强烈，但诗歌在表达上仍以含蓄为主。第三章一开始就是两个细节描写：母羊无草可食，瘦得只凸显了一个大头；鱼塘里全无鱼虾，星光照射着一潭死水。面对这死气沉沉的现实场景，诗人再也无法控制住忧愤之情，因此结句以直抒的方式表达了沉痛至极的呼告："人可以食，鲜可以饱！"这造成人吃人惨剧的根源仅仅是因为饥荒吗？诗人没有给出答案，但也因此更启人深思。

何草不黄

何草不黄?何日不行?何人不将①?经营四方。
何草不玄②?何人不矜③?哀我征夫,独为匪民④?
匪兕匪虎⑤,率彼旷野⑥。哀我征夫,朝夕不暇。
有芃者狐⑦,率彼幽草⑧。有栈之车⑨,行彼周道。

注释

① 将:走路。
② 玄:黑,草凋零枯烂。
③ 矜:同"鳏"。征夫常年离家,等于无妻。
④ 匪民:不是人。
⑤ 兕(sì):野牛。
⑥ 率:沿着。
⑦ 芃(péng):兽毛蓬松的样子。
⑧ 幽:深。
⑨ 有栈:役车高高的样子。

简析

这是一首行役诗。朱熹《诗集传》云:"周室将亡,征役不息,行者苦之,故作此诗。"全诗四章,可分两个部分。前二章均以何草不黄起兴,兼比征夫的行役之苦。这两章接连五个问句,将深深的痛苦与悲愤倾泻而出,写出了征夫命如草芥的不幸。后两章以禽兽的奔走深藏比喻自己的奔波劳碌,进一层写征夫们过着禽兽一般的生活,悲愤之情渐趋高潮。然而,诗人并没有继续抒发情感,而是以一幅役车在宽广大道上奔驰的画面收结,征夫的命运如何,正如这滚滚前行的车轮,身不由己,毫无希望……诗歌在艺术上以比兴为主,多用反问句式,很好地表达了征夫对统治者无休止调用民力的控诉之情。

大雅·文王之什

文 王

文王在上①,於昭于天②!周虽旧邦③,其命维新④。
有周不显⑤,帝命不时⑥。文王陟降⑦,在帝左右⑧。
亹亹文王⑨,令闻不已⑩。陈锡哉周⑪,侯文王孙子⑫。
文王孙子,本支百世⑬。凡周之士⑭,不显亦世⑮。
世之不显,厥犹翼翼⑯。思皇多士⑰,生此王国。
王国克生⑱,维周之桢⑲;济济多士⑳,文王以宁。
穆穆文王㉑,於,缉熙敬止㉒!假哉天命㉓,有商孙子㉔。
商之孙子,其丽不亿㉕;上帝既命,侯于周服㉖。
侯服于周,天命靡常㉗。殷士肤敏㉘,祼将于京㉙。
厥作祼将,常服黼冔㉚。王之荩臣㉛,无念尔祖㉜!
无念尔祖,聿修厥德㉝。永言配命㉞,自求多福。
殷之未丧师㉟,克配上帝㊱。宜鉴于殷,骏命不易㊲!
命之不易,无遏尔躬㊳。宣昭义问㊴,有虞殷自天㊵。
上天之载㊶,无声无臭㊷。仪刑文王㊸,万邦作孚㊹!

注释

① 文王在上:文王的神灵在上天。
② 於(wū):感叹词。昭:光明显耀。
③ 旧邦:旧国。
④ 命:天命,国运。新:新气象。

⑤ 有周：周王朝。不（pī）：同"丕"，大。

⑥ 帝命不时：上天的意旨完全遵从。时：是。

⑦ 陟降：上升与下降。

⑧ 左右：身旁。

⑨ 亹（wěi）亹：勤勉不倦的样子。

⑩ 令闻：好的名声。不已：没有止尽。

⑪ 陈锡：广施恩惠。哉：于。

⑫ 侯：做动词，使……为侯王。孙子：子孙。

⑬ 本支：树木本枝。这里用于喻子孙繁衍。

⑭ 士：公侯卿士等百官。

⑮ 不显：大显。亦世：累世。

⑯ 厥：其。犹：同"猷"，谋划。翼翼：思虑深远的样子。

⑰ 思：语助词。一说祝愿。皇：美，盛。

⑱ 克：能。生：发展。

⑲ 桢（zhēn）：支柱，骨干。

⑳ 济济：多而整齐的样子。

㉑ 穆穆：庄重，恭敬。

㉒ 缉熙：光明。敬止：敬仰。

㉓ 假：大。

㉔ 有商孙子：商的子孙。

㉕ 其丽不亿：数量极多。丽：数。

㉖ 侯：乃。周服：臣服于周。

㉗ 靡常：无常。

㉘ 殷士：指归降的殷商贵族。肤敏：勤敏地陈列礼器。

㉙ 祼（guàn）：古代一种祭礼。即灌鬯（chàng），把黑黍和郁金草酿成的香酒浇在地上，祈求神明降临。将：行礼。

㉚ 常服：祭事规定的服装。黼（fǔ）：带有白黑相间花纹的礼服。冔

(xǔ)：殷冕。这两句意思是他们在行灌鬯祭礼时还是穿着殷人的衣服。

㉛ 荩臣：忠臣。

㉜ 无念：感念。无：语助词。

㉝ 聿修：继承发扬。聿：发语词。

㉞ 永言：长久。言：语助词。配命：与天命相合。

㉟ 丧师：指丧失民心。

㊱ 克配上帝：能与上帝之意相称。克：能。

㊲ 骏命：大命，即天命。骏：大。不易：不变，难以修改。

㊳ 遏：停止，断绝。尔躬：你身。

㊴ 宣昭：宣明传布。义问：美好的名声。

㊵ 有虞殷自天：要揣度上天的意旨来行事。有：又。虞：审察，推度。殷：依。

㊶ 载：行事。

㊷ 臭（xiù）：味。

㊸ 仪刑：效法。

㊹ 孚：信服。

简析

这是一首颂赞周文王的乐歌，朱熹《诗集传》云："周人追述文王之德，明国家所以受命而代殷者，皆由于此，以戒成王。"其作者一般被认为是周公。全诗七章，大概可分三个部分。第一部分为前三章，颂赞文王承受天命，建立周朝。其仁德泽被后世，子孙绵延。许多人才应运而生，共佐周室。第二部分为四至六章。颂赞文王之德感服殷商，周代商兴乃天命所归，执政要以殷商为鉴。第三部分为最后一章，提出只要敬天法祖，以殷商为鉴，就能王朝永固。诗歌在艺术上的一个重要特点是以章的末句重复领起下一章，从而使得整首诗各章之间形成紧密联系，读起来一贯而下，结构紧凑而又自然顺畅。

大　明

明明在下①，赫赫在上②。天难忱斯③，不易维王④。
天位殷适⑤，使不挟四方⑥。
挚仲氏任⑦，自彼殷商⑧，来嫁于周，曰嫔于京⑨。
乃及王季⑩，维德之行⑪。
大任有身⑫，生此文王⑬。维此文王，小心翼翼⑭。
昭事上帝⑮，聿怀多福⑯。厥德不回⑰，以受方国⑱。
天监在下⑲，有命既集。文王初载⑳，天作之合㉑。
在洽之阳㉒，在渭之涘㉓。文王嘉止㉔，大邦有子㉕。
大邦有子，俔天之妹㉖。
文定厥祥㉗，亲迎于渭。造舟为梁㉘，不显其光㉙。
有命自天，命此文王，于周于京。
缵女维莘㉚，长子维行㉛，笃生武王㉜。
保右命尔㉝，燮伐大商㉞。
殷商之旅，其会如林㉟。矢于牧野㊱：维予侯兴㊲，
上帝临女㊳，无贰尔心㊴。
牧野洋洋㊵，檀车煌煌㊶，驷騵彭彭㊷。
维师尚父㊸，时维鹰扬㊹。
凉彼武王㊺，肆伐大商㊻，会朝清明㊼。

大雅·文王之什 | 489

注释

① 明明在下：皇天光辉普照人间。明明：光采夺目。在下：人间。

② 赫赫：明亮显著。在上：指天上。

③ 忱：信任。斯：句末助词。此句意指天命无常。

④ 维：为。

⑤ 位：同"立"。适（dí）：借作"嫡"，嫡子。殷适，指殷纣王。

⑥ 挟：控制，占有。四方：天下。

⑦ 挚：古时诸侯国名，任姓。挚仲：指太任，王季之妻，文王之母。

⑧ 自：来自。

⑨ 嫔（pín）：嫁。京：周的京师。

⑩ 乃：就。及：与，和。

⑪ 维德之行：推行德政。

⑫ 大：同"太"。有身：有身孕。

⑬ 文王：姬昌。

⑭ 翼翼：恭敬谨慎的样子。

⑮ 昭：借作"劭"，勤勉。事：侍奉。

⑯ 聿：犹"乃"，就。怀：来，招来。

⑰ 厥：犹"其"，他、他的。回：邪僻。

⑱ 受：承受，享有。方：大。此句意为文王做了周国国主。

⑲ 监：明察。在下：人间，这里有明察文王功业之意。

⑳ 初载：初始，年青时期。

㉑ 作：成。合：婚配。

㉒ 洽（hé）：水名。阳：河的北面。通常以山南水北为阳。

㉓ 渭：水名，黄河最大的支流。涘（sì）：水边。

㉔ 嘉止：嘉礼，此处指婚礼。

㉕ 大邦：指殷商。子：未嫁的女子。

㉖ 俔（qiàn）：如，好比。天之妹：天上的美女。

㉗ 文：聘礼。祥：吉祥。

㉘ 梁：桥。此句指连船为浮桥。

㉙ 不：同"丕"，大。光：荣光，荣耀。

㉚ 缵（zuǎn）：好。莘（shēn）：古国名，姒姓。

㉛ 长子：指伯邑考。行：死亡。

㉜ 笃：发语词。

㉝ 保右：即"保佑"。命：命令。尔：指武王姬发。

㉞ 燮（xiè）：联合。

㉟ 其会如林：极言殷商军队人马之多。会（kuài）：借作"旝"，军旗。

㊱ 矢：同"誓"，誓师。牧野：地名。

㊲ 予：我或我们。侯：乃、才。兴：兴盛，胜利。

㊳ 临：监临。女：同"汝"，指周武王率领的将士。

㊴ 无：同"勿"。贰：同"二"。

㊵ 洋洋：宽广的样子。

㊶ 檀（tán）车：用檀木制造的兵车。煌煌：鲜明的样子。

㊷ 驷骐（sì yuán）：四匹赤毛白腹的驾辕骏马。彭彭：强壮有力的样子。

㊸ 师：古官名，又称太师。尚父：指姜太公。

㊹ 时：是。鹰扬：如雄鹰飞翔。

㊺ 凉：辅佐。

㊻ 肆伐：袭击讨伐。

㊼ 会朝：黎明。清明：指天下太平。

简析

这是一首叙事诗，一般认为是周部族史诗的最后一篇，主要记载了从文王出生到武王灭商的一段历史。全诗八章，可分三部分。第一部分为第一章，总述天意难测，为王不易，并以殷纣为例阐明殷商将亡周室将兴的主旨。第二部分为二至六章，写王季承天命，娶太任，生文王。文王亲迎殷商帝乙之妹于渭水，又娶莘国太姒，生下武王。第三部分为七八章，写武王于牧野誓师，最终在姜尚的辅佐下打败了殷商，统一了天下。诗歌以天命为创作指导思想，通过赞颂三代君王相继乃天命所归来证明周代商兴乃是必然。艺术上以铺叙为主，同时又很注重细节描写和烘托手法的运用，如文王迎亲"造舟为梁"、殷商军队"其会如林"等细节描写，如牧野之战时对环境、周军军威、姜尚英姿的烘托，均很好地表现了颂赞的主题。

绵

绵绵瓜瓞①，民之初生②，自土沮漆③！古公亶父④，陶复陶穴⑤，未有家室。

古公亶父，来朝走马。率西水浒⑥，至于岐下。爰及姜女⑦，聿来胥宇⑧。

周原膴膴⑨，堇荼如饴⑩。爰始爰谋⑪，爰契我龟⑫，曰止曰时⑬，筑室于兹。

乃慰乃止⑭，乃左乃右，乃疆乃理⑮，乃宣乃亩⑯。自西徂东，周爰执事。

乃召司空⑰，乃召司徒⑱，俾立室家。其绳则直，缩版以载⑲，作庙翼翼⑳。

捄之陾陾㉑，度之薨薨㉒。筑之登登，削屡冯冯㉓。百堵皆兴㉔，鼛鼓弗胜㉕。

乃立皋门㉖，皋门有伉㉗。乃立应门㉘，应门将将㉙。乃立冢土㉚，戎丑攸行㉛。

肆不殄厥愠㉜，亦不陨厥问㉝。柞棫拔矣㉞，行道兑矣㉟。混夷駾矣㊱，维其喙矣㊲！

虞芮质厥成㊳，文王蹶厥生㊴。予曰有疏附㊵，予曰有先后㊶，予曰有奔奏㊷，予曰有御侮㊸。

注释

① 绵绵：连续不绝的样子。瓞（dié）：小瓜。

② 民：指周朝的子民。

③ 沮：到。土、漆：都是水名。

④ 古公：亶父的号。亶父：周太王的名。

⑤ 陶：挖掘。复、穴：地室，土窟。

⑥ 水浒：水边。

⑦ 及：带着，一起。

⑧ 聿（yù）：发语词。胥宇：视察地形，选择建房之址。

⑨ 周原：地名。膴（wǔ）膴：土地肥美的样子。

⑩ 堇（jǐn）、荼：两种野菜的名字。饴：饴糖。

⑪ 始：谋划。

⑫ 契：锲，指刻龟甲占卜。

⑬ 曰：语助词。止：此地可以居住。时：此时可以动工。

⑭ 慰：心安。一说居住。止：居住。

⑮ 疆：划定疆界。理：治理土地。

⑯ 宣：开沟挖渠。亩：耕田种地。

⑰ 司空：古代掌管建筑工程的官。

⑱ 司徒：古代掌管土地和调配劳力的官。

⑲ 缩：捆束。载：通"栽"，筑墙的长板。

⑳ 翼翼：整齐有秩序的样子。

㉑ 捄：把泥土装在器物中。陾（réng）陾：铲土声。

㉒ 度：把泥土填进夹板中。薨（hōng）薨：填土声。

㉓ 削屡：指修整墙头。屡：通"塿"，土墙隆起的部分。冯（píng）冯：象声词，形容修整墙头时的声音。

㉔ 堵：五版为一堵。兴：建成。

㉕鼛(gāo)：长一丈二尺的大鼓。弗胜：指鼓声盖不过人声。

㉖皋门：国君的城门。

㉗伉：高大的样子。

㉘应门：王宫里的正门。

㉙将将：房屋高大严正的样子。

㉚冢土：大社，天子祭土神的地方。

㉛戎丑：大众。攸：所。古时王者起大事，动大众，必先祭灶神而后行动。

㉜肆：遂。殄(tiǎn)：断绝。愠：怨愤之意。

㉝陨：废除。问：声誉。

㉞柞(zuò)：栎树。棫(yù)：白桵。

㉟兑：通达，通畅。

㊱ 混夷：即昆夷、犬戎。古代西北民族。駾（tuì）：因惊恐而逃走。

㊲ 喙（huì）：疲劳困倦。

㊳ 虞、芮：周初的两个国名。质：问，这里指争执。成：平息，平和。

㊴ 蹶（guì）：感动，感化。生：天性。

㊵ 疏附：使疏远者亲附之臣。

㊶ 先后：君王前后辅佐之臣。

㊷ 奔奏：奔走效力之臣。

㊸ 御侮：抵抗外侮之臣。

简析

这是周部族史诗之一。全诗九章，叙述了古公亶父率领周人从豳迁至岐下，迎娶姜女，建设家园等一系列活动，最后以文王平虞、芮之讼收结，完整展现了古公亶父开疆创业的事迹，表达了对古公亶父的赞颂之情。诗歌在艺术上以铺叙为主，兼用比兴，既善于概括又不忽略细节。首章以"绵绵瓜瓞"起兴，短短几句就将周人漫长的发展历史概括出来，接下来八章则非常细致地描写了古公亶父迁徙至渭水平原后占卜定宅、开垦耕作、建屋筑庙等举措，行文中充满对美好生活的渴望，对生命的热爱，对古公亶父引领周人建立功业的赞颂之情。诗歌对劳动场面的描写很有特色，如第六章描写建造宫室，诗人连用四组叠字"陾陾""薨薨""登登""冯冯"，铲土、装土、打夯、修整墙头，各种嘈杂的声音混杂在一起，并没有令人产生烦躁之感，反而在读者脑海中形象地再现了热火朝天的劳动场景，把周部族朝气蓬勃、蒸蒸日上的发展变化很好地展现出来。

棫 朴

芃芃棫朴①，薪之槱之②。济济辟王③，左右趣之④。

济济辟王，左右奉璋⑤。奉璋峨峨⑥，髦士攸宜⑦。

淠彼泾舟⑧，烝徒楫之⑨。周王于迈⑩，六师及之⑪。

倬彼云汉⑫，为章于天⑬。周王寿考⑭，遐不作人⑮？

追琢其章⑯，金玉其相⑰。勉勉我王⑱，纲纪四方⑲。

注释

① 芃（péng）芃：植物茂盛的样子。棫（yù）、朴：两种灌木名。

② 槱（yǒu）：将木柴储备起来。

③ 济（jǐ）济：美好的样子。一说庄重恭敬的样子。辟（bì）王：君王。

④ 趣（qū）：趋向，归向。

⑤ 奉：同"捧"。璋：即"璋瓒"，祭祀时盛酒的玉器。

⑥ 峨峨：盛装壮美的样子。

⑦ 髦士：俊杰之士。攸：所。宜：适合。

⑧ 淠（pì）：船行的样子。泾：泾水。

⑨ 烝徒：众人。楫之：举桨划船。

⑩ 于迈：出征。

⑪ 师：军队，古时二千五百人为一师。

⑫ 倬（zhuō）：广大。云汉：银河。

⑬ 章：文章，文采。

⑭ 寿考：长寿。

⑮ 遐：同"何"。作人：培育人才。

⑯ 追（duī）：同"雕"。追琢，即雕琢。

⑰ 相:内质。
⑱ 勉勉:勤勉不已。
⑲ 纲纪:治理,管理。

简析

　　这是一首颂赞诗。全诗五章,可以分为两部分。前三章为第一部分,赞美周王善于举贤授能。首章以"棫朴"起兴,兼比周王善于选取人才,故人才归附。二三章分别从文、武的角度描述周王得人才辅弼。后两章为第二部分,颂赞周王既善于培育人才,又施政勤勉,故能"纲纪四方"。诗歌在艺术上以比兴为主,诗歌除了第二章外,每章都比兴兼用,如第三章以云汉起兴,用银河灿烂比喻周王圣德;四章以"追琢其章,金玉其相"比喻周王内外兼美。此外,第二章开头两句与第一章结尾两句基本一样,二三句又用了顶针的修辞,读起来一贯而下,次第分明。

旱 麓

瞻彼旱麓①，榛楛济济②。

岂弟君子③，干禄岂弟④。

瑟彼玉瓒⑤，黄流在中⑥。

岂弟君子，福禄攸降⑦。

鸢飞戾天⑧，鱼跃于渊。

岂弟君子，遐不作人⑨？

清酒既载，骍牡既备⑩。

以享以祀，以介景福⑪。

瑟彼柞棫⑫，民所燎矣⑬。

岂弟君子，神所劳矣⑭。

莫莫葛藟⑮，施于条枚⑯。

岂弟君子，求福不回⑰。

注释

① 旱麓：旱山山脚。

② 榛楛（hù）：两种灌木。济济：众多的样子。

③ 岂（kǎi）弟（tì）：即"恺悌"，和乐平易。君子：一般认为指周文王。

④ 干禄：求福。一说干应为千，干禄即千禄。

⑤ 瑟：光洁鲜明的样子。玉瓒：天子祭祀时所使用的酒器。

⑥黄：指用黄金制成或镶金的酒勺。流：用黑黍和郁金草酿造配制而成的酒，用于祭祀。

⑦攸：所。

⑧鸢（yuān）：鹞鹰。戾（lì）：到。

⑨遐：同"胡"，何。作：培养，培育。

⑩骍（xīng）牡：红色的公牛。

⑪介：求。景：大。

⑫瑟：众多的样子。柞（zuò）、棫（yù）：两种树。

⑬燎：焚烧，这里指烧柴祭天。

⑭劳：慰劳，保佑。

⑮莫莫：同"漠漠"，众多而没有边际的样子。葛藟（lěi）：葛藤。

⑯施（yì）：伸展绵延。条枚：树枝和树干。

⑰回：奸邪。一说违。

简析

这是一首赞颂周文王的乐歌。全诗六章，可以分为两部分。第一部分为前四章，主要描写祭祀的场面。首章以"榛楛济济"起兴，兼比周人受文王德政感化，引出对君子之和乐平易而得福的赞叹。二章写主祭者以精美酒器和甘甜佳酿祭供，神灵赐下众多福禄。三章笔锋一转，一幅鸢飞鱼跃的画面展现于眼前，对应三四句君子培养人才的表述，令人恍悟此章乃描写参祭者人才济济，各有所长。第四章又回到祭典上，献酒杀牲，祭奉神灵。第二部分为五六章，写神灵赐福，以葛藤之伸展绵延象征神灵赐福之永世不绝。全诗以"岂弟君子"为中心，反复赞颂文王祭祖得福。每章前两句写景，后两句则以抒发赞颂之情为主，情景相互交融，互相呼应，在一次次的往复中不断推进赞颂的情感力度，很好地表现了主题。

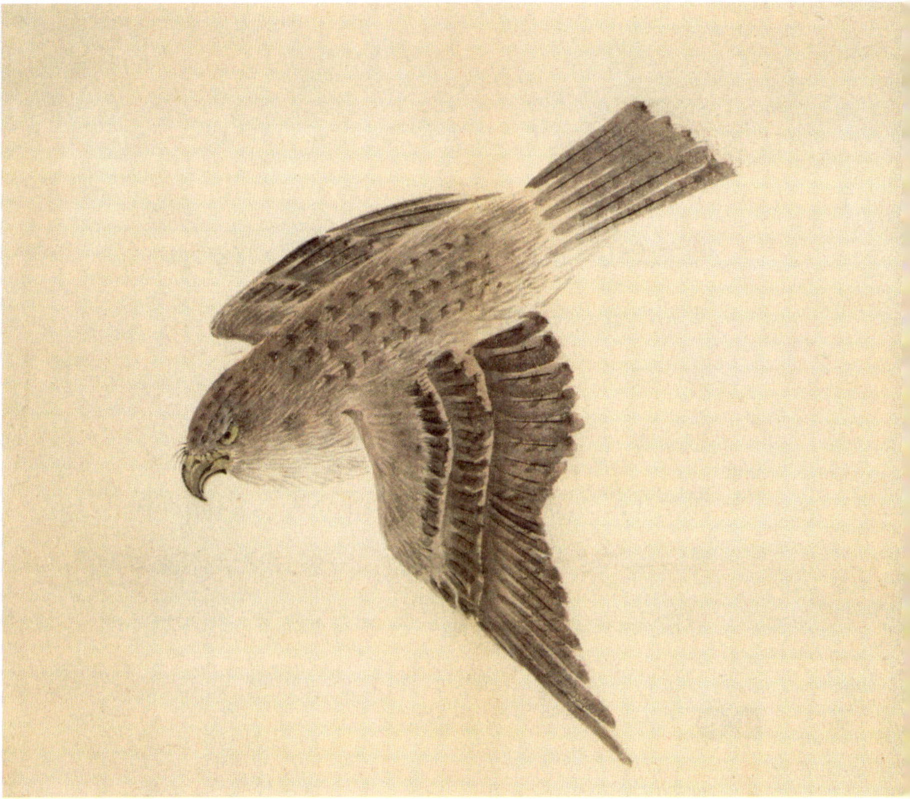

思 齐

思齐大任[1]，文王之母。思媚周姜[2]，京室之妇[3]。

大姒嗣徽音[4]，则百斯男[5]。

惠于宗公[6]，神罔时怨[7]，神罔时恫[8]。

刑于寡妻[9]，至于兄弟，以御于家邦[10]。

雍雍在宫[11]，肃肃在庙[12]；不显亦临[13]，无射亦保[14]。

肆戎疾不殄[15]，烈假不瑕[16]。不闻亦式[17]，不谏亦入[18]。

肆成人有德，小子有造。古之人无斁[19]。誉髦斯士[20]。

注释

[1] 思：语助词。齐（zhāi）：通"斋"，端庄的样子。大任：太任，周文王的母亲。

[2] 媚：美好贤淑。周姜：太姜，周文王的祖母。

[3] 京室：周王室。

[4] 大姒（sì）：太姒，周文王的妻子。嗣：继承。徽音：美好的名声。

[5] 则百斯男：子孙众多。斯：语助词。

[6] 惠：孝敬。宗公：宗庙的先人，祖宗。

[7] 罔：无，没有。时：是。一说所。

[8] 恫（tōng）：伤痛，哀痛。

[9] 刑：法则，这里指典范。寡妻：正妻。

[10] 御：治理。

⑪ 雍雍：和谐的样子。宫：家。

⑫ 肃肃：庄严恭敬的样子。

⑬ 不显：指阴暗幽僻之处。临：从上面监察。

⑭ 无射：不厌倦。保：保持（美好的品行）。

⑮ 肆：因此，所以。戎疾：大灾难。不：语助词。殄（tiǎn）：断绝。

⑯ 烈假：害人的疫病。瑕：通"遐"，远离。

⑰ 不闻亦式：有听到好的意见就采用。不：语助词。式：通"试"，采用，使用。

⑱ 不谏亦入：有好的谏言就采纳。不：语助词。入：采纳。

⑲ 斁（yì）：厌倦。

⑳ 誉：美誉。髦斯士：即髦士，指俊杰，英才。

简析

这是一首歌颂文王美德的颂赞诗。诗歌四章，基本以铺叙为主。首章赞美文王之母、祖母、妻子，隐有大姒兼具大任、大姜之德的意思，表明文王圣德之源。第二章前三句承前写神佑文王，后三句则写文王修身自省，以自己的行为给妻子、兄弟、家庭乃至整个国家做好榜样，确立了文王高大的人物形象。后三章则对此做进一步阐述。第三章写文王不管在什么地方都始终保持庄恭的美好品行，为人表率。四五章写文王以身作则故能天下太平，又善于听取别人意见，选拔培育人才，将国家治理得井井有条。文王圣德，推本溯源，乃在于其"德修于内而化成乎天下"（方玉润《诗经原始》），故明代薛瑄云：《思齐》一诗，修身、齐家、治国、平天下之道备焉。"（《传说汇纂》）

皇 矣

皇矣上帝①，临下有赫②。监观四方，求民之莫③。维此二国④，其政不获⑤。维彼四国⑥，爰究爰度⑦？上帝耆之⑧，憎其式廓⑨。乃眷西顾⑩，此维与宅⑪！

作之屏之⑫，其菑其翳⑬。修之平之⑭，其灌其栵⑮。启之辟之⑯，其柽其椐⑰。攘之剔之⑱，其檿其柘⑲。帝迁明德⑳，串夷载路㉑。天立厥配㉒，受命既固㉓。

帝省其山㉔，柞棫斯拔㉕，松柏斯兑㉖。帝作邦作对㉗，自大伯王季㉘。维此王季，因心则友㉙，则友其兄㉚，则笃其庆㉛。载锡之光㉜，受禄无丧，奄有四方㉝。

维此王季，帝度其心，貊其德音㉞。其德克明，克明克类㉟，克长克君㊱。王此大邦㊲，克顺克比㊳。比于文王㊴，其德靡悔㊵。既受帝祉，施于孙子㊶。

帝谓文王：无然畔援㊷，无然歆羡㊸，诞先登于岸㊹。密人不恭㊺，敢距大邦，侵阮徂共㊻。

王赫斯怒㊼，爰整其旅㊽，以按徂旅㊾，以笃于周祜㊿，以对于天下㉛。

依其在京㉒，侵自阮疆。陟我高冈㉓：无矢我陵㉔，我陵我阿㉕；无饮我泉，我泉我池。度其鲜原㉖，居岐之阳㉗，在渭之将㉘。万邦之方㉙，下民之王。

帝谓文王：予怀明德，不大声以色㉖⓪，不长夏以革㉖①。不识不知㉖②，顺帝之则。帝谓文王：询尔仇方㉖③，同尔弟兄㉖④。以尔钩援㉖⑤，与尔临冲㉖⑥，以伐崇墉㉖⑦。

临冲闲闲㉖⑧，崇墉言言㉖⑨。执讯连连⑦⓪，攸馘安安⑦①。是类是祃⑦②，是致是附⑦③，四方以无侮。临冲茀茀⑦④，崇墉仡仡⑦⑤。是伐是肆⑦⑥，是绝是忽⑦⑦，四方以无拂⑦⑧。

注释

① 皇：大，美好。
② 临：监视。下：人间。有赫：显著的样子。
③ 求：发现，探求。莫：同"瘼"，疾苦。
④ 二国：殷商两国。
⑤ 政：政令。不获：不得民心。
⑥ 四国：泛指天下四方。

⑦ 爰：就。究：研究。度（duó）：推测。

⑧ 耆：读为"稽"，考察。

⑨ 憎：憎恶。式：语助词。式廓：规模，这里指殷商的统治。

⑩ 眷：宠爱。西顾：转头向西看。西，此处专指岐周之地。

⑪ 此：指岐周之地。宅：安居。

⑫ 作：借作"柞"，砍伐树木。屏（bǐng）：除去。

⑬ 菑（zì）：枯而未倒的树木。翳：同"殪"，倒地的枯木。

⑭ 修：修剪。平：铲平。

⑮ 灌：丛生的树木。栵（lì）：斩而复生的枝杈。

⑯ 启：开辟。辟：排除。

⑰ 柽（chēng）：木名，西河柳。椐（jū）：木名，灵寿木。

⑱ 攘：排除。剔：剔除。

⑲ 檿（yǎn）：木名，山桑。柘（zhè）：木名，黄桑。

⑳ 帝：天帝。迁：迁移。明德：明德之人，指太王古公亶父。

㉑ 串夷：昆夷、犬戎等部族。载：则。路：借作"露"，败。

㉒ 厥：其。配：配偶。太王之妻为太姜。

㉓ 受命既固：受命于天，国家稳固。既：而。固：坚固，稳固。

㉔ 省（xǐng）：察看。山：岐山。

㉕ 柞、棫：两种树名。斯：乃。拔：拔除。

㉖ 兑（duì）：道路通畅。

㉗ 作：兴建。邦：国。对：疆界。

㉘ 大伯：即太伯，太王长子。王季为太王三子，太姜所生。

㉙ 因心：指顺从太王之心。友：友爱兄弟。

㉚ 则：能。

㉛ 笃：增益。庆：吉庆，福庆。

㉜ 锡：同"赐"。光：荣光。

㉝ 奄：全，尽。

㉞ 貊（mò）：清静。

㉟ 克：能。明：明察是非。类：分辨善恶。

㊱ 长：师长。君：国君。

㊲ 王（wàng）：称王，统治。

㊳ 顺：使民顺从。比：使民亲附。

㊴ 比于：及至。

㊵ 悔：借为"晦"，不明。

㊶ 施（yì）：延续。

㊷ 无然：不要这样。畔援：犹"盘桓"，徘徊不进的样子。

㊸ 歆羡：犹言“觊觎”，非分的希望和企图。

㊹ 诞：发语词。先登于岸：比喻占据有利形势。

㊺ 密：古国名。

㊻ 阮：古国名，周的属国。徂：往，至。共（gōng）：古国名，周的属国。

㊼ 赫：勃然大怒。斯：语助词。

㊽ 旅：军队。

㊾ 按：遏止。徂旅：前来侵阮、侵共的密国军队。

㊿ 笃：厚益、巩固。祜（hù）：福。

(51) 对：安定。

(52) 依：凭借。京：高丘，形容地势险要。

(53) 陟：登。

(54) 矢：借作“施”，陈兵。

(55) 阿：大的丘陵。

(56) 度：揣度，这里有视察之意。鲜（xiǎn）原：与大山不相连的小山和平原。

(57) 阳：山的南边。

(58) 将：旁边。

(59) 方：准则，榜样。

(60) 大：注重。色：脸色。

(61) 长：挟，依恃。夏：刑具。革：兵甲，指战争。

(62) 不识不知：犹言不知不觉。

(63) 仇方：盟国。仇：同伴。方：方国。

(64) 弟兄：指同姓诸侯国。

(65) 钩援：古代攻城的兵器。

(66) 临、冲：两种军车名。临车上有望楼，用以观察敌情也可居高临下借以攻城。冲车可以冲撞城墙。

(67) 崇：古国名。墉：城墙。

(68) 闲闲：强盛的样子。

(69) 言言：高大的样子。

(70) 讯：读为“奚”，俘虏。连连：接连不断。

(71) 攸：所。馘（guó）：杀敌割取左耳以计数献功，称“馘”，也称“获”。安安：安闲从容的样子。

(72) 是：于是。类：通“禷”，古代出征时祭天。祃（mà）：来到所征之地举行的祭祀；一说祭马神。

(73) 致：招致。附：安抚。

(74) 茀茀：强盛的样子。

(75) 仡（yì）仡：高崇的样子。一说动摇的样子。

(76) 伐：攻打。肆：同“袭”。

(77) 忽：灭绝。

(78) 拂：违背，抗拒。

简析

这是周部族史诗之一，叙述了西周先祖古公亶父、王季、文王创立基业的过程，表达了对先祖的赞颂和浓厚的民族自豪感。全诗八章，前四章为第一部分，从古公亶父得天眷顾，迁岐创业写起，描绘其创业的艰辛。再写王季承继太王基业，歌颂其友爱兄弟，壮大周业的功绩。后四章为第二部分，详细描写了文王伐密、伐崇的两场战争，展现了周部族从小部落逐渐开疆拓土，发展壮大的历史过程。诗歌以叙事为主，伐密、伐崇两场战争写得各有特色。伐密之战侧重写战前，营造紧张的氛围。伐崇重在写战争的具体情景，“临冲闲闲，崇墉言言。执讯连连，攸馘安安”一连串叠字的运用，将紧张的战斗，大胜的喜悦形象地展现出来。此外，大量排比、夸张的运用也使对周部族发展历程的表达越发壮阔恢宏。

灵 台

经始灵台①,经之营之②。

庶民攻之③,不日成之。

经始勿亟,庶民子来④。

王在灵囿⑤,麀鹿攸伏⑥,

麀鹿濯濯⑦,白鸟翯翯⑧。

王在灵沼,於牣鱼跃⑨。

虡业维枞⑩,贲鼓维镛⑪。

於论鼓钟⑫,於乐辟雍⑬!

於论鼓钟,於乐辟雍!

鼍鼓逢逢⑭,矇瞍奏公⑮。

注释

① 经始:计划开始。灵台:古台名。

② 经:测量。营:建造。

③ 攻:建造。

④ 子来:指民心归附,如子女趋事父母,不召自来。

⑤ 灵囿:灵台之下养鸟兽的花园。

⑥ 麀(yōu)鹿:母鹿。攸:语助词。

⑦ 濯濯:毛色润泽的样子。

⑧ 翯翯(hè):白净的样子。

⑨ 於：语助词。牣（rèn）：满。

⑩ 虡（jù）：挂钟的直柱子。业：挂钟横梁上的大版。枞（cōng）崇牙，横梁上像牙一样的挂钟的地方。

⑪ 贲（fén）：大鼓。镛：大钟。

⑫ 论：同"伦"，依次（演奏）。

⑬ 辟雍（bì yōng）：水上的离宫，与礼乐活动相关。

⑭ 鼍（tuó）鼓：用鳄鱼皮蒙的鼓。逢逢：和顺的鼓声。

⑮ 矇：有眼珠的盲人。瞍：无眼珠的盲人。公：同"工""功"，奏乐。

简析

　　这是一首描写周王建成灵台和其游乐生活的乐歌。全诗四章，首章写周王建造灵台时间之快，表现民众乐于为王效命的热情。次章写周王在灵囿、灵沼所见，以动物的悠闲自在烘托出灵台优美的环境和宁静祥和的氛围。三四章写周王在离宫欣赏钟鼓音乐，场景欢乐而热闹。诗歌在艺术上以铺叙为主，善于借物传情，如写母鹿之毛色光洁，慵懒伏地。初看不知何意，但一联系鹿本性胆小，见人则惊走的特点，灵台之和平安宁自然也就体现出来了。修辞手法上多用叠字与顶针，如第三章末尾两句与第四章开头两句完全一样，读起来既有顿挫之感又形成语意上的连贯，形象描写出钟鼓齐鸣的音乐场景。

下 武

下武维周①，世有哲王②。

三后在天③，王配于京④。

王配于京，世德作求⑤。

永言配命⑥，成王之孚⑦。

成王之孚，下土之式⑧。

永言孝思⑨，孝思维则⑩。

媚兹一人⑪，应侯顺德⑫。

永言孝思，昭哉嗣服⑬。

昭兹来许⑭，绳其祖武⑮。

於万斯年⑯，受天之祜⑰。

受天之祜，四方来贺。

於万斯年，不遐有佐⑱。

注释

①下武：在后继承，指有圣德能继承前王功业。下：后嗣。武：足迹。

②世：代。哲王：贤明智慧的君主。

③三后：指太王、王季和文王。后：君王。

④王：指武王。配：上应天命。

⑤世德：累世的德行。求：同"逑"，匹配。

⑥ 永：长久。言：语助词。命：天命。

⑦ 孚：使人信服。

⑧ 下土：天下。式：榜样。

⑨ 孝思：孝顺先人之思。

⑩ 则：法则。指以先王为法则。

⑪ 媚：爱戴。一人：指周天子。

⑫ 应侯顺德：应将美德继承。顺德：美德。一说应侯是人名。

⑬ 昭：光明，显耀。嗣服：后进，指康王。

⑭ 兹：同"哉"。来许：即"嗣服"。

⑮ 绳：承。祖武：祖先的德业。武：足迹。

⑯ 於（wū）：感叹之词。斯：语助词。

⑰ 祜（hù）：福。

⑱ 不遏：即"遏不"，何不。佐：辅佐。

简析

这是一首赞颂周武王、成王能继承先王德业的乐歌。全诗六章，每三章为一个部分。前三章咏赞周朝世代有明主，赞颂"三后"及武王、成王的德行。后三章赞美康王能承继先王基业，受天佑护，使四方来朝。诗歌在结构上体现出较为精心的构思，这得力于顶针手法的使用。前三章每章末句与下章首句重复，串联起对先王的赞美。第四章末句"昭哉嗣服"与五章首句"昭兹来许"意思结构一样，也可视为顶针。五章末句与六章首句亦为顶针。这三章的顶针串联起对康王的赞美。而第三章与第四章之间虽未使用顶针手法，但"永言孝思"的重复吟咏又将两部分有机结合起来。这种结构使诗歌读起来有如贯珠，音韵和谐，别有特色。

文王有声

文王有声,遹骏有声①。

遹求厥宁,遹观厥成②。文王烝哉③!

文王受命,有此武功。

既伐于崇,作邑于丰④。文王烝哉!

筑城伊淢⑤,作丰伊匹。

匪棘其欲⑥,遹追来孝。王后烝哉⑦!

王公伊濯⑧,维丰之垣。

四方攸同,王后维翰⑨。王后烝哉!

丰水东注,维禹之绩。

四方攸同,皇王维辟⑩。皇王烝哉!

镐京辟雍⑪,自西自东,

自南自北,无思不服⑫。皇王烝哉!

考卜维王,宅是镐京⑬。

维龟正之⑭,武王成之。武王烝哉!

丰水有芑⑮,武王岂不仕⑯?

诒厥孙谋,以燕翼子⑰。武王烝哉!

注释

① 遹（yù）：发语词。骏：大。有声：有声望。

② 遹求厥宁，遹观厥成：文王求天下安宁，最终建立不世功业。观：看到。成：成果。

③ 烝（zhēng）：美。

④ 丰：地名。

⑤ 淢（xù）：假借为"洫"，护城河。

⑥ 棘（jí）：急切。

⑦ 王后：指周文王。

⑧ 公：同"功"。濯：显著。

⑨ 翰：主干，这里有栋梁之义。

⑩ 皇王：指周武王。辟（bì）：法，榜样。

⑪ 镐（hào）：西周国都。辟雍（bì yōng）：太学名。

⑫ 无思不服：四方之人无不信服。思，语助词。

⑬ 宅：选择吉祥之地营建宫室。

⑭ 维龟正之：指通过观察定星营室来辨方正位。

⑮ 芑（qǐ）：同"杞"，草名。

⑯ 仕：事，指培育人才。

⑰ 诒厥孙谋，以燕翼子：留下安定天下的谋略，以帮助后代承继基业。诒：通"贻"，遗留。厥：其。孙：通"逊"，安顺。燕：安定。翼：帮助。

简析

　　这是一首歌颂周文王、周武王奠定西周根基的颂赞诗。全诗八章,前四章赞文王伐崇后迁都于丰。后四章赞武王建都镐京,立下万世基业。诗歌在艺术上首先表现为赞叙结合,每章前四句主要是叙事,而末句均为一句赞词,将叙事中的赞美之情凝练而出,使感情的表达集中而强烈。其次,诗歌在赋比兴的运用上也颇有特色。全诗以铺叙为主,细致描述了两位君王迁都的过程,其间又多用比兴手法进行烘托,如第四章前四句以丰都城墙的坚固起兴,兼比文王在周朝所起的栋梁作用;第八章前两句以丰水边茂盛的杞柳比武王所培育的人才之多。此外,诗歌写了两次建设都城,写文王迁丰邑侧重于伐崇武事,写武王建镐京则偏重文治,读起来富有变化。

大雅·生民之什

生 民

厥初生民①?时维姜嫄②。

生民如何?克禋克祀③,以弗无子④。

履帝武敏,歆⑤,攸介攸止⑥。

载震载夙⑦,载生载育,时维后稷。

诞弥厥月⑧,先生如达⑨。

不坼不副⑩,无菑无害⑪,以赫厥灵。

上帝不宁⑫?不康禋祀⑬?居然生子!

诞寘之隘巷⑭,牛羊腓字之⑮。

诞寘之平林⑯,会伐平林⑰。

诞寘之寒冰,鸟覆翼之⑱。

鸟乃去矣,后稷呱矣⑲。

实覃实訏⑳,厥声载路㉑。

诞实匍匐㉒,克岐克嶷㉓,以就口食㉔。

蓺之荏菽㉕,荏菽旆旆㉖。

禾役穟穟㉗,麻麦幪幪㉘,瓜瓞唪唪㉙。

诞后稷之穑㉚,有相之道㉛。

茀厥丰草㉜,种之黄茂㉝。

实方实苞㉞,实种实褎㉟,

实发实秀㊱,实坚实好㊲,

实颖实栗[38],即有邰家室[39]。

诞降嘉种[40]:维秬维秠[41],维穈维芑[42]。

恒之秬秠[43],是获是亩[44];

恒之穈芑,是任是负[45],以归肇祀[46]。

诞我祀如何?或舂或揄[47],或簸或蹂[48]。

释之叟叟[49],烝之浮浮[50]。

载谋载惟[51],取萧祭脂[52]。

取羝以軷[53],载燔载烈[54]。以兴嗣岁[55]。

卬盛于豆[56],于豆于登[57],其香始升。

上帝居歆[58],胡臭亶时[59]!

后稷肇祀,庶无罪悔,以迄于今。

注释

① 厥初：当初，起初。

② 时：是。姜嫄（yuán）：传说中有邰氏之女，周始祖后稷之母。

③ 克：能。禋（yīn）：古时祭天的一种礼仪，先烧柴升烟，再将祭祀用的牲体及玉帛放在柴上焚烧。祀：祭祀。

④ 弗："祓"的假借，指除灾求福的祭祀。一说"以弗无"是以避免没有之意。

⑤ 履：践踏。帝：天帝。武：足迹。敏：大脚趾。歆：心有所感的样子。

⑥ 攸：语助词。介：休息。止：止息。

⑦ 载震载夙（sù）：指女人十月怀胎。震：通"娠"，怀孕。夙：严肃。

⑧ 诞：迨，到了。弥：满。

⑨ 先生：头生，指第一胎。如：而。达：滑利。

⑩ 坼（chè）：裂开。副（pì）：破裂。指产门不破裂。

⑪ 菑（zāi）：同"灾"。

⑫ 不宁：大宁。不：同"丕"，大。

⑬ 不康：大康。

⑭ 寘（zhì）：弃置。

⑮ 腓：庇护。字：哺育。

⑯ 平林：森林。

⑰ 会：恰好。

⑱ 鸟覆翼之：大鸟张翼覆盖他。

⑲ 呱（gū）：指小儿哭声。

⑳ 实：是。覃（tán）：长。訏（xū）：大。

㉑ 载：充满。

㉒ 匍匐：伏地爬行。

㉓ 克岐克嶷：幼小聪慧。

㉔ 就：趋往。口食：吃食。
㉕ 蓺：种植。荏菽：大豆。
㉖ 旆（pèi）旆：茂盛的样子。
㉗ 役：同"颖"，禾苗之末梢。穟（suì）穟：禾穗丰满下垂的样子。
㉘ 幪（měng）幪：茂密的样子。
㉙ 瓞（dié）：小瓜。唪（běng）唪：果实累累的样子。
㉚ 穑：耕种。
㉛ 有相之道：有相地之宜的能力。
㉜ 茀：拂，拔除。
㉝ 黄茂：嘉谷，即黍、稷等。
㉞ 实：是。方：同"放"。指萌芽冒出地面。苞：小苗丛生。
㉟ 种：禾芽始出。褎（yòu）：禾苗渐渐长高。
㊱ 发：发茎。秀：秀穗。
㊲ 坚：谷粒灌浆成熟饱满。
㊳ 颖：谷穗。栗：栗栗，形容收获众多的样子。
㊴ 邰：养。这里指谷物丰茂，足以养家室。
㊵ 降：赐与。
㊶ 秬（jù）：黑黍。秠（pī）：黍的一种，一个黍壳中含有两粒黍米。
㊷ 糜（mén）：赤苗，红米。芑（qǐ）：白苗，白米。
㊸ 恒：遍。
㊹ 亩：堆在田里。
㊺ 任：挑起。负：背起。
㊻ 肇：开始。祀：祭祀。
㊼ 揄（yóu）：舀，从臼中取出舂好之米。
㊽ 簸：扬米去糠。蹂：以手搓剩余的谷皮。
㊾ 释：淘米。叟叟：淘米时发出的声响。
㊿ 烝：同"蒸"。浮浮：热气上升的样子。

大雅·生民之什 | 523

㉑ 谋：谋划。惟：考虑。
㉒ 萧：蒿的一种，即艾蒿。脂：指牛油。
㉓ 羝（dī）：公羊。羒：读为"拔"，剥去羊皮。
㉔ 燔（fán）：烤肉使熟。烈：将肉穿起来架在火上烤。
㉕ 嗣岁：来年。
㉖ 卬：仰，举。豆：古代一种高脚容器。
㉗ 登：瓦制容器。
㉘ 居歆：安然享用。
㉙ 胡臭（xiù）亶（dǎn）时：为什么香气确实这么好。臭：香气。亶：诚然，确实。时：善，好。

简析

这是周部族史诗之一，与《公刘》《绵》《皇矣》《大明》同是歌颂周人先祖、叙述周部族发展历程的史诗性作品。本篇主要叙述周人始祖后稷的事迹，侧重描写他神奇的出生和在种植业方面的突出才能。全诗可分三部分，前三章写后稷神奇的出生。姜嫄踩了天帝的足迹受孕而生后稷，后稷出生后遭三次抛弃又三次被动物所救。这部分具有浓郁神话色彩的描述正是周人对其先祖无限仰慕的传奇式表达。四至六章为第二部分，主要展现后稷在农业种植方面的天赋。这部分描写非常细致，保存了不少当时农业生产资料。最后两章为第三部分，写后稷祭祀天神祈求赐福。诗歌在艺术结构上颇有特色。全诗八章，一三五七章每章十句，二四六八章每章八句，成错落的阶梯状分布。除最后一章外，每章皆由"诞"字领起，体现了较为严谨的艺术构思。表现手法上主要以赋为主，注重细节描写和场景描写，如第三章"三弃三救"的细节描写和第七章将粮食做成各种祭品的场面描写都很有特点。

行　苇

敦彼行苇①，牛羊勿践履。
方苞方体②，维叶泥泥③。
戚戚兄弟④，莫远具尔⑤。
或肆之筵⑥，或授之几⑦。

肆筵设席，授几有缉御⑧。
或献或酢⑨，洗爵奠斝⑩。
醓醢以荐⑪，或燔或炙。
嘉殽脾臄⑫，或歌或咢⑬。

敦弓既坚⑭，四鍭既钧⑮，
舍矢既均⑯，序宾以贤⑰。
敦弓既句⑱，既挟四鍭。
四鍭如树⑲，序宾以不侮⑳。

曾孙维主㉑，酒醴维醹㉒，
酌以大斗㉓，以祈黄耇㉔。
黄耇台背㉕，以引以翼㉖。
寿考维祺㉗，以介景福㉘。

注释

① 敦（tuán）：芦草丛生的样子。行：道路。
② 方苞：指枝尚包裹未分之时。体：成形。
③ 泥泥：润泽的样子。
④ 戚戚：亲热。
⑤ 莫远具尔：不要疏远要亲近。远：疏远。具：同"俱"。尔："迩"，近。
⑥ 肆：陈设。筵：竹席。
⑦ 几：矮脚的桌案。
⑧ 缉御：相继有人侍候。缉：相继。御：侍者。
⑨ 献：主人给客人敬酒。酢（zuò）：客人拿酒回敬主人。
⑩ 洗爵：周时礼制，主人敬酒前，取几上之杯先洗一下，再斟酒献客，客人回敬主人时也是如此操作。奠斝（jiǎ）：周时礼制，主人敬的酒客人饮完之后，则置杯于几上；客人回敬主人后，主人饮毕也须这样做。奠：置。
⑪ 醓（tǎn）：多汁的肉酱。醢（hǎi）：肉酱。荐：进献。
⑫ 脾：同"膍"，牛胃。臄（jué）：牛舌。
⑬ 咢（è）：光打鼓不伴唱。
⑭ 敦弓：雕弓。
⑮ 镞（hóu）：一种箭。钧：指箭首尾轻重适宜。
⑯ 舍矢：放箭。均：射中。
⑰ 序宾：安排座位次序。贤：指射技的高低。
⑱ 句（gōu）：借为"彀"，张弓。
⑲ 树：竖立，指箭射在靶子上像树立于地上一样。
⑳ 侮：轻侮，怠慢。
㉑ 曾孙：主祭者。
㉒ 醴（lǐ）：甜酒。醹（rú）：酒味醇厚。
㉓ 斗：古时盛酒器皿。
㉔ 黄耇（gǒu）：指年高长寿。
㉕ 台背：背有老斑如鲐鱼。一说背驼。台，同"鲐"。

㉖ 引:牵引。挽扶。翼:扶持帮助。
㉗ 寿考:长寿。祺:吉祥。
㉘ 介:借为"丐",乞求。

简析

这是一首宴饮诗。首章以行苇起兴,由不忍牛羊践踏初生芦苇引出兄弟之间应和睦友爱的主题。次章描写家宴。先写主客之间觥筹交错,再写菜肴丰盛,渲染宴会的热闹气氛。三章写宴席间的射礼,突出主人对宾客的礼待。末章写主人敬长者酒,祝福长者长命百岁。诗歌写家宴,节奏和缓,气氛热烈,充满和谐欢乐、敬老尊老的家庭温情。诗歌既善于表现宏大热闹的宴席场景,也很注重局部的细节刻画,如第三章描写射礼,用"既挟四镞。四镞如树"展现宾客射艺;末章写长者,用"黄耇台背,以引以翼"状其年老,均极为形象。

既　醉

既醉以酒，既饱以德①。君子万年②，介尔景福。

既醉以酒，尔殽既将③。君子万年，介尔昭明。

昭明有融④，高朗令终⑤。令终有俶⑥，公尸嘉告⑦。

其告维何？笾豆静嘉⑧。朋友攸摄⑨，摄以威仪。

威仪孔时⑩，君子有孝子⑪。孝子不匮⑫，永锡尔类⑬。

其类维何？室家之壸⑭。君子万年，永锡祚胤⑮。

其胤维何？天被尔禄。君子万年，景命有仆⑯。

其仆维何？釐尔女士⑰。釐尔女士，从以孙子⑱。

注释

① 德：恩惠。

② 君子：指周王。

③ 将：美好。

④ 昭明：光明。有融：连绵不绝的样子。

⑤ 高朗：气质、风格等高洁爽朗。令终：美名伴随终生。

⑥ 俶（chù）：始。

⑦ 尸：古时祭祀中装扮神灵的人。嘉告：用善言相告。

⑧ 笾（biān）豆：两种古代食器、礼器。静：善，美。

⑨ 朋友：指宾客。摄：辅佐，辅助。

⑩ 孔：很。时：通"是"，善。

⑪ 有：又。

⑫ 匮（kuì）：竭。

⑬ 锡：赐。

⑭ 壸（kǔn）：指齐家。

⑮ 祚（zuò）：福禄。胤（yìn）：后嗣。

⑯ 仆：奴仆。

⑰ 釐：同"赉（lài）"，赐予。女士：这里指有德行的嫔妃。

⑱ 从：随从。孙子：子孙。

简析

　　这是一首祭祀祖先时，祝官代表公尸传达神灵旨意，表示祝福的乐歌。全诗八章，可分为三个部分。第一部分为前两章，写神灵享用祭品后心满意足地赐予主祭之人大福禄。第二部分为三四章，公尸代表神灵表达对主祭者盛情的感谢，并表达祝福。最后四章为第三部分，写祝福的具体内容，涉及治孝、治家、多子多孙等方面。诗歌在艺术上的主要特点体现在各章之间以顶针或近似顶针的方式进行串联，二三章之间、四五章之间、还有第三章、第五章的二三句之间均用了顶针的手法，而三四、五六、六七、七八章之间，上章末句的最后一字与下章首句的第二字完全相同。这种串联方式将各章紧密衔接在一起，语意一贯而下，将祝福之情一层层表达出来。

凫 鹥

凫鹥在泾①,公尸来燕来宁②。

尔酒既清,尔肴既馨。

公尸燕饮,福禄来成。

凫鹥在沙,公尸来燕来宜③。

尔酒既多,尔肴既嘉。

公尸燕饮,福禄来为④。

凫鹥在渚⑤,公尸来燕来处⑥。

尔酒既湑⑦,尔肴伊脯⑧。

公尸燕饮,福禄来下。

凫鹥在潨⑨,公尸来燕来宗⑩,

既燕于宗⑪,福禄攸降。

公尸燕饮,福禄来崇⑫。

凫鹥在亹⑬,公尸来止熏熏⑭。

旨酒欣欣⑮,燔炙芬芬。

公尸燕饮,无有后艰。

注释

① 凫（fú）：野鸭。鹥（yī）：沙鸥。泾：径直前流之水。水名。

② 来：语助词。燕：宴。宁：安宁。

③ 宜：安享（祭品）。

④ 为：帮助。

⑤ 渚（zhǔ）：水中小沙洲。

⑥ 处：享安乐。

⑦ 湑（xū）：过滤。

⑧ 伊：语助词。脯：肉干。

⑨ 潀（zhōng）：水流会合的地方。

大雅·生民之什

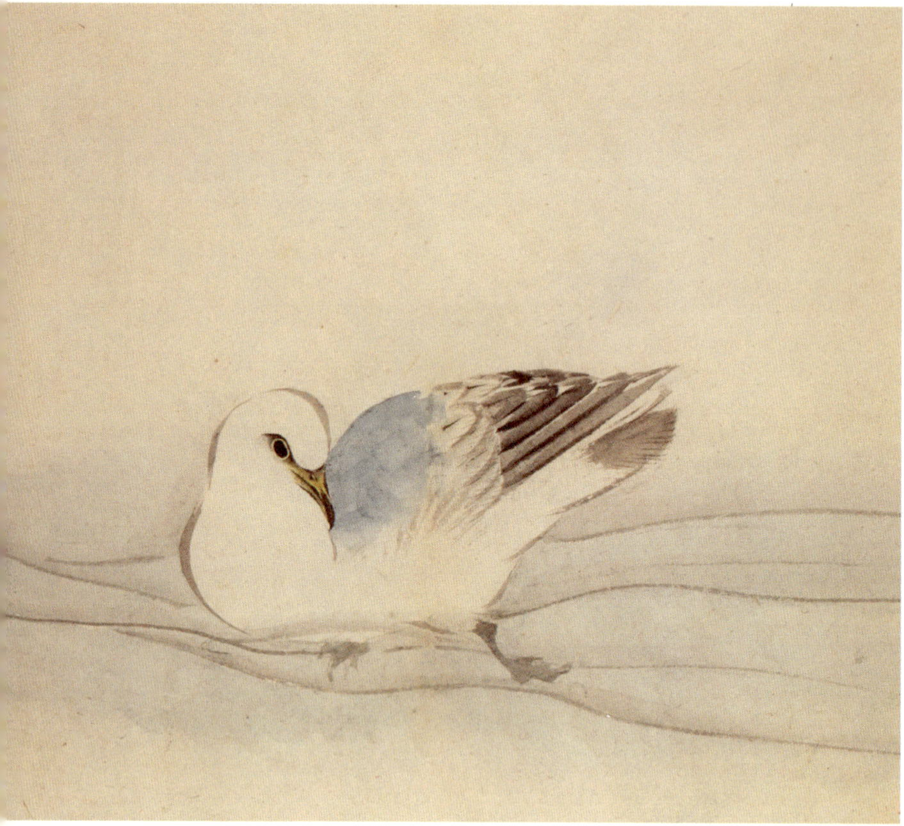

⑩ 宗：借为"悰"，快乐。
⑪ 宗：宗庙，祭祀祖先的庙。
⑫ 崇：高，加高，增加。
⑬ 亹（mén）：对峙如门的山峡口。
⑭ 熏熏：同"薰薰"，香味四传。
⑮ 旨：甘美。

简析

　　这是周王在祭祀祖先次日为答谢公尸的辛劳，宴请公尸时所唱的乐歌。全诗五章，均以凫鹥起兴，兼比公尸赴宴时的快乐。诗歌通过对宴席上美酒佳肴的不断渲染，表达了主人待客之诚，而以"宁、宜、处、宗"等字来表达公尸的满意。公尸满意则神灵自然也会不断赐福给主人，"成、为、下、崇"显示了赐福之多。诗歌在艺术上以铺叙为主，采用重章叠句的句式不断推进宴席间的热闹场景，而结尾收以"无有后艰"，与前面之欢宴形成对比，篇末点题，隐有劝诫之意。

假 乐

假乐君子①，显显令德②。

宜民宜人，受禄于天。

保右命之，自天申之③。

干禄百福④，子孙千亿。

穆穆皇皇⑤，宜君宜王。

不愆不忘⑥，率由旧章⑦。

威仪抑抑⑧，德音秩秩⑨。

无怨无恶，率由群匹⑩。

受禄无疆，四方之纲。

之纲之纪，燕及朋友⑪。

百辟卿士⑫，媚于天子⑬。

不解于位⑭，民之攸墍。

注释

① 假（xià）：同"嘉"，美好。乐：快乐。
② 显显：鲜明的样子。令德：美德。
③ 申：申明。
④ 干："千"之误。

⑤ 穆穆：肃敬的样子。皇皇：光明的样子。

⑥ 愆（qiān）：过失。忘：糊涂。

⑦ 率：循。由：从。旧章：先王成法。

⑧ 抑抑：同"懿懿"，庄美的样子。

⑨ 秩秩：有条不紊。

⑩ 率由群匹：凡事和群臣商量。群匹：众臣。

⑪ 燕：宴请。朋友：指群臣。

⑫ 百辟（bì）：众诸侯。

⑬ 媚：敬爱。

⑭ 解（xiè）：同"懈"，懈怠。

简析

这是一首颂赞诗。关于颂赞对象，《毛诗序》认为是"嘉成王也"。全诗四章，首章赞美周王德行显著，受到上天保佑赐福。次章赞美周王承继先王基业，效法先祖。三章赞周王善于听从臣下意见，是天下诸侯的榜样。末章赞颂周王"不解于位"，受天下人拥戴。诗歌从德行、施政、纳谏、勤勉等四个方面对周王进行赞美。这种赞美实际上也正是周人对周王的信赖和期待，故又有"颂中含谏"的意味。

公　刘

笃公刘①，匪居匪康②。乃场乃疆③，乃积乃仓④。乃裹糇粮⑤，于橐于囊⑥。思辑用光⑦，弓矢斯张⑧，干戈戚扬⑨。爰方启行。

笃公刘，于胥斯原⑩。既庶既繁⑪，既顺乃宣⑫，而无永叹。陟则在巘⑬，复降在原。何以舟之⑭？维玉及瑶，鞞琫容刀⑮。

笃公刘，逝彼百泉⑯，瞻彼溥原⑰。乃陟南冈，乃觏于京⑱。京师之野⑲，于时处处⑳，于时庐旅㉑，于时言言，于时语语。

笃公刘，于京斯依。跄跄济济㉒，俾筵俾几㉓。既登乃依，乃造其曹㉔。执豕于牢㉕，酌之用匏㉖。食之饮之，君之宗之㉗。

笃公刘，既溥既长，既景乃冈㉘，相其阴阳㉙，观其流泉；其军三单㉚，度其隰原㉛，彻田为粮㉜。度其夕阳㉝，豳居允荒㉞。

笃公刘，于豳斯馆。涉渭为乱㉟，取厉取锻㊱。止基乃理㊲，爰众爰有㊳。夹其皇涧㊴，溯其过涧㊵。止旅乃密㊶，芮鞫之即㊷。

注释

① 笃：诚实忠厚。

② 匪居匪康：不贪图居处的安宁。

③ 场（yì）：田界。

④ 积：露天堆粮之地，后又称"庾"。仓：仓库。

⑤ 裹：包装。糇粮：干粮。
⑥ 于橐（tuó）于囊：装入口袋。有底曰囊，无底曰橐。
⑦ 思辑：和睦团结。思，发语辞。用光：以为荣光。
⑧ 斯：发语辞。张：张开。
⑨ 干：盾牌。戚：斧。扬：大斧，即钺。
⑩ 胥：视察。斯原：这里的原野。
⑪ 庶、繁：指人口众多。
⑫ 顺：民心归顺。宣：舒畅。
⑬ 陟：攀登。𪨧（yǎn）：小山。
⑭ 舟：环绕。
⑮ 鞞（bǐng）：刀鞘。琫（běng）：刀鞘口上的玉饰。
⑯ 逝：往。
⑰ 溥（pǔ）：广大。
⑱ 觏：察看。京：高丘。一说地名。
⑲ 京师：指后来公刘建都的地方。
⑳ 于时：于是。处处：居住。
㉑ 庐旅：即"旅旅"，寄居。
㉒ 跄跄济济：形容走路从容端庄的样子。
㉓ 俾筵俾几：摆上席子和小桌。俾：使。筵：铺在地上坐的席子。几：放在席子上的小桌。
㉔ 乃造其曹：指祭猪神。造：三家诗作告。曹：祭猪神。
㉕ 牢：猪圈。
㉖ 酌之：斟酒。
㉗ 君之宗之：指推选公刘当领袖。
㉘ 既景乃冈：根据日影定方位，又登上高山远望。景：同"影"。
㉙ 相其阴阳：指公刘视察山南山北进行勘测。相：视察。
㉚ 三单：分军为三，以一军服役，他军轮换。单：同"禅"，轮流值班。

㉛ 度：测量。隰（xí）原：低平之地。

㉜ 彻田：治理土地种植粮食。

㉝ 度其夕阳：到山的西面去丈量土地。夕阳：山的西面。

㉞ 允荒：确实广大。

㉟ 渭：渭水。乱：横流而渡。

㊱ 取厉取锻：锤石磨石。厉：同"砺"。锻：打铁，打铁用的石锤。

㊲ 止基乃理：基地已经治理妥当。

㊳ 爰众爰有：形容人多且富有。

㊴ 夹：在物体的两边。皇涧：古代豳地一水名。

㊵ 溯：逆着水流的方向探求。过涧：水名。

㊶ 止旅乃密：前来定居的人口日渐稠密。

㊷ 芮（ruì）鞫（jū）：水湾。芮：水湾之内。鞫：水湾之外。

简析

这是周部族史诗之一。全诗六章，首章写公刘在邰地做迁移的准备工作，二至六章则集中描写了公刘率族人迁徙至豳后的一系列举措：相址、选宅、搭舍、宴饮、垦田、筑宫等，既赞颂了公刘的功绩，又体现出周人的开拓进取和团结奋斗的民族精神。诗歌的主要特色是塑造了公刘这样一个英勇威武，事必躬亲，深受百姓爱戴的部族领袖形象。诗歌采取了让人物在其行动中自然展现性格的写法，描写了公刘从邰迁移到豳的历程，重点铺叙了他到豳地后勘察地形河流、规划耕地与房舍、推选领袖，组织防卫等活动，每一章就是公刘人物性格的一次展现，既有大场面的烘托，又有局部细节刻画，处处有景，处处有人。此外，诗歌还从民众的角度描写老百姓安居乐业，与公刘亲如一家的场景，进一步烘托出公刘平易近人、宅心仁厚的性格特征。

泂 酌

泂酌彼行潦①，挹彼注兹②，可以饙饎③。
岂弟君子④，民之父母。
泂酌彼行潦，挹彼注兹，可以濯罍⑤。岂弟君子，民之攸归⑥。
泂酌彼行潦，挹彼注兹，可以濯溉⑦。岂弟君子，民之攸塈⑧。

注释

① 泂（jiǒng）：远。酌：酒器。行潦：路边的积水。
② 挹（yì）：舀出。注：灌入。
③ 饙（fēn）：蒸。饎（chì）：黍稷等粮食。
④ 岂弟（kǎi tì）：即"恺悌"，和乐平易，这里指恩德深长。
⑤ 濯（zhuó）：洗。罍（léi）：古代盛酒器皿，似壶而比壶大。
⑥ 攸：所。归：归附。
⑦ 溉：洗。
⑧ 塈（jì）：休息。

简析

这首诗的主旨争议较多，或谓召康公诫成王之作（《毛诗序》），或谓颂公刘之作（王先谦《诗三家义集疏》），或谓歌颂统治者能得民心之作（程俊英《诗经译注》）。从诗意来看，统治者行仁德得百姓拥护为是。诗歌三章，结构内容基本相似。每章开头都以"泂酌彼行潦"起兴，引出对君子的"赞美之情"。远方积水潭的水可能水质不好，但如果拿来蒸饭洗涤，却也能发挥它的用处，就好像远方之人未受到王朝教化，如果君王能以仁德感化他们，自然也就会得到他们的拥护。诗歌善于以生活中常见事物起兴，运用重章叠句的手法反复赞颂，风格温和舒缓，既有雅正的特点，又有民间风诗的自然活泼。

卷 阿

有卷者阿①，飘风自南②。

岂弟君子③，来游来歌，以矢其音④。

伴奂尔游矣⑤，优游尔休矣⑥。

岂弟君子，俾尔弥尔性⑦，似先公酋矣⑧。

尔土宇昄章⑨，亦孔之厚矣⑩。

岂弟君子，俾尔弥尔性，百神尔主矣⑪。

尔受命长矣，茀禄尔康矣⑫。

岂弟君子，俾尔弥尔性，纯嘏尔常矣⑬。

有冯有翼⑭，有孝有德，以引以翼⑮。

岂弟君子，四方为则⑯。

颙颙卬卬⑰，如圭如璋⑱，令闻令望⑲。

岂弟君子，四方为纲。

凤皇于飞，翙翙其羽⑳，亦集爰止㉑。

蔼蔼王多吉士㉒，维君子使，媚于天子㉓。

凤皇于飞，翙翙其羽，亦傅于天㉔。

蔼蔼王多吉人，维君子命，媚于庶人。

凤皇鸣矣，于彼高冈。

梧桐生矣，于彼朝阳㉕。

菶菶萋萋㉖，雍雍喈喈㉗。

君子之车，既庶且多㉘。

君子之马，既闲且驰㉙。
矢诗不多㉚，维以遂歌㉛。

注释

① 有卷（quán）：曲折的样子。卷：卷曲。阿：大丘陵。

② 飘风：旋风。

③ 岂弟（kǎi tì）：即"恺悌"，和乐平易。

④ 矢：陈，发出。

⑤ 伴奂：即"泮涣"，无拘无束的样子。

⑥ 优游：从容自得的样子。

⑦ 俾尔弥尔性：使你长命百岁。俾：使。尔：指周天子。弥：久。性：生命。

⑧ 似：同"嗣"，继承。遒：同"猷"，谋划。

⑨ 昄（bǎn）章：版图。

⑩ 孔：很。厚：广大。

⑪ 主：主祭者。

⑫ 茀：同"福"。康：安康。

⑬ 纯嘏（gǔ）：大福。

⑭ 冯（píng）：辅。翼：助。

⑮ 以引以翼：引导扶持。

⑯ 则：标准。

⑰ 颙（yóng）颙：庄重恭敬的样子。卬（áng）卬：气宇轩昂的样子。

⑱ 圭：古代一种玉制礼器。璋：古代一种玉制礼器。这里用以形容品德高洁。

⑲ 令：好。闻：声誉。望：声望。

⑳ 翙(huì)翙：鸟展翅振动发出的声音。

㉑ 爰：而。止：栖息。

㉒ 蔼蔼：众多。吉士：贤良之士。

㉓ 媚：爱戴。

㉔ 傅：至。

㉕ 朝阳：指山的东面。

㉖ 菶(běng)菶：草木茂盛的样子。

㉗ 雍雍喈(jiē)喈：鸟鸣之声。

㉘ 庶：众。

㉙ 闲：娴熟。

㉚ 矢诗：献诗。不多：很多。不："丕"，大。

㉛ 遂歌：对歌，答歌。

简析

这是一首颂赞诗。全诗十章，可以分为五部分。第一部分为首章，简略点明出游的时间、地点和既游且歌的活动内容。接下来三章为第二部分，反复咏叹周朝之疆域广阔、周王之承受天命福禄无穷，祝福周王长命百岁。五六章为第三部分，赞美周王仁德传播四方，无数贤人俊士前来辅佐。七八九章为第四部分，以凤凰起飞，百鸟紧紧跟随比喻君臣相得、和谐融洽的关系。末章为最后一部分，写车马盛况，群臣献诗，与首章相呼应。诗歌较为细致地反映了周朝献诗的现象。体制宏大，善于运用比兴手法来来描摹景物，烘托周王的仁德形象是本诗的突出特点。

民　劳

民亦劳止①，汔可小康②。惠此中国③，以绥四方④。无纵诡随⑤，以谨无良⑥。式遏寇虐⑦，憯不畏明⑧。柔远能迩⑨，以定我王。

民亦劳止，汔可小休。惠此中国，以为民逑⑩。无纵诡随，以谨惽怓⑪。式遏寇虐，无俾民忧。无弃尔劳⑫，以为王休⑬。

民亦劳止，汔可小息。惠此京师，以绥四国。无纵诡随，以谨罔极⑭。式遏寇虐，无俾作慝⑮。敬慎威仪，以近有德。

民亦劳止，汔可小愒⑯。惠此中国，俾民忧泄。无纵诡随，以谨丑厉⑰。式遏寇虐，无俾正败⑱。戎虽小子⑲，而式弘大⑳。

民亦劳止，汔可小安。惠此中国，国无有残。无纵诡随，以谨缱绻㉑。式遏寇虐，无俾正反㉒。王欲玉女㉓，是用大谏㉔。

注释

① 止：语气词。
② 汔（qì）：希望。一说庶几。康：安康，安居。
③ 惠：爱。中国：指王畿地区。
④ 绥：安。
⑤ 纵：放纵。诡随：诡诈欺骗。
⑥ 谨：谨慎提防。
⑦ 式：发语词。寇虐：残害，掠夺。
⑧ 憯（cǎn）：曾，乃。明：高明，指坏人的手段高明权势显赫。
⑨ 柔：爱抚。能：亲善。

⑩ 逑：聚合。
⑪ 惛怓（hūn náo）：喧嚷，争吵。
⑫ 尔：指在位者。劳：功劳。
⑬ 休：美，此处指福气。
⑭ 罔极：没有准则，没有法纪。
⑮ 慝（tè）：恶。
⑯ 愒（qì）：休息。
⑰ 丑厉：恶人。
⑱ 正：同"政"。
⑲ 戎：你，指在位之人。小子：指年轻人。
⑳ 式：用。
㉑ 缱绻（qiǎn quǎn）：固结不解，指统治者的内部纠纷。
㉒ 正反：指政治颠倒。
㉓ 王女（rǔ）：爱汝，像爱玉那样地爱汝。
㉔ 是用：是以，因此。

简析

这是一首讽谏诗。《毛诗序》云："《民劳》，召穆公刺厉王也。"全诗五章，结构句式基本一致。每章均可分为三个层次。第一层次为起始四句，强调当时老百姓已经疲惫不堪，希望能给他们休息的时间，民安方能国固。接下来四句均为强调远小人、制止暴虐之徒的重要性。最后两句阐明写作用意，希望君王能谨言慎行，远小人亲君子，永保太平。诗歌句式整齐，结构严谨。每章句式基本一样，仅在关键处替换一两个字。但正是通过这种替换，巧妙地使各章之间形成紧密联系，语意不断递进，如每章的第八个字，"康、休、息、愒、安"，看似意思相近，却相当全面地展现了厉王的暴虐给人民带来的伤害，一个"小"字更写出了人民的卑下弱小。又如每章第二层次描写小人的表现，"无良、惛怓、罔极、丑厉、缱绻"，将小人的危害一层层地揭示出来，具有很强的针对性。

板

上帝板板①，下民卒瘅②。出话不然③，为犹不远④。靡圣管管⑤，不实于亶⑥。犹之未远⑦，是用大谏⑧。

天之方难⑨，无然宪宪⑩。天之方蹶⑪，无然泄泄⑫。辞之辑矣⑬，民之洽矣⑭。辞之怿矣⑮，民之莫矣⑯。

我虽异事⑰，及尔同寮⑱。我即尔谋，听我嚣嚣⑲。我言维服⑳，勿以为笑。先民有言：询于刍荛㉑。

天之方虐，无然谑谑㉒。老夫灌灌㉓，小子蹻蹻㉔。匪我言耄㉕，尔用忧谑㉖。多将熇熇㉗，不可救药。

天之方懠㉘，无为夸毗㉙。威仪卒迷㉚，善人载尸㉛。民之方殿屎㉜，则莫我敢葵㉝。丧乱蔑资㉞，曾莫惠我师㉟。

天之牖民㊱，如埙如篪㊲，如璋如圭㊳，如取如携。携无曰益㊴，牖民孔易。民之多辟㊵，无自立辟㊶。

大雅·生民之什 | 545

价人维藩㊷，大师维垣㊸，大邦维屏㊹，大宗维翰㊺，怀德维宁，宗子维城㊻。无俾城坏，无独斯畏㊼。

敬天之怒，无敢戏豫㊽。敬天之渝㊾，无敢驰驱㊿。昊天曰明(51)，及尔出王(52)。昊天曰旦(53)，及尔游衍(54)。

注释

①板板：反常，违背常理。

②卒瘅（cuì dǎn）：因劳累而致多病。卒同“瘁”。

③不然：不对，不合理。

④犹：同“猷”，谋划。

⑤靡圣：不把圣贤放在眼里。管管：任情自恣的样子。

⑥不实于亶：不讲信用。亶（dǎn）：诚信。

⑦犹之未远：即“为犹不远”。

⑧大谏：郑重地劝诫。

⑨方：正。难：多灾多难。

⑩无然：不要这样。宪宪：欢欣喜悦的样子。

⑪蹶：动乱。

⑫泄（yì）泄：和乐自得的样子。

⑬辞：政令。辑：调和。

⑭洽：融洽，和睦。

⑮怿：和悦。

⑯莫：同“瘼”，疾苦。

⑰异事：不同职司。

⑱及：与。同寮：同事。寮：同“僚”。

⑲ 嚣（áo）嚣：同"聱聱"，形容不接受意见的态度。

⑳ 维：是。服：用。

㉑ 询：征求，请教。刍荛（ráo）：割草打柴的人。

㉒ 谑谑：嬉笑而不庄重的样子。

㉓ 灌灌：款款，诚恳的样子。

㉔ 蹻（jué）蹻：傲慢的样子。

㉕ 匪：非，不要。耄：八十为耄。这里指昏聩。

㉖ 忧谑：把忧患当戏谑。

㉗ 将：行，做。熇（hè）熇：火势炽烈的样子，这里指难以收场。

㉘ 惸（qí）：愤怒。

㉙ 夸毗：谄媚屈从。

㉚ 威仪：指君臣间的礼节。卒：尽。迷：混乱。

㉛ 载：则。尸：祭祀时由人扮成的神尸，终祭不言。

㉜ 殿屎（xī）：受苦呻吟声音。

㉝ 葵：同"揆"，猜测。

㉞ 蔑：无。资：财产。

㉟ 惠：施恩。师：民众。

㊱ 牖：同"诱"，诱导。

㊲ 埙（xūn）：古代用陶制作的椭圆形吹奏乐器。篪（chí）：古代用竹制成的管乐器。

㊳ 璋、圭：朝廷专用的玉制礼器。

㊴ 益：同"隘"，阻碍。

㊵ 辟：同"僻"，邪僻。

㊶ 立辟（bì）：制定法律。辟：法。

㊷ 价：同"介"，善。维：是。藩：篱笆。

大雅·生民之什 | 547

㊸ 大师：大众。垣：墙。

㊹ 大邦：指当时的大诸侯国。屏：屏障。

㊺ 大宗：指与周王同姓的宗族。翰：骨干，栋梁。

㊻ 宗子：周王的嫡子。城：城垣。

㊼ 无独斯畏：不要使自己孤立而因此害怕。

㊽ 戏豫：游戏娱乐。

㊾ 渝：改变。

㊿ 驰驱：任意放纵。

(51) 昊天：上天。明：光明。

(52) 王：同“往”。

(53) 旦：白天。

(54) 游衍：游荡之意。

简析

这是一首讽谏诗，一般认为是凡伯讽周厉王之作。全诗八章，可分三个部分。首章为第一部分，指出人民之困苦是由于“上帝”昏聩造成的，自己作诗的目的是“大谏”。以下各章均围绕这个主旨展开。二至五章为第二部分，这部分主要是揭示各种弊端，先直斥厉王施政不得人心，再责备同僚不用心政事并指出其危害，劝说同僚不要一味取媚君王，而要留心民间疾苦。第三部分为最后三章，向厉王陈说“天之牖民”的道理，并把人民比作国家的墙垣，希望厉王不要自毁长城。诗歌以赋法为主，言辞激切，充满对国家政事的担忧和希望能改革时弊的进取精神。艺术上错综使用各种修辞，如对仗、排比、叠字、比喻等，使诗歌读起来既工整又形象生动，音韵铿锵，富有情感力量。

大雅·荡之什

荡

荡荡上帝①，下民之辟②。疾威上帝③，其命多辟④。
天生烝民⑤，其命匪谌⑥。靡不有初，鲜克有终⑦。
文王曰咨⑧，咨女殷商⑨！曾是强御⑩，曾是掊克⑪，
曾是在位，曾是在服⑫。天降滔德⑬，女兴是力⑭。
文王曰咨，咨女殷商！而秉义类⑮，强御多怼⑯。
流言以对，寇攘式内⑰。侯作侯祝⑱，靡届靡究⑲。
文王曰咨，咨女殷商！女炰烋于中国⑳，敛怨以为德。
不明尔德，时无背无侧㉑。尔德不明，以无陪无卿㉒。
文王曰咨，咨女殷商！天不湎尔以酒㉓，不义从式㉔。
既愆尔止㉕，靡明靡晦。式号式呼㉖，俾昼作夜。
文王曰咨，咨女殷商！如蜩如螗㉗，如沸如羹。
小大近丧㉘，人尚乎由行㉙。内奰于中国㉚，覃及鬼方㉛。
文王曰咨，咨女殷商！匪上帝不时㉜，殷不用旧。
虽无老成人，尚有典刑㉝。曾是莫听，大命以倾。
文王曰咨，咨女殷商！人亦有言：颠沛之揭㉞，
枝叶未有害，本实先拨㉟。殷鉴不远，在夏后之世㊱。

注释

① 荡荡：法度松弛的样子。

② 辟（bì）：君王。

③ 疾威：暴虐。

④ 辟：邪僻。

⑤ 烝：众。

⑥ 谌（chén）：诚信。

⑦ 鲜（xiǎn）：少。克：能。

⑧ 咨：感叹声。

⑨ 女（rǔ）：同"汝"，你。

⑩ 曾是：怎么这样。强御：强横凶暴。

⑪ 掊（póu）克：聚敛，搜括。

⑫ 服：任，任职。

⑬ 滔德：倨傲不恭的品行。

⑭ 兴：助长。力：努力。

⑮ 而：同"尔"，你。秉：任用。义类：善类。

⑯ 怼（duì）：怨恨。

⑰ 寇攘：像盗寇一样抢掠。式内：在朝廷内。

⑱ 侯：于是。作、祝：诅咒。

⑲ 届：尽。究：穷，尽。

⑳ 炰烋（páo xiāo）：同"咆哮"，怒吼。

㉑ 无背无侧：不知有人背叛。

㉒ 陪：指辅佐之臣。

㉓ 湎（miǎn）：沉迷。

㉔ 从：听从。式：任用。

㉕ 愆（qiān）：过错。止：行为，仪容举止。

大雅·荡之什 | 551

㉖ 式：语助词。

㉗ 蜩（tiáo）：蝉。螗：又叫螗，蝉的一种。

㉘ 丧：败亡。

㉙ 由行：学老样。

㉚ 嬖（bì）：愤怒。

㉛ 覃：延及。鬼方：指远方。

㉜ 时：善。

㉝ 典刑：同"典型"，指旧的典章法规。

㉞ 颠沛：跌仆，指树木倒下。揭：举，指树根翻出。

㉟ 本：根。拨：败。

㊱ 后：指君主。

简析

这是一首讽谏诗。关于这首诗的主旨一般认为是召穆公讽谏周厉王之作。《毛诗序》云："《荡》，召穆公伤周室大坏也。厉王无道，天下荡然无纲纪文章，故作是诗也。"诗歌八章，首章以"荡"字开场，对"上帝"之放荡暴虐进行大声呼告，确立讽谏主题。二章以下直至末章则全以"文王曰咨，咨女殷商"领起，感叹殷商末帝纣王骄奢残暴，重蹈夏桀之覆辙。二三章指责纣王任用残暴之臣，造成严重危害。四五章指责纣王个性跋扈，刚愎自用，纵酒败国。六章总结前四章内容，指出纣王的暴虐行为已经导致国家内忧外患，形势十分危急。第七章从另一方面指出纣王不能任用有德之人，遵循前王之法，其后果必然是"大命以倾"。最后一章引谣谚提醒王要吸取夏亡的历史教训。诗歌借文王感叹商周之覆亡讽刺周厉王之无道昏聩，以托古讽今的手法表达作者的忧国之情，配合强烈的情感表达，错综运用排比、对偶、反问、比喻等手段，形成一种不容置疑的雄辩之势。

抑

抑抑威仪①,维德之隅②。

人亦有言:靡哲不愚。

庶人之愚,亦职维疾③。

哲人之愚,亦维斯戾④。

无竞维人⑤,四方其训之⑥。

有觉德行⑦,四国顺之。

訏谟定命⑧,远犹辰告⑨。

敬慎威仪,维民之则。

其在于今,兴迷乱于政。

颠覆厥德,荒湛于酒⑩。

女虽湛乐从⑪,弗念厥绍⑫。

罔敷求先王⑬,克共明刑⑭?

肆皇天弗尚⑮,如彼泉流,无沦胥以亡⑯。

夙兴夜寐,洒扫庭内,维民之章⑰。

修尔车马,弓矢戎兵⑱,

用戒戎作⑲,用逷蛮方⑳。

质尔人民㉑,谨尔侯度㉒,用戒不虞㉓。

慎尔出话,敬尔威仪,无不柔嘉。

白圭之玷,尚可磨也;

斯言之玷,不可为也!

无易由言,无曰苟矣㉔。

莫扪朕舌㉕,言不可逝矣㉖。

无言不雠,无德不报㉗。

惠于朋友,庶民小子。

子孙绳绳㉘,万民靡不承㉙。

视尔友君子㉚,辑柔尔颜㉛,不遐有愆㉜。

相在尔室㉝,尚不愧于屋漏㉞。

无曰不显,莫予云觏㉟。

神之格思㊱,不可度思㊲,矧可射思㊳。

辟尔为德㊴,俾臧俾嘉。

淑慎尔止㊵,不愆于仪。

不僭不贼㊶,鲜不为则㊷。

投我以桃,报之以李。

彼童而角㊸,实虹小子㊹。

荏染柔木㊺,言缗之丝㊻。

温温恭人,维德之基。

其维哲人,告之话言㊼,顺德之行。

其维愚人,覆谓我僭,民各有心。

於乎小子㊽,未知臧否㊾!

匪手携之㊿,言示之事㉛。

匪面命之⁵²，言提其耳。

借曰未知⁵³，亦既抱子。

民之靡盈⁵⁴，谁夙知而莫成⁵⁵？

昊天孔昭，我生靡乐。

视尔梦梦⁵⁶，我心惨惨。

诲尔谆谆，听我藐藐⁵⁷。

匪用为教，覆用为虐⁵⁸。

借曰未知，亦聿既耄⁵⁹！

於乎小子，告尔旧止⁶⁰。

听用我谋，庶无大悔⁶¹。

天方艰难，曰丧厥国⁶²。

取譬不远，昊天不忒⁶³。

回遹其德⁶⁴，俾民大棘⁶⁵！

注释

① 抑抑：器宇轩昂的样子。

② 隅：角，借指品行方正。

③ 职：只。

④ 戾：乖谬，令人惊讶。

⑤ 无：发语词。竞：强盛。维人：由于（贤）人。

⑥ 训：顺从。

⑦ 觉：同"梏"，大。

⑧ 訏谟定命：宏大的谋划，确定政令导向。訏（xū）谟：大谋。命：政令。

⑨ 远犹辰告：及时把长远的谋划告诉大家。犹：同"猷"，谋略。辰：及时，按时。

⑩ 荒湛（dān）：沉湎于酒色，行为放荡。湛：同"耽"。

⑪ 女：同"汝"。虽：唯独。从：同"纵"，放纵。

⑫ 绍：继承。

⑬ 罔：不。敷：广。求：指求先王之道。

⑭ 克：能。共：同"拱"，执行。刑：法。

⑮ 肆：于是。尚：佑助。

⑯ 无沦胥以亡：一起流到了尽头。这里指国家衰亡。沦胥：相率。

⑰ 章：模范，准则。

⑱ 戎兵：借指武器。

⑲ 用戒戎作：用来防止战争的发生。用：以。戎作：借指战争。

⑳ 遏（tì）：同"剔"，治服。蛮方：古时指边远地区的民族部落。

㉑ 质：安定。

㉒ 谨：谨慎。侯：语助词。度：法度。

㉓ 不虞：不测。

㉔ 无易由言，无曰苟矣：不要轻率说话，不要说得太快。易：轻易，轻率。由：于。苟：马虎、随便。

㉕ 扪：按住。朕：我。

㉖ 逝：追。

㉗ 无言不雠，无德不报：没有说话就不会有回应，没有行动就不会有影响。雠：应对。

㉘ 绳绳：谨慎的样子。

㉙ 承：接受。

㉚ 友：招待。

㉛ 辑：和。

㉜ 遏：敢。愆：过错。

㉝ 相：察看。

㉞ 屋漏：房子西北角。原是安藏神主的地方，后泛指屋之深暗处。

㉟ 云：语助词。觏（gòu）：遇见，指看见。

㊱ 格：至。思：语助词。

㊲ 度（duó）：揣度。

㊳ 矧（shěn）：况且。射（yì）：猜中。

㊴ 辟：修明。

㊵ 淑：美好。止：举止言行。

㊶ 僭（jiàn）：僭越，指超出本分。贼：残害。

㊷ 鲜：很少。则：仿效。

㊸ 童：雏，幼小。此处指没长角的小羊羔。

㊹ 虹：同"讧"，惑乱。

㊺ 荏染：柔软的样子。

㊻ 言：语助词。缗（mín）：给乐器安上琴弦。

㊼ 话言：诰言，老古话。

㊽ 於（wū）乎：叹词。

㊾ 臧否（pǐ）：好恶。

㊿ 匪（fěi）：非。

㉑ 示：指示。

㉒ 面命：当面开导。

㉓ 借曰：假如说。未知：无知。

㉔ 盈：完满，完美。

㉕ 莫（mù）：同"暮"，晚。此句意为人们虽然不完美，但谁会早慧而晚成呢？

㉖ 梦（méng）梦：同"瞢瞢"，昏而不明的样子。

㉗ 藐藐：轻视的样子。

(58) 虐："谑"的假借，戏谑之意。

(59) 聿：语助词。耄：年老。

(60) 旧：旧的礼法制度。

(61) 庶：庶几。

(62) 曰：语助词。

(63) 忒（tè）：偏差。

(64) 回遹（yù）：邪僻。

(65) 棘：极端穷困。

简析

这是一首讽谏诗，《毛诗序》认为是卫武公劝谏周平王之作。全诗十二章，可分三个部分。第一部分为前四章，直陈修德向善的劝谏主题。诗人先以"靡哲不愚"说明哲与愚的关系，并从修德与求贤两方面进行规劝。紧接着历数今王的种种无道之举，指出其根源在于无德，劝谏君王勤于政事，整顿军备，防患外来威胁。五至九章为第二部分，具体向君王阐明如何修德求贤。五六章告诫君王要为民作则，注意自身言行。七八九章阐明修德的途径，要慎独、温恭、施德于民。最后三章为第三部分，表达对时局国运的忧惧之心。诗人连呼"於乎小子"，警告君王"天方艰难，曰丧厥国"，发出了痛心疾首的悲叹。诗歌细致而真实地展现了一位忧心国事的忠臣的爱国情怀，借助对比、比喻、叠词等修辞手法进行说理抒情，形象而又深刻地表达了劝谏的主旨。语言的运用也颇有特色，除了用语准确、形象之外，还精于提炼，富有概括力。后世诸多成语就出自本诗，如"耳提面命""夙兴夜寐""白圭之玷""舌不可扪""投桃报李""谆谆告戒"等。

桑　柔

菀彼桑柔①，其下侯旬②。捋采其刘③，瘼此下民④。不殄心忧⑤，仓兄填兮⑥！倬彼昊天⑦，宁不我矜⑧。

四牡骙骙⑨，旟旐有翩⑩。乱生不夷⑪，靡国不泯⑫。民靡有黎⑬，具祸以烬⑭。於乎有哀，国步斯频⑮！

国步蔑资⑯，天不我将⑰。靡所止疑⑱，云徂何往⑲？君子实维⑳，秉心无竞㉑。谁生厉阶㉒？至今为梗㉓！

忧心慇慇㉔，念我土宇㉕。我生不辰，逢天僤怒㉖。自西徂东，靡所定处。多我觏痻㉗，孔棘我圉㉘！

为谋为毖㉙，乱况斯削㉚。告尔忧恤㉛，诲尔序爵㉜。谁能执热㉝，逝不以濯㉞？其何能淑㉟？载胥及溺㊱。

如彼溯风㊲，亦孔之僾㊳。民有肃心㊴，荓云不逮㊵。好是稼穑㊶，力民代食㊷。稼穑维宝，代食维好。

大雅·荡之什 | 559

天降丧乱，灭我立王㊸。降此蟊贼㊹，稼穑卒痒㊺。哀恫中国㊻，具赘卒荒㊼。靡有旅力㊽，以念穹苍㊾。

维此惠君㊿，民人所瞻。秉心宣犹㉛，考慎其相㉜。维彼不顺，自独俾臧㉝，自有肺肠，俾民卒狂。

瞻彼中林，甡甡其鹿㉞。朋友已谮㉟，不胥以谷㊱。人亦有言：进退维谷㊲。

维此圣人，瞻言百里。维彼愚人，覆狂以喜㊳。匪言不能㊴，胡斯畏忌㊵？

维此良人，弗求弗迪㊶；维彼忍心，是顾是复。民之贪乱，宁为荼毒㊷。

大风有隧㊸，有空大谷。维此良人，作为式谷㊹。维彼不顺，征以中垢㊺。

大风有隧，贪人败类㊻。听言则对㊼，诵言如醉㊽。匪用其良，覆俾我悖㊾。

嗟尔朋友，予岂不知而作㊿？如彼飞虫㉛，时亦弋获。既之阴女㉜，反予来赫㉝。

民之罔极㉞，职凉善背㉟。为民不利，如云不克㊱。民之回遹，职竞用力㊲。

民之未戾，职盗为寇㊳。凉曰不可㊴，覆背善詈㊵。虽曰匪予㊶，既作尔歌㊷。

注释

① 菀（wǎn）：茂盛。

② 侯：维。旬：指树荫浓密。

③ 刘：剥落稀疏。桑叶被采后，稀疏无叶。

④ 瘼：病或害。

⑤ 殄（tiǎn）：断绝。

⑥ 仓兄（chuàng huǎng）：同"怆怳"失意的样子。填：久。

⑦ 倬：光明。

⑧ 宁：何。不我矜：即"不矜我"，不怜惜我。

⑨ 骙骙：马奔驰不停的样子。

⑩ 旟旐：泛指旌旗。有翩：翻飞的样子。

⑪ 夷：平。

⑫ 泯：乱。

⑬ 黎：众。此句意为老百姓数量不像以前那么多。

⑭ 具：同"俱"。此句意为老百姓多数死于祸患。

⑮ 国步：国运。频：指危急。

⑯ 国步蔑资：国运艰难没有钱粮。蔑：无。资：财。

⑰ 将：养。

⑱ 止疑：停息，居住。疑：同"凝"。

⑲ 云：发语词。徂：往。

⑳ 维：借为"惟"，思。

㉑ 秉心：存心。无竞：不可争衡。

㉒ 厉阶：祸端。

㉓ 梗：灾害。

㉔ 慇（yīn）慇：心痛的样子。

㉕ 土宇：土地和房屋。

大雅·荡之什 | 561

㉖ 僤（dàn）：大。

㉗ 覯：遇。痻（mín）：灾难。

㉘ 棘：危急。圉（yǔ）：边疆。

㉙ 毖：谨慎。

㉚ 斯：乃。削：减少。

㉛ 尔：指周厉王及当时执政大臣。忧恤：忧虑、顾恤。

㉜ 诲尔序爵：告诫你要按等次任用贤良。序：次序。爵：指官爵。

㉝ 执热：解救炎热。

㉞ 逝：发语词。濯：水洗。

㉟ 其：指代执政的小人。淑：善。

㊱ 载：乃。胥：皆。及：到。

㊲ 溯：逆。

㊳ 僾（ài）：呼吸不畅。

㊴ 肃心：进取之心。

㊵ 荓（pīng）：使。不逮：不及。指民众无处贡献力量。

㊶ 稼穑：指农业劳动。

㊷ 力民：使人民出力劳动。代食：指任用聚敛之臣以代贤者居官食禄。

㊸ 灭我立王：灭我所立之王，指周厉王被国人流放于彘这件事。

㊹ 蟊（máo）贼：两种吃庄稼的害虫，这里用以比喻天灾。

㊺ 卒：完全。痒：病。

㊻ 恫（tōng）：痛。

㊼ 具赘卒荒：连绵的土地最终都受了灾荒。赘：同"缀"，连属。

㊽ 旅力：旅，同"膂"。膂力。

㊾ 念：感动。

㊿ 惠君：顺应人心的君主。

(51) 秉心旋犹：指操心谋划国事。宣犹：宣，明；犹，同"猷"。

(52) 考慎：慎重考察。相：辅佐大臣。

(53) 臧：善。两句意为不顺人心的国君自己独自享福。

(54) 甡（shēn）甡：同“莘莘”，众多的样子。

(55) 谮：同“僭”，相欺，不相信任。

(56) 胥：相。

(57) 维：是。谷：困境。进退维谷，谓进退皆穷。

(58) 覆：反而。

(59) 匪言不能：即“匪不能言”。

(60) 胡：什么。斯：这样。

(61) 迪：进。

(62) 宁：乃。荼毒：毒害。

(63) 有隧：隧隧，风刮得特别大的样子。一说训隧为道，谓风前进有其通道。

(64) 作为式穀：所作所为都很高尚。穀：好，善。

(65) 征：往。中垢：隐暗，污秽。

(66) 贪人：贪财枉法的小人。

(67) 听言：顺从心意的话。

(68) 诵言：忠告的言语。

(69) 悖：违背常理。

(70) 作：装模作样。

(71) 飞虫：指飞鸟。

(72) 既：已经。阴：同“谙”，熟悉。

(73) 赫：同“吓”。

(74) 罔极：没有准则。

(75) 职：主张。凉：凉薄。背：背叛。

(76) 云：句中助词。克：胜。

(77) 职竞：专事竞逐。用力：指用暴力。

(78) 民之未戾，职盗为寇：人民生活不安定，主要是因为朝廷行盗寇之事。

(79) 凉：刻薄。

(80) 覆背善詈：在背后大骂。善：大。詈：骂。

(81) 虽曰匪予：虽然遭你诽谤。曰：句中助词。匪，同“诽”，诽谤。

(82) 既：终。

简析

这是一首讽谏诗，相传为周大夫芮良夫谴责周厉王之作。全诗十六章，可分两部分。第一部分为前八章，总述国家祸乱的根源，揭露各种恶行。这部分又可分两个层次，前四章以枝叶稀疏的桑树起兴，兼比人民饱受盘剥的痛苦，再以车马之富丽反比人民苦于征役，进一步表现民瘼深重、国运危急的社会现实。五至八章则提出救国方案，告诫君王要谨慎谋划国事、爱护人民、选贤任能、取得民心支持。第二部分为后九章。诗人感慨小人专政是厉王的放纵使然，因此作诗劝诫。九至十四章指责同僚相谮，虐民为政和君王亲小人远贤臣的现象，表达诗人的深深忧虑。结尾两章进行总结：人民之所以困苦，发动暴乱的原因实根源于统治者的暴政。诗歌内容丰富，诗人悲人民之困、忧国事之艰、探祸乱之源、思救乱之道、责国君之暴政、怒小人之乱国。诗中充溢着浓重的忧国之情，艺术上运用对比、反问、夸张等多种修辞，语言质直而又有言外之意，富有表现力。

云　汉

倬彼云汉①，昭回于天②。王曰於乎③：何辜今之人④！天降丧乱，饥馑荐臻⑤。靡神不举⑥，靡爱斯牲⑦。圭璧既卒⑧，宁莫我听⑨！

旱既大甚⑩，蕴隆虫虫⑪。不殄禋祀⑫，自郊徂宫⑬。上下奠瘗⑭，靡神不宗⑮。后稷不克，上帝不临？耗斁下土⑯，宁丁我躬⑰！

旱既大甚，则不可推。兢兢业业，如霆如雷。周余黎民⑱，靡有孑遗⑲。昊天上帝，则不我遗⑳。胡不相畏？先祖于摧㉑？

旱既大甚，则不可沮。赫赫炎炎，云我无所㉒。大命近止㉓，靡瞻靡顾。群公先正㉔，则不我助。父母先祖，胡宁忍予㉕！

旱既大甚，涤涤山川㉖。旱魃为虐㉗，如惔如焚㉘。我心惮暑㉙，忧心如熏㉚。群公先正，则不我闻㉛？昊天上帝，宁俾我遯㉜！

旱既大甚，黾勉畏去㉝。胡宁瘨我以旱㉞？憯不知其故㉟。祈年孔夙㊱，方社不莫㊲。昊天上帝，则不我虞㊳？敬恭明神，宜无悔怒。

旱既大甚，散无友纪㊴。鞫哉庶正㊵，疚哉冢宰㊶。趣马师氏㊷，膳夫左右㊸。靡人不周，无不能止。瞻卬昊天㊹，云如何里㊺！

瞻卬昊天，有嘒其星㊻。大夫君子，昭假无赢㊼。大命近止，无弃尔成㊽！何求为我，以戾庶正㊾。瞻卬昊天，曷惠其宁㊿！

注释

① 倬（zhuō）：大。云汉：银河。

② 昭：光辉。回：回旋，移转。

③ 於（wū）乎：即"呜呼"，叹词。

④ 辜：罪。

⑤ 荐：重，再。臻：至。

⑥ 靡：无或不。举：祭。

⑦ 爱：吝惜。牲：古时祭祀用的牛羊猪等。

⑧ 圭、璧：均为古玉器。

⑨ 宁：乃。莫我听：莫听我。

⑩ 大：同"太"。甚：厉害。

⑪ 蕴隆：暑气郁积而隆盛。虫虫：热气熏蒸的样子。

⑫ 殄（tiǎn）：断绝。禋（yīn）祀：古时祭天神的典礼。

⑬ 徂：往。宫：祭天之坛。

⑭ 奠：陈列祭品。瘗（yì）：把祭品埋在地下用来祭地神。

⑮ 宗：尊敬。

⑯ 斁（dù）：败坏。

⑰ 丁：遭逢。躬：身。

⑱ 黎：众。

⑲ 孑遗：遗留，剩余。

⑳ 遗（wèi）：赠，赠给。

㉑ 于：助词。摧：靠近。

㉒ 云：语助词。所：指荫庇之处。

㉓ 大命：指死亡之期。

㉔ 群公：犹百辟，先世诸侯之神。正：长。先正，谓先世卿士之神。

㉕ 忍：忍心，残忍。

㉖ 涤涤：光秃无草木。

㉗ 旱魃：传说中的旱神。

㉘ 惔（tán）：火烧。

㉙ 惮：畏。

㉚ 熏：灼。

㉛ 闻：同"问"，恤问。

㉜ 遯（dùn）：今作"遁"，逃。

㉝ 黾（mǐn）勉畏去：勉力祷求不敢离开。

㉞ 瘨（diān）：病。

㉟ 憯（cǎn）：曾。

㊱ 祈年：一种祭礼。孔夙（sù）：很早。

㊲ 方：祭祀四方之神。社：祭祀土神。莫（mù）：古"暮"字，晚。

㊳ 虞：助。

㉟ 散：流离失散。友：同"有"。纪：纪纲，法度。

㊵ 鞫（jū）：穷，指智穷力竭。庶正：众官之长。

㊶ 疚：忧苦。冢宰：周代官名，相当后世的宰相。

㊷ 趣马：古代官名，掌管国王马匹的官。师氏：官名，主要负责教导国王和贵族的子弟。

㊸ 膳夫：主管国王和后妃饮食的官。左右：左右之大夫、士诸官。

㊹ 卬（yǎng）：同"仰"。

㊺ 里：止。

㊻ 嘒（huì）：微小而众多。

㊼ 昭：祷。假：借为"嘏（gǔ）"，告。无赢：无差忒。

㊽ 成：成功。

㊾ 戾：定，安定。庶正：众官之长。这里指百官。

㊿ 曷：何，何时。惠：赐。

简析

这是一首描写周宣王祈求上天降雨的祷词。全诗八章。首章由夜观天象起兴，写周宣王内心之焦灼痛苦。二至七章均以"旱既大甚"开头，多角度描写了大旱给人民带来的巨大伤害。二章写祭祀神灵无神不祭，无牲不用，可神灵却毫无相助之意。三四章写大旱指无法避免，无法阻挡。五章写旱魃肆虐，内心焦急却无能为力。六七章写君臣反思，寻找大旱原因而不得。末章仍写观天象，鼓励群臣虔心祈祷，共渡难关。诗歌对西周时期的大旱做了较为细致全面的展现，如写旱魃，以"涤涤山川""如惔如焚"形容之；写旱灾之突如其来，是"兢兢业业，如霆如雷"，写人民伤亡巨大，是"周余黎民，靡有孑遗"，虽有夸张成分，却较为形象具体地反映了灾情的严重。

崧 高

崧高维岳①，骏极于天②。维岳降神③，生甫及申④。维申及甫，维周之翰⑤。四国于蕃⑥。四方于宣⑦。

亹亹申伯⑧，王缵之事⑨。于邑于谢⑩，南国是式⑪。王命召伯⑫，定申伯之宅⑬。登是南邦⑭，世执其功⑮。

王命申伯：式是南邦，因是谢人⑯，以作尔庸⑰。王命召伯：彻申伯土田⑱。王命傅御⑲：迁其私人⑳。

申伯之功，召伯是营。有俶其城㉑，寝庙既成㉒。既成藐藐㉓，王锡申伯㉔：四牡蹻蹻㉕，钩膺濯濯㉖。

王遣申伯㉗，路车乘马㉘。我图尔居㉙，莫如南土。锡尔介圭㉚，以作尔宝。往迈王舅㉛，南土是保㉜。

申伯信迈㉝，王饯于郿㉞。申伯还南，谢于诚归㉟。王命召伯，彻申伯土疆。以峙其粻㊱，式遄其行㊲。

申伯番番㊳，既入于谢。徒御啴啴㊴，周邦咸喜，戎有良翰㊵。不显申伯㊶，王之元舅㊷，文武是宪㊸。

申伯之德，柔惠且直㊹。揉此万邦㊺，闻于四国。吉甫作诵㊻，其诗孔硕㊼，其风肆好㊽，以赠申伯。

注释

① 崧（sōng）：又作"嵩"，山高大。维：是。岳：非常高大的山。
② 骏：大。极：至。

③ 维：发语词。

④ 甫：甫侯。申：申伯。

⑤ 翰："干"之假借，支柱，栋梁。

⑥ 于：犹"为"。蕃：即"藩"，屏障。

⑦ 宣：宣扬。

⑧ 亹（wěi）亹：勤勉的样子。

⑨ 缵（zuǎn）：继承。

⑩ 于邑：建造谢邑。于：为，建。

⑪ 式：法，法则。

⑫ 召伯：召虎，即召穆公，周宣王大臣。

⑬ 定：确定。

⑭ 登：升。

⑮ 执：守持。功：事业。

⑯ 因：依靠。

⑰ 庸：同"墉"，城。

⑱ 彻：治理。此处指划定地界。

⑲ 傅御：辅佐王或诸侯治事之官。

⑳ 私人：家臣。

㉑ 俶（chù）：建造。

㉒ 寝庙：周代宗庙的建筑分为庙和寝两部分，合称寝庙。

㉓ 奕奕：盛美的样子。

㉔ 锡：同"赐"。

㉕ 蹻（jué）蹻：强壮勇武的样子。

㉖ 钩膺：即"樊缨"，马颈腹上的带饰。濯濯：光泽鲜明的样子。

㉗ 遣：赠送。

㉘ 路车：诸侯乘坐的一种大型马车。路，同"辂"。

㉙ 图：图谋，谋虑。

㉚ 介：亦作"玠"，大。圭：古代玉制的礼器，诸侯执此物以方便朝见周王。

㉛ 迈（jì）：语助词，相当于"哉"。

㉜ 保：保有。
㉝ 信：真。迈：行。
㉞ 饯：准备酒食送行。郿（méi）：古地名。
㉟ 谢于诚归：即"诚归于谢"，很高兴地前往谢地。
㊱ 峙：储备。粻（zhāng）：米粮。
㊲ 遄（chuán）：加速。
㊳ 番（bō）番：勇武的样子。
㊴ 徒：徒步行走的士兵。御：驾车的士兵。啴（tān）啴：众多的样子。
㊵ 戎：汝，你。或训"大"。翰：栋梁。
㊶ 不（pī）：同"丕"，大。显：显赫。
㊷ 元舅：长舅。
㊸ 宪：法式或模范。
㊹ 柔惠：温顺、恭谨。
㊺ 揉：即"柔"，安。
㊻ 吉甫：尹吉甫，周宣王的大臣。诵：同"颂"，颂赞之诗。
㊼ 其：是，此。孔硕：指篇幅很长。孔：很。硕：大。
㊽ 风：曲调。肆好：极好。

简析

这是一首赠别诗，为周宣王时大臣尹吉甫为申伯所作。全诗八章，可分三部分。首章以"骏极于天"的五岳作喻，赞美申伯的出身高贵。中间六章为第二部分，主要写周王对申伯的封赠。第二章写周王封申伯于谢，执掌南方侯国。三章写申伯建城治田。四章写申伯立宗庙，周王赐车马。五章写申伯临行前周王的赠言。六章写周王为申伯饯行。七章写申伯入谢。末章为最后一部分，颂扬申伯不负周王所望，帮助周朝加强了对南方的统治。诗歌以申伯受封为中心，依次记载了受封始末，叙事详尽又层层递进，结构较为清晰。语言平实，句意不避重复却又无累赘之感。首章开头两句"起笔峥嵘，与岳势竞隆"（方玉润《诗经原始》），历来被视为善于发端的典范。

烝 民

天生烝民①，有物有则。民之秉彝②，好是懿德。天监有周，昭假于下③。保兹天子，生仲山甫④。

仲山甫之德，柔嘉维则。令仪令色，小心翼翼。古训是式⑤，威仪是力。天子是若，明命使赋⑥。

王命仲山甫，式是百辟⑦，缵戎祖考⑧，王躬是保。出纳王命⑨，王之喉舌。赋政于外⑩，四方爰发。

肃肃王命⑪，仲山甫将之。邦国若否⑫，仲山甫明之。既明且哲，以保其身。夙夜匪解⑬，以事一人。

人亦有言：柔则茹之⑭，刚则吐之。维仲山甫，柔亦不茹，刚亦不吐。不侮矜寡⑮，不畏强御。

人亦有言：德輶如毛⑯，民鲜克举之。我仪图之⑰，维仲山甫举之，爱莫助之。衮职有阙⑱，维仲山甫补之。

仲山甫出祖[19]，四牡业业，征夫捷捷[20]，每怀靡及。四牡彭彭[21]，八鸾锵锵。王命仲山甫，城彼东方。

四牡骙骙[22]，八鸾喈喈。仲山甫徂齐，式遄其归[23]。吉甫作诵[24]，穆如清风。仲山甫永怀[25]，以慰其心。

注释

① 烝：众。物、则：指人有形体和法则。

② 秉彝：常理，常性。

③ 假：至。

④ 仲山甫：人名，周宣王的卿士。

⑤ 式：效法。

⑥ 天子是若，明命使赋：天子选择他做大臣，颁布命令让他负责施政。若：选择。赋：颁布。

⑦ 百辟：指众诸侯。

⑧ 缵（zuǎn）：继承。戎：你。

⑨ 出纳：受命与传令。

⑩ 外：王畿之外。

⑪ 肃肃：严肃的样子。

⑫ 若否：好坏。

⑬ 解（xiè）：同"懈"。

⑭ 茹：吃。

⑮ 矜：老而无妻。

⑯ 輶（yóu）：轻。
⑰ 仪图：揣度。
⑱ 衮（gǔn）职：帝王的政治。阙：缺。
⑲ 祖：祭路神。
⑳ 捷捷：马行迅疾的样子。
㉑ 彭彭：形容马行时蹄声杂沓。
㉒ 骙（kuí）骙：同"彭彭"。
㉓ 遄（chuán）：速。
㉔ 吉甫：尹吉甫，宣王的大臣。
㉕ 永：长。怀：思。

简析

这是一首赠别诗，为尹吉甫赠仲山甫之作。诗歌主要赞颂了仲山甫的德行和辅佐周宣王的政绩。全诗八章，可分三部分。首章颂扬仲山甫应天命而生，定下颂赞主题。二至六章为第二部分，对仲山甫进行各方面的颂扬，赞其德高望重、洞悉国事、勤于政事、个性刚直、不畏强暴等美德。七八章为第三部分，转入送别。仲山甫奉命督修齐城，尹吉甫作诗相赠，表达祝福之情。诗歌以赋为主，叙事、说理、议论有机结合，尤其以说理为主要特色，如首章写仲山甫的出生以人性发端，"民之秉彝，好是懿德"的说法可谓最早出现的"人性善"论。

韩 奕

奕奕梁山①，维禹甸之②，有倬其道③，韩侯受命④，王亲命之⑤：缵戎祖考⑥。无废朕命⑦，夙夜匪解⑧。虔共尔位⑨，朕命不易。榦不庭方⑩，以佐戎辟⑪。

四牡奕奕⑫，孔修且张⑬。韩侯入觐⑭，以其介圭⑮。入觐于王，王锡韩侯⑯。淑旂绥章⑰，簟茀错衡⑱。玄衮赤舄⑲，钩膺镂钖⑳。鞹鞃浅幭㉑，鞗革金厄㉒。

韩侯出祖㉓，出宿于屠㉔。显父饯之㉕，清酒百壶。其肴维何？炰鳖鲜鱼㉖。其蔌维何㉗？维笋及蒲㉘。其赠维何？乘马路车㉙。笾豆有且㉚，侯氏燕胥㉛。

韩侯取妻㉜，汾王之甥㉝，蹶父之子㉞。韩侯迎止㉟，于蹶之里。百两彭彭㊱，八鸾锵锵㊲，不显其光㊳。诸娣从之㊴，祁祁如云㊵。韩侯顾之㊶，烂其盈门㊷。

蹶父孔武㊸，靡国不到㊹。为韩姞相攸㊺，莫如韩乐。孔乐韩土，川泽讦讦㊻，鲂鱮甫甫㊼，麀鹿噳噳㊽，有熊有罴，有猫有虎。庆既令居㊾，韩姞燕誉㊿。

溥彼韩城(51)，燕师所完(52)。以先祖受命，因时百蛮(53)。王锡韩侯：其追其貊(54)，奄受北国(55)，因以其伯(56)。实墉实壑(57)，实亩实藉(58)。献其貔皮(59)，赤豹黄罴。

注释

① 奕奕：高大。梁山：山名，在当时韩国境内。

② 维：发语助词。甸：治。

③ 有倬（zhuō）：广阔的样子。

④ 韩侯：姬姓，周王近宗贵族，诸侯国韩国国君。受命：接受册命。

⑤ 王：周宣王。

⑥ 缵（zuǎn）：继承。戎：你。祖考：先祖。

⑦ 废：懈怠。这里有不要辜负王命的意思。朕：周王自称。

⑧ 夙夜：早晚。匪解：非懈，不松懈。

⑨ 虔共（gōng）：敬诚恭谨。共，同"恭"。

⑩ 榦：同"干"，安定。一说，同"干"，纠正。不庭方：不来朝觐的诸侯。

⑪ 辟：君主。

⑫ 牡：公马。

⑬ 孔修：很长。张：大。

⑭ 入觐（jìn）：入朝见天子。

⑮ 介圭：周朝礼制，王册封诸侯要赐予介圭作为镇国宝器，诸侯入觐时须手执介圭作觐礼之贽信。

⑯ 锡：同"赐"，赏赐。

⑰ 淑旂：色彩鲜艳并且绘有交龙、日月图案的旗子。绥章：旗上图案花纹非常优美。

⑱ 簟茀：竹编车篷。错衡：饰有交错花纹的车前横木。

⑲ 玄衮：黑色龙袍，周朝王公贵族专用的礼服。赤舄（xì）：贵族穿的红色的鞋。

⑳ 钩膺：束在马腰部的装饰品，多为革制。镂钖（yáng）：马额上的用金属制成的装饰品。

㉑ 鞹鞃（kuò hóng）：包皮革的车轼横木。浅：浅毛虎皮。幭（miè）：覆盖。

㉒ 鞗（tiáo）革：马缰头。厄：同"轭"。

㉓ 出祖：出行之前祭路神。

㉔ 屠：地名。

㉕ 显父：周宣王的卿士。

㉖ 炰（páo）鳖：烹煮鳖肉。

㉗ 蔌：蔬菜。

㉘ 蒲：一种水生植物，嫩蒲可食。

㉙ 路车：辂车，古代贵族专用的大车。

㉚ 笾（biān）豆：饮食用具，笾为高脚竹器，豆为高脚、盘状陶器。有且：很多的样子。

㉛ 燕胥：共宴。燕同"宴"。

㉜ 取妻：同"娶妻"。

㉝ 汾王：指周厉王。因厉王被流于彘，所以时人以汾王号之。

㉞ 蹶父：周的卿士。

㉟ 迎止：迎亲。止，同"之"。

㊱ 百两：百辆。彭彭：马强盛的样子。

㊲ 鸾：同"銮"，挂在马镳上的铃。

㊳ 不（pī）显：不，同"丕"，大；丕显，非常显耀。

㊴ 诸娣从之：侄娣随从出嫁为妾媵。娣：妹妹。

㊵ 祁祁：众多。

㊶ 顾：回头看。

㊷ 烂：光采明耀。

㊸ 孔武：非常勇武。孔，甚。

㊹ 靡：没有。

㊺ 韩姞：即蹶父之女，姞姓，嫁韩侯为妻，故称韩姞。相攸：观察合适的地方。相，视；攸，所。

㊻ 訏（xū）訏：广大。

㊼ 鲂、鱮（xù）：两种鱼名，今名鳊、鲢。甫甫：大。

㊽ 麀（yōu）：母鹿。噳（yǔ）噳：鹿多群聚。

㊾ 令居：美好居所。

(50) 燕誉：安乐高兴。

(51) 溥（pǔ）：广大。韩城：韩国都城。

(52) 师：民众。完：修筑。

(53) 时：犹“司”，掌管、统辖。百蛮：古时对异族土著部落的统称。

(54) 追（zhuī）、貊（mò）：古代北方两个少数民族。

(55) 奄：完全。

(56) 伯：诸侯之长。

(57) 实：是，乃。墉：筑城。壑：挖壕沟。

(58) 亩：划分田亩。藉：征收赋税。

(59) 貔（pí）：一种猛兽名。

简析

这是一首叙事诗。周宣王力图振兴，派申伯建谢邑镇守南方，派仲山甫修齐城捍卫东方，派韩侯建韩城加强北方防务。本诗记载了韩侯受封入朝觐见宣王始末。全诗六章，以韩侯的行程为线索，依次记叙了韩侯入朝受封、赐礼、践行、完婚、建韩城、威慑北方诸国等事件。叙事平实，少溢美之词。各章重点突出，前后串联紧密。语言风格随记叙内容不断发生变化，颇有摇曳之态。

江　汉

江汉浮浮，武夫滔滔①。匪安匪游②，淮夷来求③。既出我车，既设我旟④。匪安匪舒，淮夷来铺⑤。

江汉汤汤⑥，武夫洸洸⑦。经营四方，告成于王。四方既平，王国庶定⑧。时靡有争⑨，王心载宁。

江汉之浒⑩，王命召虎：式辟四方⑪，彻我疆土⑫。匪疚匪棘⑬，王国来极⑭。于疆于理⑮，至于南海。

王命召虎：来旬来宣⑯。文武受命，召公维翰⑰。无曰予小子⑱，召公是似⑲。肇敏戎公⑳，用锡尔祉㉑。

釐尔圭瓒㉒，秬鬯一卣㉓。告于文人㉔，锡山土田。于周受命㉕，自召祖命㉖，虎拜稽首㉗：天子万年！

虎拜稽首：对扬王休㉘，作召公考㉙，天子万寿！明明天子㉚，令闻不已㉛。矢其文德㉜，洽此四国㉝。

注释

① 浮浮：水盛的样子。滔滔：广大众多的样子。

② 匪：同"非"。安：安逸。游：游乐。

③ 来：语助词。求：同"纠"，讨伐。

④ 旟（yú）：画有鸟隼的旗帜。

⑤ 铺：止，驻扎。

⑥ 汤（shāng）汤：水势很大的样子。

⑦ 洸（guāng）洸：威武的样子。

⑧ 庶：庶几，差不多。

⑨ 靡：没有。

⑩ 浒（hǔ）：水边。

⑪ 式：发语词。辟：开辟。

⑫ 彻：治。

⑬ 疚（jiù）：病，害。棘："急"的假借字。此句意为不使人民受伤害，要施行仁政。

⑭ 极：准则。此句意为一切以王国为准则。

⑮ 于疆于理：划定疆界，治理疆土。于：语助词。

⑯ 旬："巡"的假借字。

⑰ 召公：文王之子，封于召。为召伯虎的太祖，谥康公。维：是。翰：茎干，引申为栋梁。

⑱ 无曰予小子：不要谦虚地说自己是后生。

⑲ 似："嗣"的假借字，继承。

⑳ 肇敏：谋划。戎：大。公：同"功"。

㉑ 用：以。锡：赐。祉（zhǐ）：福禄。

㉒ 釐："賚"的假借，赏赐。圭瓒(zàn)：用玉作柄的酒勺。

㉓ 秬(jù)鬯(chàng)：古代以黑黍和郁金香草酿造的酒，用于祭祀降神及赏赐有功的诸侯。卣(yǒu)：古时带柄的酒壶。

㉔ 文人：有文德的人。

㉕ 周：岐周，周人发祥地。

㉖ 自召祖命：指册命之礼同召公。自：用。召祖：召康公。

㉗ 稽(qǐ)首：古时一种礼节，跪下拱手磕头，手、头都要触地。

㉘ 对：报答。扬：颂扬。休：美，指美好的赏赐册命。

㉙ 考："簋(guǐ)"的假借字。簋是一种食器。

㉚ 明明：有道的样子。

㉛ 令闻：美好的声誉。

㉜ 矢："施"的假借字，施行。

㉝ 洽：和洽。

简析

此诗主旨，《毛诗序》以为是"尹吉甫美宣王"，而方玉润《诗经原始》则认为是召虎"自铭其器"记载天子赐恩一事，现代学者也多赞同方说。全诗六章。首章一开始就渲染出出征淮夷军队的强大，暗示此战必然胜利。也正因此，次章略过了征战过程，直接描写军队凯旋的场景。接下来三章借天子之口，称颂召虎的功绩。末章写召虎对天子褒许的答谢，盛赞天子仁德。诗歌主题不离歌功颂德的套路，但人物形象的塑造较有特色。召虎在出场之前，其威武睿智、富有谋略的形象已然确立，这主要归功于间接描写手法的运用。诗歌一开始就以江汉之水烘托出出征将士的威武，其描写目的就是为了暗示将士背后一个同样威武的统帅的存在。接下来又以天子宣诏的方式，通过天子之口展现出召虎的功绩。这种以间接的方式侧面烘托人物的手法很好地解决了召虎自铭功绩时如何自我夸赞的问题。

常 武

赫赫明明①，王命卿士②，南仲大祖③，大师皇父④：整我六师⑤，以脩我戎⑥。既敬既戒⑦，惠此南国⑧。

王谓尹氏⑨，命程伯休父⑩：左右陈行⑪，戒我师旅：率彼淮浦⑫，省此徐土⑬。不留不处⑭，三事就绪⑮。

赫赫业业⑯，有严天子⑰，王舒保作⑱。匪绍匪游⑲，徐方绎骚⑳，震惊徐方。如雷如霆㉑，徐方震惊。

王奋厥武㉒，如震如怒。进厥虎臣㉓，阚如虓虎㉔。铺敦淮濆㉕，仍执丑虏㉖。截彼淮浦㉗，王师之所㉘。

王旅啴啴㉙，如飞如翰㉚，如江如汉，如山之苞㉛，如川之流。绵绵翼翼㉜，不测不克，濯征徐国㉝。

王犹允塞㉞，徐方既来。徐方既同，天子之功。四方既平，徐方来庭㉟。徐方不回㊱，王曰还归。

注释

① 赫赫：威严的样子。明明：明智的样子。此句形容周天子。

② 卿士：执政大臣。

③ 南仲：人名，宣王的主事大臣。大祖：太祖。

④ 大师：西周时职掌军政的大臣。皇父：人名，周宣王的太师。

⑤ 整：治。六师：六军。

⑥ 以脩我戎：整顿我的军备。脩：整理；戎：武器。

⑦ 敬：借作"儆"。

⑧ 惠：施恩惠。

⑨ 尹氏：官名，掌管册命臣工之事。

⑩ 程伯休父：人名，宣王时期任大司马。

⑪ 陈行：列队。

⑫ 率：循。

⑬ 省：察视。徐土：指徐国。

⑭ 不：语助词。留：停留。处：驻扎。

⑮ 三事：泛指各种事情。就绪：安排妥当。

⑯ 业业：天子高大的样子。

⑰ 有严：神圣的样子。

⑱ 舒：舒徐。保：安。作：行。

⑲ 绍：迟缓。

⑳ 绎：络绎不绝。骚：骚动。

㉑ 霆：炸雷。

㉒ 奋厥武：奋发用武。

㉓ 虎臣：勇猛如虎的武士。

㉔ 阚（hǎn）如：虎怒的样子。虓（xiāo）：虎啸。

㉕ 铺：止，陈。敦：屯聚。渍（fén）：河边高地。

㉖ 仍：就。丑虏：对俘虏的蔑称。

㉗ 截：断绝。

㉘ 所：处。

㉙ 啴（tān）啴：人多势众的样子。

㉚ 翰：指鸷鸟。

㉛ 苞：指根基。

㉜ 翼翼：整齐的样子。

㉝ 濯：大。

㉞ 犹：同"猷"，谋略。允塞：确实周密。

㉟ 来庭：来到王庭，指朝觐。

㊱ 回：违。

简析

这是一首颂赞诗，赞美周宣王平定徐国叛乱的功绩。诗歌按时间顺序描写了这场战事。全诗六章。前两章写宣王点将，向程伯休父下达作战指示，准备出征。第三章写军队行军，以徐国君臣之惊慌失措反衬天子之师胜券在握。四章写周军大败徐国军队。五六章颂扬王师声威，班师凯旋。诗歌在艺术上的一大特点是善用比喻，如第三章以"如雷如霆"比王师对徐国君臣的震慑；四章以"如震如怒"比宣王之威武，以"阚如虓虎"比军士之斗志；第五章更是连用四个比喻来比王师声威。此外，末章"徐方"五见，形成回环之势，在不断的重复咏叹中将周王打败徐方这个南方大国的欢欣喜悦之情表达得淋漓尽致。

瞻卬

瞻卬昊天①,则不我惠②。孔填不宁③,降此大厉④。邦靡有定,士民其瘵⑤。蟊贼蟊疾⑥,靡有夷届⑦。罪罟不收⑧,靡有夷瘳⑨。

人有土田,女反有之。人有民人,女覆夺之⑩。此宜无罪,女反收之。彼宜有罪,女覆说之⑪。

哲夫成城⑫,哲妇倾城。懿厥哲妇⑬,为枭为鸱⑭。妇有长舌,维厉之阶⑮。乱匪降自天⑯,生自妇人。匪教匪诲,时维妇寺⑰。

鞫人忮忒⑱,谮始竟背⑲。岂曰不极⑳?伊胡为慝㉑!如贾三倍㉒,君子是识㉓。妇无公事㉔,休其蚕织。

天何以刺㉕?何神不富㉖?舍尔介狄㉗,维予胥忌㉘。不吊不祥㉙,威仪不类㉚。人之云亡㉛,邦国殄瘁㉜。

天之降罔㉝,维其优矣㉞。人之云亡,心之忧矣。天之降罔,维其几矣㉟。人之云亡,心之悲矣!

觱沸槛泉㊱,维其深矣。心之忧矣,宁自今矣?不自我先,不自我后。藐藐昊天㊲,无不克巩㊳。无忝皇祖㊴,式救尔后㊵。

注释

① 卬(yǎng):同"仰"。

② 惠:爱。

③ 填(chén):同"尘",长久。

④ 厉:祸患。

⑤ 士民:士人和平民。瘵(zhài):病。

⑥ 蟊(máo):伤害庄稼的害虫。贼、疾:害。

⑦ 夷届:止息,终止。

⑧ 罪罟(gǔ):法网。罟:网。收:收敛。

⑨ 夷瘳(chōu):疾病平复痊愈。这里比喻生民疾苦的解除。

⑩ 覆:反而。

⑪ 说:同"脱"。

⑫ 哲:智谋。

⑬ 懿:同"噫",叹词。

⑭ 枭(xiāo):一种与鸱鸺相似的鸟。这里指传说长大后食母的恶鸟。鸱(chī):猫头鹰一类的鸟。

⑮ 厉:祸患。阶:阶梯。

⑯ 匪:不。

⑰ 时:犹"是"。维:犹"为"。妇寺:宫中的妇女近侍。

⑱ 鞫（jū）：穷究。忮（zhì）：害。忒（tè）：变。此句指变换着方法害人。

⑲ 谮（zèn）：进谗言。竟：终。背：违背，自相矛盾。

⑳ 极：已。

㉑ 伊：语助词。慝（tè）：恶，错。

㉒ 贾（gǔ）：商人。三倍：得三倍的利润。

㉓ 君子：指执政者。识：识别，洞察。

㉔ 妇无公事：此句指妇女不应该参与政事。

㉕ 刺：责罚。

㉖ 富：福祐。

㉗ 介狄：元凶。

㉘ 胥（xū）：同"斯"，是。忌：怨恨。

㉙ 吊：慰问，抚恤。不祥：指遭祸事的人。

㉚ 类：善。

㉛ 云：语助词。亡：逃亡。

㉜ 殄（tiǎn）瘁（cuì）：病困，困穷。

㉝ 罔：灾害，灾祸。

㉞ 优：充足，多。

㉟ 几：危殆。

㊱ 觱（bì）沸：泉水上涌的样子。槛："滥"的假借，泛滥。

㊲ 巍巍：高远的样子。

㊳ 巩：固，约束，控制。

㊴ 忝（tiǎn）：辱没。

㊵ 后：后代。

简析

这是一首政治讽刺诗，反映了西周末年的黑暗社会现实。全诗七章，首章以上天降灾比统治者对人民的残害。二章以对比手法揭露统治者倒行逆施的罪恶。三四章指出女人得宠，搬弄是非是祸乱的根源，认为女子不应该干预朝政，而应该从事蚕织女工之事。五六章直斥幽王放纵奸人疏远贤臣，表达忧国伤时之情。全诗表现了一位刚直不阿、忧国忧民的诗人对黑暗社会现实的痛恨之情。这种情感如火山般炽烈，借助排比、对比、比喻等修辞手法，时不时喷薄而出，具有极强的感染力。

召 旻

旻天疾威①,天笃降丧②。瘨我饥馑③,民卒流亡。我居圉卒荒④。

天降罪罟⑤,蟊贼内讧。昏椓靡共⑥?溃溃回遹⑦,实靖夷我邦⑧。

皋皋訿訿⑨,曾不知其玷。兢兢业业,孔填不宁⑩,我位孔贬⑪。

如彼岁旱,草不溃茂⑫,如彼栖苴⑬。我相此邦⑭,无不溃止⑮。

维昔之富不如时⑯?维今之疚不如兹⑰。彼疏斯粺⑱,胡不自替⑲,职兄斯引⑳?

池之竭矣,不云自频㉑,泉之竭矣,不云自中?溥斯害矣㉒,职兄斯弘㉓,不烖我躬㉔?

昔先王受命㉕,有如召公㉖,日辟国百里,今也日蹙国百里㉗。於乎哀哉㉘!维今之人,不尚有旧㉙。

注释

① 旻(mín)天:秋天,此处泛指上天。疾威:暴虐。
② 笃:厚,严重。

③ 瘨（diān）：降灾。

④ 居：国中。圉（yǔ）：边陲，边境。

⑤ 罪罟（gǔ）：法网。

⑥ 昏椓（zhuó）：胡乱谗毁别人。昏：乱。椓：同"诼"，谗毁。靡共：不安于位。共：同"供"。

⑦ 溃溃：昏乱的样子。回遹（yù）：邪僻。

⑧ 靖：治。夷：平。

⑨ 皋皋：欺诳。訿（zǐ）訿：谗毁。

⑩ 孔填（chén）：很久。填：假借为"尘"，久。

⑪ 贬：降免。

⑫ 溃茂：丰茂。

⑬ 苴（chá）：枯草。

⑭ 相：察看。

⑮ 止：之。

⑯ 时：是，指今时。

⑰ 疚：贫病。

⑱ 疏：稷，高粱。粺（bài）：精米。

⑲ 替：废，退。

⑳ 职：此，这。兄："况"的假借字。斯：语助词。引：延长。此句指情况越来越严重。

㉑ 不云自频：不也是从旁边开始的吗？频（bīn）：滨，水边。

㉒ 溥（pǔ）：同"普"，普遍。害：祸害。

㉓ 弘：大。

㉔ 不烖（zāi）我躬：难道我不受灾害？烖：同"灾"，

灾祸。

㉕ 先王：指武王、成王。

㉖ 召公：召公奭，即召康公、召伯。

㉗ 蹙（cù）：缩小。

㉘ 於（wū）乎：同"呜呼"。

㉙ 不尚有旧：不奉行先王的典章制度。

简析

这是一首政治讽刺诗，表达了对周幽王祸国殃民罪行的强烈愤慨和忧国伤时的爱国主义情怀。全诗七章。首章与《瞻卬》相似，均由责天开启对周幽王的控诉。周人认为天子的作为会影响天的意志，故责天即为责天子。二章写朝廷乱政，揭示祸乱根源。三章抨击小人恶行，表明自己位卑不敢忘忧国。四章明写天灾，暗指人祸。五章以对比手法再次抨击小人德薄位尊，干尽坏事。六章以池泉起兴兼比政局危急。末章转而怀念前代功臣，在"维今之人，不尚有旧"的感叹中又隐有一丝希望。诗歌每章所述均各有重点，看似不连贯，却始终围绕忧国斥奸的主题，情思时而低沉，时而愤慨，时而绝望，时而又怀抱希望，这也使得整首诗读起来有沉郁顿挫之感。此外，诗歌在句式使用上四五七言错落分布，很好地配合了情感的变化。诗中出现的七言句式，在四言诗的时代颇具超前意义。

颂

诗经

珍藏版

陈毓文 注析

哈尔滨出版社

图书在版编目（CIP）数据

诗经.颂/陈毓文注析.--哈尔滨：哈尔滨出版社，2024.6
　　ISBN 978-7-5484-7744-0

Ⅰ.①诗… Ⅱ.①陈… Ⅲ.①《诗经》 Ⅳ.①I222.2

中国国家版本馆CIP数据核字（2024）第091109号

书　　名：	**诗经．颂**	
	SHIJING. SONG	

作　　者：陈毓文　注析
责任编辑：赵宏佳　孙　迪
封面设计：周　飞
内文排版：周　飞

出版发行：哈尔滨出版社（Harbin Publishing House）
社　　址：哈尔滨市香坊区泰山路82-9号　　邮编：150090
经　　销：全国新华书店
印　　刷：三河市龙大印装有限公司
网　　址：www.hrbcbs.com
E-mail：hrbcbs@yeah.net
编辑版权热线：（0451）87900271　87900272
销售热线：（0451）87900202　87900203

开　本：880mm×1230mm　1/32　印张：24　字数：650千字
版　次：2024年6月第1版
印　次：2024年6月第1次印刷
书　号：ISBN 978-7-5484-7744-0
定　价：148.00元（全三册）

凡购本社图书发现印装错误，请与本社印制部联系调换。
服务热线：（0451）87900279

目录

周颂·清庙之什

清　庙　／596

维天之命／597

维　清　／598

烈　文　／599

天　作　／600

昊天有成命／601

我　将　／602

时　迈　／605

执　竞　／607

思　文　／608

周颂·臣工之什

臣　工　／610

噫　嘻　／612

振　鹭　／613

丰　年　／615

有　瞽　／616

潜　　　／618

雍　　　／622

载　见　／624

有　客　／626

武　　　／628

周颂·闵予小子之什

闵予小子 / 630
访　落 / 631
敬　之 / 632
小　毖 / 633
载　芟 / 635
良　耜 / 637
丝　衣 / 640
酌 / 641
桓 / 642
赉 / 643
般 / 644

鲁颂

駉 / 646
有　駜 / 649

泮　水 / 651
閟　宫 / 656

商颂

那 / 664
烈　祖 / 666
玄　鸟 / 668
长　发 / 671
殷　武 / 674

附录

诗言志 / 679
谈谈《诗经》 / 710
《诗经》的艺术表现 / 719
说《颂》 / 744

周颂·清庙之什

清 庙

於穆清庙①,肃雍显相②。济济多士③,秉文之德④。对越在天⑤,骏奔走在庙⑥。不显不承⑦,无射于人斯⑧!

注释

① 於(wū):赞叹词。穆:庄严、壮美。清庙:清静的宗庙。

② 肃雍(yōng):庄重而和顺的样子。显:高贵显赫。相:助祭的公卿诸侯。

③ 济济:众多的样子。多士:祭祀时负责掌管各种职事的官吏。

④ 秉:秉承。文之德:周文王的德行。

⑤ 对越:犹"对扬",报答颂扬。在天:周文王的在天之灵。

⑥ 骏:敏捷、迅速。

⑦ 不(pī):借为"丕",大。显:显耀。承(zhēng):借为"烝",美盛。

⑧ 射(yì):借为"斁",厌弃。斯:语气词。

简析

《清庙》为颂诗第一篇,为赞美周文王的乐歌,同时也是王朝大祭和重大活动的通用乐歌。《毛诗序》云:"《清庙》,祀文王也。周公既成洛邑,朝诸侯,率以祀文王焉。"全诗并没有大肆歌颂周文王的功德,只是简单地描写了助祭者的肃穆,朝臣拜祭活动的忙碌,可正是这样的侧面烘托,却产生了比正面歌颂更好的艺术效果。正如方玉润在《诗经原始》中所说:"此正善於形容文王之德也。使从正面描写,虽千言万语何能穷尽?文章虚实之妙,不於此可悟哉?"

维天之命

维天之命①,於穆不已②。

於乎不显③,文王之德之纯。

假以溢我④,我其收之。

骏惠我文王⑤,曾孙笃之⑥。

注释

① 维:语助词。天之命:天命,天道的运行。

② 於(wū):赞叹词。穆:庄严。不已:不停止。

③ 不(pī):借为"丕",大。显:显明、光明。

④ 假:同"嘉",美好。溢:满盈。一说赏赐。

⑤ 骏惠:顺从。

⑥ 曾孙:孙以下的后代均称曾孙。笃:笃行,指行事一心一意。

简析

这是周成王祭祀周文王的一篇祭歌。诗歌内容很简单,全诗共八句,每四句为一部分。前四句主要是歌颂文王德配于天,至纯至善。后四句颂文王泽被后世,子孙们受其福泽会更加努力。诗歌在艺术上主要以朴实取胜,语言自然朴素,情感纯实,发自肺腑,充满了对祖先的景仰与赞颂之情。

维 清

维清缉熙①，文王之典②。

肇禋③，迄用有成④，维周之祯⑤。

注释

① 清：政治清明。缉熙：光明的样子。

② 典：前代制定并传下来的法则。

③ 肇：开始。禋（yīn）：祭天。

④ 迄：至，到。用：语助词。有成：拥有天下。一说祭祀结束。

⑤ 祯：祥瑞，吉祥。

简析

这是一首歌颂周文王武功的祭祀乐歌，配合象舞（武舞）进行演奏。全诗一章五句。前两句赞颂天下清明之世来自周文王所制定的军事典则。三四句写出师祭天，指出正是因为有征伐的良法相助才使周王朝完成了统一大业。末句与首句相呼应，再次颂赞文王典则是国家的祥瑞所在。相较于其他歌颂文王的诗歌多集中于德行的赞美，此诗配合武舞单独赞颂其武功，就显得颇有特色。

烈 文

烈文辟公①，锡兹祉福②。惠我无疆，子孙保之。无封靡于尔邦③，维王其崇之④。念兹戎功⑤，继序其皇之⑥。无竞维人⑦，四方其训之⑧。不显维德，百辟其刑之⑨。於乎前王不忘⑩！

注释

① 烈文：光明文采。辟公：指参与祭祀的诸侯。
② 锡（cì）：赐。兹：此。祉（zhǐ）：福。
③ 封：通"丰"，大。靡：罪恶。一说奢侈。
④ 崇：尊崇。
⑤ 戎：大。
⑥ 继序：继承祖业。序：功业。皇：美好，光大。
⑦ 竞：强于。维：于。此句意为没有比得到贤人辅佐更好的了。
⑧ 训：服从。
⑨ 百辟：众诸侯。刑：同"型"，效法。
⑩ 前王：指周文王和周武王。

简析

这是一首周王在祭祖时诫勉助祭诸侯的诗。《毛诗序》云："《烈文》，成王即政，诸侯助祭也。"从诗意来看，本诗可以分为两个部分。第一部分为前四句，表达了成王对助祭诸侯功业的嘉许。第二部分为后九句。这部分以"无"领起，告诫诸侯要时刻保持对周王的崇敬，继承、弘扬其功业（"继序其皇之"），以他为榜样（"百辟其刑之"）。两部分一褒一诫，其实质是分封制背景下周王对地方诸侯的笼络与控制。

天　作

天作高山①，大王荒之②。

彼作矣③，文王康之④。

彼徂矣岐⑤，有夷之行⑥，子孙保之。

注释

① 作：生。高山：指岐山。

② 大王：即"太王"，指周代开国君主古公亶父。荒：治理。

③ 作：指周太王创立的基业。

④ 康：继承发扬。

⑤ 徂：往，到。

⑥ 夷：平，平坦。行（háng）：道路。

简析

这是一首祭祀岐山的乐歌，表达了对古公亶父、周文王等周朝先王的赞颂之情。诗歌从太王开荒岐山写起，颂赞太王之功绩有如岐山之高，再赞文王承继太王基业，带领周人逐渐走向强大，为后来武王灭商打下了基础。诗歌将对岐山的赞颂与对先祖的赞美合二为一，高山巍巍，先祖烈烈，如在目前。

昊天有成命

昊天有成命①，二后受之②。
成王不敢康③，夙夜基命宥密④。
於缉熙⑤！单厥心⑥，肆其靖之⑦。

注释

① 昊天：上天。成命：天命。
② 二后：二王，指周文王和周武王。
③ 康：安乐，安宁。
④ 夙夜：白天黑夜。基：谋划。命：政令。宥（yòu）密：小心谨慎。
⑤ 於（wū）：感叹词。缉熙：光明。
⑥ 单：同"殚"，竭尽全力。厥：其，指成王。
⑦ 肆：巩固。靖：安定。

简析

《毛诗序》认为此诗是祭天乐歌，现代学者一般认为是祭祀周成王之作。全诗一章七句，前两句概述周文王、周武王受命于天，带领周人灭商，建立周朝。后五句则具体赞颂了周成王一心一意承继文王、武王开创的基业，不敢安乐，夙夜积德精进，巩固安定天下的功绩。诗歌在语言的使用上简练平实，不讲求押韵修饰，对成王一生的功业仅用几句话就展现出来，极富概括力。

我 将

我将我享①，维羊维牛，维天其右之②。
仪式刑文王之典③，日靖四方④。
伊嘏文王⑤，既右飨之⑥。
我其夙夜，畏天之威，于时保之⑦。

注释

① 我：周武王自称。将：捧。享：进献祭品。

② 右：同"佑"，保佑。

③ 仪式：法度。刑：同"型"，效法。典：典则。

④ 靖：平定。

⑤ 伊：语助词。嘏（jiǎ）：大，伟大。

⑥ 既：尽，全部。右：同"佑"。飨（xiǎng）：享用祭品。

⑦ 于时：于是。保：保持先祖的功业。

简析

这首诗的主旨，一般认为是周武王出兵伐商前祭祀上天与文王，希望得到佑助。全诗一章十句，前三句写以牛羊祭祀上天，祈求庇佑，中间四句写祭祀文王，表示要继承弘扬文王安定四方的征伐之法，最后三句再次重申祭祀的目的，希望能够得到上天的保佑。三个层次之间次序井然，先祭上天，再祭文王，最后强调要畏天之威，与第一层之"维天其右之"形成呼应，使诗歌主题凝练集中。

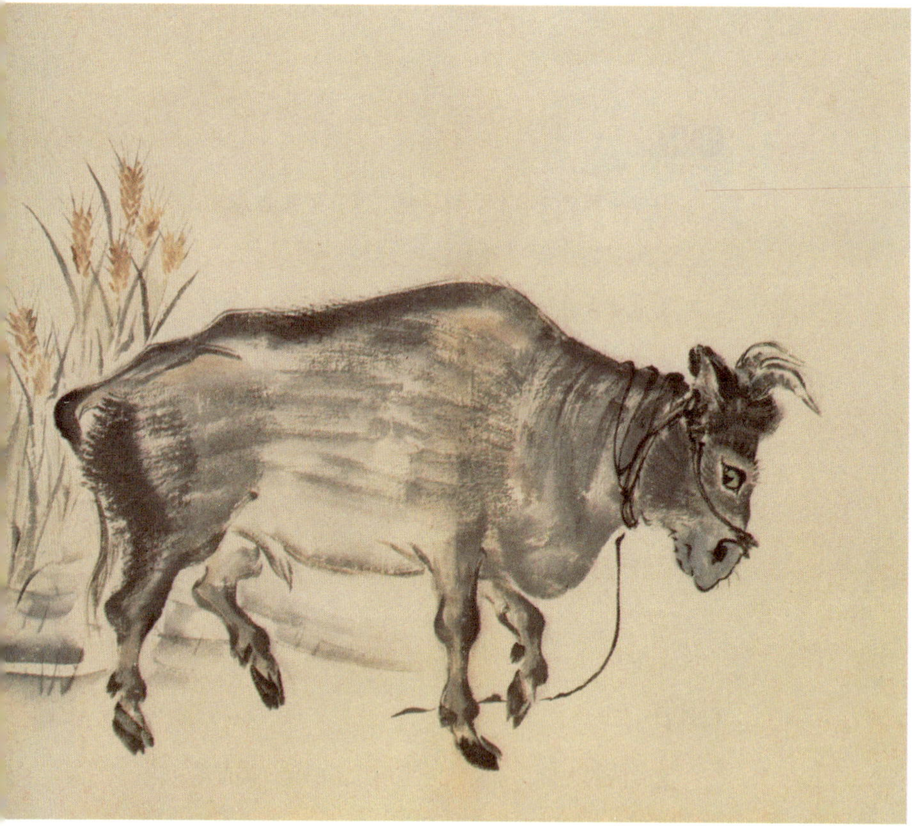

时 迈

时迈其邦①，昊天其子之②，实右序有周③。

薄言震之④，莫不震叠⑤。

怀柔百神⑥，及河乔岳⑦，允王维后⑧。

明昭有周⑨，式序在位⑩。

载戢干戈⑪，载橐弓矢⑫。

我求懿德⑬，肆于时夏⑭，允王保之⑮。

注释

① 时：语助词。一说现今。迈：行，巡行。一说众多。邦：诸侯国。

② 子之：以之为子。指以诸侯邦国为子。

③ 实：确实。右序：佑助。有周：周王朝。

④ 薄言：语助词。震：震动。此处指武王以武力施威。之：指分封的各诸侯邦国。

⑤ 震叠：即"震慑"，震惊慑服。

⑥ 怀柔：安抚。百神：泛指天地山川等众神。

⑦ 及：祭及。河：这里指河神。乔岳：这里指山神。

⑧ 允：诚然。王：周武王。维：为。后：君。

⑨ 明昭：犹"昭明"，显明，光明。

⑩ 式：发语词。序：按照顺序。在位：指安排在位的诸侯。

⑪ 载：则。戢（jí）：收藏。干戈：干与戈，古代兵器。

⑫ 櫜（gāo）：收藏。此两句是说周武王偃武修文，不再用兵。

⑬ 我：周人自谓。懿：美。

⑭ 肆：施，施行。时：是，此。夏：中国，指周王朝统治的天下。

⑮ 保：保持先祖的功业。

简析

这是一首祭歌，其主旨为赞颂周武王之功绩。诗歌主要记述了周武王巡行各诸侯国并祭祀上天与山川诸神一事。全诗一章十五句，可分三个部分。前两句点明武王承继天命，代天巡狩，总括告祭之旨。次六句赞颂武王之赫赫武功，肯定其"允王维后"的崇高地位。最后七句赞颂武王之文治功绩，赞颂武王能偃武修文、注重教化，表达了天下永固的祈愿。诗歌在艺术上以赋为主，语言平实又凝练概括，与祭祀场合庄重肃穆的氛围相得益彰。

执 竞

执竞武王①，无竞维烈②。不显成康③，上帝是皇④。自彼成康，奄有四方⑤，斤斤其明⑥。钟鼓喤喤⑦，磬筦将将⑧，降福穰穰⑨。降福简简⑩，威仪反反⑪。既醉既饱，福禄来反⑫。

注释

① 执竞：勇猛强悍。执：借为"鸷"，猛。竞：借为"勍（qíng）"，强。
② 无竞：没有谁比得上。维：是。烈：功绩。
③ 不（pī）：通"丕"，大。成：周成王。康：周康王。
④ 上帝：指上天。皇：美好。
⑤ 奄：覆盖。
⑥ 斤斤：明察的样子。
⑦ 喤（huáng）喤：声音洪亮和谐的样子。
⑧ 磬（qìng）：古代一种石制打击乐器。筦（guǎn）：同"管"，管乐器。将（qiāng）将：声音盛多的样子。
⑨ 穰（ráng）穰：众多的样子。
⑩ 简简：盛大的样子。
⑪ 威仪：祭祀时的礼节仪式。反反：严谨庄重的样子。
⑫ 反：同"返"，回归，报答。

简析

这是一首祭祀周朝开国先祖的乐歌，主要赞颂了武王、成王和康王开国三王的功绩。全诗共一章十四句，前七句主要表达了对三王功绩的倾慕、尊崇和赞美之情，后七句着重描写了钟鼓磬管等乐器合奏的场景，表达了希望神灵赐福的愿望。诗歌以赋法为主，对三王功绩的叙述简洁明了，对各种乐器齐奏的声音的描写极为形象生动，而叠字的大量使用，既表现出不同乐器的特点，又很好地起到放慢节奏、营造庄严神圣的拜祭氛围的作用。

思 文

思文后稷①,克配彼天②。立我烝民③,莫匪尔极④。贻我来牟⑤,帝命率育⑥。无此疆尔界⑦,陈常于时夏⑧。

注释

① 思:遥想。文:文德。

② 克:能够。配:与天地一起享受祭祀。

③ 立:养育。烝(zhēng):指众多。

④ 莫匪:莫非,无一不是。尔:你。极:最,至高的恩德。

⑤ 贻(yí):遗留,留下。来牟:亦作"来麰(móu)",古时麦类谷物的统称。来:小麦。牟:大麦。

⑥ 率:率领。育:养育民众。

⑦ 无:没有,不分。此疆尔界:彼此的疆界。

⑧ 陈:宣扬,推广。常:常规,指种植农作物的方法。时:同"是",这。夏:华夏。

简析

这是一首赞颂后稷功绩的乐歌。全诗共一章八句,可分为两个部分。开头两句(第一部分)即以不容置疑的语气指出后稷能与天一起受祭的重要地位,后六句(第二部分)则赞颂后稷带领周人从渔猎时代进入农耕时代,其恩泽不仅惠及周人,更对人类的发展做出了极其重要的贡献。第二部分虽然只有寥寥几句,却近乎全面地概括了后稷的一生功绩,也很好地传达出周人对这位始祖的怀念、尊崇和引以为豪的赞美之情。

周颂·臣工之什

臣 工

嗟嗟臣工①，敬尔在公②。王厘尔成③，来咨来茹④。嗟嗟保介⑤，维莫之春⑥，亦又何求⑦？如何新畬⑧？於皇来牟⑨，将受厥明⑩。明昭上帝⑪，迄用康年⑫。命我众人⑬：庤乃钱镈⑭，奄观铚艾⑮。

注释

① 嗟嗟：发语词。臣工：群臣百官。
② 敬尔：尔敬。敬：勤谨。在公：为朝廷工作。
③ 厘：同"赉（lài）"，赐。成：成法，指周朝颁布的一系列发展农业的法规。一说成就。
④ 来：放在动词前，表示要做某事。咨：询问，商量。茹：调度。
⑤ 保介：田官，保护田界之人。
⑥ 莫之春：暮春。莫（mù）：古"暮"字。
⑦ 又：有。求：需求。
⑧ 新畬（yú）：指新田和旧田。新：耕种两年的田。畬：耕种三年的田。
⑨ 於（wū）：叹词，相当于"啊"。皇：美盛。来牟：麦子。
⑩ 将受厥明：将要有好收成。厥：其。成：收成。
⑪ 明昭：明明，这里指明智而洞察。
⑫ 迄用：终于。康年：丰年。
⑬ 众人：农人。
⑭ 庤（zhì）：储备。钱（jiǎn）：农具名，类似锹。镈（bó）：农具名，类似锄。
⑮ 奄观：尽观。铚艾（zhì yì）：两种农具名，这里用作动词，指收割庄稼。

简 析

  这是一首农事诗。全诗共一章十五句,按内容可分三个部分。第一部分为前四句,是周王对群臣的劝勉之词,希望群臣能尽心于农事工作,按相关法规做事,及时发现问题并解决。第二部分为中间四句,是对田官的要求,要他们抓紧农时,做好新旧田的耕种工作。最后七句为第三部分,写周王见到麦子长势喜人,感谢上天恩赐,命令农人们准备好农具,做好秋收工作。诗歌三个层次脉络分明,朝臣、田官和农人职责清晰,体现了周朝以农业为本,自上而下极为重视农业生产的特点。

噫 嘻

噫嘻成王①,既昭假尔②。率时农夫③,播厥百谷。骏发尔私④,终三十里⑤。亦服尔耕⑥,十千维耦⑦。

注释

① 噫嘻:感叹声。成王:周成王。

② 昭假(gé):招请。尔:语助词。

③ 时:同"是",此,这。

④ 骏:同"畯",田官。发:开发。私:一种农具,"耜(sì)"的形误。一说私田。

⑤ 终:量词,井田制的土地单位之一。一终地长宽各约三十里。

⑥ 服:配合。

⑦ 耦:两人各持一耜并肩耕种。一终千井,一井八家,共八千家,取整数称为十千。

简析

这是一首农事诗,描写了周王在祭祀完先祖神灵后,率百官农人到"藉田"(天子亲耕之地)举行藉田礼,亲耕劝农的情景。全诗一章八句,前四句写周王招请上苍庇佑后,率领农夫播种百谷,后四句则写周王命令田官指导农夫进行大规模耕作。诗歌反映了周朝时农业生产的特点,"播厥百谷""终三十里""十千维耦"等略带夸张的表达正是当时周人掌握农时,善于利用民力进行大规模耕作的体现。

振 鹭

振鹭于飞[1]，于彼西雍[2]。

我客戾止[3]，亦有斯容[4]。

在彼无恶[5]，在此无斁[6]。

庶几夙夜[7]，以永终誉[8]。

注释

[1] 振：鸟群飞的样子。鹭：白鹭。

[2] 雍（yōng）：水被雍塞而成的池沼。

[3] 客：指前来助祭的诸侯。周王不以之为臣而称客。戾（lì）：到。止：语助词。

[4] 斯容：白鹭洁白的仪容。

[5] 恶：厌恶。

[6] 斁（yì）：厌弃。

[7] 庶几：希望。夙（sù）夜：指早起晚睡，勤于政事。

[8] 永：长。终誉：盛誉。

简析

这是一首赞美助祭者的乐歌。《毛诗序》认为:"《振鹭》,二王之后来助祭也。""二王"也就是周王所封夏、商的后人东楼公和微子。清代姚际恒则认为是指微子一人。从诗中以白鹭喻客这一点来看,商人尚白且以鸟为图腾,则"客"指微子较合宜。诗歌以白鹭群飞起兴,兼比微子仪容出色,再盛赞微子既受殷人拥护又受周人欢迎,内在的德行与外在的仪表完美统一,进而表达了致力于双方共同发展,"以永终誉"的美好愿望。

丰 年

丰年多黍多稌①，亦有高廪②。万亿及秭③，为酒为醴。烝畀祖妣④，以洽百礼⑤，降福孔皆⑥。

注释

① 黍（shǔ）：小米。稌（tú）：稻子。

② 廪（lǐn）：收藏粮食的仓库。

③ 万亿及秭：泛指数量极多。周人以十千为万，十万为亿，十亿为秭。

④ 烝：进献。畀（bì）：送上。祖妣（bǐ）：男女祖先。

⑤ 洽：齐备。

⑥ 孔：很。皆：多，普遍。

简析

这是一首丰年祭祀神灵的乐歌。诗歌一开始就是对丰收场景的描写，小米、稻子堆满了高高的粮仓，数量多到数也数不清。"万亿及秭"非常夸张也非常真实地反映了大丰收的景象。这也是周王朝国力强盛的重要根基。在周人看来，粮食的丰收源自神灵祖先的赐福，因此诗歌接下来就描绘了用粮食酿酒，准备各种精美的食物祭祀诸神的画面，感谢诸神赐福，也祈愿诸神能继续保佑赐福。诗中三至六句亦见于《载芟》，不过在这首诗中是实写丰收的场景，而《载芟》则是对丰年的祈愿。

有 瞽

有瞽有瞽①,在周之庭。

设业设虡②,崇牙树羽③。

应田县鼓④,鞉磬柷圉⑤。

既备乃奏,箫管备举⑥。

喤喤厥声⑦,肃雍和鸣⑧,先祖是听。

我客戾止,永观厥成⑨。

注释

① 瞽:盲人乐师。

② 业:覆在悬挂钟、鼓等乐器架横木上的装饰物,刻如锯齿形。虡:挂钟鼓的架子。

③ 崇牙:设在业上,状如牙齿。树羽:在崇牙上装饰的五彩鸟羽。

④ 应:小鼓。田:大鼓。县鼓:悬鼓。

⑤ 鞉(táo):一种立鼓名。柷(zhù):木制打击乐器名。乐曲开始时击柷。圉(yǔ):打击乐器名。乐曲终止击圉。

⑥ 箫:乐器名,排箫。管:管乐器名。

⑦ 喤(huáng)喤:乐声宏亮的样子。

⑧ 肃雍(yōng):声音和谐舒缓。

⑨ 永:一直。成:一曲终了。

简析

这是一首祭祀先祖的乐歌,描写了王室乐队演奏的壮观场面。全诗共一章十二句,可分三个部分。第一部分为前六句,写演奏前的准备。人们紧张而有序地架设各种乐器,营造出肃穆庄严的祭祀氛围。第二部分为中间五句,描写演奏场景。一声柷响后,钟鼓、磬箫等各种乐器齐鸣,汇聚成悠扬舒缓而又庄重热烈的曲调。最后两句为第三部分,描写众宾客沉浸在美妙的音乐之中,一直到圉响才恍然惊醒。诗歌整体以赋为主,语言质朴,对音乐魅力的描摹极为传神。诗中对各种乐器和演奏场景的描写反映了周朝制礼作乐的史实,具有重要的音乐史和思想史价值。

潜

猗与漆沮①,潜有多鱼②。
有鳣有鲔③,鲦鲿鰋鲤④。
以享以祀,以介景福⑤。

注释

① 猗与：赞美声。漆沮：两条河流名，均在今陕西省。

② 潜：同"椮（sēn）"，古代一种捕鱼器具。在水中积架柴木以围捕鱼群。

③ 鳣（zhān）：鳇鱼。鲔（wěi）：鲟鱼。

④ 鲦（tiáo）：白条鱼。鲿（cháng）：黄颊鱼。鰋（yǎn）：鲇鱼。

⑤ 介：助。景：大。

简析

　　这是一首描写春祭时以鱼供奉先祖的乐歌。全诗只有六句,起始两句重在对漆沮二水的赞美。《史记·周本纪》记载公刘"自漆、沮渡渭,取材用,行者有资,居者有畜积,民赖其庆。百姓怀之,多徙而保归焉。周道之兴自此始。"故此句隐含春祭的对象为公刘之意。接下来诗歌具体描绘了人们用"潜"捕鱼,着重描写了捕获数量之多,品种之繁。最后两句写将鱼祭供给公刘,祈求先祖赐福。诗歌内容简单,但其中所反映的当时渔业情况的史实却很有价值。

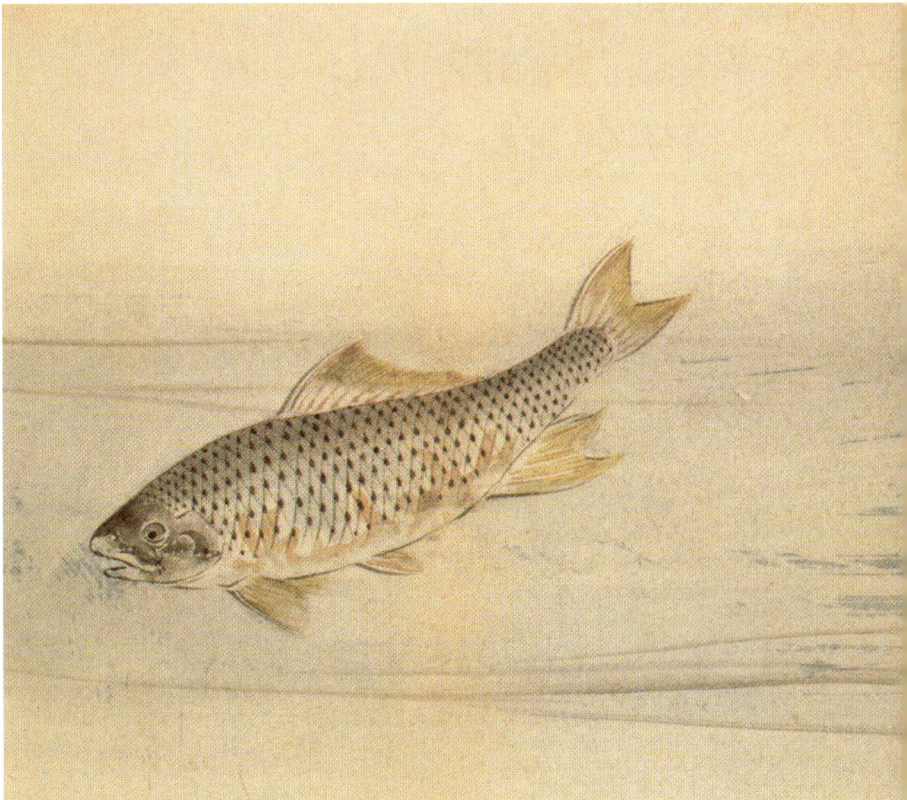

雍

有来雍雍①,至止肃肃②。

相维辟公③,天子穆穆④。

於荐广牡⑤,相予肆祀⑥。

假哉皇考⑦!绥予孝子⑧。

宣哲维人⑨,文武维后⑩。

燕及皇天⑪,克昌厥后⑫。

绥我眉寿⑬,介以繁祉⑭,

既右烈考⑮,亦右文母⑯。

注释

① 有:语助词。雍(yōng)雍:和悦,和睦。

② 肃肃:恭敬的样子。

③ 相:助祭的人。维:是。辟公:诸侯。

④ 穆穆:庄重盛美的样子。

⑤ 於(wū):表赞叹。荐:进献。广:大。牡:雄性牲口。

⑥ 相:助。予:周天子自称。肆:陈列。

⑦ 假:大。皇考:对已逝父亲的美称。

⑧ 绥:安,使……安。

⑨ 宣哲：明哲，明智。

⑩ 文武：文武兼备。后：君主。

⑪ 燕：安。使上天不降下灾祸，国泰民安。

⑫ 克：能。昌：兴盛。厥：其。

⑬ 绥：赐。眉寿：长寿。

⑭ 介：助。繁祉：多福。

⑮ 右：即"佑"，这里指受到保佑。烈考：先父。

⑯ 文母：有文德的母亲。指文王之妃太姒。

简析

这是周武王祭祀文王的乐歌，后作为天子彻祭彻飨时的常用乐歌。全诗共一章十二句，采用主祭者和助祭者轮番演唱的形式，每四句为一个部分。第一部分写助祭者到来前后的神态变化，烘托出拜祭的肃穆氛围。第二部分写主祭者献牲陈馔，祝祷先王。第三部分为助祭者齐声咏唱先王的功绩。第四部分主祭者再次出现，敬祀先王太姒，祈求赐福。这种交叉演唱的方式极大增强了诗歌的表现力，也使祭祀过程的描写显得庄重又富于变化。

载 见

载见辟王①，曰求厥章②。

龙旂阳阳③，和铃央央④。

鞗革有鸧⑤，休有烈光⑥。

率见昭考⑦，以孝以享⑧。

以介眉寿，永言保之⑨，思皇多祜⑩。

烈文辟公⑪，绥以多福，俾缉熙于纯嘏⑫。

注释

① 载：开始。辟王：君王，这里指周成王。

② 曰：发语词。章：典章法度，指车服礼仪文化等方面的典章制度。

③ 旂（qí）：画有蛟龙的旗，旗竿头系有铃铛。阳阳：鲜明的样子。

④ 和：挂在车轼前的铃。铃：挂在旂上的铃。央央：形容声音和谐的样子。

⑤ 鞗（tiáo）革：马缰绳。有鸧（qiāng）：鸧鸧，形容金属碰击发出的声音。

⑥ 休：美。有：同"又"。烈光：光亮。

⑦ 昭考：指周武王。

⑧ 孝、享：献祭。

⑨ 言:语助词。
⑩ 思:发语词。皇:大。祜(hù):福。
⑪ 烈文:辉煌而有文德。辟公:指诸侯公卿。
⑫ 俾:使。缉熙:光明,显耀。纯嘏(gǔ):大福。

简析

  这是诸侯随成王祭祀周武王时所演奏的乐歌。前六句为第一部分,铺叙各地诸侯初次朝见成王时的景象,以旗帜车马的富丽堂皇来渲染天子的威仪。后八句为第二部分,写成王率众拜祭武王,祈求上苍赐福。第一部分侧重对诸侯的褒许,第二部分结尾则又祈求赐福诸侯公卿。这实际上是周成王执政消除内乱后,借祭祀武王来稳定政局,使诸侯归心的重要举措,可谓一举两得。

有　客

有客有客①，亦白其马②。

有萋有且③，敦琢其旅④。

有客宿宿⑤，有客信信⑥。

言授之絷⑦，以絷其马。

薄言追之⑧，左右绥之⑨。

既有淫威⑩，降福孔夷⑪。

注释

①客：指宋国微子。周灭商后封微子于宋。微子来朝祖庙祭祀先王，周以"客礼"待之。

②亦：语助词。殷商尚白，故微子乘白马。

③有萋有且（jū）：即"萋萋且且"，随从众多的样子。

④敦琢：雕琢，这里指和微子同行的人都经过挑选，个个品德贤良。旅：同"侣"，随行人员。

⑤宿：住一夜谓"宿"。

⑥信：再宿，住宿两夜。

⑦言：语助词。絷（zhí）：绳索，这里用作动词，指用绳索把马拴住。

⑧薄言：语助词。追：饯行，送别。

⑨左右：周王左右的臣子。绥：安抚，慰劳。

⑩ 淫威：大德，引申为厚待。淫：盛，大。威：德。
⑪ 孔：很。夷：大。

简析

　　这首诗的主旨一般认为是周成王为来朝的微子送行时所演唱的乐歌。诗歌共一章十二句，每四句为一个部分。第一部分通过描写客人乘白马、随从皆品行端正来表达欢迎之情。第二部分通过"宿宿""信信"的复叠和絷马的细节暗示主人的留客热情。第三部分写主人送客，群臣作陪，体现主人礼仪周到，态度庄重。最后一部分以赞美客人作结。诗歌语言简洁而富有概括力，细节描写生动，很好地展现了主人热切而真诚的待客之道。

武

於皇武王①！无竞维烈②。

允文文王③，克开厥后④。

嗣武受之⑤，胜殷遏刘⑥，耆定尔功⑦。

注释

① 於（wū）：叹词。皇：大，光耀。
② 竞：争，比。烈：功业。
③ 允：信然。文：文德。
④ 克：能。开：开创。此句指文王开创了后代基业，建立周朝。
⑤ 嗣：后嗣。武：周武王。
⑥ 遏：制止。刘：杀戮。
⑦ 耆定：奠定，做到。尔：指武王。

简析

这是一首赞颂诗。诗歌共一章七句，分三个层次赞颂武王功绩。开头两句即以无可置疑的语气肯定了武王灭商的功绩。接下来两句分析武王之所以成功是因为文王奠定了灭商的基础，表达了对文王的赞美之情。最后三句点出武王灭商安定天下的丰功伟绩，对"无竞维烈"做出解释。全诗充满对武王的赞颂之情，同时又抚今追昔，感怀文王功德，表达了周人对文王和武王功业的肯定与赞许，篇幅虽短但内蕴实丰。

周颂·闵予小子之什

闵予小子

闵予小子①,遭家不造②,嬛嬛在疚③。於乎皇考④,永世克孝⑤。念兹皇祖⑥,陟降庭止⑦。维予小子,夙夜敬止。於乎皇王⑧,继序思不忘⑨。

注释

① 闵:同"悯",怜悯。予小子:成王的自称。

② 不造:不善,指遭遇父丧。

③ 嬛(qióng)嬛:同"茕茕",孤独而无所依靠的样子。疚:忧伤。

④ 於(wū)乎:同"呜呼",表示感叹。皇考:指武王。

⑤ 克:能。

⑥ 皇祖:指文王。

⑦ 陟降:升降。庭:正直。止:语气词。

⑧ 皇王:兼指文王和武王。

⑨ 序:同"绪",事业。思:语助词。忘:忘记。

简析

这是周成王将执政时告祭其父武王、祖父文王的诗。全诗共一章十一句,前三句以自述的口吻诉说丧父的悲伤与对未来的困惑,接下来四句赞美武王"永世克孝",遂能一统天下;赞美文王举贤授能,故能国运昌隆。最后四句则是成王立誓,表明自己承继先祖理想,立下奋发有为的誓言。诗歌在艺术上以赋为主,内容浅显直白,较少诗味。

访 落

访予落止①,率时昭考②。於乎悠哉③,朕未有艾④。将予就之⑤,继犹判涣⑥。维予小子,未堪家多难。绍庭上下⑦,陟降厥家⑧。休矣皇考⑨,以保明其身⑩。

注释

① 访:商讨。落:开始。止:语气词。
② 率:遵循。时:是,这。昭考:指武王。
③ 於乎:感叹词。悠:远。
④ 朕未有艾:这句是成王自谦阅历不多。艾:历,指阅历。
⑤ 将:助。就:接近。
⑥ 犹:通"猷",谋划。判涣:分散。
⑦ 绍庭上下:继承先王之道,实施于王庭上下。绍:继。
⑧ 陟降:提升和贬谪。厥家:指群臣百官。
⑨ 休:美。皇考:指武王。
⑩ 保:保佑。明:勉励。

简析

这首诗的主旨,《毛诗序》以为"嗣王谋于庙也",作者应为周成王。全诗共一章十二句,可分三部分。起始两句表明遵循先王之道向群臣问政的主旨,三至八句为成王自述,表明自己阅历浅,经验不足,希望群臣能帮助他谋划国事,最后四句明确表示要举贤任能,祈愿武王赐福。诗歌较为清晰而真切地表达出成王执政初的担心和不自信,急需获得群臣支持的复杂心理。三部分之间衔接紧密,头尾呼应,整体结构较为严谨。

敬 之

敬之敬之①，天维显思②，命不易哉③。无曰高高在上，陟降厥士④，日监在兹⑤。维予小子，不聪敬止⑥。日就月将⑦，学有缉熙于光明⑧。佛时仔肩⑨，示我显德行⑩。

注释

① 敬：同"警"，警戒。
② 维：是。显：明察，明白。思：语气词。
③ 易：变更。
④ 陟（zhì）降：升降。厥士：指群臣。
⑤ 日：每天。监：察。兹：此。
⑥ 不聪敬止：哪敢不广纳贤言、敬奉上天。不：敢不。
⑦ 就：成就。将：进步。
⑧ 缉熙：蓄积光亮，比喻日积月累地掌握知识。
⑨ 佛时仔肩：辅弼君王是你们的责任。佛（bì）：通"弼"，辅助。时：是。仔肩：负担，责任。
⑩ 示我显德行：以显明的德行指示我。显：美好。

简析

这是一首自诫诗，是周成王执政后为警戒自身而作。全诗一章十二句，明显可以分为两部分。前六句主要写成王的敬天思想：一是天命不易，只要奉行天道，就能太平安宁；二是天道监察万物，善恶分明，所以要敬天。后六句则是成王的自诫：自己年轻阅历浅，但愿意不断学习，也希望群臣能继续承担起辅弼君王的责任，教导自己，使自己能承担起上天赋予的治国重任。与《访落》相比，这时候的成王无疑成熟了许多。

小 毖

予其惩^①,而毖后患^②。

莫予荓蜂^③,自求辛螫^④。

肇允彼桃虫^⑤,拚飞维鸟^⑥。

未堪家多难,予又集于蓼^⑦。

注释

① 惩:警戒,警惕。

② 毖:指小心谨慎。

③ 荓(pēng):使。这里有招惹的意思。

④ 辛螫(shì):毒虫刺人。

⑤ 肇:开始。允:相信。桃虫:鹪鹩,一种极小的鸟。

⑥ 拚(fān)飞:鸟飞动貌。拚:通"翻"。这两句喻指武庚最初也很弱小,后来逐渐壮大,勾结管叔蔡叔为乱。

⑦ 蓼(liǎo):植物名,味苦辣。此处比喻陷入困境。

简析

　　这是周成王检讨自身，自我告诫的小诗。从诗意来看，此时的成王执政日久，已经平定了管蔡之乱。全诗一章七句，既是对惩前毖后的警戒之心的表达，也是成王决心巩固政权，履行天子职责的誓言。诗歌在表达"惩前毖后"的主旨时巧妙运用蜂、桃虫等细小之物却能造成大危害来比喻如果执政者不注意防患于未然就有可能酿成大祸。对于成王来说，管蔡之乱就是活生生的例子。因此，诗题虽为小毖，实为大惩！

载 芟

载芟载柞①，其耕泽泽②。千耦其耘③，徂隰徂畛④。侯主侯伯⑤，侯亚侯旅⑥，侯强侯以⑦。有嗿其馌⑧，思媚其妇⑨，有依其士⑩。有略其耜⑪，俶载南亩⑫。播厥百谷，实函斯活⑬。驿驿其达⑭，有厌其杰⑮。厌厌其苗，绵绵其麃⑯。载获济济⑰，有实其积，万亿及秭⑱。为酒为醴⑲，烝畀祖妣⑳，以洽百礼㉑。有飶其香㉒，邦家之光。有椒其馨㉓，胡考之宁㉔。匪且有且㉕，匪今斯今㉖，振古如兹㉗。

注释

① 载：连词，又。芟（shān）：锄草。柞（zé）：砍伐树木。

② 泽泽：土地耕种后松软的样子。

③ 耦（ǒu）：两个人并肩耕地。耘（yún）：除田间杂草。

④ 徂（cú）：前往。隰（xí）：低湿之地。畛（zhěn）：田间小路。一说高坡田。

⑤ 侯：发语词。主：家长。伯：长子。

⑥ 亚：长子以下的弟兄。旅：众晚辈。

⑦ 强：强壮的人。以：无固定职业的人，这里指雇工。

⑧ 嗿（tǎn）：众人吃喝发出的声音。馌（yè）：送到田地间的饭菜。

⑨ 思：语助词。媚：美好的样子。

⑩ 依：依靠。士：古代对男子的通称。

⑪ 有略：锋利的样子。耜（sì）：犁头。

⑫ 俶（chù）：开始。载：翻草。南亩：向阳的田地。

⑬ 实：种子。函：含藏于土里。斯：乃。

⑭ 驿驿：接连不断的样子。达：苗长出地面。

⑮ 厌：美好。杰：特出之苗。

⑯ 麃（biāo）：穗。

⑰ 获：猎得的动物。济济：众多。

⑱ 亿：周代十万为亿。秭（zǐ）：十亿。

⑲ 醴（lǐ）：甜酒。

⑳ 烝（zhēng）：献上。畀（bì）：给。祖妣（bǐ）：男女祖先。

㉑ 洽：合。指适合各种礼仪的需要。

㉒ 馥（bì）：食物散发出的香气。

㉓ 椒：一种香料。馨：香气。

㉔ 胡考：长寿。宁：安宁。

㉕ 匪且有且：不是此地才如此。匪：非。且：此。

㉖ 匪今斯今：不是今年才如此。

㉗ 振古：自古。

简析

这是一首农事诗，主要描写了农人一年四季劳作的辛苦和丰收祭祖的喜悦心情。诗歌共一章三十一句，可分两部分。前二十一句为第一部分，主要描写了垦田、播种、作物生长、丰收等农事。后十句为第二部分，写人们用粮食酿酒以祭祀先祖，向神灵祈祷年年丰收。诗歌在艺术上以铺叙为主，错综运用多种修辞，如对收获的夸张描写，以叠字来展现禾苗生长和农田管理，表达生产的热情与喜悦，以排比句式表现农耕队伍的浩大等，极大增强了诗歌的生动性和表现力。

良 耜

畟畟良耜①,俶载南亩②。

播厥百谷,实函斯活③。

或来瞻女④,载筐及筥⑤,其饷伊黍⑥。

其笠伊纠⑦,其镈斯赵⑧,以薅荼蓼⑨。

荼蓼朽止⑩,黍稷茂止。

获之挃挃⑪,积之栗栗⑫。

其崇如墉⑬,其比如栉⑭。

以开百室⑮,百室盈止,妇子宁止。

杀时犉牡⑯,有捄其角⑰。

以似以续⑱,续古之人。

注释

① 畟(cè)畟:形容耜的锋刃快速入土的样子。

② 俶(chù):开始。南亩:向阳的田地。

③ 实函斯活:见《载芟》。

④ 瞻:供给。女:同"汝",耕地之人。

⑤ 筐:方筐。筥(jǔ):圆筐。

⑥ 饷(xiǎng):所送的饭菜。

⑦ 纠:用草绳编织。

⑧ 镈(bó):古人锄田使用的农具。赵:锋利。

⑨ 薅（hāo）：去除田中杂草。荼蓼：两种野草名。

⑩ 朽：腐烂。止：语助词。

⑪ 挃（zhì）挃：形容收割庄稼的声音。

⑫ 栗栗：形容收割的庄稼堆积很多的样子。

⑬ 崇：高。墉（yōng）：高高的城墙。

⑭ 比：排列。栉（zhì）：梳子。

⑮ 开：设置。百室：众多的粮仓。

⑯ 犉（rún）：生有黄毛黑唇的牛。

⑰ 有捄（qiú）：形容牛角弯弯的样子。

⑱ 似（sì）：同"嗣"，嗣续。

简析

　　这是一首农事诗,其主要内容与《载芟》相近。《载芟》为春祈,《良耜》为秋祭,故可视为姊妹篇。全诗共一章二十三句,可分三部分。第一部分为前十二句,以追忆的方式描写了春播夏耘的过程,突出农妇田间送饭的细节,预示了丰收的美景。第二部分为第十三到第十九句,具体展现了丰收的场景。最后四句为第三部分,主要写了秋收后的祭祀祈福。诗歌在艺术上以铺叙和白描为主,春耕、夏耘、秋收、秋祭娓娓道来,叙述极有层次,画面感较强。

丝 衣

丝衣其紑①，载弁俅俅②。自堂徂基③，自羊徂牛，鼐鼎及鼒④，兕觥其觩⑤。旨酒思柔⑥。不吴不敖⑦，胡考之休⑧。

注释

① 丝衣：此处指祭服。紑（fóu）：衣服鲜明貌。

② 载：借为"戴"。弁（biàn）：古时一种皮制的礼帽。俅（qiú）俅：形容冠饰美丽。一说恭顺的样子。

③ 堂：庙堂。徂：往，到。基：同"畿"，门内。

④ 鼐（nài）：大鼎。鼒（zī）：小鼎。

⑤ 兕觥（sì gōng）：古代一种盛酒器皿。觩（qiú）：形容兕觥弯曲的样子。

⑥ 旨酒：美酒。思：语助词。柔：酒味柔和。

⑦ 吴：大声说话。敖：同"傲"，傲慢。

⑧ 胡考：即寿考，长寿。休：福。

简析

这是一首祭歌。全诗一章九句，较为细致地展现了祭祀的程序和仪式。一二句写助祭人的服饰，他们身穿白色丝制礼服，佩戴礼帽。接下来四句写助祭人检查祭祀用品的过程，首先是查濯具，查牺牲，然后将食物上的遮布揭开，再斟上美酒。最后三句写拜祭结束后的宴饮，不喧哗，不傲慢，保持肃穆。这首祭歌与其他祭歌多赞颂祈愿、场面热烈不同，整首诗只呈现了助祭人细致的准备工作，氛围非常肃穆庄重，甚至连祭祀后的宴饮也特别静穆安宁，在众多的祭歌中别具一格。

酌

於铄王师①,遵养时晦②。

时纯熙矣③,是用大介④。

我龙受之⑤,蹻蹻王之造⑥。

载用有嗣⑦,实维尔公允师⑧。

注释

① 於(wū):叹词。铄(shuò):光明辉煌。

② 遵养时晦:顺应时势,隐藏待时。遵:遵循。时:时势。晦:隐藏。

③ 纯:大。熙:光明。

④ 是用:是以,因此。介:助。

⑤ 龙:"宠"的借字。荣幸。

⑥ 蹻(jué)蹻:勇武的样子。造:借为"曹",指众兵将。

⑦ 载用有嗣:作为先王的后嗣。用:作为。有嗣:后嗣。

⑧ 实维尔公允师:一定要以武王的功业作为效法学习的准则。实维:一定要。允:以。师:学习,效法。

简析

这是一首颂赞诗,歌颂了周武王的丰功伟绩,一般认为是周公祭告武王之作。全诗共一章八句,前六句主要描写武王灭商建立周朝的功业,突出其承受天命,正大光明,因此受到无数勇武之士的辅弼,后两句是祭告武王,周朝后继有人,而且也一定会把武王的事业继续发扬光大。诗歌以歌颂赞美为主,语言质朴古奥,风格典雅庄重,节奏舒缓,具有散文化特点。

桓

绥万邦^①，娄丰年^②，天命匪解^③。

桓桓武王^④，保有厥士^⑤。

于以四方^⑥，克定厥家^⑦。

於昭于天^⑧，皇以间之^⑨。

注释

① 绥：和。万邦：泛指天下各诸侯国。

② 娄（lǚ）：同"屡"。

③ 匪解：不懈怠。

④ 桓桓：威武的样子。

⑤ 保：拥有。士：指武士。

⑥ 于：往。以：有，拥有。

⑦ 克：能。家：周王宗室。

⑧ 於（wū）：叹词。昭：光明，显耀。

⑨ 皇：指武王。间（jiàn）：取代。之：指殷商。

简析

这是一首颂赞诗。全诗一章九句，可分为三层。前三句综述武王平定天下，使人民丰衣足食的功绩，证明天命在周。中间四句以"桓桓"形容武王之威武雄壮，告诉众将士武王能带领他们征服四方，保家卫国。最后两句赞颂武王取代殷商的功德可昭天地。诗歌语意单纯，对武王功绩的表述具体集中，表述上前后有呼应，结构较为紧凑。

赉

文王既勤止^①，我应受之。
敷时绎思^②，我徂维求定。
时周之命^③，於绎思^④。

注释

① 既：尽。勤：勤劳。止：语助词。
② 敷：布（扩展、铺展）。时：是。绎思：寻绎追念。思：语助词。
③ 时：同"侍"，承受。命：册封。
④ 於（wū）：叹词。

简析

这是周武王灭商回到镐京后祭告文王之庙时对诸侯的训诫之词。诗歌首先颂美文王经营之功，给后人留下了一份非常宝贵的基业。武王表示要全部承继下来，以平定天下作为自己的追求目标。为此，他要求诸侯同他一起不断寻绎追思文王的功业，要饮水思源，牢记文王的功德。全诗共六句，"绎思"的劝勉反复出现，这既是武王对文王的缅怀，也是对未来的展望，是一个优秀政治家把控方向、聚拢人心的展现。

般

於皇时周^①！陟其高山^②，嶞山乔岳^③，允犹翕河^④。敷天之下^⑤，裒时之对^⑥。时周之命^⑦。

注释

① 皇：伟大。时：是，此。

② 陟（zhì）：登高。

③ 嶞（duò）：低矮而狭长的山。乔：高。岳：高山。

④ 允：同"沇"，沇水。犹：同"沈"，沈水。翕：同"洽（hé）"，洽水。河：黄河。

⑤ 敷：同"普"，遍。

⑥ 裒时之对：包括各诸侯国的疆界。裒（póu）：聚集。时：是，此。对：封国，疆界。

⑦ 时：同"侍"，承受。

简析

这是周王巡狩时祭祀山河的乐歌，表达了对周王朝疆域广阔、国力强盛的赞美之情，展现了周朝一统天下的恢弘气势。诗歌共一章六句，首句就是"於皇"的强烈感慨，对周朝的强大充满自豪之情，接下来三句写祭祀时登山所见之群山绵延，高山兀立，百川东流，黄河滔滔……面对眼前壮阔之景，诗人不仅发出了"敷天之下，裒时之对"的赞美之情，也再次描绘了天下诸侯无不承继周命的大一统景象，从而与"於皇时周"的赞叹遥相呼应。可以认为，诗中所写之壮阔河山不仅是实景，更是武王心中的山河气象。

鲁颂

驷

驷驷牡马①,在坰之野②。

薄言驷者③,有驈有皇④,有骊有黄⑤,以车彭彭⑥。

思无疆,思马斯臧⑦。

驷驷牡马,在坰之野。

薄言驷者,有骓有駓⑧,有骍有骐⑨,以车伾伾⑩。

思无期,思马斯才。

驷驷牡马,在坰之野。

薄言驷者,有驒有骆⑪,有骝有雒⑫,以车绎绎⑬。

思无斁⑭,思马斯作。

驷驷牡马,在坰之野。

薄言驷者,有骃有騢⑮,有驔有鱼⑯,以车祛祛⑰。

思无邪,思马斯徂⑱。

注释

① 驷(jiōng)驷:健壮的样子。牡:雄性的鸟或兽。

② 坰(jiōng):离城较远的郊野。

③ 薄言:语助词。

④ 驈(yù):股间白色的黑马。皇:亦作"騜",黄白杂色的马。

⑤ 骊(lí):纯黑的马。黄:黄赤色的马。

⑥ 以车:用马驾车。彭彭:马奔跑声。

⑦ 思:语助词。臧:好。

⑧ 骓(zhuī):青白杂色的马。駓(pī):毛色黄白相杂的马。

⑨ 骍(xīn):赤黄色的马。骐:青黑相间的马。

⑩ 伾(pī)伾:有力的样子。

⑪ 驒(tuó):青色而有鳞状黑斑的马。骆:白身黑鬃的马。

⑫ 骝(liú):赤身黑鬃的马。雒(luò):黑身白鬃的马。

⑬ 绎绎:形容马跑得很快。

⑭ 斁(yì):厌倦。

⑮ 骃(yīn):浅黑间杂白色的马。騢(xiá):赤白杂毛的马。

⑯ 驒（diàn）：黑身黄脊的马。鱼：双眼长两圈白毛的马。

⑰ 祛（qū）祛：强健的样子。

⑱ 徂（cú）：行走，一说善跑。

简析

这是一首咏马诗。每章开头两句都是一幅壮阔的原野奔马图，咏赞马儿的矫健雄壮与自由自在；接下来四句则以自豪的语气介绍了各种毛色的马匹，描绘它们驾车的雄姿，暗示其不是一般的马而是战马；末尾两句则对马的强壮善跑等特点进行总结。诗歌对马儿的成长环境、种类、特点依次铺叙，充满自豪与赞美之情。全诗共写了不同毛色的马达十六种之多，一方面可见当时畜牧业的高度发达，另一方面咏马赞马的目的则隐而不显。春秋时期，战马的数量关系到一个国家力量的强弱，因此诗歌明写牧马之盛，实则包含对鲁僖公重视养马，使鲁国国力强盛的赞颂之情。

有 駜

有駜有駜①,駜彼乘黄②。夙夜在公③,在公明明④。振振鹭⑤,鹭于下。鼓咽咽⑥,醉言舞。于胥乐兮⑦!

有駜有駜,駜彼乘牡⑧。夙夜在公,在公饮酒。振振鹭,鹭于飞。鼓咽咽,醉言归。于胥乐兮!

有駜有駜,駜彼乘駽⑨。夙夜在公,在公载燕⑩。自今以始,岁其有。君子有穀⑪,诒孙子⑫。于胥乐兮!

注释

① 駜(bì):马肥大而强壮的样子。

② 乘(shèng)黄:驾车的四匹黄马。

③ 公:公家,官府。

④ 明明:同"勉勉",努力的样子。

⑤ 振振:鸟群飞的样子。

⑥ 咽咽:有节奏的鼓声。

⑦ 于:同"吁",感叹词。胥:相与。

⑧ 牡:公马。

⑨ 駽(xuān):青黑色的马。

⑩ 载:则。燕:同"宴"。

⑪ 穀:善,好。

⑫ 诒:留。孙子:子孙。

简析

这是一首宴饮诗。前两章句式结构基本一致，反复咏唱宴饮的欢乐。雄壮的车马、勤勉的君臣、欢乐的宴饮，组成了一幅太平盛世的图景，也从侧面反映出鲁国在鲁僖公带领下逐渐强大的事实。因此诗歌第三章后半部分就转入了对鲁僖公的颂扬，表达了对鲁国年年丰收富足的美好祈愿。全诗洋溢着欢快和谐的情感，传达出鲁国君臣对国家前景的乐观与自信。

泮 水

思乐泮水①，薄采其芹②。鲁侯戾止③，言观其旂④。

其旂茷茷⑤，鸾声哕哕⑥。无小无大，从公于迈⑦。

思乐泮水，薄采其藻⑧。鲁侯戾止，其马蹻蹻⑨。

其马蹻蹻，其音昭昭⑩。载色载笑⑪，匪怒伊教⑫。

思乐泮水，薄采其茆⑬。鲁侯戾止，在泮饮酒。

既饮旨酒⑭，永锡难老⑮。顺彼长道⑯，屈此群丑⑰。

穆穆鲁侯⑱，敬明其德。敬慎威仪，维民之则⑲。

允文允武，昭假烈祖⑳。靡有不孝㉑，自求伊祜㉒。

明明鲁侯㉓，克明其德。既作泮宫，淮夷攸服㉔。

矫矫虎臣㉕，在泮献馘㉖。淑问如皋陶㉗，在泮献囚。

济济多士，克广德心。桓桓于征㉘，狄彼东南㉙。

烝烝皇皇㉚，不吴不扬㉛。不告于訩㉜，在泮献功。

角弓其觩㉝。束矢其搜㉞。戎车孔博㉟，徒御无斁㊱。

既克淮夷，孔淑不逆㊲。式固尔犹㊳，淮夷卒获㊴。

翩彼飞鸮㊵，集于泮林。食我桑黮，怀我好音㊶。

憬彼淮夷㊷，来献其琛㊸。元龟象齿㊹，大赂南金㊺。

注释

① 泮（pàn）水：水名。

② 薄：语助词。芹：水生植物名，水芹菜。

③ 戾：临。止：语助词。

④ 言：语助词。旂（qí）：上绘交龙并有铃铛的旗子。

⑤ 茷（pèi）茷：旗帜飘扬的样子。

⑥ 鸾：同"銮"，车铃。哕（huì）哕：和鸣声。

⑦ 公：鲁侯。迈：行走。

⑧ 藻：水生植物名。

⑨ 蹻（jué）蹻：强壮威武的样子。

⑩ 昭昭：声音宏亮的样子。

⑪ 色:面容和蔼。

⑫ 伊:语助词。教:宣扬教化。

⑬ 茆(mǎo):莼菜。

⑭ 旨酒:美酒。

⑮ 锡:同"赐"。

⑯ 顺:遵循。长道:大道,正道。

⑰ 屈:降服。丑:恶,指淮夷。

⑱ 穆穆:举止庄重的样子。

⑲ 则:榜样。

⑳ 昭假:向神祷告,昭示虔敬之心。烈:同"列",列祖。

㉑ 孝:同"效",效法。

㉒ 祜(hù):福。

㉓ 明明：同"勉勉"，勤勉的样子。

㉔ 淮夷：古淮河流域不受周王室控制的民族。攸：乃。

㉕ 矫矫：勇武的样子。

㉖ 馘（guó）：古代战争中割取敌人左耳以计数报功。

㉗ 淑：善。皋陶：相传尧在位时执掌刑狱的官员。

㉘ 桓桓：威武的样子。

㉙ 狄：同"剔"，除。

㉚ 烝烝皇皇：众多、盛大的样子。

㉛ 吴：喧哗。扬：高声。

㉜ 讻：讼，指因争功而产生的互诉。

㉝ 角弓：两端镶有兽角的弓。觩（qiú）：弯弯的样子。

㉞ 束矢：五十支为一捆的箭。搜：多。

㉟ 博：宽大。

㊱ 徒：步兵。御：战车上的武士。斁（yì）：厌倦。

㊲ 淑：顺。逆：违。

㊳ 式：语助词。固：坚定。犹：同"猷"，计谋，谋划。

㊴ 获：克，战胜。

㊵ 鸮（xiāo）：鸟名，即猫头鹰，古人视其为恶鸟。

㊶ 怀：回报。

㊷ 憬（jǐng）：觉悟。

㊸ 琛（chēn）：珍宝。

㊹ 元龟：大龟。象齿：象牙。

㊺ 赂：同"璐"，美玉。南金：南方出产的铜，借指贵重之物。

简析

  这是一首叙事诗，写鲁僖公大败淮夷，受俘于泮水一事，表达了对鲁君的赞颂之情。全诗共八章，可分两个部分。第一部分为前三章，诗人以泮水边采摘植物起兴，细致展现了鲁君到来时的热闹场面，凸显出一位和蔼而又可敬的君王形象，表达了祝愿鲁君"永锡难老"的颂赞主旨。第二部分为后五章，颂赞鲁君之功业。第四、第五章总写鲁君"允文允武"，既修明德性又注重武功。第六、第七章借写文武用心、军队不骄不躁、军纪严明来赞颂鲁君治军之能。第八章则以恶鸟集于泮林起兴，比喻淮夷受到感化前来归顺，颂赞鲁君文治之功。全诗场面宏大，描写细致，极尽铺排渲染，具有浓厚的抒情意味。

閟 宫

閟宫有侐①,实实枚枚②。赫赫姜嫄③,其德不回④。上帝是依⑤,无灾无害。弥月不迟⑥,是生后稷,降之百福⑦。黍稷重穋⑧,稙稚菽麦⑨。奄有下国⑩,俾民稼穑⑪。有稷有黍,有稻有秬⑫。奄有下土,缵禹之绪⑬。

后稷之孙,实维大王⑭。居岐之阳⑮,实始剪商⑯。至于文武⑰,缵大王之绪,致天之届⑱,于牧之野⑲。无贰无虞⑳,上帝临女㉑。敦商之旅㉒,克咸厥功㉓。王曰叔父㉔,建尔元子㉕,俾侯于鲁。大启尔宇㉖,为周室辅。

乃命鲁公,俾侯于东。锡之山川㉗,土田附庸㉘。周公之孙,庄公之子㉙。龙旂承祀㉚。六辔耳耳㉛。春秋匪解㉜,享祀不忒㉝。皇皇后帝㉞!皇祖后稷!享以骍牺㉟,是飨是宜㊱。降福既多,周公皇祖,亦其福女。

秋而载尝㊲,夏而楅衡㊳,白牡骍刚㊴。牺尊将将㊵,毛炰胾羹㊶。笾豆大房㊷,万舞洋洋。孝孙有庆。俾尔炽而昌,俾尔寿而臧㊸。保彼东方,鲁邦是常㊹。不亏不崩㊺,不震不腾㊻。三寿作朋㊼,如冈如陵。

公车千乘,朱英绿縢㊽,二矛重弓㊾。公徒三万㊿,贝胄朱綅㉛。烝徒增增㉜,戎狄是膺㉝,荆舒是惩㉞,则莫我敢承㉟!俾尔昌而炽，俾尔寿而富。黄发台背㊶，寿胥与试㊷。俾尔昌而大，俾尔耆而艾㊸。万有千岁㊹，眉寿无有害㊺。

泰山岩岩㊻，鲁邦所詹㊼。奄有龟蒙㊽，遂荒大东㊾。至于海邦，淮夷来同㊿。莫不率从，鲁侯之功。

保有凫绎㊿，遂荒徐宅㊿。至于海邦，淮夷蛮貊㊿。及彼南夷㊿，莫不率从。莫敢不诺㊿，鲁侯是若㊿。

天锡公纯嘏㊿，眉寿保鲁。居常与许㊿，复周公之宇。鲁侯燕喜㊿，令妻寿母㊿。宜大夫庶士㊿，邦国是有。既多受祉㊿，黄发儿齿㊿。

徂来之松㊿，新甫之柏㊿。是断是度㊿，是寻是尺㊿。松桷有舄㊿，路寝孔硕㊿，新庙奕奕㊿。奚斯所作㊿，孔曼且硕㊿，万民是若㊿。

注释

① 閟（bì）：通"祕"，神。一说闲。有：形容词词头。侐（xù）：清静。
② 实实：广大的样子。枚枚：细密的样子。
③ 姜嫄：周始祖后稷之母。
④ 回：邪。
⑤ 依：助。
⑥ 弥月：满月，此处指妇女怀胎十月。迟：缓。
⑦ 百：泛指，多。
⑧ 黍：糜子。稷：谷子。重穋（tóng lù）：同"穜稑"，两种谷物名。
⑨ 稙稚（zhí zhì）：两种谷物名。菽：豆类作物。

⑩ 奄有：尽有。

⑪ 俾：使。稼穑：泛指耕种。

⑫ 秬（jù）：黑黍。

⑬ 缵（zuǎn）：继。绪：事业。

⑭ 大（tài）王：即太王，指古公亶父。

⑮ 岐：山名，位于今陕西。阳：山的南面。

⑯ 翦：灭。

⑰ 文武：周文王和周武王。

⑱ 致天之届：到了天的极点。届：极点。此句与下句意为文王、武王的事业在牧野之战到达了顶点。

⑲ 牧之野：即牧野，地名，殷都之郊，位于今河南淇县西南。

⑳ 贰：二心。虞：误。

㉑ 临：从高处往下看。

㉒ 敦：治。旅：军队。

㉓ 克：能。咸：成。厥：其，那个。

㉔ 王：周成王。叔父：指周公，成王的叔父。

㉕ 建：立。元子：长子。

㉖ 启：开辟。

㉗ 锡：同"赐"。

㉘ 附庸：指诸侯国的附属小国。

㉙ 周公之孙、庄公之子：皆指鲁僖公。

㉚ 承祀：主持祭祀。

㉛ 辔：御马的嚼子和缰绳。耳耳：挺立的样子。

㉜ 春秋：指春祭和秋祭。解：同"懈"，懈怠。

㉝ 享：祭献。忒：差错。

㉞ 后帝：天帝。

㉟ 骍（xīn）：赤色。牲：古代用作祭品的纯色牲畜。

㊱ 飨：用酒食招待客人，泛指请人受用。宜：肴，享用。

㊲ 尝：秋季祭祀名。

㊳ 楅衡（fú hēng）：防止牛抵触伤人的横木。

㊴ 牡：公牛。刚：同"䭹"，公牛。

㊵ 牺尊：酒樽的一种，形状像牺牛。将将：同"锵锵"。

㊶ 毛炰（páo）：烤小猪时带毛涂泥燔烧。胾（zì）：切成大块的肉。羹：不加调料的肉汤。

㊷ 笾豆：两种礼器。大房：大的盛肉容器。

㊸ 臧：善。

㊹ 常:长。这里指鲁国成为诸侯之长。

㊺ 不亏不崩:指山不缺损崩坍。

㊻ 不震不腾:指水不震激动荡。

㊼ 三寿作朋:古代常用的祝寿语。三寿:上寿百二十,中寿百年,下寿八十。朋,并。

㊽ 朱英:矛上用以装饰的红缨。绿縢:将两张弓捆扎在一起的绿绳。縢(téng):绳。

㊾ 二矛:古代兵车备有一长一短两支矛。重弓:古代兵车备有两张弓。

㊿ 徒:步兵。

㉛ 贝:贝壳,古人常用于装饰头盔。胄:头盔。朱綅(qīn):红色的线绳,绑贝壳用。

㉜ 烝:众。增增:众多貌。

㉝ 戎狄:指古代生活在西方和北方的在周王室控制以外的少数民族。膺:击。

㉞ 荆:楚国的别名。舒:国名,位于今安徽庐江。惩:惩戒。

㉟ 承:抵抗。

㊱ 台背:老人背上生斑如鲐鱼之纹,为高寿的象征。台:同"鲐",

㊲ 寿胥与试:意为"寿皆如岱"。胥,皆。试,同"岱",泰山。

㊳ 耆、艾:皆指年老。

㊴ 有:同"又"。

㊵ 眉寿:指高寿。

㉖ 岩岩：高峻貌。

㉖ 詹：同"瞻"，瞻仰。

㉖ 龟、蒙：山名。

㉖ 荒：包有。大东：指最东边的地方。

㉖ 同：会盟。

㉖ 保：安，守住。凫、绎：山名。

㉖ 徐：古国名。宅：居处，居所。

㉖ 蛮貊（mò）：泛指东部与南部一些周王室控制外的少数民族。

㉖ 南夷：泛指南方周王室控制以外的少数民族。

㉖ 诺：应诺，顺从。

㉗ 若：顺从。

㉗ 公：鲁公。纯：大。嘏（gǔ）：福。

㉗ 常、许：鲁国地名。

㉗ 燕：同"宴"。

㉗ 令：善。

㉗ 宜：协调。

㉗ 祉：福。

㉗ 黄发儿齿：白发变黄，乳齿再生。儿齿：高寿的象征。

㉗ 徂来：也作徂徕，山名。

㉘ 新甫：山名。

㉘ 斵：砍断。度：同"剫"，砍伐。

㉘ 寻、尺：都是度量单位，此处做动词。

㉘ 桷（jué）：方椽。舄（xì）：大。

㉘ 路寝：指庙堂后面的寝殿。

鲁颂 | 661

㉘ 新庙：指閟宫。奕奕：美好。
㉘ 奚斯：鲁大夫。
㉘ 曼：长。硕：指内容丰富。
㉘ 是若：认为是对的。

简析

这是一首颂赞诗。全诗九章，共一百二十句，是《诗经》中篇幅最长的诗歌。首章先以溯源的方式讲述鲁国源自姜嫄、后稷，表明鲁国乃周朝之正统。第二章历数古公亶父、文王、武王、周公之功业，为下面鲁僖公的出场做铺垫。从第三章开始直至结束，用了整整七章的篇幅赞颂鲁僖公。这部分主要围绕祭祀和武事这两件国之大事展开，赞颂鲁僖公对待祭祀恭敬慎重，对待国事勤勉有加，完成了鲁国开疆拓土的大业，使大东臣服、淮夷来降。正是因为鲁君注重祭祀，才得祖先阴灵庇护，使鲁国逐渐强大，因此末章又转回对祭祀之所閟宫的赞颂，与开头形成呼应。诗歌在艺术上以铺叙见长，如第四章写祭祀场面，第五章写军容军威，均极尽铺排渲染之能事。句式上多对偶句、排比句，使全诗读起来气势充沛而又跌宕起伏，令人心潮澎湃。

商颂

那

猗与那与①！置我鞉鼓②。

奏鼓简简③，衎我烈祖④。

汤孙奏假⑤，绥我思成⑥。

鞉鼓渊渊⑦，嘒嘒管声⑧。

既和且平，依我磬声⑨。

於赫汤孙⑩！穆穆厥声⑪。

庸鼓有斁⑫，万舞有奕⑬。

我有嘉客，亦不夷怿⑭。

自古在昔，先民有作⑮。

温恭朝夕，执事有恪⑯，顾予烝尝⑰，汤孙之将⑱。

注释

① 猗（ē）：美好盛大的样子。那（nuó）：美好。与：同"欤"，叹词。

② 置：树立。鞉（táo）鼓：一种立鼓。

③ 简简：象声词，形容鼓声。

④ 衎（kàn）：欢乐。烈祖：有显赫功业的先祖。

⑤ 汤孙：商汤的孙子。奏假：祭享。

⑥ 绥：通"遗"，赐予。思：语助词。成：成功。

⑦ 渊渊：象声词，形容鼓声。

⑧ 嘒（huì）嘒：象声词，形容吹管时发出的乐声。

⑨ 依：配合。磬：古代一种玉制的打击乐器。

⑩ 於（wū）：叹词。赫：显赫。

⑪ 穆穆：和美庄肃的样子。

⑫ 庸：同"镛"，大钟。有斁（yì）：即"斁斁"，乐声盛大的样子。

⑬ 万舞：一种舞蹈名。有奕：即"奕奕"，舞蹈场面盛大的样子。

⑭ 亦不：不亦。夷怿（yì）：怡悦。

⑮ 有作：指行止有度。

⑯ 执事：行事。有恪（kè）：即"恪恪"，恭敬诚笃的样子。

⑰ 顾：光顾。烝尝：本指秋冬二祭，冬祭为"烝"，秋祭为"尝"。后泛指祭祀。

⑱ 将：佑助，扶助。

简析

这是一首祭祀成汤的乐歌。从内容上看，大致可以分成三个层次。第一层为前六句，总写祭祀活动的盛大场面，点出祭祀的主旨是取悦先祖，祈求赐福。第二层为接下来十句，细致描写了乐舞活动中音乐的变化，先是鼓声、管乐声、磬声之间的和谐配合，然后是庸鼓齐响、万舞洋洋的热闹场景，使得来宾看得非常怡悦。第三层为最后六句，怀想先祖行止有度、行事恭诚的风姿，再次表达了对先祖的赞颂之情，祈求先祖庇佑。诗歌在艺术上以铺排为主，词汇丰富，善于运用象声词和叠字，将乐舞之盛很好地表现出来。

烈 祖

嗟嗟烈祖①！有秩斯祜②。

申锡无疆③,及尔斯所④。

既载清酤⑤,赉我思成⑥。

亦有和羹⑦,既戒既平⑧。

鬷假无言⑨,时靡有争。

绥我眉寿,黄耇无疆⑩。

约軝错衡⑪,八鸾鸧鸧⑫。

以假以享⑬,我受命溥将⑭。

自天降康,丰年穰穰⑮。

来假来飨,降福无疆。

顾予烝尝,汤孙之将!

注释

① 烈祖:功业显赫的祖先。这里指成汤。

② 有秩:博大,无穷。祜:福。

③ 申:再三。锡:赐予。

④ 及尔斯所:一直到现在。

⑤ 清酤(gū):清酒。

⑥ 赉(lài):赐。成:成功。

⑦ 和羹:配以不同调味品而制成的羹汤。

⑧ 戒：齐备。平：平和。

⑨ 鬷（zōng）假：祭祀。无言：不出声。

⑩ 眉寿、黄耇（gǒu）：皆指长寿。

⑪ 约：缠绕。軝（qí）：车毂两端的皮革装饰。错：镀金、银等。衡：车前端的横木。

⑫ 鸾：同"銮"，铃铛。鸧（qiāng）鸧：象声词，金属撞击声。

⑬ 假（gé）：同"格"，至。飨：祭祀。

⑭ 溥将：广大。

⑮ 穰（ráng）穰：众多的样子。

简析

这首诗与《那》一样，都是祭祀成汤的乐歌。《那》以乐舞祭祀先祖，《烈祖》则以清酒和羹汤祭献先祖。从内容上看，似是祭祀活动中一先一后的两首乐歌，其目的都是祈愿先祖"赉我思成""绥我眉寿"。诗歌从祭祀的缘由写起，通过铺叙拜祭者的虔诚营造肃穆庄严的祭祀氛围，通过铺叙助祭者车马的华丽烘托其身份的尊贵。诗歌在艺术上善于运用侧面烘托，"绥我眉寿"以下，句句用韵，而且用的是开口韵，读起来声音响亮，郎朗上口。

玄 鸟

天命玄鸟①，降而生商，宅殷土芒芒②。

古帝命武汤③，正域彼四方④。

方命厥后⑤，奄有九有⑥。

商之先后⑦，受命不殆⑧，在武丁孙子⑨。

武丁孙子，武王靡不胜⑩。

龙旂十乘⑪，大糦是承⑫。

邦畿千里⑬，维民所止⑭，肇域彼四海⑮。

四海来假⑯，来假祁祁⑰。

景员维河⑱，殷受命咸宜⑲，百禄是何⑳。

注释

① 玄鸟：黑色的鸟。一说燕子。《史记·殷本纪》："有娀之女，三人行浴，见玄鸟坠其卵，简狄吞之，因孕生契。"

② 宅：居住。芒芒：同"茫茫"，广大的样子。

③ 古：从前。帝：天帝。武汤：成汤，汤号曰武。

④ 正（zhēng）：同"征"。域：疆域。四方：指天下。

⑤ 方：遍，普。命：诏命。后：指各部落的首领。

⑥ 奄：包括。九有：九州。

⑦ 先后：先王。

⑧ 命：天命。殆：同"怠"，懈怠。

⑨ 在武丁孙子：即"在孙子武丁"，意为在汤的孙子中武丁是一个突出的存在。在：表强调。武丁：殷高宗。

⑩ 武王：即武汤，成汤。胜：胜任。此句意为武丁是个好裔孙，武汤留下的事业武丁没有不能胜任的。

⑪ 旂（qí）：绘有蛟龙的旗帜，竿头系有铜铃。

⑫ 糦：同"馈"，酒食。承：进献。

⑬ 邦畿：封畿，疆界。

⑭ 止：居住。指老百姓安居乐业。

⑮ 肇域彼四海：开始拥有四海之疆域。

⑯ 来假（gé）：来朝。

⑰ 祁祁：纷杂众多的样子。

⑱ 景：景山，古称亳，商之都城。员：周围，这里有围绕的意思。河：黄河。

⑲ 咸宜：人们都认为适宜。

⑳ 何（hè）：同"荷"，负担，承担。

简析

这是一首祭祀殷高宗武丁的乐歌。全诗共二十二句，可分三个部分。前十句为第一部分，描写商汤始祖契神奇的诞生和其后裔成汤建立商朝，奄有九州的事迹，为中心人物武丁的出场做铺垫。接下来九句为第二部分，描写武丁在先王成就的基础上开疆拓土，使四方来朝，功业赫赫。最后三句以黄河环绕景山作喻，颂赞商汤承继天命，得到民众认可，享福永年。诗歌在结构上颇具匠心，第一、二部分之间互为烘托对照，既歌颂了商汤始祖先王，又突出了武丁的功绩。而"武丁孙子"的重复，又巧妙地在两部分之间形成承上启下作用，将歌颂的对象从武汤转为武丁。此外，如"四海来假，来假祁祁"句中顶真与叠字修辞的运用，既形成了连贯而下的语气，又很形象地写出来朝人员之多，渲染出八方来朝的热闹场面。

长　发

濬哲维商①，长发其祥②。洪水芒芒③，禹敷下土方④。外大国是疆⑤，幅陨既长⑥。有娀方将⑦，帝立子生商⑧。

玄王桓拨⑨，受小国是达⑩，受大国是达。率履不越⑪，遂视既发⑫。相土烈烈⑬。海外有截⑭。

帝命不违，至于汤齐⑮。汤降不迟，圣敬日跻⑯。昭假迟迟⑰，上帝是祗⑱，帝命式于九围⑲。

受小球大球⑳，为下国缀旒㉑，何天之休㉒。不竞不絿㉓，不刚不柔。敷政优优㉔，百禄是遒㉕。

受小共大共㉖，为下国骏厖㉗。何天之龙㉘，敷奏其勇㉙。不震不动㉚，不戁不竦㉛，百禄是总㉜。

武王载旆㉝，有虔秉钺㉞。如火烈烈，则莫我敢曷㉟。苞有三蘖㊱，莫遂莫达㊲。九有有截㊳，韦顾既伐㊴，昆吾夏桀㊵。

昔在中叶㊶，有震且业㊷。允也天子㊸，降予卿士㊹。实维阿衡㊺，实左右商王㊻。

注释

① 濬（jùn）哲：明智。濬，"睿"的假借字。商：指商的始祖。

② 长：长久。发：兴发。祥：福祉。

③ 芒芒：水势盛大的样子。

④ 敷：治。指大禹治水施政。下土方："下土四方"的省略写法。

⑤ 外大国：远方的国家都归入疆域。外：邦畿之外，大国：远方诸侯国。

⑥ 幅陨：幅员。长：广。

⑦ 有娀（sōng）：古国名。将：壮或大。

⑧ 帝立子生商：禹王立有娀氏为妃生下契。子：指有娀氏之女。

⑨ 玄王：商契。桓拨：威武刚毅。

⑩ 受小国是达：封授给他小国能治理得好。达：顺达，这里指治国有方。

⑪ 率履：遵循礼法。履，"礼"的假借字。越：逾越。

⑫ 遂视既发：四处巡视，推行礼法。视，巡视。发：施行。

⑬ 相土：人名，契的孙子。烈烈：威武的样子。

⑭ 海外有截：边远之地也都归顺。有截：截截，整齐的样子。

⑮ 汤：成汤。齐：一样。

⑯ 汤降不迟，圣敬日跻：这两句意为成汤的诞生正应天命，他的圣德一天天增加。跻：升。

⑰ 昭假（gé）：向神祷告，以表明自己诚敬之心。迟迟：久久不息。

⑱ 祗：敬。

⑲ 式：执法。九围：九州。

⑳ 球：一种玉器。一说通"捄"，法。

㉑ 下国：下面的诸侯各国。缀旒（liú）：表率，法则。

㉒ 何：同"荷"，承受。休：庇荫。

㉓ 竞：竞争。絿（qiú）：急躁。

㉔ 优优：温和而宽厚的样子。

㉕ 遒：汇聚。

㉖ 共：通"珙"，璧。一说同"供"，为祭名或祭物。

㉗ 骏厖（páng）：笃厚。

㉘ 龙："宠"的假借字，恩宠。

㉙ 敷奏：施展。勇：勇猛，英勇。

㉚ 不震不动：不震骇不动摇。

㉛ 不戁（nǎn）不竦：不恐惧不害怕。

㉜ 总：汇聚。

㉝ 武王：成汤之号。载：始。旆：旌旗，此处做动词，指起师伐桀。

㉞ 有虔：威武的样子。秉钺：执持长柄大斧。

㉟ 曷（è）：同“遏”，制止。

㊱ 苞：树干。蘖（niè）：旁生的枝桠和嫩芽。

㊲ 莫遂莫达：不让它出土不让它成长。遂：草木生长。达：苗出土。

㊳ 九有：九州。

㊴ 韦顾：两国国名，均为夏属国。伐：讨伐。

㊵ 昆吾：国名，夏属国。

㊶ 中叶：中世。商朝立国从契始，到十世成汤建立王朝，从其开国的历史年代来看正值中世。

㊷ 震：威力。业：大，强大。

㊸ 允：信，实。

㊹ 降：天降。

㊺ 实维：是为。阿衡：即伊尹，辅佐成汤征服天下、建立商王朝的大臣。

㊻ 左右：在王的左右辅佐。

简析

这是一首颂赞诗，赞颂了商之先祖契、相土、成汤的丰功伟绩，兼赞伊尹对成汤的辅佐之功。全诗七章。前两章为溯源，契承受天命出生，建立商朝，治国有方。其孙相土开疆拓土直至边远地区。后五章则集中于对成汤功绩的赞颂。第三章颂其发展先祖功业，受天命为九州之主。第四、五章颂其对内施政温和，对外有强大的武力倚仗，因此得天百禄。第六章颂其讨伐夏桀平定天下之功。第七章赞成汤得天庇佑，兼赞伊尹辅弼之功。全诗以天命归商为中心，集中刻画了成汤这样一位理想君王的形象，对其文治武功均有较为生动的描写。全诗几乎句句用韵，每章换韵，句式整齐，讲究对仗，在颂诗中别具音韵之美。

殷 武

挞彼殷武①,奋伐荆楚。

罙入其阻②,裒荆之旅③。

有截其所④,汤孙之绪。

维女荆楚,居国南乡。

昔有成汤,自彼氐羌,

莫敢不来享⑤,莫敢不来王,曰商是常⑥!

天命多辟⑦,设都于禹之绩⑧。

岁事来辟，勿予祸适⁹，稼穑匪解⑩。

天命降监，下民有严⑪。

不僭不滥⑫，不敢怠遑⑬。

命于下国，封建厥福⑭。

商邑翼翼⑮，四方之极⑯。

赫赫厥声，濯濯厥灵⑰。

寿考且宁，以保我后生。

陟彼景山，松柏丸丸⑱。

是断是迁⑲，方斫是虔⑳。

松桷有梴㉑，旅楹有闲㉑，寝成孔安。

注释

① 挞（tà）：勇武的样子。殷武：指高宗武丁。

② 罙（shēn）："深"的本字。阻：险阻。

③ 裒（póu）：俘虏。旅：军队。

④ 有截其所：指荆楚土地尽归商所有。有截：整齐的样子。

⑤ 享：进献。

⑥ 常：长，尊长。

⑦ 辟：君主。

⑧ 绩：通"迹"，大禹所治之地。

⑨ 祸适：过于指责。祸：通"过"。适：通"谪"，指责。

⑩ 解：同"懈"，松懈。

⑪ 有严：恭敬的样子。

⑫ 不僭不滥：不越礼不放纵。

⑬ 怠：懈怠。遑：闲散。

⑭ 封建：指周王分封的各诸侯国。

⑮ 翼翼：完美的样子。

⑯ 极：标准，榜样。

⑰ 濯（zhuó）濯：光辉鲜明的样子。灵：威灵。

⑱ 丸丸：高大挺直的样子。

⑲ 迁：搬运。

⑳ 斫（zhuó）：砍，伐。虔：用刀削木。

㉑ 桷（jué）：方椽。梴（chān）：木头长长的样子。

㉒ 旅：陈列。有闲：粗大的样子。

简析

　　这是一首颂赞殷高宗武丁的乐歌。全诗共六章。第一、二章写武丁伐楚，劝诫楚归服，突出描写了武丁的军事战略才能。第三、四章写武丁承继天命，使诸侯来朝，八方咸服，百姓安居乐业，恭谨做事，突出武丁的政治施政能力。第五章转以商都之富丽完美衬托武丁之光辉显赫，表达祝福之情。第六章描写高宗寝庙落成一事，以松柏之高大笔直象征武丁之功绩万古不移，从而点明创作主旨。诗歌在武丁这一人物形象塑造上角度多样，既有正面描写，又有侧面烘托；既有整体概括，又有细节刻画，较为全面地展现了武丁的一生功绩，表达了对武丁的赞颂称美之情。

附录

诗言志

朱自清

一　献诗陈志

《今文尚书·尧典》记舜的话，命夔典乐，教胄子，又道：

诗言志，歌永言，声依永，律和声；八音克谐，无相夺伦，神人以和。

郑玄注云：

诗所以言人之志意也。永，长也，歌又所以长言诗之意。声之曲折，又长言而为之。声中律乃为和。

这里有两件事：一是诗言志，二是诗乐不分家。《左传》襄公二十七年也有"诗以言志"的话。那是说"赋诗"的，而赋诗是合乐的，也是诗乐不分家。据顾颉刚先生等考证，《尧典》最早也是战国时才有的书。那么，"诗言志"这句话也许从"诗以言志"那句话来，但也许彼此是独立的。

《说文》三上《言部》云：

诗，志也〔志发于言〕。从"言"，"寺"声。

古文作"訨"，从"言"，"ㄓ"声。杨遇夫先生（树达）在《释诗》一文里说："'志'字从'心'，'ㄓ'声，'寺'字亦从'ㄓ'声。'ㄓ''志''寺'古音盖无二。一其以'ㄓ'为'志'，或以'寺'为'志'，音近假借耳。"又据《左传》昭公十六年韩宣子"赋不出郑志"的话，说"郑志"即"郑诗"：

因而以为"古'诗''志'二文同用，故许（慎）径以'志'释'诗'"。闻一多先生在《歌与诗》里更进一步说道：

志字从"❦"卜辞"❦"作"❦"，从"止"下"一"，像人足停止在地上，所以"❦"本训停止。……"志"从"❦"从"心"，本义是停止在心上。停在心上亦可说是藏在心里。

他说"志有三个意义：一，记忆；二，记录；三，怀抱。"从这里出发，他证明了"志与诗原来是一个字"。但是到了"诗言志"和"诗以言志"这两句话，"志"已经指"怀抱"了。《左传》昭公二十五年云：

子太叔见赵简子。……简子曰："敢问何谓礼？"对曰："吉也闻诸先大夫子产曰：'……民有好、恶、喜、怒、哀、乐，生于六气。是故审则宜类，以制六志。哀有哭泣，乐有歌舞，喜有施舍，怒有战斗。喜生于好，怒生于恶。是故审行信令，祸福赏罚，以制死生。生，好物也；死，恶物也。好物，乐也；恶物，哀也。哀乐不失，乃能协于天地之性，是以长久。'"

孔颖达《正义》说："此六志《礼记》谓之'六情'。在己为情，情动为志，情、志一也。"汉人又以"意"为"志"，又说志是"心所念虑"，"心意所趣向"，又说是"诗人志所欲之事"。情和意都指怀抱而言；但看子产的话跟子太叔的口气，这种志，这种怀抱是与"礼"分不开的，也就是与政治、教化分不开的。

"言志"这词组两见于《论语》中。《公冶长篇》云：

颜渊、季路侍。子曰："盍各言尔志？"

子路曰："愿车马衣裘与朋友共，敝之而无憾。"颜渊曰："愿无伐善，无施劳。"子路曰："愿闻子之志！"子曰："老者安之，朋友信之，少者怀之。"

《先进篇》记子路、曾晳、冉有、公西华"各言其志",语更详。两处所记"言志",非关修身,即关治国,可正是抒发怀抱。还有,《礼记·檀弓篇》记晋世子申生被骊姬谗害,他兄弟重耳向他道:"子盖(盍)言子之志于公乎?"郑玄注:"重耳欲使言见谮之意。"这也是教他陈诉怀抱。这里申生陈诉怀抱,一面关系自己的穷通,一面关系国家的治乱。可是他不愿意陈诉,他自己是死了,晋国也跟着乱起来。这种志,这种怀抱,其实是与政教分不开的。

《诗经》里说到作诗的有十二处:

一 维是褊心,是以为刺。(《魏风·葛屦》)

二 夫也不良,歌以讯之。(《陈风·墓门》)

三 是用作歌,"将母"来谂。(《小雅·四牡》)

四 家父作诵,以究王讻。(《小雅·节南山》)

五 作此好歌,以极反侧。(《小雅·何人斯》)

六 寺人孟子,作为此诗。凡百君子,敬而听之。(《小雅·巷伯》)

七 君子作歌,维以告哀。(《小雅·四月》)

八 矢诗不多,维以遂歌。(《大雅·卷阿》)

九 王欲玉女,是用大谏。(《大雅·民劳》)

十 虽曰"匪予",既作尔歌。(《大雅·桑柔》)

十一 吉甫作诵,其诗孔硕,其风肆好,以赠申伯。(《大雅·崧高》)

十二 吉甫作诵,穆如清风。(《大雅·烝民》)

这里明用"作"字的八处,其余也都含有"作"字意。(一)最显,不必再说。(二)《传》云:"讯,告也。"《笺》云:"歌谓作此诗也。既作,可使工歌之,是谓之告。"《经典释文》引《韩诗》:"讯,谏也。"《说文·言部》:"谏,数谏也。"段玉裁云:"谓数其失而谏之。凡讯'刺'字当用此。"(八)

《传》云："不多，多也。明王使公卿献诗以陈其志，遂为工师之歌焉。"（九）《笺》云："玉者，君子比德焉。王乎，我欲令女（汝）如玉然。故作是诗，用大谏正女（汝）。"

这些诗的作意不外乎讽与颂，诗文里说得明白。像"以为刺"，"以讯之"，"以究王讻"，"以极反侧"，"用大谏"，显言讽谏，一望而知。《四牡篇》的"'将母'来谂"，《笺》云："谂，告也。……作此诗之歌，以养父母之志来告于君也。"与《巷伯》的"凡百君子，敬而听之"，《四月》的"维以告哀"，都是自述苦情，欲因歌唱以告于在上位的人，也该算在讽一类里。《桑柔》的"虽曰'匪予'，既作尔歌"，《笺》云："女（汝）虽抵距，已言'此政非我所为'，我已作女（汝）所行之歌，女（汝）当受之而无悔。"那么，也是讽了。为颂美而作的，只有《卷阿篇》的陈诗以"遂歌"，和尹吉甫的两"诵"。《卷阿传》说"王使公卿献诗以陈其志"，"陈志"就是"言志"。因为是"献诗"或赠诗（如《崧高》《烝民》），所以"言志"不出乎讽与颂，而讽比颂多。

《国语·周语》上记厉王"得卫巫，使监谤者。以告，则杀之"。邵公谏道：

为川者决之使导，为民者宣之使言。故天子听政，使公卿至于烈士献诗，瞽献曲，史献书，师箴，瞍赋，矇诵，百工谏，庶人传语，近臣尽规，亲戚补察，瞽史教诲，耆艾修之，而后王斟酌焉，是以事行而不悖。

《晋语》六赵文子冠，见范文子，范文子说：

夫贤者宠至而益戒，不足者为宠骄。故兴王赏谏臣，逸王罚之。吾闻古之言王者，政德既成，又听于民。于是乎使工诵谏于朝，在列者献诗，使勿兜（惑也）；风（采也）听胪（传也）言于市，辨袄祥于谣，考百事于朝，问谤誉于路。有邪而正之，尽戒之术也；先王疾是骄也。

《左传》襄公十四年记师旷对晋平公的话,大略相同;但只作"瞽为诗",没有明说"献诗"。

从这几段记载看,可见:"公卿列士的讽谏是特地做了献上去的,庶人的批评是给官吏打听到了告诵上去的。"献诗只是公卿列士的事,轮不到庶人。而说到献诗,连带着说到瞽、矇、瞍、工,者限乐工,又可见诗是合乐的。

断馆所谓"乐语"。《周礼·大司乐》:

> 以乐语教国子:兴、道、讽、诵、言、语。

这六种"乐语"的分别,现在还不能详知,似乎都以歌辞为主。"兴""道"(导)似乎是合奏,"讽""诵"似乎是独奏;"言""语"是将歌辞应用在日常生活里。这些都用歌辞来表示情意,所以称为"乐语"。《周礼》如近代学者所论,大概是战国时作,但其中记述的制度多少该有所本,决不至于全是想象之谈。"乐语"的存在,从别处也可推见。《国语·周语》下云:

> 晋羊舌肸聘于周。……(单)靖公享之。……语说"昊天有成命"(《周颂》)。单之老送叔向(肸的字),叔向告之曰:"……其语说'昊天有成命','颂'之盛德也。其诗曰……是道成王之德(道文、武能成其王德)也。……单子俭、敬、让、咨,以应成德,单若不兴,子孙必蕃,后世不忘。……"

韦昭解道:"'语',宴语所及也。'说',乐也。"似乎"昊天有成命"是这回享礼中奏的乐歌,而单靖公言语之间很赏识这首歌辞。叔向的话先详说这篇歌辞——诗,然后论单靖公的为人,并预言他的家世兴盛。这正是"乐语",正可见"乐语"的重要作用。《论语·阳货篇》简单地记着孔子一段故事:

> 孺悲欲见孔子,孔子辞以疾。将命者出户,取瑟而歌,使之闻之。

历来都说孔子"取瑟而歌"只是表明并非真病,只是表明不愿见。但小病未必就不能歌,古书中时有例证;也许那歌辞中还暗示着不愿见的意思。若这个解释不错,这也便是"乐语"了。

《荀子·乐论》里说"君子以钟鼓道志"。"道志"就是"言志",也就是表示情意,自见怀抱。《礼记·仲尼燕居篇》记孔子的话:"是故君子不必亲相与言也,以礼乐相示而已。"这虽未必真是孔子说的,却也可见"乐语"的传统是存在的。《汉书》二十二《礼乐志》论乐,也道"和亲之说难形,则发之于诗歌咏言、钟石管弦","乐语"的作用正在暗示上。又,《礼记·乐记》载子夏答魏文侯问乐云:

今夫古乐,……君子于是语,于是道古,修身及家,平均天下。此古乐之发也。今夫新乐,……乐终不可以语,不可以道古。此新乐之发也。

这里"语"虽在"乐终",却还不失为一种"乐语"。这里所"语"的是乐意,可以见出乐以言志,歌以言志,诗以言志是传统的一贯。以乐歌相语,该是初民的生活方式之一。那时结恩情,做恋爱用乐歌,这种情形现在还常常看见;那时有所讽颂,有所祈求,总之有所表示,也多用乐歌。人们生活在乐歌中。乐歌就是"乐语",日常的语言是太平凡了,不够郑重,不够强调的。明白了这种"乐语",才能明白献诗和赋诗。这时代人们还都能歌,乐歌还是生活里重要节目。献诗和赋诗正从生活的必要和自然的需求而来,说只是周代重文的表现,不免是隔靴搔痒的解释。

献诗的记载不算太多。前引《诗经》里诸例以外,顾颉刚先生还举过两个例:《左传》昭公十二年,子革对楚灵王云:

昔穆王欲肆其心,周行天下,将皆必有车辙马迹焉。祭公谋父作《祈招》之诗以止王心。王是以获没于祇宫。……其诗曰:"祈招之愔愔,式照德音。思我王度,式如玉,式如金。形民之力而无醉饱之心!"

又,《国语·楚语》上记左史倚相的话:

> 昔卫武公年数九十有五矣,犹箴儆于国曰:"自卿以下,至于师长士,苟在朝者,无谓老耄而舍我!必恭恪于朝,朝夕以交戒我!闻一二之言,必诵志而纳之以训导我!"在舆有旅贲之规,位宁有官师之典,倚几有诵训之谏,居寝有暬御之箴,临事有瞽史之导,宴居有师工之诵,史不失书,矇不失诵,以训御之。于是作《懿戒》以自儆也。

《祈招》是逸诗。《懿戒》韦昭说就是《大雅》的《抑》篇,"懿读之曰抑"。"自儆"可以算是自讽。这两个故事虽然都出于转述,但参看上文所举《诗经》中说到诗的作意诸语,似乎是可信的。这两段是春秋以前的故事。春秋时代还有晏子谏齐景公的例。《晏子春秋·内篇谏下》第五云:

> 晏子使于鲁。比其返也,景公使国人起大台之役。岁寒不已,冻馁之者乡有焉。国人望晏子。晏子至,已复事,公延坐,饮酒,乐。晏子曰:"君若赐臣,臣请歌之。"歌曰:"庶民之言曰:'冻水洗我若之何!太上靡散我若之何!'"歌终,喟然叹而流涕。公就止之曰:"夫子曷为至此?殆为大台之役夫?寡人将速罢之。"

《晏子春秋》虽然驳杂,这段故事的下文也许不免渲染一些,但照上面所论"乐语"的情形,这里"歌谏"的部分似乎也可信。总之,献诗陈志不至于是托古的空想。

春秋时代献诗的事,在上面说到的之外似乎还有,从下列四例可见:

一 卫庄公娶于齐东宫得臣之妹,曰庄姜,美而无子,卫人所为赋《硕人》也。(《左传》隐公三年)

二 狄人……灭卫。……卫之遗民……立戴公以庐于曹。许穆夫人赋《载驰》。(《左传》闵公二年)

三　郑人恶高克，使帅师次于河上，久而弗召。师溃而归，高克奔陈。郑人为之赋《清人》。（同上）

四　秦伯任好卒，以子车氏之三子奄息、仲行、鍼虎为殉，皆秦之良也。国人哀之，为之赋《黄鸟》。（《左传》文公六年）

（一）《诗序》云："庄公惑于嬖妾，使骄上僭。庄姜贤而不答，终以无子，国人闵而忧之。"（二）《序》云："许穆夫人闵卫之亡，伤许之小，力不能救，思归唁其兄，又义不得，故赋是诗也。"（三）《序》云："（郑）公子素恶高克进之不以礼，文公退之不以道，危国亡师之本，故作是诗也。"（四）《序》云："国人刺穆公以人从死而作是诗也。"《诗序》虽多穿凿，但这几篇与《左传》所记都相合，似乎不是向壁虚造。《诗经》中"人"字往往指在位的大夫君子，这里的"卫人""郑人""国人"都不是庶人；《诗序》以"郑人"为公子素，更可助成此说。"赋"是自歌或"使工歌之"；《硕人篇》要歌给庄公听，《载驰篇》要歌给戴公听，《清人篇》要歌给文公听，《黄鸟篇》也许要歌给康公听。这些也都属于讽一类。

"诗"这个字不见于甲骨文、金文，《易经》中也没有。《今文尚书》中只见了两次，就是《尧典》的"诗言志"，还有《金縢》云："于后（周）公乃为诗以诒（成）王，名之曰《鸱鸮》。"《尧典》晚出，这个字大概是周代才有的。——献诗陈志的事，照上文所引的例子，大概也是周代才有的。"志"字原来就是"诗"字，到这时两个字大概有分开的必要了，所以加上"言"字偏旁，另成一字；这"言"字偏旁正是《说文》所谓"志发于言"的意思。《诗经》里也只有三个"诗"字，就在上文引的《巷伯》《卷阿》《崧高》三篇的诗句中。《诗序》以《巷伯篇》为幽王时作，《卷阿篇》成王时作，《崧高篇》宣王时作。按《卷阿篇》说，"诗"字的出现是在周初，似乎和《金縢篇》可以印证。但《诗序》不尽可信，《金縢篇》近来也有些学者疑为东周时所作；这个字的造成也许并没有那么早，所以只说大概周代才有。至于《诗经》中十二次说到作诗,六次用"歌"字,三次用"诵"字,只三次用"诗"字,那或是因为"诗以声为用"的原故;《诗经》所录原来全是乐歌,乐歌重在歌、诵,所以多称"歌""诵"。不过歌、诵有时也不合乐,那便是徒歌,与讴、谣同类。徒歌大都出于庶民,记载下来的不多。前引《国语》中所谓"庶人传语",所谓"胪言",该包含着这类东西。这里面有"谤"也有"誉",有讽也有颂——郑舆人诵子产,最为著名。也有非讽非颂的"缘情"之作,见于记载的如《左传》成公十七年的声伯《梦歌》。但这类"缘情"之作所以保存下来,并非因为它们本身的价值,而是别有所为。如《左传》录声伯《梦歌》,便为记梦的预兆。《诗经》里一半是"缘情"之作,乐工保存它们却只为了它们的声调,为了它们可以供歌唱。那时代是还没有"诗缘情"的自觉的。

二　赋诗言志

《左传》里说到诗与志的关系的共三处,襄公二十七年最详:

郑伯享赵孟于垂陇,子展、伯有、子西、子产、子大叔、二子石从。赵孟曰:"七子从君,以宠武也,请皆赋,以卒君贶。武亦以观七子之志。"

子展赋《草虫》。赵孟曰:"善哉!民之主也!抑武也不足以当之。"

伯有赋《鹑之贲贲》。赵孟曰:"床笫之言不逾阈,况在野乎!非使人之所得闻也。"

子西赋《黍苗》之四章。赵孟曰:"寡君在,武何能焉!"

子产赋《隰桑》。赵孟曰:"武请受其卒章。"

子大叔赋《野有蔓草》。赵孟曰:"吾子之惠也!"

印段(子石)赋《蟋蟀》。赵孟曰:"善哉!保家之主也!吾有望矣。"

公孙段（子石）赋《桑扈》。赵孟曰："'匪交匪敖'，福将焉往！若保是言也，欲辞福禄，得乎！"

卒享，文子告叔向曰："伯有将为戮矣。诗以言志。志诬其上而公怨之，以为宾荣，其能久乎！幸而后亡！"叔向曰："然。已侈。所谓不及五稔者，夫子之谓矣。"

文子曰："其余皆数世之主也。子展其后亡者也，在上不忘降。印氏其次也，乐而不荒，乐以安民，不淫以使之，后亡，不亦可乎！"

这里赋诗的郑国诸臣，除伯有外，都志在称美赵孟，联络晋、郑两国的交谊。赵孟对于这些颂美，"有的是谦而不敢受，有的是回敬几句好话"。只伯有和郑伯有怨，所赋的诗里有云："人之无良，我以为君！"是在借机会骂郑伯。所以范文子说他"志诬其上而公怨之"。又，在赋诗的人，诗所以"言志"，在听诗的人，诗所以"观志""知志"。"观志"已见，"知志"见《左传》昭公十六年：

郑六卿饯宣子于郊。宣子曰："二三君子请皆赋，起亦以知郑志。"

"观志"或"知志"的重要，上引例中已可见，但下一例更显著。《左传》襄公十六年云：

晋侯与诸侯宴于温，使诸大夫舞，曰："歌诗必类。"齐高厚之诗不类。荀偃怒，且曰："诸侯有异志矣！"使诸大夫盟高厚。高厚逃归。于是叔孙豹、晋荀偃、宋向戌、卫宁殖、郑公孙虿、小邾之大夫盟曰："同讨不庭！"

孔颖达《正义》说："歌古诗，各从其恩好之义类。"高厚所歌之诗独不取恩好之义类，所以说"诸侯有异志"。

这都是从外交方面看，诗以言诸侯之志，一国之志，与献诗陈己志不同。在这种外交酬酢里言一国之志，自然颂多而讽少，与献诗相反。外交的赋诗也有出乎酬酢的讽颂即表示态度之外的。雷海宗先生曾在《古代中国的外交》一文中指出：

> 赋诗有时也可发生重大的具体作用。例如文公十三年郑伯背晋降楚后，又欲归服于晋，适逢鲁文公由晋回鲁，郑伯在半路与鲁侯相会，请他代为向晋说情，两方的应答全以赋诗为媒介。郑大夫子家赋《小雅·鸿雁》篇，义取侯伯哀恤鳏寡，有远行之劳，暗示郑国孤弱，需要鲁国哀恤，代为远行，往晋国去关说。鲁季文子答赋《小雅·四月》篇，义取行役逾时，思归祭祀；这当然是表示拒绝，不愿为郑国的事再往晋一行。郑子家又赋《载驰》篇之第四章，义取小国有急，想求大国救助。鲁季文子又答赋《小雅·采薇》篇之第四章，取其"岂敢定居，一月三捷"之句，鲁国过意不去，只得答应为郑奔走，不敢安居。

郑人赋诗，求而兼颂；鲁人赋诗，谢而后许。虽也还是"言志"，可是在办交涉，不止于酬酢了。称为"具体的重大作用"，是不错的。但赋诗究竟是酬酢的多。

不过就是酬酢的赋诗，一面言一国之志，一面也还流露着赋诗人之志，他自己的为人。垂陇之会，范文子论伯有、子展、印氏等的先亡后亡，便是从这方面着眼，听言知行而加推断的。《汉书》三十《艺文志》说："古者诸侯卿大夫交接邻国，以微言相感，常揖让之时，必称诗以谕其志。盖以别贤不肖而观盛衰焉。"这也是"观志"，《荀子》里称为"观人"。春秋以来很注重观人，而"观人以言"（《非相篇》）更多见于记载。"言"自然不限于赋诗，但"诗以言志"，"志以定言"，以赋诗"观人"也是顺理成章的。如此论诗，"言志"便引申了表德一义，不止于献诗陈志那样简单了。再说春秋时的赋诗虽然有时也有献诗之义，如上文所论，但外文的赋诗却都非自作，只是借诗言志。借诗言志并且也不限于外交，《国语·鲁语》下有一段记载：

公父文伯之母欲室文伯，飨其宗老，而为赋《绿衣》之三章。老请守龟卜室之族。师亥闻之曰："善哉！男女之飨，不及宗臣；宗室之谋，不过宗人。谋而不犯，微而昭矣。诗所以合意，歌所以咏诗也。今诗以合室，歌以咏之，度于法矣！"

《绿衣》之三章云："我思古人，实获我心。"韦昭解这回赋诗之志是"古之贤人正室家之道，我心所善也"。可见这种赋诗也用在私室的典礼上。韦昭解次"合"字为"成"；以现在的诗合自己的意，而以成礼，是这种赋诗的确释。清劳孝舆《春秋诗话》卷一云：

风诗之变，多春秋间人所作。……然作者不名，述者不作，何欤？盖当时只有诗，无诗人。古人所作，今人可援为己诗，彼人之诗，此人可赓为自作，期于"言志"而止。人无定诗，诗无定指，以故可名不名，不作而作也。

论当时作诗和赋诗的情形，都很确切。

这种赋诗的情形关系很大。献诗的诗都有定指，全篇意义明白。赋诗却往往断章取义，随心所欲，即景生情，没有定准。譬如《野有蔓草》，原是男女私情之作，子大叔却堂皇地赋了出来；他只取其中"邂逅相遇，适我愿兮"两句，表示欢迎赵孟的意思。上文"野有蔓草，零露漙兮。有美一人，清扬婉兮。"以及下章，恐怕都是不相干的。断章取义只是借用诗句作自己的话。所取的只是句子的文义，就是字面的意思，而不管全诗用意，就是上下文的意思。——有时却也取喻义，如《左传》昭公元年，郑伯享赵孟，鲁穆叔赋《鹊巢》，便是以"鹊巢鸠居"，"喻晋君有国，赵孟治之"（杜预注）。但所取喻义以易晓为主；偶然深曲些，便须由赋诗人加以说明。那时代只要诗熟，听人家赋，总知道所要言的志；若取喻义，就不能如此共晓了。听了赋诗而不知赋诗人的志的，大概是诗不熟，唱着听不清楚。所以卫献公教师曹歌《巧言》篇的末章给孙蒯听，讽刺孙文子"无拳无勇，职为乱阶"。师曹存心捣乱，还怕唱着孙蒯不懂，便朗诵了一回——"以声节之曰'诵'"，"诵"是有节奏的——。孙蒯告诉孙文子，果然出了乱子。还有，不明了事势也不能知道赋诗人的志。齐庆封聘鲁，与叔孙穆子吃饭，不敬。叔孙赋《相鼠》，讽刺他"人而无仪，不死何为！"他竟不知道。后来因乱奔鲁，叔孙穆子又请他吃饭，他吃品还是不佳，叔孙不客气，索性教乐工朗诵《茅鸱》给他听；这是逸诗，也是刺不敬的。但是庆封还是不知道。他实在太糊涂了！赋诗大都是自己歌唱，有时也教乐工歌唱。《左传》有以赋诗为"肄业"（习歌）的话，有"工歌""使大师歌"的话，又刚才举的两例中也由乐工诵诗。赋诗和献诗都合乐；到春秋时止，诗乐还没有分家。

三　教诗明志

论"诗言志"的不会忘记《诗大序》，《大序》云：

> 诗者，志之所之也。在心为志，发言为诗。情动于中而形于言；言之不足，故嗟叹之；嗟叹之不足，故咏歌之；咏歌之不足，不知手之舞之，足之蹈之也。情发于声，声成文谓之音。……故正得失，动天地，感鬼神，莫近于诗。先王以是经夫妇，成孝敬，厚人伦，美教化，移风俗。

前半段明明从《尧典》的话脱胎。《大序》托名子夏，而与《毛传》一鼻孔出气，当作于秦、汉之间。文中说"在心为志，发言为诗"，却又说"情动于中而形于言"，又说"吟咏情性，以风其上"。《正义》云："情谓哀乐之情"，"志"与"情"原可以是同义词；感于哀乐，"以风其上"，就是"言志"。"在心"两句从"诗言志""志以发言""志以定言"等语变出，还是"诗言志"之意；但特别看重"言"，将"诗"与"志"分开对立，口气便不同了。此其一。既说"情动于中而形于言",又说"情发于声",可见诗与乐分了家。此其二。"正得失"是献诗陈志之义,"动天地,感鬼神",似乎就是《尧典》的"神人以和"。但说先王以诗"美教化,移风俗",却与献诗陈志不同;那是由下而上,这是由上而下,也与赋诗言志不同。赋诗是"为宾荣",见已德——赋诗人都是在上位的人。此其三。献诗和赋诗都着重在听歌的人,这里却多从作诗方面看。此其四。总而言之,这时代诗只重义而不重声,才有如上的情形。还有,陆贾《新语·慎微》篇也说道:

> 故隐之则为道,布之则为文(衍文?)诗;在心为志,出口为辞。

"出口为辞"更见出重义来。而以诗为"道"之显,即以"布道"为"言志",虽然也是重义的倾向,却能阐明"诗言志"一语的本旨。

诗与乐分家是有一段历史的。孔子时雅乐就已败坏,诗与乐便在那时分了家。所以他说:"恶郑声之乱雅乐也。"(《论语·阳货》)又说:"兴于《诗》、立于礼、成于乐。"(《泰伯》)诗与礼乐在他虽还联系着,但已呈露鼎足三分的形势了。当时献诗和赋诗都已不行。除宴享祭祀还用诗为仪式歌,像《仪礼》所记外,一般只将诗用在言语上;孔门更将它用在修身和致知、教化上。言语引诗,春秋时就有,见于《左传》的甚多。用在修身上,也始于春秋时。《国语·楚语》上记庄王使士亹傅太子箴,士亹问于申叔时,叔时道:

> ……教之诗而为之导广显德,以耀明其志。

韦昭解云:"导,开也。显德谓若成汤、文、武、周公之属,诸诗所美者也。""耀明其志"指受教人之志,就是读诗人之志;"诗以言志",读诗自然可以"明志"。又上引范文子论赋诗,从诗语见伯有等为人,就已包含诗可表德的意思,到了孔子,话却说得更广泛了。他说:

> 小子何莫学夫诗！诗可以兴，可以观，可以群，可以怨，迩之事父，远之事君，多识于鸟兽草木之名。(《阳货》)

"多识于鸟兽草木之名"，是将诗用在致知上；"诗"字原有"记忆""记录"之义，所以可用在致知上。但这与"言志"无关，可以不论。兴观群怨，事父事君，说得作用如此广大，如此详明，正见诗义之重。但孔子论诗，还是断章取义的，与子贡论"如切如磋，如琢如磨"(《学而》)，与子夏论"巧笑倩兮，美目盼兮，素以为绚兮"(《八佾》)可见；不过所取是喻义罢了。又，孔子唯其重诗义，所以才说：

> 诗三百，一言以蔽之，曰"思无邪"。(《为政》)

后来《礼记·经解篇》的"温柔敦厚，诗教也"，《诗纬·含神雾》的"诗者持也"，《汉书》卷二十二《礼乐志》的"省其诗而志正"，卷三十《艺文志》的"诗以正言，义之用也"，似乎都是从孔子的话演变出来的。《诗大序》所说："经夫妇，成孝敬，厚人伦，美教化，移风俗"也是从"兴观群怨"，"事父事君"等语演变出来的。儒家重德化，儒教盛行以后，这种教化作用极为世人所推尊，"温柔敦厚"便成了诗文评的主要标准。

孟子时古乐亡而新声作，诗更重义了。他说：

> 故说诗者不以文害辞，不以辞害志。以意逆志，是为得之。(《万章》上)

又说：

> 颂（诵）其诗，读其书，不知其人，可乎？是以论其世也。是尚（上）友也。(《万章》下)

"以意逆志"是以己意己志推作诗之志；而所谓"志"都是献诗陈志的"志"，是全篇的意义，不是断章的意义。"不以文害辞""不以辞害志"是反对断章的话。孟子虽然还不免用断章的方法去说诗，但所重却在全篇的说解，却在就诗说诗，看他论《北山》《小弁》《凯风》诸篇可见（《告子》下）。他用的便是"以意逆志"的方法。至于"知人论世"，并不是说诗的方法，而是修身的方法，"颂诗""读书"与"知人论世"原来三件事平列，都是成人的道理，也就是"尚友"的道理。后世误将"知人论世"与"颂诗读书"牵合，将"以意逆志"看作"以诗合意"，于是乎穿凿附会，以诗证史。《诗序》就是如此写成的。但春秋赋诗只就当前环境而"以诗合意"。《诗序》却将"以诗合意"的结果就当作"知人论世"，以为作诗的"人""世"果然如此，作诗的"志"果然如此；将理想当作事实，将主观当作客观，自然教人难信。

先秦及汉代多有论《六经》大义的。《庄子·天下篇》云：

其在于《诗》《书》《礼》《乐》者，邹、鲁之士搢绅先生多能明之。《诗》以道志，《书》以道事，《礼》以道行，《乐》以道和，《易》以道阴阳，《春秋》以道名分。

这也许是论《六经》大义之最早者。"道志"就是"言志"——《释文》说，道音导，虽本于《周礼·大司乐》，却未免迂曲。又《荀子·儒效》篇云：

圣人也者，道之管也，天下之道管是矣，百王之道一是矣。故《诗》《书》《礼》《乐》之（道）归是矣。《诗》言是，其志也。《书》言是，其事也。《礼》言是，其行也。《春秋》言是，其微也。

这与《天下》篇差不多；但说《诗》只言圣人之志，便成了《诗序》的渊源了。又董仲舒《春秋繁露·玉杯》篇云："诗道志，故长于质。礼制节，故长于文。……"近人苏舆《义证》曰："诗言志，志不可伪，故曰质。"质就是自然。又《汉书·司马迁传》引董仲舒云："诗以达意。""达意"与"言志"同。又《法言·寡见》篇云："说志者莫辨乎诗"，"说志"也与"言志"

同。这些也都重在诗义上。

诗既重义，献诗原以陈志，有全篇本义可说。赋诗断章，在当时情境中固然有义可说，离开当时情境而就诗论诗，有些本是献诗，也还有义；有些不是献诗，虽然另有其义，却不可说或不值得说，像《野有蔓草》一类男女私情之作便是的。这些既非讽与颂，也无教化作用，便不是"言志"的诗；在赋诗流行的时候，因合乐而存在。诗乐分家，赋诗不行之后，这些诗便失去存在的理由，但事实上还存在着。为了给这些诗找一个存在的理由，于是乎有"陈诗观风"说。《礼记·王制》篇云：

> 岁二月，（天子）东巡守，至于岱宗，……觐诸侯。……命大师陈诗以观民风。

郑玄注："陈诗，谓采其诗而视之。"孔颖达《正义》云："乃命其方诸侯大师，是掌乐之官，各陈其国风之诗，以观其政令之善恶。"孔说似乎较合原义些。

自然，若要进一步考查那些诗的来历，"采诗"说便用得着了。《汉书·艺文志》云：

> 《书》曰："诗言志，歌咏言"，故哀乐之心感，而歌咏之声发。诵其言谓之诗，咏其声谓之歌。故古有采诗之官，王者所以观风俗，知得失，自考正也。

采诗有官，这个官就是"行人"。《汉书》二十四上《食货志》云：

> 冬，民既入，……男女有不得其所者，因相与歌咏，各言其伤。……孟春之月，群居者将散，行人振木铎徇于路以采诗，献之大师；比其音律，以闻于天子。

这样，采诗的制度便很完备了。只看"比其音律"一语，便知是专为乐诗立说；像《左传》里"城者讴""舆人诵"那些徒歌，是不在采录、陈献之列的。这是什么缘故呢？原来汉代有采歌谣的制度，《艺文志》云：

> 自孝武立乐府而采歌谣，于是有代、赵之讴，秦、楚之风，皆感于哀乐，缘事而发，亦可以观风俗，知薄厚云。

徐中舒先生指出采诗说便是受了这件事的暗示而创立的；那么，就无怪乎顾不到《左传》里那些讴、诵等等了。《王制》篇出于汉儒之手，是理想，非信史，"陈诗"说也靠不住。"陈诗""采诗"虽为乐诗立说，但指出"观风"，便已是重义的表现。而要"观风俗，知得失"，就什么也得保存着，男女私情之作等等当然也在内了。这类诗于是乎就有了存在的理由。

《诗大序》说"国史明乎得失之迹，伤人伦之废，哀刑政之苛，吟咏情性以风其上"。《汉书》所谓"哀乐之心感而歌咏之声发"，"感于哀乐，缘事而发"，以及"各言其伤"，其实也是"吟咏情性"，不过"吟咏"的人不一定是"国史"，也不必全是"伤人伦之废，哀刑政之苛"罢了。"吟咏情性"原已着重作诗人，西汉时《韩诗》里有"饥者歌食，劳者歌事"的话，更显明地着重作诗人，并显明地指出诗的"缘情"作用。但《韩诗·伐木》篇说云：

> 《伐木》废，朋友之道缺。劳者歌其事，诗人伐木，自苦其事。

说到"朋友之道"，可见所重还在讽，还在"以风其上"。班氏的话，与"歌食""歌事"义略同，但归到"以观风俗"，所重也还在"以风其上"。两家论到诗的"缘情"作用，都只是说明而不是评价。《伐木》篇若不关涉到朋友之道的完缺，"歌事"便无价值可言。诗歌若不采而陈之，"哀乐之心""歌咏之声"又有何用？可见这类"缘情"的诗的真正价值并不在"缘情",而在表现民俗,"以风其上"。不过献诗时代虽是作诗陈一己之志,却非关一己之事。赋诗时代更只以借诗言一国之志为主;偶然有人作诗——那时一律称为"赋"诗——也都是讽颂政教,与献诗同旨。总之诗乐不分家的时代只着重听歌的人;只有诗,无诗人,也无"诗缘情"的意念。诗乐分家以后,教诗明志,诗以读为主,以义为用;论诗的才渐渐意识到作诗人的存在。他们虽还不承认"诗缘情"的本身价值,却已发见了诗的这种作用,并且以为"王者"可由这种"缘情"的诗"观风俗,知得失,自考正"。那么"缘情"作诗竟与"陈志"献诗殊途同归了。但《诗大序》既说了"在心为志,发言为诗",又说"情动于中而形于言",又说"吟咏情性";后二语虽可以算是"言志"的同义语,意味究竟不同。《大序》的作者似乎看出"言志"一语总关政教,不适用于原是"缘情"的诗,所以转换一个说法来解释。到了《韩诗》及《汉书》时代,看得这情形更明白,便只说"歌食""歌事",只说"哀乐之心""各言其伤",索性不提"言志"了。可见"言志"跟"缘情"到底两样,是不能混为一谈的。

四 作诗言志

战国以来,个人自作而称为诗的,最早是《荀子·赋篇》中的《佹诗》,首云:

> 天下不治,请陈佹诗。

杨倞注:"请陈佹异激切之诗,言天下不治之意也。"诗以四言为主,虽不合乐,还是献诗讽谏的体裁。其次是秦始皇教博士做的《仙真人诗》,已佚。他游行天下的时候,"传令乐人歌弦之",大约是献诗颂美一类。西汉如韦孟作的《讽谏诗》,韦玄成作的《自劾诗》等,也都是四言,或以讽人,或以自讽，不合乐，可还是献诗的支流余裔。不过当时这种诗并不多。诗不合乐，人们便只能读，只能揣摩文辞，作诗人的名字倒有了出现的机会，作诗人的地位因此也渐渐显著。但真正开始歌咏自己的还得推"骚人"，便是辞赋家。辞赋家原称所作为"诗"，而且是"言志"的"诗"。《楚辞·悲回风》篇道：

> 介眇志之所惑兮，窃赋诗之所明。

又庄忌《哀时命》篇道：

> 志憾恨而不逞兮，抒中情而属诗。

说得都很明白。既然是"诗"，自然就有"言志"作用。

《韩诗外传》卷七记着：

> 孔子游于景山之上，子路、子贡、颜渊从。
>
> 孔子曰："君子登高必赋。小子愿者何？言其愿，丘将启汝。"
>
> 子路曰："由愿奋长戟，荡三军，乳虎在后，仇敌在前，蠢跃蛟奋，进救两国之患。"孔子曰："勇士哉！"
>
> 子贡曰："两国构难，壮士列阵，尘埃涨天。赐不持一尺之兵，一斗之粮，解两国之难；用赐者存，不用赐者亡。"孔子曰："辩士哉！"
>
> 颜回不愿。孔子曰："回何不愿？"颜渊曰："二子已愿，故不敢愿。"孔子曰："不同，意各有事焉。回其愿，丘将启汝。"颜渊曰："愿得小国而相之，主以道制，臣以德化；君臣同心，外内相应。列国诸侯莫不从义向风。壮者趋而进，老者扶而至。教行乎百姓，德施乎四蛮；莫不释兵。辐辏乎四门。天下咸获永宁。蝗飞蠕动，各乐其性；进贤使能，各任其事。于是君绥于上，臣和于下；垂拱无为，动作中道，从容得礼。言仁义者赏，言战斗者死。则由何进而救，赐何难之解！"孔子曰："圣人哉！大人出，小子匿，圣者起，贤者伏。回与执政，则由、赐焉施其能哉！"

这个故事又见于同书卷九《说苑·指武》篇及伪《家语·致思》篇，但"君子登高必赋"一语都作"二三子各言尔志"。三人所陈皆关政教，确合"言志"本旨。这故事未必真，却可见"赋者古诗之流"（班固《两都赋序》中语），也跟诗一样可以"言志"。所以《汉书·艺文志》道：

> 春秋之后，周道浸坏。聘问歌咏不行于列国，学诗之士逸在布衣，而贤人失志之赋作矣。大儒孙卿及楚臣屈原，离谗忧国，皆作赋以风，咸有恻隐古诗之义。

"贤人失志"而作赋，用意仍在乎"风"，这是确有依据的。不过荀、屈两家并不相同。荀子的《成相辞》和《赋篇》还只是讽，屈原的《离骚》《九章》，以及传为他所作的《卜居》《渔父》，虽也歌咏一己之志，却以一己的穷通出处为主，因而"抒中情"的地方占了重要的地位——宋玉的《九辩》更其如此。这是一个大转变，"诗言志"的意义不得不再加引申了。《诗大序》所以必须换言"吟咏情性"，大概就是因为看到了这种情形。

汉兴以来有所谓"辞人之赋"，"竞为侈丽闳衍之词，没其讽谕之义"；虽也托为"言志"，其实是"劝百而讽一"。这些似乎是《荀子·赋篇》中《云》《蚕》《箴》（鍼）等篇的扩展，加上屈、宋的辞。沈约《宋书·谢灵运传论》说"自汉至魏""文体三变"，第一提到的便是"相如工为形似之言"。"形似之言"扼要地说明了"辞人之赋"。"形似"不是"缘情"而是"体物"，现在叫做"描写"，却能帮助发挥"缘情"作用。东汉的赋才真走上"屈原赋"的路。沈约说"二班长于情理之说"，正指此。"情理"就是"情性"，也就是"志"；这是将"诗言志"跟"吟咏情性"调和了的语言。那时有冯衍的《显志赋》，他的"自论"云：

> 顾尝好傲倪之策，时莫能听用其谋。喟然长叹，自伤不遭。久栖迟于小官，不得舒其所怀。抑心折节，意凄情悲。……乃作赋自厉，命其篇曰"显

志"。"显志"者,言光明风化之情,昭章玄妙之思也。

所谓"显志",还是自讽"自厉",但赋的只是一己的穷通。《文选》所录"志赋",班固《幽通》的"致命遂志",张衡《思玄》的"宣寄情志",其实都是如此;张衡的《归田赋》也只言一己的出处,文同一例。此外可称为"志赋"的还多,明题"志"字的也不少,梁元帝一篇简直题为"言志",都是这一类。《檀弓》篇所记"言志"一语,本指穷通而说,如前所论。但"诗"言一己穷通,却从"骚人"才开始。从此"诗言志"一语便也兼指一己的穷通出处;士大夫的穷通出处都关政教,跟"饥者歌食,劳者歌事"原不相同,称为"言志",也自有理。沈约还说"子建(曹植)、仲宣(王粲)以气质为体",那却是"缘情"的赋,不能称为"言志"了。

东汉时五言诗也渐兴盛。班固《咏史》述缇萦事,结云:"百男何愦愦,不如一缇萦",还是感讽之作。到了汉末,有郦炎作诗二篇,其一云:

大道夷且长,窘路狭且促。修翼无卑栖,远趾不步局。舒吾凌霄羽,奋此千里足。超迈绝尘驱,倏忽谁能逐!贤愚岂尝类,禀性在清浊。富贵有人籍,贫贱无天录。通塞苟由己,志士不相卜。陈平敖里社,韩信钓河曲。终居天下宰,食此万钟禄。德音流千载,功名重山岳。

这篇和另一篇,后世题为"见志诗"。诗中道"通塞苟由己,志士不相卜","通塞"就是穷通。又《后汉书·仲长统传》也记他"作诗二篇,以见其志",却是四言。郦炎的"见志"是"吟咏情性",自述怀抱,而归于政教。仲长统的"见志"也是自述怀抱,但歌咏的是人生"大道",人生义理,人生义理不离出世、入世两观——仲长统歌咏的是出世观——,可以表见德性,并且也还是一种出处,也还反映着政教。后来清代纪昀论"诗言志",说志是"人品学问之所见",又说诗"以人品心术为根柢",正指的这种表见德性而言。当时只有秦嘉《留郡赠妇诗》五言三篇,自述伉俪情好,与政教无甚关涉处。这该是"缘情"的五言诗之始。五言诗出于乐府诗，这几篇——连那两篇四言——也都受了乐府诗的影响。乐府诗"言志"的少，"缘情"的多。辞赋跟乐府诗促进了"缘情"的诗的进展。《诗经》却是经学的一部分，论诗的总爱溯源于《三百篇》，其实往往只是空泛的好古的理论。这时候五言诗大盛。所谓"一字千金"的古诗十九首，经多人考定，便作于建安（献帝）前一个时期。魏文帝《与吴质书》云："公幹（刘桢）有逸气，但未道耳。其五言诗之善者妙绝时人。"可见建安时五言诗的体制已经普遍，作者也多了；这时代才真有了诗人。但十九首还是出于乐府诗，建安诗人也是如此。到了正始（魏齐王芳）时代，阮籍才摆脱了乐府诗的格调，用五言诗来歌咏自己。他"作《咏怀诗》八十余篇，为世所重"。颜延之云：

嗣宗身仕乱朝，常恐罹谤遇祸。因兹发咏，故每有忧生之嗟。虽志在刺讥，而文多隐避，百代之下，难以情测。

"志在刺讥"是"讽"的传统，但"常恐罹谤遇祸"，"每有忧生之嗟"，就都是一己的穷通出处了——虽然也是与政教息息相关的。诗题"咏怀"，其实换成"言志"也未尝不可。

"诗言志"一语虽经引申到士大夫的穷通出处，还不能包括所有的诗。《诗大序》变言"吟咏情性"，却又附带"国史……伤人伦之废，哀刑政之苛"的条件，不便断章取义用来指"缘情"之作。《韩诗》列举"歌食""歌事"，班固浑称"哀乐之心"，又特称"各言其伤"，都以别于"言志"，但这些语句还是不能用来独标新目。可是"缘情"的五言诗发达了，"言志"以外迫切地需要一个新标目。于是陆机《文赋》第一次铸成"诗缘情而绮靡"这个新语。"缘情"这词组将"吟咏情性"一语简单化、普遍化，并赅括了《韩诗》和《班志》的话，扼要地指明了当时五言诗的趋向。他还说"赋体物而浏亮"，同样扼要地指出了"辞人之赋"的特征——也就是沈约所谓

"形似之言"。从陆氏起,"体物"和"缘情"渐渐在诗里通力合作,他有意地用"体物"来帮助"缘情"的"绮靡"。那时据说还有"赋诗观志"的局面。干宝《晋纪》说"泰始(武帝)四年上幸芳林园,与群臣赋诗观志";孙盛《晋阳秋》说"散骑常侍应贞诗最美"。应贞的诗见《文选》卷二十"公谦诗",是四言,题为《晋武帝华林园集》,是颂美的献诗。但一般的五言诗却走向"缘情"的路。《文选》二十三有潘岳《悼亡诗》三首,第二首中道:"上惭东门吴,下愧蒙庄子。赋诗欲言志,此志难具纪。命也可奈何!长戚自令鄙。"合看这六语,所谓"赋诗言志",显然指的人生义理。可是这三首诗全体而论,却都是"缘情"之作。东晋有"玄言诗",抄袭《老》《庄》文句,专一歌咏人生义理;诗钻入一种狭隘的"言志"的觭角里,终于衰灭无存。于是再走上那"缘情"的路。这时代诗人也还有明言自述己志的,可是只指穷通出处,或竟是歌咏人生的"缘情"之作。陶渊明《五柳先生传》说"常著文章自娱,颇示己志"。他志在田园,而又从田园中体验人生。所谓"示志",兼包这两义而言。谢灵运在《山居赋》里也说"援纸握管,……诗以言志";他从山水的赏悟中歌咏自己的穷通出处——诗却以"体物"著。还有江淹《杂体诗》中拟嵇康的一首(《文选》三十一),题为"言志",却以歌咏人生义理为主。

六朝人论诗,少直用"言志"这一词组的。他们一面要表明诗的"缘情"作用,一面又不敢无视"诗言志"的传统;他们没有胆量全然撇开"志"的概念,径自采用陆机的"缘情"说,只得将"诗言志"这句话改头换面,来影射"诗缘情"那句话。范晔所谓"见志"便是如此,已见上引。又,沈约《宋书·谢灵运传论》云:"民禀天地之灵,含五常之德,刚柔迭用,喜愠分情。夫志动于中,则歌咏外发。……"文中虽提到"六义""四始",可并不阐发"风化""风刺"的理论。"志动于中"就是《诗大序》的"情动于中";"刚柔"是性,"喜愠"明说是情,一般的性情便是他所谓"志"。这也就是《诗大序》说的"吟咏情性",只是居然断章取义地去了那些附带的条件。《文心雕龙·明诗》篇云:"人禀七情,应物斯感;感物吟志,莫非自然。"这个"志"明指"七情";"感物吟志"既"莫非自然","缘情"作用也就包在其中,《诗品序》云:"气之动物,物之感人,故摇荡性情,形诸舞咏。"以下列举物候人情,又云:"凡斯种种,感荡心灵。非陈诗何以展其义,非长歌何以骋其情!故曰,诗'可以群,可以怨'。使穷贱易安,幽居靡闷,莫尚于诗矣。"这里只说"性情""心灵",不提"志"字;但"陈诗展义"和"长歌骋情","穷贱易安"和"幽居靡闷",都是"言志""缘情"之别,又引孔子的话,更明是尊重传统的表现。不过孔子是论读诗,钟嵘引用"可以群,可以怨",却移来论作诗——"可以兴,可以观"意义分明,不能移用,所以略去。建安以来既有了诗人,论诗的自然就注重作诗了。

梁代裴子野作《雕虫论》,抨击当时作诗的人。他说:

古者"四始""六义",总而为诗。既形四方之气,且彰君子之志;劝美惩恶,王化本焉。……宋初迄于元嘉(文帝),多为经史。大明(孝武帝)之代,实好斯文。……自是闾阎年少,贵游总角,罔不摈落六艺,吟咏情性。学者以"博依"为急务,谓章句为专鲁,淫文破典,斐尔为功。无被于管弦,非止乎礼义。深心主卉木,远志极风云。其兴浮,其志弱,巧而不要,隐而不深。(《文苑英华》七四二)

他在主张恢复经学,也在主张恢复"诗言志"的传统;诗至少要吟咏穷通出处,不应在"卉木""风云"里兜圈子。他抨击的是"缘情""体物"的诗。他引用"吟咏情性"一语,实指"缘情"而言;这揭穿了一般调和论者的把戏。但他虽能看出"言志"跟"吟咏情性"不同,在"远志"和"其志弱"二语里却还将所谓"志"与"情"混为一谈。这可见词语的一般用例影响之大。《雕虫论》并没有能够挽回"缘情"的五言诗的趋势,更没有能够恢复

"志"字的传统用例。反之,那"情""志"含混或调和的语例,倒渐渐标准化起来。唐代孔颖达《毛诗正义》解释《诗大序》里"诗者,志之所之也。在心为志,发言为诗"几句道:

> 此又解作诗所由。诗者,人志意之所之适也。虽有所适,犹未发口,蕴藏在心,谓之为"志"。发见于言,乃名为"诗"。言作诗者,所以舒心志愤懑,而卒成于歌咏。故《虞书》谓之"诗言志"也。包管万虑,其名曰"心";感物而动,乃呼为"志"。志之所适,万物感焉。言悦豫之志,则和乐兴而颂声作,忧愁之志,则哀伤起而怨刺生。《艺文志》云:"哀乐之情感。歌咏之声发",此之谓也。

这里"所以舒心志愤懑","感物而动,乃呼为'志'","言悦豫之志""忧愁之志",都是"言志""缘情"两可的含混的话。孔氏诗学,上承六朝,六朝诗论免不了影响经学,也不免间接给他影响。这正是时代使然。"志""情"含混的语例既得经学的接受,用来解释《诗大序》里那几句话,这个语例便标准化了,更有权威了。

不过直用"言志"这词组,就不能如此含混过去。这词组虽然渐渐少用在讽与颂的本义上,但总还贴在穷通出处上说,不离政教。唐代李白有《春日醉起言志》诗云:

> 处世若大梦,胡为劳其生?所以终日醉,颓然卧前楹。觉来盼庭前,一鸟花间鸣。借问此何时?春风语流莺。感之欲叹息,对酒还自倾。浩歌待明月,曲尽已忘情。(《李太白集》二十四)

这里歌咏人生义理,是一种隐逸的出世观,也是一种出处的怀抱,所以题为"言志"。又白居易的《初除户曹喜而言志》诗云:

> 诏受户曹掾,捧诏感君恩。感恩非为己,禄养及吾亲。弟兄俱簪笏,新

妇俨衣巾，罗列高堂下，拜庆正纷纷。俸钱四五万，月可奉晨昏；禀禄二百石，岁可盈仓囷。喧喧车马来，贺客满我门。不以我为贪，知我家内贫，置酒筵宾客，客容亦欢欣；笑云"今日后，不复忧空樽"。答云"如君言，愿君少逡巡。我有平生志，醉后为君陈：人生百岁期，七十有几人？浮荣及虚位，皆是身之宾。唯有衣与食，此事粗关身。苟免饥寒外，余物尽浮云。"（《白氏长庆集》五）

这也是穷通出处的怀抱，所谓"平生志"，是一种入世观。白氏在《与元九（稹）书》中将自己的诗分为"讽谕诗""闲适诗"等四类，这一篇便在"闲适诗"里。他说：

> 仆志在兼济，行在独善。奉而始终之则为道，言而发明之则为诗。谓之"讽谕诗"，"兼济"之志也。谓之"闲适诗"，"独善"之义也。故览仆诗者，知仆之道焉。

"兼济"的"讽谕诗"不用说整个儿是"言志"的，"独善"的"闲适诗"明明也有一部分是"言志"的。这是"言志"的讽颂本义跟穷通出处引申义分别应用的显例；以"兼济"与"独善"二语阐明这两个意义，最是简当明确。他说"奉而始终之则为道，言而发明之则为诗"，略同前引陆贾《新语》，却是六朝"因文明道"说的影响。照这样说，"诗言志"简直就是"诗以明道"了——这个"道"却只指政教。这也能阐明"诗言志"一语的本旨。还有南宋王应麟《困学纪闻》十八云：

> 诗言志。"秀干终成栋，精钢不作钩"（《端州郡斋壁诗》），包孝肃之志也。"人心正畏暑，水面独摇风"（《荷花诗》），丰清敏之志也。

三个譬喻象征着包拯和丰稷的为人；这是表现德性的诗，也是"言志"的诗，而德性是"道"的一目。

"诗言志"的传统经两次引申、扩展以后，始终屹立着。"诗缘情"那新传统虽也在发展，却老只掩在旧传统的影子里，不能出头露面。直到清代，纪昀论诗，还以"发乎情而不必止乎礼义"一派归罪于陆机这一句话，说"其究乃至于绘画横陈"，可以为证。这中间就是文坛革命家也往往不敢背弃这个传统，因为它太古老了。如明代公安派虽说诗"以发抒性灵为主"，竟陵派就不同一些。钟惺《喜邹愚谷至白门，以中秋夜诸名士共集俞园赋诗序》篇末云：

履簪杂遝，高人自领孤情；丝竹喧阗，静者能通妙理。各称诗以言志，用体物而书时。

"称诗言志"，并以"体物书时"。"体物""书时"虽是"缘情"一面，"高情""妙理"却是人生义理；诗兼"言志""缘情"两用，而所谓"言志"还是皈依旧传统的。又谭友夏《王先生诗序》云：

予又与之述故闻曰，诗以道性情也。……夫性情，近道之物也。近道者，古人所以寄其微婉之思也。

这里虽只说"道性情"，不提"言志"，但所谓"近道之物""微婉之思"，其实还是"言志"论。清代袁枚也算得一个文坛革命家，论诗也以性灵为主；到了他才将"诗言志"的意义又扩展了一步，差不离和陆机的"诗缘情"并为一谈。他在《与邵厚庵太守论杜茶村文书》中说道：

诗言志。劳人思妇都可以言，《三百篇》不尽学者作也。（《小仓山房文集》十九）

劳人思妇都是在"言志"，这是前人不曾说过的。可是在《随园诗话》里他又道：

> 《三百篇》半是劳人思妇率意言情之事。

那么,他所谓"言志""言情"只是一个意义了。这是将"诗言志"的意义第三次引申,包括了"歌食""歌事"和"哀乐之心""各言其伤"那些话。

袁氏以为"诗言志"可以有许多意义,在《再答李少鹤书》列举他以为的:

> 来札所讲"诗言志"三字,历举李、杜、放翁之志,是矣,然亦不可太拘。诗人有终身之志,有一日之志,有诗外之志,有事外之志,有偶然兴到,流连光景,即事成诗之志;"志"字不可看杀也。谢傅游山,韩熙载之纵伎,此岂其本志哉?(《小仓山房尺牍》十)

这里"志"字含混着"情"字。列举的各项,界划不尽分明。"终身之志"似乎是出处穷通,"事外之志"似乎是出世的人生观;这些是与旧传统相合的。别的就不然。作例的"谢傅游山"也合于"诗言志"的旧义,上文已论。"韩熙载之纵伎"也许是所谓"诗外之志",就是古诗所谓"行乐需及时";但"发乎情"而不"止乎礼义",只是"缘情"或"言情",不是传统的"言志"。不过袁氏所谓"言情"却又与"缘情"不同。他在《答蕺园论诗书》里说愿效白傅(白居易)、樊川(杜牧),不愿删自己的"缘情诗",并有"情所最先,莫如男女"的话(《小仓山房文集》三十)。那么,他所谓"缘情诗",只是男女私情之作,这显然曲解了陆机原语。然而按他所举那"纵伎"的例,似乎就是这种狭义的"缘情诗"也可算作"言志"。这样的"言志"的诗倒跟我们现代汉语的"抒情诗"同义了。"诗缘情"那传统直到这时代才算真正抬起了头。到了现在,更有人以"言志"和"载道"两派论中国文学史的发展,说这两种潮流是互为起伏的。所谓"言志"是"人人都得自由讲自己愿意讲的话";所谓"载道"是"以文学为工具,再借这工具将另外的更重要的东西——道——表现出来"。这又将"言志"的意义扩展了一步，不限于诗而包罗了整个儿中国文学。这种局面不能不说是袁枚的影响，加上外来的"抒情"意念——"抒情"这词组是我们固有的，但现在的涵义却是外来的——而造成。现时"言志"的这个新义似乎已到了约定俗成的地位。词语意义的引申和变迁本有自然之势，不足惊异；但我们得知道，直到这个新义的扩展，"'文以载道'，'诗以言志'，其原实一"。

与"诗言志"这一语差不多同时或较早，还有"言以足志"一语。《左传》襄公二十五年引孔子赞子产道：

志（古书）有之："言以足志，文以足言。"不言，谁知其志？言之无文，行而不远。晋为伯，郑入陈，非文辞不为功，慎辞也。

杜注："足，犹成也。"照《左传》的记载及孔子的解释，"言"是"直言"，"文"是"文辞"。言以成意，还只是说明；文以行远，便是评价了。这与"诗言志"原来完全是两回事，后世却有混而为一的。唐中叶古文运动先驱诸人，往往如此。如独孤及《赵郡李公中集序》云：

志非言不形，言非文不彰。是三者相为用，亦犹涉川者假舟楫而后济。自"典谟"缺，"雅颂"寝，王道陵夷，文教下衰。故作者往往先文字，后比兴。其风流荡而不返，乃至有饰其词而遗其意者，则润色愈工，其实愈丧。……天下雷同，风驰云趋，文中足言，言不足志。亦犹木兰为舟，翠羽为楫，玩之于陆而无涉川之用。（《毗陵集》十三）

他以"足志""足言"为讽颂（比兴），便是"诗言志"的影响，而不是那两句话的本义了。又有将这两句话与《诗大序》的话掺合起来的。如尚衡《文道元龟》论"志士之文"云：

志士之作，介然以立诚，愤然有所述，言必有所讽，志必有所之，词寡而意恳，气高而调苦，斯乃感激之道焉。（《全唐文》三九四）

论文而"言""志"并举,自然从孔子的话来,而"有所讽""有所之"却全是《诗大序》的意思。又柳冕《答荆南裴尚书论文书》云:

> 君子之儒,学而为道,言而为经,行而为教,声而为律,和而为音。……故"在心为志,发言为诗",谓之文;兼三才而名之曰儒。儒之用,文之谓也。言而不能文,君子耻之。(《全唐文》五二七)

这里"志""言""文"并举,却简直抄袭了《诗大序》的句子;"文"是所谓文教合一的文,作用正在讽与颂。柳冕又有《与徐给事论文书》云:

> 文章本于教化,形于治乱,系于国风。故在君子之心为志,形君子之言为文,论君子之道为教。(《全唐文》五二七)

也是"志""言""文"并举,也抄《诗大序》,可是"志"之外又叠床架屋加上一个"道",这是六朝以来"文以明道"说的影响。道的概念比志的概念广泛得多,用以论文,也许合适些。"文以言志"说虽经酝酿,却未确立,大概就是这个缘故了。

(原载《语言与文学》杂志,选自《诗言志辨》,
北京古籍出版社 1956 年版)

谈谈《诗经》

胡适

《诗经》在中国文学上的位置，谁也知道，它是世界最古的有价值的文学的一部，这是全世界公认的。

《诗经》有十三国的国风，只没有"楚风"。在表面上看来，湖北这个地方，在《诗经》里，似乎不能占一个位置。但近来一般学者的主张，《诗经》里面是有"楚风"的，不过没有把它叫做"楚风"，叫它做《周南》《召南》罢了。所以我们可以说：《周南》《召南》就是《诗经》里面的"楚风"。

我们说《周南》《召南》就是"楚风"，这有什么证据呢？这是有证据的。我们试看看《周南》《召南》，就可以找着许多提及江水、汉水、汝水的地方。像"汉之广矣""江之永矣"，"遵彼汝坟"这类的句子，想大家都是记得的。汉水、江水、汝水流域不是后来所谓"楚"的疆域吗？所以我们可以说《周南》，《召南》大半是《诗经》里面的"楚风"了。

《诗经》既有"楚风"，我们在这里谈《诗经》，也就是欣赏"本地风光"。

我觉得用新的科学方法来研究古代的东西，确能得着很有趣味的效果。一字的古音、一字的古义，都应该拿正当的方法去研究的。在今日研究古书，方法最要紧；同样的方法可以收同样的效果。我今天讲《诗经》，也是贡献一点我个人研究古书的方法。在我未讲研究《诗经》的方法以前，先讲讲对于《诗经》的几个基本的概念。

一、《诗经》不是一部经典。从前的人把这部《诗经》都看得非常神圣，说它是一部经典，我们现在要打破这个观念；假如这个观念不能打破，《诗经》简直可以不研究了。因为《诗经》并不是一部圣经，确实是一部古代歌谣的总集，可以做社会史的材料，可以做政治史的材料，可以做文化史的材料。万不可说它是一部神圣经典。

二、孔子并没有删《诗》。"诗三百篇"本是一个成语。从前的人都说孔子删《诗》《书》，说孔子把《诗经》删去十分之九，只留下十分之一。照这样看起来，原有的诗应该是三千首。这个话是不对的。唐朝的孔颖达也说孔子的删《诗》是一件不可靠的事体。假如原有三千首诗，真的删去了二千七百首，那在《左传》及其他的古书里面所引的诗应该有许多是"三百篇"以外的，但是古书里面所引的诗不是"三百篇"以内的虽说有几首，却少得非常。大概前人说孔子删诗的话是不可相信的了。

三、《诗经》不是一个时代辑成的。《诗经》里面的诗是慢慢的收集起来，成现在这么样的一本集子。最古的是《周颂》，次古的是《大雅》，再迟一点的是《小雅》，最迟的就是《商颂》《鲁颂》《国风》了。《大雅》《小雅》里有一部分是当时的卿大夫做的，有几首并有作者的主名；《大雅》收集在前，《小雅》收集在后。《国风》是各地散传的歌谣，由古人收集起来的。这些歌谣产生的时候大概很古，但收集的时候却很晚了。我们研究《诗经》里面的文法和内容，可以说《诗经》里面包含的时期约在六七百年的上下。所以我们应该知道，《诗经》不是哪一个人辑的，也不是哪一个人做的。

四、《诗经》的解释。《诗经》到了汉朝，真变成了一部经典。《诗经》里面描写的那些男女恋爱的事体，在那班道学先生看起来，似乎不大雅观，于是对于这些自然的有生命的文学不得不另加种种附会的解释。所以汉朝的齐、鲁、韩三家对于《诗经》都加上许多的附会，讲得非常的神秘。明是一首男女的恋歌，他们故意说是歌颂谁、讽刺谁的。《诗经》到了这个时代，简直变成了一部神圣的经典了。这种事情，中外大概都是相同的，像那本《旧约全书》的里面，也含有许多的诗歌和男女恋爱的故事，但在欧洲中古时代也曾被教会的学者加上许多迂腐穿凿的解说，使它们不违背中古神学。后起的"毛诗"对于《诗经》的解释又把从前的都推翻了，另找了一些历史上的——《左传》里面的事情——证据，来做一种新的解释。"毛诗"研究《诗经》的见解比齐、鲁、韩三家确实是要高明一点，所以"毛诗"渐渐打倒了三家诗，成为独霸的权威。我们现在读的还是"毛诗"。到了东汉，郑康成读诗的见解比毛公又要高明。所以到了唐朝，大凡研究《诗经》的人都是拿毛《传》、郑《笺》做底子。到了宋朝，出了郑樵和朱子，他们研究《诗经》，又打破毛公的附会，由他们自己作解释。他们这种态度，比唐朝又不同一点，另外成了一种宋代说诗的风气。清朝讲学的人都是崇拜汉学、反对宋学的，他们对于考据训诂是有特别的研究，但是没有什么特殊的见解。他们以为宋学是不及汉学的，因为汉在一千七八百年以前，宋只在七八百年以前。殊不知汉人的思想比宋人的确要迂腐得多呢！但在那时候研究《诗经》的人，确实出了几个比汉宋都要高明的，如著《诗经通论》的姚际恒、著《读风偶识》的崔述、著《诗经原始》的方玉润，他们都大胆地推翻汉宋的腐旧的见解，研究《诗经》里面的字句和内容。照这样看起来，二千年来《诗经》的研究实是一代比一代进步的了。

　　《诗经》的研究，虽说是进步的，但是都不彻底，大半是推翻这部，附会那部；推翻那部，附会这部。我看对于《诗经》的研究想要彻底的改革，恐怕还在我们呢！我们应该拿起我们的新的眼光、好的方法、多的材料，去大胆地细心地研究；我们相信我们研究的效果比前人又可圆满一点了。这是我们应取的态度，也是我们应尽的责任。

　　上面把我对于《诗经》的概念说了一个大概，现在要谈到《诗经》具体的研究了。研究《诗经》大约不外下面这两条路：

第一，训诂。用小心的、精密的、科学的方法，来做一种新的训诂功夫，对于《诗经》的文字和文法上都重新下注解。

第二，解题。大胆地推翻二千年来积下来的附会的见解；完全用社会学的、历史的、文学的眼光重新给每一首诗下个解释。

所以我们研究《诗经》，关于一句一字，都要用小心的科学的方法去研究；关于一首诗的用意，要大胆地推翻前人的附会，自己有一种新的见解。

现在让我先讲了方法，再来讲到训诂罢。

清朝的学者最注意训诂，如戴震、胡承珙、陈奂、马瑞辰等等，凡他们关于《诗经》的训诂著作，我们都应该看的。戴震有两个高足弟子，一是金坛段玉裁，一是高邮王念孙及其子引之，都有很重要的著作，可为我们参考的。如段注《说文解字》，念孙所作《读书杂志》《广雅疏证》等；尤其是引之所作的《经义述闻》《经传释词》，对于《诗经》更有很深的见解，方法亦比较要算周密得多。

前人研究《诗经》都不讲文法，说来说去，终得不着一个切实而明了的解释，并且越讲越把本义搅昏昧了。清代的学者，对于文法就晓得用比较归纳的方法来研究。

如"终风且暴"，前人注是——终风，终日风也。但清代王念孙父子把"终风且暴"来比较"终温且惠""终窭且贫"，就可知"终"字应当做"既"字解。有了这一个方法，自然我们无论碰到何种困难地方，只要把它归纳比较起来，就一目了然了。

《诗经》中常用的"言"字是很难解的。汉人解作"我"字，自是不通的。王念孙父子知道"言"字是语词，却也说不出它的文法作用来。我也曾应用这个比较归纳的方法，把《诗经》中含有"言"字的句子抄集起来，便知"言"字究竟是如何的用法了。

我们试看：

彤弓弨兮，受言藏之。

驾言出游。

陟彼南山，言采其蕨。

这些例里，"言"字皆用在两个动词之间。"受而藏之""驾而出游"，……岂不很明白清楚？

苏东坡有一首"日日出东门"诗，上文说"步寻东城游"，下文又说"驾言写我忧"。他错看了《诗经》"驾言出游，以写我忧"的"驾言"二字，以为"驾"只是一种语助词。所以章子厚笑他说："前步而后驾，何其上下纷纷也！"

上面是把虚字当做代名词的。再有把地名当做动词的，如"胥"本来是一个地名。古人解为"胥，相也"，这也是错了。我且举几个例来证明。《大雅·笃公刘》一篇有"于胥斯原"一句，毛《传》说："胥，相也。"郑《笺》说："相此原地以居民。"

但我们细看此诗共分三大段，写公刘经营的三个地方，三个地方的写法是一致的：

一，于胥斯原。

二，于京斯依。

三，于豳斯馆。

我们比较这三句的文法，就可以明白，"胥"是一个地方的名称。假使有今日的标点符号，只要打一个"——"就明白了。《绵》篇中说太王"爰及姜女，聿来胥宇"，也是这个地方。

还有那个"于"字在《诗经》里面，更是一个很发生问题的东西。汉人也把它解错了,他们解为"于,往也"。例如《周南》《桃夭》的"之子于归",他们误解为"之子往归"。这样一解,已经太牵强了,但还勉强解得过去;若把它和别的句子比较起来解释,如《周南》《葛覃》的"黄鸟于飞"解为"黄鸟往飞",《大雅》《卷阿》的"凤凰于飞"解为"凤凰往飞",《邶风》《燕燕》的"燕燕于飞"解为"燕燕往飞",这不是不通吗?那末,究竟要怎样解释才对呢?我可以说,"于"字等于"焉"字,作"于是"解。"焉"字用在内动词的后面,作"于是"解,这是人人可懂的。但在上古文法里,这种文法是倒装的。"归焉"成了"于归","飞焉"成了"于飞"。"黄鸟于飞"解为"黄鸟在那儿飞","凤凰于飞"解为"凤凰在那儿飞","燕燕于飞"解为"燕燕在那儿飞",这样一解就可通了。

我们谁都认得"以"字。但这"以"字也有问题。如《召南》《采蘩》说:

于以采蘩?于沼于沚。于以用之?公侯之事。

于以采蘩?于涧之中。于以用之?公侯之宫。

这些句法明明是上一句问,下一句答。"于以"即是"在哪儿?""以"字等于"何"字。

在哪儿采蘩呢?在沼在沚。又在哪儿用呢?用在公侯之事。

在哪儿采蘩呢?在涧之中。又在哪儿用呢?用在公侯之宫。

像这样解释的时候,谁也说是通顺的了。又如《邶风》《击鼓》"于以求之?于林之下",解为"在哪儿去求呢?在林之下"。所以"于以求之"的下面,只要标一个问号(?),就一目了然了。

《诗经》中的"维"字,也很费解。这个"维"字,在《诗经》里面约有二百多个。从前的人都把它解错了。我觉得这个"维"字有好几种用法。最普通的一种是应作"呵,呀"的感叹词解。老子《道德经》也说"唯之与阿,

相去几何？"可见"唯""维"本来与"阿"相近。如《召南》《鹊巢》的

维鹊有巢，维鸠居之。维鹊有巢，维鸠方之。

若拿"呵"字来解释这一个"维"字，那就是"呵，鹊有巢！呵，鸠去住了！"此外的例，如"维此文王"即是"呵，这文王！"，"维此王季"即是"呵，这王季！"你们记得人家读祭文，开首总是"维，中华民国十有四年。""维"字应顿一顿，解作"呵"字。

我希望大家对于《诗经》的文法细心地做一番精密的研究，要一字一句地把它归纳和比较起来，才能领略《诗经》里面真正的意义。清朝的学者费了不少的时间，终究得不着圆满的结果，也就是因为他们缺少文法上的知识和虚字的研究。

上面已把研究《诗经》训诂的方法约略谈过，现在要谈到《诗经》每首诗的用意如何，应怎样解释才对，便到第二条路所谓解题了。

这一部《诗经》已经被前人闹得乌烟瘴气，莫名其妙了。诗是人的性情的自然表现，心有所感，要怎样写就怎样写，所谓"诗言志"是。《诗经》《国风》多是男女感情的描写，一般经学家多把这种普遍真挚的作品勉强拿来安到什么文王、武王的历史上去；一部活泼泼的文学因为他们这种牵强的解释，便把它的真意完全失掉，这是很可痛惜的！譬如《郑风》二十一篇，有四分之三是爱情诗，"毛诗"却认《郑风》与男女问题有关的诗只有五六篇，如《鸡鸣》，《野有蔓草》等。说来倒是我的同乡朱子高明多了，他已认《郑风》多是男女相悦淫奔的诗，但他亦多荒谬。《关雎》明明是男性思恋女性不得的诗，他却在《诗集传》里说什么"文王生有圣德，又得圣女姒氏以为之配"，把这首情感真挚的诗解得僵直不成样了。

好多人说《关雎》是新婚诗，亦不对。《关雎》完全是一首求爱诗，他求之不得，便寤寐思服，辗转反侧，这是描写他的相思苦情；他用了种种勾

引女子的手段，友以琴瑟，乐以钟鼓，这完全是初民时代的社会风俗，并没有什么稀奇。意大利、西班牙有几个地方，至今男子在女子的窗下弹琴唱歌，取欢于女子。至今中国的苗民还保存这种风俗。

《野有死麕》的诗，也同样是男子勾引女子的诗。初民社会的女子多欢喜男子有力能打野兽，故第一章："野有死麕，白茅包之"，写出男子打死野麕，包以献女子的情形。"有女怀春，吉士诱之"，便写出他的用意了。此种求婚献野兽的风俗，至今有许多地方的蛮族还保存着。

《嘒彼小星》一诗，好像是写妓女生活的最古记载。我们试看《老残游记》，可见黄河流域的妓女送铺盖上店陪客人的情形。再看原文：

嘒彼小星，三五在东。肃肃宵征，夙夜在公。实命不同。
嘒彼小星，维参与昴。肃肃宵征，抱衾与裯。实命不犹。

我们看她抱衾裯以宵征，就可知道她的职业生活了。

《芣苢》诗没有多深的意思，是一首民歌，我们读了可以想见一群女子，当着光天丽日之下，在旷野中采芣苢，一边采，一边歌。看原文：

采采芣苢，薄言采之。采采芣苢，薄言有之。
采采芣苢。薄言掇之。采采芣苢，薄言捋之。
采采芣苢，薄言袺之。采采芣苢，薄言襭之。

《著》诗，是一个新婚女子出来的时候叫男子暂候，看看她自己装饰好了没有，显出了一种很艳丽细腻的情景。原文：

俟我于著乎而？充耳以素乎而？尚之以琼华乎而？
俟我于堂乎而？充耳以黄乎而？尚之以琼英乎而？

我们试曼声读这些诗，是何等情景？唐代朱庆余上张水部有一首诗，妙有这种情致。诗云：

洞房昨夜停红烛，

待晓堂前拜舅姑。

妆罢低声问夫婿，

"画眉深浅入时无？"

你们想想，这两篇诗的情景是不是很相像？

总而言之，你要懂得《诗经》的文字和文法，必须要用归纳比较的方法。你要懂得"三百篇"中每一首的题旨，必须撇开一切毛《传》、郑《笺》、朱《注》等等，自己去细细涵咏原文。但你必须多备一些参考比较的材料；你必须多研究民俗学、社会学、文学、史学。你的比较材料越多，你就会觉得《诗经》越有趣味了。

（民国十四年在武昌大学讲）

《谈谈〈诗经〉》，最早刊于《时事新报（上海）》"学灯"副刊1925年10月16日、17日。选自《胡适文集》第5册所收《胡适文存四集》卷五，北京大学出版社1998年11月版。

胡适（1891—1962），祖籍安徽绩溪。1910年留学美国康乃尔大学，师从实用主义哲学家杜威，获哲学博士学位。1917年回国，任北京大学教授。发起新文化运动，提倡自由民主、科学、白话文；发表《文学改良刍议》，发动新文学运动。1922年起，代理北京大学文科学长，1928年任中国公学校长，参与筹备中央研究院。1930年与徐志摩等创办《新月》杂志。1938—1942年担任驻美大使，1946年任北京大学校长。1962年病逝于台北。平生著述极丰，其影响较大者有《吴敬梓年谱》《先秦名学史》《中国哲学史大纲》《白话文学史》《胡适文存》《胡适论学近著》《水浒传考证》《红楼梦考证》等。

《诗经》的艺术表现

张西堂

《诗经》是中国古代的一部乐歌集,是中国秦汉以前的乐府,《诗经》中的诗歌,绝大部分是来自各地方的民歌,是劳动人民歌唱他们的劳动生活、他们的思想、他们的情感、他们对于统治阶级的愤怒与斗争,是具有坚强的人民性的现实主义精神的作品。我们从艺术的角度来看,这些诗歌也是具有高度的艺术成就的诗歌。这些诗歌的表现方法,尤其是它们的艺术语言,在现在看来,有许多地方是值得我们来研究、来学习的。高尔基在谈到民歌及一般民间文艺曾说:"你在这里可以看到丰富的形象,确切的比拟,有迷人力量的朴素和形容动人的美。"我们读到《诗经》,正可以看出这里面一些朴素简短的歌词,概括了生活斗争的真实,刻绘了丰富多彩的形象,表达出生动活泼的情节,尤其在比兴方面,一些比拟,多是惟妙惟肖,成为我们中国文学的优良传统,所以流传到了现在,还是我们广大人民所爱好的光辉日新的作品。

但是在过去,尽管在《诗经》中有着迷人力量和形容动人的美,研究诗经的学者,受了《毛诗传序》的迷误,很少的人对《诗经》的写作方法与艺术技巧做过详尽的发挥。他们首先,有的在字句声韵方面上过分绕圈子;其实《诗经》虽以四言为主,但也有的句子并不限于四言,有时杂以二三五六七八言,这在挚虞《文章流别》、成伯玛《毛诗指说》等书已说过。近人黄侃《〈文心雕龙〉札记》更推阐到有二十八字一句的例证。(《大雅·韩奕》"王锡韩侯"至"鞗革金厄"七句。)这些字句的长短，只是语言声调的关系，这不是重要的表现手法与写作技巧。即就声韵来说，在《诗经》中固多用一些双声叠韵的词句及一些其他重言叠字用韵的地方，固然是有助于歌调的美感，但也决不是像丁以此《毛诗正韵》所说："诗之于韵，亦有成式，若词曲字皆中律，不可假贷。"关于这些琐屑的形式方面的问题，我们现在是应当不必多加理会的。其次，有多少人对赋比兴的问题十分注意。赋比兴是诗的作法，对风雅颂说来，一是三经，一是三纬，这在孔颖达朱熹都说过，是不应当将赋比兴也当做诗体。关于赋的解释，郑玄在《周礼注》说："赋之言铺，直铺陈今之政教善恶。"挚虞《文章流别论》说："赋者，敷陈之称也。"《文心雕龙·诠赋》篇说："铺采摛文，体物写志也。"钟嵘《诗品》说："直书其事，尽言写物，赋也。"孔颖达《诗疏》说："诗文直陈其事，不譬喻者皆赋辞也。"朱熹《集传》说："赋者直陈其事而直言之者也。"赋是直接陈述事物的写作方法，除了郑玄的说法不妥以外，其余的解释，是没有多大问题的。关于比，《周礼》郑注说："比，见今之失，不敢斥言，取比类以言之。"挚虞《文章流别论》说："比者，喻类之言也。"《文心雕龙·比兴篇》说："比者，附也……附理者切类以指事。"钟嵘《诗品》说："因物喻志，比也。"孔疏引郑司农说："'比者比方于物'，诸言如者，皆比辞也。"朱熹《集传》说："比者，以彼物比此事也。"比是用另外的一些事物作比拟譬喻的写作方法。郑玄的说法将比限制在"见今之失不敢斥言"，这是错了的。其他说法，合起来看，可以说也没有多大问题。至于兴，郑玄《周礼注》说："兴，见今之美，嫌于媚谀，取善事以喻劝之。"这个解释固是错误。但如钟嵘《诗品》是"文已尽而意有余"，当做余兴讲，也是错误的，挚虞《文章流别论》说："兴者，有感之辞也。"《文心雕龙·比兴篇》说："兴者起也，……起情者依微以拟议。"孔疏引郑司农说："'兴者托事于物'，则兴者起也，取譬引类，起发己心。"这些解释也都不十分妥当。到了宋代，苏辙在《栾城应诏集诗论》中说："夫兴之体，犹云其意云尔，意有所触乎当时，时已去而意不可知，故其类可以意推，而不可以言解也。《隐其雷》曰'隐其雷，在南山之阳'，此非有取于雷也，盖必其当时之所见，而有动乎其意，故后之人，不可以求得其说，此其所以为兴也。"郑樵在《六经奥论》中也说："诗三百篇第一句曰'关关雎鸠，后妃之德也'，是作诗者一时之兴，所见在是，不谋而感于心也。凡兴者，所见在此，所得在彼，不可以事类推，不可以理义求也。"朱子也说："兴是借彼一物以引起此事，而其事常在下句。"又说："诗之兴多是假他物举起，全不取其义。"《困学纪闻》引李仲蒙说："叙物以言情谓之赋，情尽物也。索物以托情谓之比，情附物也。触物以起情谓之兴，情动物也。"姚际恒《诗经通论》说："兴者但借物以起兴，不必与正意相关也。"由这些家的说法看来，我们可以了解兴与赋比不同，兴不过是一个"起头"。"山歌好唱起头难"，有的诗歌的开始一二句不直接地说出那件事情，也不用个比喻引起，只是即兴地唱出而与下文无关，既不是赋，又不是比，而只是一个"起头"。这就是兴。所谓兴的意义，只当如此解释。后人因为不能严格地这样解释兴，于是说《诗经》的又用一些："兴而比也"（朱注：《汉广椒聊》）"比而兴也""赋而兴也"（朱注：《氓》《黍离》《溱洧》《东山》）来说诗，姚际恒的《诗经通论》更加上一个"比而赋也"。以为这样才"兴比之意了然"。其实如若严格地按"起头"的意义来看，这种"兴而比""兴而赋"，实在是不需要这样说的，兴而比已成了"比"，兴而赋那就是"赋"。不必另外立一些名词。而且姚际恒已说过："古今说诗者多不同，人各一义，则各为其兴比赋。"赋比兴在说诗的人各有不同的看法，在《毛诗》与三家诗的解释，即有许多不同。（例如：《邶·柏舟》《郑·风雨》）所以我们如专从赋比兴来谈《诗经》，那我们对于《诗经》的艺术表现，既不免于纠纷，而且要分析出哪一句是比，哪一句是赋，忘了赋比兴不过只是一些笼统的说法，忘了诗歌是一个艺术完整体，我们现在是不应当过分地注意这些问题的。

《诗经》的艺术表现，在现在看来，是可以从下列的几点来看。

（一）概括的抒写。"通过语言，用生动的形象，再现现实和反映生活，这是文艺的特点。"而"反映生活的重要特点，首先是在反映中提出人所共知的生活现象的概括，其次是把这些现象具体地描写出来"。（毕达可夫《文艺学引论》）我们看《诗经》中的诗，因为它的绝大部分是古代的民歌，是"饥者歌其食，劳者歌其事"，许多这些诗歌多一半是通过劳动人民日常生活产生的，他们所唱出的，有的是他们生活中一般的情况，有的是他们生活中的突出的一面，这些作品，有的是很能概括地表现出他们生活的真实的。这些诗，有的可以是比较长篇的叙述，有的只是用很简短的语言，但是在简短的诗歌中，也不失为概括抒写的好诗。《豳风·七月》是一首长篇的诗歌，在这一首诗中概括地写出农民受尽领主的剥削的一般情况，他们自己终年劳动，但是因为受到领主剥削，他们"无衣无褐"，"采荼薪樗"，过着极艰苦的生活。这诗前半写的是他们关于衣一方面的事，后半写的是他们关于食一方面的事，从艺术的角度来看，这诗也是被后人称誉为"千古的奇文"。姚际恒在《诗经通论》批评这诗说："鸟语虫鸣，草荣木实，似月令。妇子入室，茅绹升屋，似风俗书。……其中又有似采桑图，田家乐（？）图，食谱、谷谱、酒经。一诗之中，无不具备。洵天下之至文也。"这诗的第二章写"女执懿筐，遵彼微行，爰求柔桑"。三章又说："蚕月条桑，取彼斧斨，以伐远扬，猗彼女桑。"合起来看，真仿佛是一幅采桑画图，恍然在我们眼帘之下。而那"春日迟迟，采蘩祁祁，女心伤悲，殆及公子同归"，对她们心中怨恨的描写，还是图画不能描画出的。这诗的第六章对一些食物，"凡菜豆瓜果以及酿酒取薪，靡不琐细详述，机趣横生"。确实是综合了他们的复杂多样的生活的真实，而无一丝一毫有意为文的模样。不过所抒写的不是农民的乐，而只是农民悲惨的生活。姚际恒说是"田家乐图"，那是错了的。《邶风》的《谷风》也是一首较长的诗篇，是描写一个女子在婚后因男子另娶遭到遗弃而控诉她故夫罪行的诗。这诗虽是用的顺序的对照的手法，今昔对照，新旧对照，写出她在被遗弃后愤怒的心情，所描写的好像是她个人突出的一面，但是这突出的一面正概括出来在封建社会婚姻制度的罪恶。这诗第二章说："行道迟迟，中心有违（韦），不远伊迩，薄送我畿。"描写她在与她丈夫决绝之时，她是如何满心怀着愤恨出来慢慢走着，她的丈夫却很快地把她送出大门。这与后来《白头吟》所写的"蹀躞御沟上，沟水东西流"，正是一般的情况。这诗的第五章："昔育恐育鞫，及尔颠覆，既生既育，比予于毒！"第六章说："我有旨蓄，亦以御冬，宴尔新婚，以我御穷。有洸有溃，既诒我肄，不念昔者，伊余来塈（忾）"！与后来古诗《上山采蘼芜》所写的"新人不如故"的情况也大致相同。但是《谷风》控诉出他们生活一旦好转，她就遭到遗弃。她更控诉出她丈夫行动的野蛮，性情的暴躁。所发掘出旧社会罪恶的本质，是比《上山采蘼芜》那诗更具有力量的。"一般只存在个别中"，这诗所描写的突出的一面是概括出了封建婚姻的罪恶的。《卫风·氓篇》等等，也是用的这样的手法，当时诗人是善于运用这样的表现手法的。至于短篇，我们知道《芣苢》这诗不过从"采采芣苢，薄言采之"这一句扩大成为三章六句的诗。在三章中，只换用了六个字，但是这诗读起来便令人想出这是一些"田家妇女，三三五五，在风和日丽中，群歌互答"的劳动诗歌。这虽是一首极简短朴素的诗，但也概括出她们在劳动中的形象。从芣苢由"不以"得声（牟庭《诗切》说）想来，她们的生活是很艰苦的，但是这诗在艺术上的成就也正如乐府中《江南可采莲》一样，令人百读不厌。《召南》的《驺虞》是一首很简短的关于田猎的诗，但是描写出这射手比较旁的射猎的人一次射箭只能用上四矢，而这驺虞却具有一次射中五兽的本领，所以得到诗人的表扬。在全诗中只用"一发五豝"概括的叙述这一件突出的事情。《齐风》的《还》，概括地叙述两个猎人相遇，彼此赞扬，互相合作，我们一读这诗，使我们感觉得他们两人很有才干，很有技能。章潢《图书篇》批评这诗说："'子之还兮'，己誉人也；'谓我儇兮'，人誉己也。并驱，则人己皆与有能也。寥寥数语，自具分合之妙，猎固便捷，诗亦轻利，神乎技矣。"《卢令》这诗，虽是每章两句的短诗，但一句表达出一个形象，我们合起来读也可见得这是一位猎人和他的猎犬出去打猎，他是有仁、有勇、有智。这首短诗是能这样简单明了地写出他的才能来的。这种概括的朴素的写法，在许多恋爱婚姻的诗歌中表现的也是这样。例如《王风·采葛》说："那个采葛去了啊！一天不见，就像三个月啊！"这直是很朴素地说出他对于情人的想念，丝毫没有绕弯子。《郑风》的一些情歌，尤其如此，例如《狡童》："彼狡童兮，不与我言兮；维子之故，使我不能餐兮。"《褰裳》："子惠思我，褰裳涉溱。子不我思，岂无他人？狂童之狂也且！"《东门之墠》："东门之墠，茹藘在阪。其室则迩，其人甚远。""东门之栗，有践家室。岂不尔思？子不我即。"这些都是将他们心中的话毫不隐讳地和盘托出，但是在这里面，有戏弄，有嘲笑，有深情，有思念，也都表现在字里行间。一些政治讽刺的短诗，如：《鹑之奔奔》《硕鼠》《墙有茨》《相鼠》等等，咒骂当日领主的凶恶、残酷、荒乱，也都是很痛快淋漓毫无忌讳地将当日领主的丑恶形象概括地表达出来。这是诗经的表现手法之一，在艺术的表现上好像太简单朴素了，但是我们如想到"文体的单纯及明了，并不是由文学的质的降低所能达到，反之，只有由真正技术熟练的结果才能达到的"（高尔基《文学论文集》《儿童文学主题论》）。我们可以看到这些概括的抒写，也并不是真的那样简单，而是真的通过了他们生活的真实，有剪裁，有布置，有分两，有精神，才能写出的。

（二）层叠的铺叙。《诗经》的诗全是乐歌，我们研究《诗经》的艺术表现，是应当特别地提出在《诗经》中的许多诗，是以重沓叠奏的方法一层一层地表达他们的思想感情的。汤姆生在《论诗歌源流》中说:"劳动歌是扩大即兴部分的变化而发展成功的。"又说:"在谣曲中,一节是一个乐段,一联是一个乐句,一行是一个乐词。两个乐词成为一个乐句,两个乐句成为一个乐段。每一对中的组成分子是互相补充的,类似的,而又不是相同的,这就是音乐学者所指二段体 AB,……我们多数的民歌是二段体的,可是有些便更加精细。……在音乐术语中,第一乐旨之后,跟着第二乐旨再是重复第一乐旨,这就是三段体 ABA。更技巧的歌手,把第二个 A 唱得不仅是第一个 A 的重复,这是受 B 的影响之后新的第一个 A。"汤姆生这种说法,是按音乐的学科来说的,是很正确的说法。《诗经》中许多的诗,也正如汤姆生所说,是扩大即兴部分的变化而发展。有的诗歌,在第二章第三章是重复了第一章的词句,有的则字句上加以改变,但是在意义上是没有大的分别。上面我们所举的诗,如《驺虞》《狡童》《褰裳》《东门之墠》,是后章重复前章,后章字句对于前章是互相补充的类似的而又不是相同的。《还》与《卢令》等篇是三章重叠的,但是也只是换了几个类似的字眼。我们更看一些劳动歌,如《汉广》是一个樵采的歌,由于三章叠咏:"汉之广矣,不可泳思!江之永矣,不可方思!"所以令人觉得是一片"烟水茫茫,浩渺无际,广不可泳,长更无方"的景象。《鄘风·桑中》也是农民的劳动歌。这诗第一章一二两句写出他们工作的地点,三四两句写出他们所想念的人物,但是由于三章叠咏"期我乎桑中,要我乎上宫,送我乎淇之上矣",我们可以看出这所唱出的并非真有其人真有其事,而是一经道出,仿佛若有其人若有其事,在他们的"神灵恍惚梦想依稀之际"。这样子叠咏的,如《邶风·北门》三章都说:"已矣哉,天实为之,谓之何哉?"《王风·黍离》,三章都叠咏:"知我者,谓我心忧,不知我者,谓我何求。悠悠苍天!此何人哉?"都是利用音乐的旋律、重叠的字句,来表达诗中的情感。所谓"一弹再三叹,慷慨有余哀",来引起读者的同情的。这也是民歌表现手法之一，这样的表现方法，能将一些简短的诗，变成更有趣味的诗、更富有感染力的诗。

其次，我们读到《诗经》，我们很容易察觉出来，诗人的歌唱有一些是用渐层的方法来描摹他们所要说出的情景的。在前面所说的诗《芣苢》是这样：先只说"采"，渐渐说到"掇""捋"，最后说到"袺""襭"。《采葛》是这样：先说"三月"，由"三月"说到"三秋""三岁"。不须详叙，就很可动人，《将仲子》诗是这样：由"畏我父母""畏我诸兄"说到"畏人之多言"，令人格外想起"人言可畏"。《硕鼠》也是这样：由"无食我黍""无食我麦"，说到"无食我苗"。连苗都吃光，更可看出当时领主的残酷。这不需要详细描写，就能将客观事物发展的情况毫不费力地描画出来。此外，还有一些以恋爱婚姻为主题的诗，也是用渐层的方法，配合着比兴的运用，来歌唱他们的恋爱是成功还是失恋，还是离婚。例如《关雎》是咏新婚的诗，诗人在第一章肯定地说了"窈窕淑女，君子好逑"以后，第二章用"参差荇菜，左右流之"，流，依牟庭的解释是捞的意思，来比喻下文的"求"。捞不一定捞着，求也可以"求之不得"。第四章说"参差荇菜，左右采之"，表示已经采得，所以可以比喻下文的"琴瑟友之"。第五章的"参差荇菜，左右'芼'之"，这芼字是当依韩诗作"覒"讲，覒是仔细端详的意思（如今山西话说"覒一覒去"，湖北话说去瞄一瞄）。这是已经采得了更仔细地去看的意思，所以比喻的下文是"钟鼓乐之"。这是恋爱成功，所以结婚，所以编个歌儿来贺新婚。《摽有梅》是少女打下落梅时想象寻求对象的歌。第一章说"打落所有梅子，打落了的是那果实的十分之七"。比喻着寻她们的对象还可以等待一个吉日子。第二章说的是打落了的是那果实的十分之三，那末，寻她们的女婿只有更快些，只好就在现在这个时间。第三章说打落了所有的梅子，可以拿一个破筐子抬起它来。时间更急了，那末，寻他们的对象，就只有赶上哪个说说就行的。这在比兴和正文上也与《关雎》一意，都是用渐层法来写出客观事物的发展的。失恋的诗，《江有汜》《终风》都是这样，"汜"是"水决复入"，比喻着女的可能后悔，回心转意；"渚"是水有歧流，比喻着女的真有变心，居然安处；"沱"是水成支流，比喻着女的真不来往，只好悲歌。《终风》在二三章的比喻还只是阴霾的天气，还有天气明朗的希望，最后说到"曀曀其阴，虺虺其雷"。不惟阴天而且有雷，这是绝无希望了。所以只有想起来就伤心。渐层的写法也只是由于重沓叠奏换上一些互相补充的类似而又不是相同的字样而来，不过渐层的方法更能描写客观事物的发展，这是不同于简单重叠的地方。

（三）比拟的摹绘。《诗经》的诗，从表现方法来看，是最善于利用形象来表现诗中思想感情的。比拟的运用，正是利用形象来表现的主要方法之一，刘勰在《文心雕龙·比兴》篇说："夫比之为义，取类不常，或喻于声，或方于貌，或拟于心，或譬于事。"比拟是没有一定的，可以从声音相貌来刻绘，也可以从一般事物上来描写，但是主要的是要比拟得确切、生动。《诗经》中比拟的确切是多不胜举的，例如拿硕鼠来比喻剥削阶级的贪而畏人，拿鸱鸮来比喻统治阶级的凶狠恶毒，拿狐乌（《邶风·北风》）来表示"豺狼当道，安问狐狸？"拿虺蜴（《小雅·正月》）来比喻一般官吏行凶作恶。这样的譬喻，既是非常恰当，又把这些为恶的人们深刻地形象化，使读者更加深对他们的憎恶。至于《汝坟》篇说："未见君子，惄如调饥。"拿早起的饥饿来比喻渴盼；《柏舟》篇说："我心匪席，不可卷也。"拿不可席卷来表示意志坚决。又如：形容内心的难受，说"心之忧矣，如匪浣衣"。形容播弄是非的人说"巧言如簧，颜之厚矣"（《小雅·巧言》）。拿鹊巢鸠居形容女子出嫁，拿"草虫""阜螽"，形容夫唱妇随。这些比拟，都是十分妥帖，十分恰当。刻画美人形象的如《桃夭》说"桃之夭夭，灼灼其华"，拿桃花的鲜艳，比少女的颜色，尤其可以说是善于譬喻，尤其用上"灼灼"两字，仿佛照眼方明。姚际恒说：这诗"开千古词赋咏美人之祖"。这不是过当的称誉。《齐风·东方之日》也是用日月来比喻女子的颜色的。马瑞辰在《毛诗传笺通释》上说："古者喻人颜色之美，多取譬喻日月，《诗》'月出皎兮'传，'喻妇人有美白皙也'。宋玉《神女赋》：'其始出也，耀乎若白日初出照屋梁；其少进也，皎若明月舒其光。'义本此。"《诗经》所用的比拟的确切，确是多到不胜枚举的。

我们从修辞学的修辞格的角度来看《诗经》所用的比拟的方法，在譬喻方面，有（一）明喻，例如许多用"如"的比拟。有（二）隐喻，一些不用"如"的比拟，例如朱熹《集传》在《汉广》篇说的"乔木为兴，江汉为比"。有（三）类喻，例如"我心匪石，不可转也。我心匪席，不可卷也"。有（四）博喻，例如《小雅·天保》的"如山如阜，如冈如陵，如川之方至，以莫不增"。"如日之升，如月之恒，如南山之寿，不骞不崩，如松柏之茂，无不尔或承。"有（五）对喻，依陈骙《文则取喻之法》所说的原则，是"先比后证，上下相符"。《诗经》所用以比拟兴起的多属于这一类。有（六）详喻，依陈骙所说的原则是用许多句来作比喻，这在《诗经》，以一章或一篇作比的，属于这一类。这些，我们可见当时的诗人，人民的歌手是善于用比拟的方法来形象化一些事物。还有，值得我们注意的是：在拟托方面有的是拟人法，例如《鸱鸮》一诗，是用小鸟比做人，将人民的困苦一一叙述出来，用鸱鸮比做统治阶级，将他们为恶的情况描画出来。这是很明显的："鸱鸮鸱鸮，既取我子，无毁我室"，是统治阶级的罪行。"予羽谯谯，予尾翛翛，予室翘翘，风雨所漂摇，予维音哓哓。"这是用小鸟的痛苦来比况人民所感受的苦痛。有的是拟物法，《螽斯》的"螽斯羽，诜诜兮，宜尔子孙振振兮"是将人比做物。（《周南》的"麟之趾，振振公子，于嗟麟兮！"直接赞叹麟也是如此。）但我们看《硕鼠》一篇，通篇好像是对硕鼠的控诉，这尤其是显明的拟物的一证。至于《相鼠》的"相鼠有皮，人而无仪"，那是在比拟中更作一番的比较，可以说是"较物"。

《诗经》的比拟，不仅是在每一章的开始，也有用在中间作起兴或作承上启下的转折句子的。《氓》篇的"桑之落矣，其黄而陨。自我徂尔，三岁食贫。淇水汤汤，渐车帷裳。女也不爽，士贰其行"。淇水二句是一个转折点。《诗经》的比拟，有的也用在一篇的首章，例如《行露》的"厌浥行露，岂不夙夜？谓（畏）行多露"，比喻着不敢冒犯危难。有的用在篇中的全章，如《谷风》的第四章"就其深矣，方之舟之。就其浅矣，泳之游之"。比喻着女方的有才德，承上文，启下文。有的是篇末全章用比作结，例如《大东》的末章，"维南有箕，不可以簸扬。维北有斗，不可挹酒浆"，用来比喻西人的实在无用。

　　比拟是将所要铺陈的事物形象化的重要手法之一，我们的《诗经》的作者，早在两三千年前的诗人，善于各式各样地运用这个手法，这是《诗经》之所以成为我们宝贵的文学遗产，尤其值得我们学习的地方。

　　（四）形象的刻画。形象的刻画，有的借助于比拟的运用表现出来，有的只需概括的抒写就可以表达出来，这在上面我们所举《七月》等诗已可看出来。在《诗经》中，还有一些是特别的从人物的形象、环境、动态、心理的突出的一面来刻画的。《卫风》的《硕人》和《鄘风》的《君子偕老》都是刻画卫庄姜的美丽的形象的诗。《硕人》是写的卫庄姜作为一个新嫁娘初到卫国来时形象的诗，她的服装，她的美丽，是在这个时间，这个环境，最值得描写的，可以说诗人写的形象，是有代表性的，是有所谓"典型环境中的典型性格"的。这诗在第一章说明她身穿着新婚服装之后，即点清她是"齐侯之子，卫侯之妻，东宫之妹，邢侯之姨"，详细地指出她的门第、身份，接着就从她身体的各部分的美丽，一一加以形象化的描写，"手如柔荑，肤如凝脂，领如蝤蛴，齿如瓠犀，螓首蛾眉，巧笑倩兮，美目盼兮"。柔荑、凝脂、蝤蛴、瓠犀分别地刻绘出那是洁白的颜色、柔嫩的实质、肥胖的形状、齐整的模样等等的美丽，再更概括地说是"螓首蛾眉"，好的头面，更最后地写出她那最传神的明眸皓齿，嫣然一笑的模样，可以说是作者是在极力摹绘她的美丽了。第三章说她初到卫国时的车服之盛，最末一章又写到她初到卫时那些郊外的自然情景，和一些陪从的人物。方玉润说这诗"从旁摹写，极意铺陈，无非为此硕人生色，画龙既就，然后点睛，瀚云已成，而月自现"。"从旁摹写，极意铺陈"确是这诗刻画形象的手法。《鄘风》的《君子偕老》是以服装之盛来描写她的美丽，写作的时间应在稍后。第一章"委委佗佗，如山如河"两句，拿山河的壮丽，来形容她整个的美丽的性格。第二章又用"胡然而天也"将她夸成天仙一般。但是主要的是从"玼兮玼兮，其之翟也""瑳兮瑳兮，其之展也"这两句提出她怎样地穿翟衣、穿白衣，怎样的是她当暑的袢衣，怎样地是她的玉瑱和象揥，怎样地是她颜色的皙白，来形容她的美丽。方玉润评此诗说："至其藻采之工，音节之妙，则姚氏际恒谓为'神女感甄之滥觞'。山河天帝，广揽遐观。惊心动魂，传神写意，有非言辞所能释者。"我们还可以说《君子偕老》对于形象的刻画也和《硕人》一样是"从旁摹写，极意铺陈"的。

《硕人》和《君子偕老》形容卫庄姜的美丽是用了许多比拟的词句、装饰的物品，来刻画出她的形象。还有一些诗只是从自然景物，从环境上的描写来烘托出那人物的美丽。《陈风》的《月出》只寥寥"月出皎兮，佼人僚兮，舒窈纠兮，劳心悄兮"几句诗，没有对人物如何刻画，但我们一读此诗，便可以想象出在月色之下"活现出一美人"。"舒窈纠兮"是说她是一切都很美好（舒读为舍，是一切的意思），所以累得人想起她来心里惦念、动荡、焦急。《秦风》的《蒹葭》也这样，只"蒹葭苍苍，白露为霜，所谓伊人，在水一方。溯洄从之，道阻且长。溯游从之，宛在水中央"。几句从自然景物和环境上来看，便觉得那在水中央的是一位颜色洁白志气高超的一位女子，她不是随便可以令人追求的。读起这诗，比较唐人的"荷叶罗裙一色裁，芙蓉向脸两边开，乱入池中看不见，闻歌始觉有人来"，是有异曲同工之妙，而更别饶风致。

在一些恋歌中，有的也是从人物的动态上加以刻画，使得诗中人物活生生地表现出来，如《野有死麕》第一二章写出一个青年男子，携带着白茅扎好了的死鹿去诱这一位情窦初开的少女，那女子却是天真烂漫、洁白如玉的。末章利用女方的口吻刻画那最紧张最突出的一幕说："慢慢地好生点呵！不要动我的佩巾啊，不要惹得狗惊叫啊！"至于究竟怎样，那是没有再刻画的必要的。《静女》诗刻画出一位痴情男子在城角边等待他的情人，当他还看不见她的到来的时候，他急得独自搔首走来走去，刻画出一般男子等待情人所共有的神情，二三两章叙述那女子从郊外归来，送给他一根红色的草管、一些柔嫩的白茅，红管是有光辉灿烂的，柔荑更是美而可爱，又刻绘出这痴情儿爱慕这些物品，正是由于这美人的馈赠，也衬托出他对他的情人的爱慕的心情。这是在一般恋爱中所常见不鲜的。《关雎》写一个男子在恋爱的过程中，"求之不得，寤寐思服，悠哉悠哉，辗转反侧"。《泽陂》写一位女子仿佛失恋似的"寤寐无为，涕泗滂沱"，"寤寐无为，辗转伏枕"，这已经是后人描写相思的"忘餐废寝舒心害"，"一万声长吁短叹，五千遍倒枕捶床"的情况。我们古代的诗人，是早已"历历如绘"地将它们刻画了出来。

在妇人想念她的丈夫诗中，如《伯兮》的"自伯之东，首如飞蓬，岂无膏沐？谁适为容"。刻画这女人不理梳妆不施脂粉的懒散心情。"其雨其雨，杲杲出日，愿言思伯，甘心首疾。"比拟出她的渴盼，正如大旱之望云霓；"焉得谖草，言树之背，愿言思伯，使我心痗。"写出她想消愁而愁更愁以至于要求"忘忧"的心情。这诗比李清照"香冷金猊，被翻红浪，起来慵自梳头……休休，这回去也，千万遍阳关也则难留"的词句所描绘的还更深刻。《君子于役》刻画了一个农村妇女在将近黄昏时所见到的一切，衬托出来她睹物思人的情况："鸡栖于埘，日之夕矣，牛羊下来。君子于役，如之何勿思?"到了黄昏时候了,鸡卧了窝了,牛羊也都下山了,都回来了,但是她的丈夫却不见归来。她的"寻寻觅觅冷冷清清"的心情,也正如图画一般的呈现出来。《秦风·小戎》更用妇人回忆她丈夫临行时情况来加以刻画。第一章主要地描写那戎车的构造与配备;第二章主要地描写马匹的毛色与类别;第三章主要地描写兵器的精良一些情况,形色并绘,琐细毕陈。姚际恒、方玉润都认为这诗"刻画典奥,瑰丽已极,为汉赋所不能及"。但是忘了这诗"方为何期?胡然我念之?"正是描写那妇人在怎样渴盼她的男子。

在二雅中《小雅》的《无羊》,是刻画动物形象极好的诗,只"或降于阿,或饮于池,或寝或讹",就抵一幅图画。《斯干》诗描写新屋落成。第四章说"如跂(企)斯翼,如矢斯棘(急),如鸟斯革(翱),如翚斯飞",叠用四个比拟的词句,来形容他们房屋的高耸、直立、宽敞、华丽。尤其"如翚斯飞",这句形容他们的雕檐画栋,正如五彩的野雉正在天空中飞舞,这是如何形得生动确切、惟妙惟肖。第六章"殖殖其庭,有觉其楹,哙哙其正,哕哕其冥"。说到他们的庭堂,说到他们的楹柱,他们正房和内面的光线,这样各面的刻绘,又给予读者一些深刻的印象。如若《无羊》这诗是有牧歌为底本,《斯干》这样描写建筑情形的诗应是从史诗脱胎而来。《大雅·绵篇》,"乃召司空,乃召司徒,俾立室家,其绳则直,缩版以载,作庙翼翼","救之陾陾,度之薨薨,筑之登登,削屡冯冯,百堵皆兴,馨鼓弗胜",以及建立皋门冢社等等,形容劳动人民在那儿建筑热闹的情形,对于建筑刻绘得是极其细腻的;《斯干》应是受到这些史诗的影响的。小雅的《楚茨》和《宾之初筵》是一些宴饮诗,如《楚茨》的"执爨踖踖,为俎孔硕,或燔或炙,君妇莫莫"。《宾之初筵》的"宾既醉止,载号载呶;乱我笾豆……侧弁之俄",也刻绘了烹饪时的形象,以及一些醉汉的模样,这些也是很动人的描写。

(五)想象的虚拟。诗人的歌唱,有的是运用他的想象和推测来写出他所想念的事情的。这种想象和推测是本无其事,但是写出来时却像煞有介事,这也是刻画形象的一种手法。如《卷耳》是妇人思行役的诗,在她想起所想念的人,奔波在通到周室的大路上以后,她想象出她丈夫是在路上如何辛苦奔忙。她想到丈夫爬上一些土山、一些高冈,他的人也困了,他的马都乏了;她更想到他会喝上一大杯酒,用的是黄金为饰的大酒杯,或是一个犀牛角样子的大酒杯,为的是不要长久因疲劳而受伤。最后更说到他上了一个石山,他的马累病了,他赶马的人也累病了,她说:"这是如何可叹呀!"其实她丈夫在路上的一切只是她想象中创造出来。魏风的《陟岵》也是一首用想象写成的诗,这是一个出征军人想念父母所作的诗。他说,登上一个高山,遥望他的父亲,他的父亲正在说他的儿子在外当兵,不得休息,希望他小心一点,不要打了败仗,被人俘虏。他母亲也正在惦念这样地说,他的哥哥也正在这样地说,希望他"早晚身体都要强壮"。其实这些都是想象所创造出来的。这样的写作方法是虚构,是艺术创造上极重要的手法,但是我们两三千年以前的人民诗人,就会运用着来创造人物形象,表现他的思想。这个优良的传统被杜甫承袭着写出《月夜》一诗,他在长安想念他的妻子,却说:"今夜鄜州月,闺中只独看。遥怜小儿女,未解忆长安。香雾云鬟湿,清辉玉臂寒。……"他想象出他妻子在月下独自玩月的形象。王维也运用着,写出《九月九日忆山东兄弟》的诗:"独在异乡为异客,每逢佳节倍思亲。遥知兄弟登高处,遍插茱萸少一人。"他在异乡想到他的兄弟九日登高,计算着少了他。方玉润评《卷耳》诗说:"下三章皆从对面着笔,思想其劳苦之状,末乃极意摹写,有急管繁弦之意,后世杜甫'今夜鄜州月'一首,脱胎于此。"我想王维的诗更应是脱胎于《陟岵》,《陟岵》虽是一首小诗,其实写得比《卷耳》有好的地方,《卷耳》只是表现的一方面的想念,《陟岵》表现的是双方面的想念,而且思想健康,为《卷耳》所不及。这一点我们不当轻易忽略的。

《豳风》的《东山》是一个出征军人在还家时所作的诗，他在归途中想到他家中的荒凉景象，他想到他妻子是正准备来欢迎他，他更惦念到他在婚后久别的妻子，想到他这次还家与他妻子再相见的情况。但是最难得的是这诗每章都对他想象的事物刻画得极其细致，极其动人。第二章说："果赢之实，亦施于宇，伊威在室，蠨蛸在户，町疃鹿场，熠耀宵行。"他想象到了他那室内外荒凉情况的一些细节。第三章说"鹳鸣于垤，妇叹于室，洒扫穹窒，我征聿至，有敦（堆）瓜苦，烝在栗薪，自我不见，于今三年"。他想象到他的家人在叹念、在洒扫，盼望着他归来；他又想到他曾经见过的一堆瓜苦，长久放在栗薪上，也没有见到已经三年，这一些琐细的情节。末章说："之子于归，皇驳其马，亲结其缡，九十其仪。"他回忆到他在新婚的时候，他的新妇是如何由他母亲系上蔽膝（围裙），那样隆重繁多的仪式。这诗是真是善于对他所想象的情景加以精细的刻画。这样的诗，在《诗经》中是不可多得的诗篇，也是我们历来所不可多得的诗篇。

卫风的《泉水》《竹竿》是许穆公夫人的作品，她不能还家而想到还家，在《泉水篇》一则说："出宿于沸，饮饯于祢。"再则说"出宿于干，饮饯于言"，说到"载脂载牵，旋车言迈"。仿佛她是真的出发了，但从篇末的"驾言出游，以写我忧"看来，她并没有真的回去。她想象得煞像有介事。《竹竿篇》也如此，一则说"籊籊竹竿，以钓于淇"。再则说"淇水滺滺，桧楫松舟"。三则说"巧笑之瑳，佩玉之傩"。她想到她在淇水中荡舟钓游，她听见了她的诸姑姊妹的笑语声、行路声、佩玉声，但是这些都是她的想象，这样的写作法在后来诗词中还是很少见的。由她的作品我们更可以看出当时封建贵族女子所受的束缚，她们的行动不能自由，所以只有托之想象。

（六）生动的描写。《诗经》中有许多描写人物形象动态的诗，在前面我们所举的如《还》《野有死麕》《静女》等篇都可以看出所写的人物情景十分生动活泼。我们还可以从以下一些诗来看诗人借助对话的手法。心情的描绘，很生动地描写出诗中的人物动态。

卫风的《北风》，在每章最后都用"其虚其邪，既亟只且"。这实在仿佛是这一对男女，他们要逃出那黑暗的环境，所以一个说"慢慢地慢慢地"，而另一个说"已经急了我们只有一走"（既亟只且）。这不像一个人的口吻，由上面所说的"惠而好我，携手同车"可以看出。所以这一定是一对青年男女的对话。

郑风的《溱洧》是描写郑国人民的习俗在三月上巳之日要到溱洧的水边去游春踏青的诗。这诗写出"溱与洧，方涣涣兮，士与女，方秉蕑兮，女曰观乎？士曰既（古字"既"与"即"通）且。且往观乎，洧之外，洵訏且乐。维士与女，伊其相谑，赠之以芍药"。女的说："看吗？"男的说："就走。"他们走到溱洧两水的岸边，那儿真的热闹快乐，那些男男女女，他们彼此互相笑谑，彼此互送一些芍药。我们读到这诗，可以看出在他们的节日里，他们是如何的走动，如何的狂欢渡过。这诗是能将他们的愉快的心情很生动地描绘出来。

郑风的《女曰鸡鸣》是描写一对夫妇情感笃好，他们早晨起来射猎野鸭野雁来当做下酒物的诗，这诗开始也是用对话的笔调写出："女曰鸡鸣，士曰昧旦，子兴视夜，明星有烂，将翱将翔，弋凫与雁。"二章说"弋言加之，与子宜之，弋言饮酒，与子偕老，琴瑟在御，莫不静好"。一个说"鸡打鸣了"，一个说"天麻亮了"。他们起来看看天色，还有很灿烂的明星，他们要出去游玩想射来一些凫雁。他们射中了一些回来，又做成嘉肴来吃，吃着肴还喝着酒，表现他们夫妇感情之笃，是如"琴瑟在御"没有不和调的。在末后一章，更用"知子之来之，杂佩以赠之；知子之顺之，杂佩以问之；知子之好之，杂佩以报之"，概括地作结。我们一读此诗，可以感到这比《浮生六记》的"闲情记趣"，只有过之而无不及。这样生动的描写，是能将诗中的神情格外地呈现出来。

齐风的《鸡鸣》是讽刺统治阶级荒淫无耻不肯早起上朝的诗。全篇是用对话的方式写出。女的说:"鸡既鸣矣,朝既盈矣。"催促男的起来,但男的还贪眠不起,说是:"匪鸡则鸣,苍蝇之声。"第二章又用女方的口吻说:"东方明矣,朝既昌矣。"但是男的仍旧推托着说:"匪东方则明,月出之光。"第三章的开始,换用男方的口吻说:"虫飞薨薨,甘与子同梦。"但是女的说:"会且归矣,无庶予子憎。"这诗写得活像一首男女幽会的诗,他们缠绵流连,贪眠不起,不肯分手。但是这"朝"字很难以增字解经的讲为"朝气",朝气也不能说出"盈""昌","朝"只可以解为"朝会"。这诗正是描写这一个荒淫无耻的齐君,如齐襄公之流,与人私通。所以诗人用一首像是幽会的诗,写出他的罪恶。这诗是敢于将他们的丑态很生动地活画了出来。

在《诗经》中,还有一些喜情的诗往往也是写得极生动流利的。这如《王风》的"君子阳阳,左执簧,右招我由房。其乐只且!"《郑风》的"野有蔓草,零露漙兮。有美一人,清扬婉兮。邂逅相遇,适我愿兮。"《齐风》的"东方之日兮,彼姝者子,在我室兮,在我室兮,履我即兮。"《魏风》的"十亩之间兮,桑者闲闲兮,行与子还兮。"都是以很愉快的心情写出,所以表现的人物都极生动。我们读《桧风》的《隰有苌楚》,也是这样。这诗和《桃夭》一样,用鲜花来比喻女子颜色之美的。"隰有苌楚,猗傩其枝,夭之沃沃,乐子之无知",表现出这是一个男子与一个女子初见的时候,男的很高兴地知道她还没有知心的朋友,没有许配给人家,所以不觉冲口而出狂欢道:"乐子之无知。"如若是如朱熹的解释"不如草木之无知",那就不会说成"乐",是应当直截了当地说成"不如子之无知"。

(七)完整的结构。《诗经》的艺术表现,除上述的一些形象的描写手法之外,我们还可以从一些诗的篇章结构来看。《诗经》中的小诗,只有两章或三章的,一般的是用重叠、渐层或是顺序这样的手法将所要叙述的内容铺叙出来,但具有三章的诗篇,有一些是在末章变调。我们试看:《二南》《国风》的三章诗末章变调的有《葛覃》《野有死麕》(《采蘩》《何彼秾矣》)《北风》《静女》《新台》《蝃蝀》《大车》《女曰鸡鸣》《子衿》《鸱鸮》《东方未明》《甫田》《匪风》这些篇。这是在第二章叙述已经达到了顶点，不能再用重叠渐层的方法作结，所以在末章将未尽之意，或最后的一幕特别地用变调写出，如《葛覃》《野有死麕》《子衿》《匪风》，这是一类。有的是将原因点出，如《新台》《蝃蝀》《东方未明》等诗，这是一类。有的则是加强篇中的叙述，如《北风》《大车》《甫田》等诗，这是一类。有的只是概括地叙述，如《女曰鸡鸣》等诗，这又是一类。我们分析诗篇这样的写法，可以看到这末章的变调更加强了诗篇的感染力。这是新的一个 A，但也是由于内容决定。"绝笔断章，如乘舟之振楫"，结局是更需要有力量的。相反的，有的三章诗是在第一章写法不同，例如《汉广》《草虫》《行露》《晨风》《宛丘》《东门之枌》《衡门》，这些都在第一章将叠篇之意概括地说出。例如《汉广》，主要的意思是"汉有游女，不可求思"。《草虫》，主要的意思是用草虫、阜螽来比喻夫妇应当形影不离。这都是将主要的先说出，然后再扩大这些主旨。这好像是一些引言的作法。诗人对于篇章的布置，我们可以看出是煞费经营的。

　　四章诗在《二南》《国风》中有：《卷耳》《绿衣》《日月》《终风》《凯风》《雄雉》《匏有苦叶》《简兮》《泉水》《硕人》《竹竿》《伯兮》《丰》《南山》《载驰》《候人》《鸤鸠》《下泉》《鸱鸮》《东山》等篇。有的诗如《鸤鸠》《东山》《日月》《终风》是以渐层或顺序的方法来进行的。有的在前二章与后二章句法稍有不同，但也是依着渐层或顺序的方法来进行的。如《凯风》《雄雉》。其余的也多是在末章变调，达到顶点。最显明的例证是《绿衣》《简兮》《终风》《下泉》等篇。更有的一些诗如《匏有苦叶》《旄丘》《泉水》《竹竿》《南山》《载驰》《候人》，我们更觉着这是有起有结，是达到所谓"引论从结论中出"，"启行之辞，逆萌中篇之意；绝笔之言，追媵前句之旨"的作法。首尾照应,次第分明的布置。试以《匏有苦叶》为例,第一章说"深则厉,浅则揭",深了要利用那个匏瓜,浅了只须牵起衣裳。表示要看时间地点条件说话。所以末章以"招招舟子,人涉卬否,人涉卬否,卬须我友"作结,如若将这诗解成女子在河边盼望情人,那就第一章与下文不相关,与全诗之意不相连,既不合乎"引论从结论出",也不合乎开始"第一句,如同在音乐上,全曲的音调都是它给与的"(高尔基《我的创作经验》)这些原则,在民歌中也是没有此例。又如《候人》这诗,如末一章的季女指的第三章"不遂其媾"所遗弃的女子而言,则第三章"不遂其媾"照上文的比兴看来,与第二章"不称其服"是一样的意思。是"无以对答其所得之优遇"的意思,不是婚媾的意思。可见季女是不可以解释成为季女被遗弃。如若勉强这样解释,就与上文不相联系。更与第一章所说的距离太远,我们不当这样地解释来破坏《诗经》的艺术的完整。这"季女斯饥",如若解为比喻人民受困,才与第一章相应,加强了"三百赤芾"小人当道的意思。

　　《诗经》中以五章以上组成的诗,我们分析起来也都是合乎诗学"起""中""结"的原则的,例如《关雎》第一章说:"窈窕淑女,君子好逑。"肯定了他们是好配偶,所以用"窈窕淑女,钟鼓乐之"作结,结局是结婚了,不只是见而悦之。《邶·柏舟》第一章说:"微我无酒,以敖以游。"表示她不能毫无忌讳地举杯消愁,所以末章以"静言思之,不能奋飞"作结。《击鼓》第一章说到"土国城漕,我独南行",表示他特别被派遣远行,所以这诗以"于嗟洵兮,不我信兮!""啊呀!地点好远呀,不能随我的心呀!"作结。《葛生》也是这样,"予美亡此,谁与独处",是男子已死了,所以说末章"百岁之后,归于其室"。更长的两首六章诗:《谷风》是这样,用"习习谷风,以阴以雨"引起来比拟她的厄运,所以篇末"不念昔者,伊余来塈"说不想想从前,就对我生气(依王引之说),《氓》篇是这样,第一句"氓之蚩蚩"是形容那小伙子嬉笑的样子。在末章说的"言笑晏晏,信誓旦旦"，正是回忆到这嬉笑的情形。引论由结论中出，《诗经》的篇章的构造确是一个完整体。《七月》是八章的诗，朱子已分析说："一章前段言衣之始，后段言食之始，二章至五章终前段之意，六章至八章终后段之意。"在篇章结构上也是"首尾圆合，条贯统序"的。虽然这是叙述衣食的叙事诗，是顺序的，"起""中""结"不必那样的显明。

我们还要指出的就是在五章组成的诗中，有中间的一章——第三章，往往是一篇主要的环节。如《关雎》的第三章"求之不得，寤寐思服，悠哉悠哉，辗转反侧"。这是主要环节，是恋爱常经的过程。《邶·柏舟》的"我心匪石，不可转也，我心匪席，不可卷也，威仪棣棣，不可选（遣）也"是主要的环节，是表明她的意志坚定。但是她不能冲破礼教的网罗。《击鼓》的"爰居爰处，爰丧其马"，写出他的久戍无聊的模样，《葛生》的"角枕粲兮，锦衾烂兮"写出她的睹物思人的心情，这都是主要的环节，然后转到下文。《谷风》第三、四两章写出女方的才德，更说明男子的忘恩负义。《氓》篇的三、四两章写出一般的色衰爱弛，说明男子的"二三其德"，也是主要环节，所以引起结论。诗篇的构造确是很美妙的。

（八）艺术的语言。我们再从《诗经》所用的语言来看，《诗经》虽然是我们两千年以前的民间诗人的作品，但是在语言的运用上是极其丰富多彩、极其巧妙的。早在《文心雕龙》的《物色篇》已说："诗人感物，联类不穷。流连万象之际，沉吟视听之区。写气图貌，既随物以宛转；属采附声，亦与心而徘徊。故'灼灼'状桃花之鲜，'依依'尽杨柳之貌；'杲杲'为出日之容，'瀌瀌'拟雨雪之状；'喈喈'逐黄鸟之声，'喓喓'学草虫之韵。'皎日''嘒星'，一言穷理；'参差''沃若'，两字穷形。并以少总多，情貌无遗矣。"我们从修辞学的修辞格的角度来看，诗的修辞有：

（1）引用。有的引言，如《大雅·板》："先民有言，'询于刍荛'。"有的用事，如《大雅·荡》："殷鉴不远，在夏后之世。"

（2）比喻。有明喻，有隐喻，有类喻，有博喻，有详喻〔例已见前（三）比拟的摹绘〕。

（3）拟记。有拟人，有拟物〔例已见前（三）比拟的摹绘〕。

（4）摹绘。有摹形，如"肃肃兔罝。"（《兔罝》）"籊籊竹竿。"（《竹竿》）有摹状，如"容兮遂兮，垂带悸兮。"（《芄兰》）有绘声，如"喓喓草虫"（《草虫》），"交交黄鸟"（《黄鸟》），"间关车之舝兮。"（《小雅·车舝》）

（5）详密。有辨言，如"岂敢爱之，畏我父母。"（《将仲子》）"匪我愆期，子无良媒。"（《氓》）有拨言，如"匪报也，永以为好也。"（《木瓜》）有助语，如"日居月诸。"（《邶·柏舟》）有增字，如"玉之瑱也，象之揥也，扬且之皙也。"（《君子偕老》）

（6）借代。如"乘彼垝垣，以望复关，不见复关，泣涕涟涟。"（《氓》）"缟衣茹藘，聊可与娱。"（《出其东门》）

（7）省略。如"硕人其颀，衣锦褧衣。"（《硕人》）"良马五之。""良马六之。"（《干旄》）"一之日觱发，二之日栗烈。"（《七月》）

（8）曲折。有反言，如"好人提提，宛然左辟。"（《葛屦》）有稀薄，如"舒而脱脱兮，无感我帨兮，无使尨也吠。"（《野有死麕》）

（9）双关。有借音双关："琐兮尾兮，流离（流离）之子。"（《旄丘》）"交交黄鸟止于桑（伤）。"（《黄鸟》）有借义双关，如"岂其食鱼，必河之鲤？"（《衡门》）

（10）层递。有渐层，如《苤苢》等篇。有连环，如"介尔昭明；昭明有融；……摄以威仪……威仪孔时。"（《大雅·既醉》）

（11）对偶。如"觏闵既多，受侮不少。"（《邶·柏舟》）"出自幽谷，迁于乔木。"（《小雅·伐木》）

（12）对照。如"彼候人兮，荷戈与祋，彼其之子，三百赤芾。"（《候人》）"东人之子，职劳不来，西人之子，粲粲衣服。"（《大东》）

（13）列叙。如："齐侯之子，卫侯之妻，东宫之妹，邢侯之姨。"（《硕人》）"尔羊来思，其角濈濈，尔牛来思，其耳湿湿。"（《无羊》）

（14）复叠。有重言，如"喓喓草虫"（《草虫》），"杨柳依依"（《小雅·出车》）。有叠句，如"终远兄弟，谓他人父，谓他人父，亦莫我顾。"（《葛藟》）有类字，如《北山》叠用十二"或"字。《生民》叠用十"实"字。

（15）问对。有问答，如"女曰观乎？士曰既且。"（《溱洧》）有设疑，如"方何为期？胡然我念之？"（《小戎》）

（16）夸饰。如"叔于田，巷居无人。"（《叔于田》）"维此奄息，百夫之特……如可赎兮，人百其身。"（《黄鸟》）

（17）奇警。有警句，如"鱼网之设，鸿则离之。"（《新台》）"睆彼牵牛，不可以服箱。"（《大东》）"牂羊坟首，三星在罶。"（《小雅·苕之华》）有愤激，如"人之无良，我以为君。"（《鹑之奔奔》）"彼人是哉，子曰何其？"（《园有桃》）"不狩不猎，胡瞻尔庭有悬貆兮？"（《伐檀》）

（18）咏叹。有顿呼，如"母也天只！不谅人只！"（《鄘·柏舟》）"吁嗟鸠兮，无食桑葚。"（《氓》）"於！我乎！夏屋渠渠。"（《权舆》）有咏叹，如"已焉哉，天实为之，谓之何哉？"（《北门》）"哿矣富人，哀此茕独。"（《正月》）

（19）垫拽。有抑扬，如"仲可怀也，父母之言也，亦可畏也。"（《将仲子》）"巷居无人。岂无居人，不如叔也，洵美且仁。"（《叔于田》）有错综："维南有箕，不可以簸扬；维北有斗，不可以挹酒浆。维南有箕，载翕其舌，维北有斗，西柄之揭。"（《大东》）有进退，如"子惠思我，褰裳涉溱；子不我思，岂无他人？"（《褰裳》）

（20）变换。有倒装，如"无庶予子憎。"（《鸡鸣》）"叔兮伯兮，倡予和女。"（《萚兮》）有转品，如"螓首蛾眉。"有断续，如"及尔偕老，老使我怨，淇则有岸，隰则有泮，总角之宴，言笑晏晏，信誓旦旦。"（《氓》）

以上所举在表面上看来，大纲目虽只二十个格，实可以细分为三十多个格，这还只仅仅举了一些显著的、比较易于举出的，可以列举的还有，还可以用一篇专文来研究。但我们仅就这三十多个格来看已可以明白古代的诗人、民间的诗人是如何地善于艺术地运用语言，使得我们现在读到如双关、连环诸例既是十分巧妙，而在一些奇警的句子，如"鱼网之设，鸿则离之""牂羊坟首，三星在罶；人可以食，鲜可以饱"。是如何善于利用想象联想。另外，一些比兴，如以"鹳鸣于垤"，引起"妇叹于室"，以"维鹈在梁，不濡其咮"，比喻小人只居高位而不工作，不能对答他的优遇。他们又善于观察事物，所以能创造出来一些具有鲜明的具体性和表现力的美妙的词句，描摹出来各种各样的人物，有着迷人的美、动人的力量。高尔基说："接近民间语言吧，寻求朴素简洁健康的力量，这力量用两三个字就造成一个形象。"《诗经》在艺术方面的表现有很多的地方是值得我们好好学习的。

我们从上面概括的抒写、层叠的铺叙、比拟的摹绘等等，来看《诗经》的艺术表现，我们是很可以看出《诗经》的表现手法已经达到极高的艺术成就。当然，这里面的诗歌，在一首诗中所用的手法，并不局限在某一方面，而是多种多样的。正如旧说，一篇之中，可以有赋有比有兴。也正如"在每个真正的艺术形象里，在每部著名文学里都有着概括和个性化"一样，《诗经》的诗篇在艺术表现上是不应当孤立从某一点来看的。还有，《诗经》的一些被人称诵的名句，如《小雅·采薇》的"昔我往矣，杨柳依依，今我来思，雨雪霏霏"（谢玄说，见《世说新语》卷二），《郑风·鸡鸣》的"风雨如晦，鸡鸣不已，既见君子，云胡不喜"（王国维说，见其所著《人间词话》）。这还需要结合着诗篇的思想感情来看，不能专从手法上来说。又如魏伯子曾推重的《邶风》"泾以渭浊"，说是："四字精简极矣，却不费解。"这些地方，我们还待提出一些诗篇来详细研究，还不是本文所能详说的。在本篇中，仅仅提出一个大致的轮廓，《诗经》是我们中国的一部优秀文学遗产，在艺术表现上有高度的成就,我们是很容易看出来的。

《〈诗经〉的艺术表现》,原载《西北大学学报》1957年第1期。选自《〈诗经〉六论》,上海商务印书馆,1957年9月版。

张西堂(1901—1960),又名张政,湖北武昌人,1923年毕业于山西大学国文系。历任武汉大学、北平师范大学、河北大学、中国大学、贵州大学等校教授。1944年后执教于西北大学,曾任中文系主任。著有《尚书引论》《诗经六论》《诗三百篇研究》《春秋六论》等著作十余部。

说《颂》

王国维

一、说《周颂》

阮文达《释颂》一篇，其释《颂》之本义至确，然谓三《颂》各章皆是舞容，则恐不然。《周颂》三十一篇，惟《维清》为《象舞》之诗，《昊天有成命》《武》《酌》《桓》《赉》《般》为武舞之诗，其余二十四篇为舞诗与否，均无确证。至《清庙》为升歌之诗，《时迈》为金奏之诗（据《周礼·钟师》注引吕叙玉说，则"执竞思文"亦金奏之诗），尤可证其非舞曲。《毛诗序》云："《颂》者，美盛德之形容，以其成功，告于神明者也。"盛德之形容，以貌表之可也，以声表之亦可也。窃谓《风》《雅》《颂》之别，当于声求之。《颂》之所以异于《雅》《颂》者，虽不可得而知，今就其著者言之，则《颂》之声较《风》《雅》为缓也。何以证之？曰：《风》《雅》有韵而《颂》多无韵也。凡乐诗之所以用韵者，以同部之音间时而作，足以娱人耳也。故其声促者，韵之感人也深；其声缓者，韵之感人也浅。韵之娱耳，其相去不能越十言或十五言，若越十五言以上，则有韵与无韵同。即令二韵相距在十言以内，若以歌二十言之时歌此十言，则有韵亦与无韵同。然则《风》《雅》所以有韵者，其声促也。《颂》之所以多无韵者，其声缓而失韵之用，故不用韵，此一证也。其所以不分章者亦然，《风》《雅》皆分章，且后章句法多叠前章，其所以相迭者，亦以相同之音间时而作，足以娱人耳也。若声过缓，则虽前后相迭，听之亦与不迭同。《颂》之所以不分章、不迭句者，当以此。此二证也。《颂》如《清庙》之篇，不过八句，不独视《鹿鸣》《文王》长短迥殊，即比《关雎》《鹊巢》，亦复简短，此亦当由声缓之故，此三证也。《燕礼·记》"若以乐纳宾，则宾及庭奏《肆夏》，宾拜酒，主人答拜而乐阕。公拜受爵而奏《肆夏》。公卒爵，主人升受爵以下而乐阕"。又《大射仪》自"奏《肆夏》"以至"乐阕"，中间容宾升，主人拜，至降洗。宾降，主人辞，宾对。主人盥，洗觚，宾辞洗，主人对，主人升。宾拜洗，主人答拜。降盥，宾降，主人辞降，宾对。卒盥，升。主人酌膳献宾，宾拜受爵，主人拜送爵。宰胥荐脯醢，庶子设折俎。宾祭脯醢，祭肺，啐肺，祭酒，啐酒，拜，告旨。主人答拜。凡三十四节。为公奏《肆夏》时亦然。《肆夏》一诗，不过八句，而自始奏以至乐阕，所容礼文之繁如此，则声缓可知。此四证也。然则《颂》之所以异于《风》《雅》者，在声而不在容，则其所以美盛德之形容者，亦在声而不在容可知。以名《颂》而皆视为舞诗，未免执一之见矣。

二、说《商颂》

《商颂》诸诗作于何时？毛、韩说异。《毛诗序》谓微子至于戴公，其间礼乐废坏。有正考父者，得《商颂》十二篇于周之大师，以《那》为首，是毛以《商颂》为商诗也。《史记·宋世家》："襄公之时，修行仁义，欲为盟主。其大夫正考父美之，故追道契、汤、高宗，殷所以兴，作《商颂》。"《集解》骃案："《韩诗章句》亦美襄公"。案：《集解》虽但引薛汉《章句》，疑是韩婴旧说，史迁从之。杨子《法言·学行》篇："正考父尝晞尹吉甫矣，公子奚斯尝晞正考父矣"。亦以《商颂》为考父作。皆在薛汉前后。汉曹褒及刻石之文，亦皆从韩说。是韩以《商颂》为宋诗也。襄公、考父，时代不同，韩说固误。然以为考父所作，则固与《毛诗》同本《鲁语》，未可以臆定其是非也。《鲁语》"闵马父谓正考父校商之名颂十二篇于周大师,以《那》为首"。考汉以前初无校书之说,即令校字作校理解,亦必考父自有一本,然后取周大师之本以校之,不得言"得",是《毛诗序》改校为得,已失《鲁语》之意矣。余疑《鲁语》校字当读为"效",效者献也,谓正考父献此十二篇于周太师。韩说本之。若如《毛诗序》说,则所得之本自有次弟,不得复云以《那》为首也。且以正考父时代考之,亦以献诗之说为长。《左氏》昭七年传"及正考父,佐戴、武、宣",《世本》"正考父生孔父嘉"(《诗商颂正义》引)。《潜夫论·氏姓志》亦云:"考孔父之卒,在宋殇公十年。"自是上推之,则殇公十年,穆公九年,宣公十九年,武公十八年,戴公三十四年,自孔父之卒,上距戴公之立,凡九十年。孔父佐穆、殇二公,则其父恐不必逮事戴公。即令早与政事,亦当在戴公暮年。而戴公之三十年,平王东迁,其时宗周既灭,文物随之,宋在东土,未有亡国之祸,先代礼乐,自当无恙,故献之周太师,以备四代之乐。较之《毛诗序》说,于事实为近也。然则《商颂》为考父所献,即为考父所作欤?曰:否。《鲁语》引《那》之诗,而曰:"先圣王之传恭,犹不敢专,称曰'自古',古曰'在昔',昔曰'先民'。"可知闵马父以《那》为先圣王之诗,而非考父自作也。《韩诗》以为考父所作,盖无所据矣。

然则《商颂》果为商人之诗欤?曰:否。《殷武》之卒章曰:"陟彼景山,松柏丸丸。"毛、郑于"景山"均无说。《鲁颂》拟此章则云:"徂徕之松,新甫之柏。"则古自以景山为山名,不当如《鄘风·定之方中》传"大山"之说也。案:《左氏传》,商汤有景亳之命。《水经注·济水》篇:黄沟枝流"北径已氏县故城西,又北径景山东",此山离汤所都之北亳不远,商邱蒙亳以北,惟有此山,《商颂》所咏,当即是矣。而商自盘庚至于帝乙居殷虚,纣居朝歌,皆在河北,则造高宗寝庙,不得远伐河南景山之木。惟宋居商邱,距景山仅百数十里,又周围数百里内别无名山,则伐景山之木以造宗庙，于事为宜。此《商颂》当为宋诗，不为商诗之一证也。又自其文辞观之，则殷虚卜辞所纪祭礼与制度文物，于《商颂》中无一可寻，其所见之人、地名，与殷时之称不类，而反与周时之称相类，所用之成语，并不与周初类，而与宗周中叶以后相类，此尤不可不察也。卜辞称国都曰商不曰殷，而《颂》则殷、商错出。卜辞称汤曰大乙不曰汤，而《颂》则曰汤、曰烈祖、曰武王，此称名之异也。其语句中亦多与周诗相袭，如《那》之"猗那"，即《桧风·萇楚》之"阿傩"、《小雅·湿桑》之"阿难"、《石鼓文》之"亚箬"也。《长发》之"昭假迟迟"，即《云汉》之"昭假无赢"、《烝民》之"昭假于下"也。《殷武》之"有截其所"，即《常武》之"截彼淮浦，王师之所"也。又如《烈祖》之"时靡有争"，与《江汉》句同；"约軝错衡，八鸾鸧鸧"，与《采芑》句同。凡所同者，皆宗周中叶以后之诗。而《烝民》《江汉》《常武》，序皆以为尹吉甫所作。扬雄谓"正考父晞尹吉甫"，或非无据矣。顾此数者，其为《商颂》袭《风》《雅》，抑《风》《雅》袭《商颂》，或二者均不相袭而同用当时之成语，皆不可知。然《鲁颂》之袭《商颂》，则灼然事实。夫鲁之于周，亲则同姓，尊则王朝，乃其作《颂》，不摹《周颂》而摹《商颂》，盖以与宋同为列国，同用天子之礼乐，且《商颂》之作，时代较近，易于摹拟故也。由是言之，则《商颂》盖宗周中叶宋人所作以祀其先王，正考父献之于周太师，而太师次之于《周颂》之后，逮《鲁颂》既作，又次之于鲁后。若果为商人作，则当如《尚书》例，在《周颂》前，不当次《鲁颂》后矣。然则《韩诗》以《商颂》为宋人所作，虽与《鲁语》闵马父之说不尽合，然由《商颂》之诗证之，固长于毛说远矣。

《说〈颂〉》，选自《观堂集林》上册卷二，河北教育出版社2001年版。

王国维（1877—1927），字静安，晚号观堂，浙江海宁人。王氏为一代大师，在文学、史学、哲学、甲骨金文研究诸多领域，皆有卓越成就，影响极大。其生平著作甚多，身后遗著收为全集者有《王忠悫公遗书》《王静安先生遗书》《王观堂先生全集》《王国维遗书》等多种版本。